기묘한 신혼여행

기묘한 신혼여행

히가시노 게이고 등 저
정태원 옮김

문학의 문학

목차

01

기묘한 신혼여행

“당신이 히로코를 죽였지?”

나오미는 희미하게 고개를 흔들고 작게 입술을 열었다

“…… 인데.”

“뭐, 뭐라고?”

“신혼여행 …… 인데. 행복했는데.”

히가시노 게이고 東野圭吾

1958년 오사카 출생. 오사카 부립 대학 졸업. 일본 전장(電裝)에 근무하던 1985년
「방과후」로 에도가와람포상을 수상해서 데뷔. 1999년「비밀」로 일본추리작가협회상
장편부문 수상. 2006년 「용의자 X의 헌신」으로 제134회 나오키상과
제6회 본격 미스터리대상 소설 부문 수상, 장편 「졸업」「학생가의 살인」「조인(鳥人)계획」「어느 폐쇄된 눈(雪)
의 산장에서」「변신」「하늘의 벌(蜂)」「백야행」
연작집 「교통경찰의 밤」 단편집「괴소(怪笑)소설」「독소(毒笑)소설」 등
본격적으로 추리를 발표, 최근에는「변신」「무지개를 잡는 소년」에 이르기까지
SF적 설정의 장편과 스포츠 미스터리와 유머스런 작품도 많다.
「어느 시기 나는 바보였다」라는 에세이도 있으며
「용의자 X의 헌신」「나미야 잡화점의 기적」 등으로 국내에 확고한 독자층을 확보하고 있다.

나는 네 번째고, 나오미는 두 번째다. 그런데도 신혼 여행지로 서슴없이 이곳을 선택한 것은 신혼여행을 검소하게 보내기로 의견이 일치한 까닭이다.

신혼여행을 화려하게 보낼 수 없는 이유가 몇 가지 있었다.

하나는 내가 재혼이란 점이었다. 나는 현재 서른네 살이지만 스물여섯 때 한 번 결혼했었다. 그때의 아내가 삼년 전 교통사고로 죽은 것이다.

그리고 또 다른 이유는 나와 첫 번째 아내 사이에서 태어난 딸도 얼마 전에 죽어 아직 마음 한쪽 깊숙한 곳에선 행복에 젖을 기분이 아니었기 때문이다.

사실은 이번 결혼에서는 피로연다운 행사도 치르지 않았다. 구청에 혼인신고만 했을 뿐이고 결혼식조차 올리지 않았다. 그렇지만 나오미도 그 점에 대해서는 불만을 느끼지 않은 성싶었다. 요즘 젊은 여성 중에는 가족끼리 장구치고 북치는 결혼식과 피로연 따위를 싫어하는 사람도 많다고 하니 그다지 가혹한 이야기가 아닐지 모른다.

그러나 나는 나오미에게 툭 터놓고 이야기하지 않았다. 나오미와의 결혼을 화려하게 치르고 싶지 않은 이유가 또 하나 있었던 것이다. 아니, 그것이야말로 가장 큰 이유였다.

2

호텔에 도착한 것은 점심이 조금 지난 무렵이었다. 체크인하기엔 조금 이른 감이 있어 짐을 맡기고 레스토랑에서 가볍게 점심 식사를 하기로 했다.

"짐작대로 여기까지 오니 일본인이 별로 없네요."

주문을 마친 후, 주위를 둘러보며 나오미가 작은 목소리로 말했다. 확실히 우리 이외에 일본인의 모습은 보이지 않았다.

"연휴가 끝난 직후라 일본인 관광객 수 자체가 줄긴 했지만, 그조차 오는 족족 와이키키로 가버리지."

"이 부근엔 젊은 사람들이 놀만한 곳이 없으니까요."

"호텔에 있으면 골프니 테니스니 승마 같은 건 즐길 수 있지만, 한발만 밖으로 나가면 아무것도 없으니……."

"디스코텍도 없으니 일본 젊은이들에겐 시시할지도 모르죠."

"젊은이, 젊은이 하지 마. 당신도 아직 이십대잖아. 충분히 젊은이 중 한 사람이야."

"어머, 그렇다면 노부히코 씨도."

"그만해."

그렇게 말하고 내가 얼굴을 찡그리자 나오미는 행복한 듯 쿡쿡 웃었다. 나는 그 웃는 얼굴이 귀엽다고 생각했다. 행복감이 곧바로 전해왔다. 나오미와 같은 기분으로 지금 이 순간을 보낼 수 있다면 얼마나 좋을까. 그러나 그것은 이미 불가능한 일이었다.

점심 식사를 마치고 체크인을 하자 나오미는 빨리 바다에 들어가고 싶다고 말했다.

"이렇게 있으면 왠지 아까워요. 나가는 게 좋겠죠?"

미국인들이 우아하게 해변에서 일광욕을 즐기고 있는 것을 보고, 방안에 틀어박혀 있을 수 없는 듯싶었다.

"물론 좋지."

하고 나는 대답했다.

해변에 나가자 나오미는 꽃무늬 수영복 차림으로 바다에 들어갔다. 나는 모래 위에 앉아 나오미를 바라보았다. 어렸을 적부터 수영을 배웠다는 나오미는 능숙한 폼으로 수영을 했다. 그리고 때때로 나를 뒤돌아보고 기쁜 듯이 손을 흔들었다. 나도 손을 들어 대답하고 몇 번에 한 번은 카메라 셔터를 눌렀다.

그러나 나는 알고 있다. 이 필름이 현상되는 날은 영원히 오지 않으리란 것을.

해변에서 호텔로 돌아와 엘리베이터 앞에서 기다리고 있는데, 뒤에서 누군가가

"어, 세상 참 좁군."

하고 말을 걸어왔다. 뒤돌아보니 비행기에서 만났던 노부부가 서있었다. 보이가 옆에 서있는 걸 보니 이제 막 도착한 모양이다.

"두 분께서도 여기시 머무십니까?"

나는 조금 놀라서 물었다.

“그렇습니다. 시내 구경이니 뭐니 하는 바람에 시간이 늦어졌어요. 그쪽은 이미 한차례 수영을 즐기신 모양이군요.”

우리의 모습을 보고 노인이 말했다.

“아, 예.”

나는 고개를 끄덕였다.

그들의 방은 우리와 같은 층이었다. 그것을 노인은 매우 기뻐했다.

“이웃이 됐군요. 조만간 어느 쪽 방에서든 한잔합시다.”

그는 잔을 드는 시늉을 했지만, 바로 부인이 나무랐다.

“당신, 이분들은 신혼이에요. 방해하면 실례지요.”

“아닙니다. 상관없습니다. 꼭 한잔하고 싶습니다.”

나는 인사치레로 말했다. 그러자 나오미가 이어서 말했다.

“기대하고 있겠어요. 여러 사람과 함께 놀면 즐거우니까요.”

라고 하는 말에는 다소 진심이 담겨 있는 듯해서 나는 당황했다.

이 노부부와는 저녁 식사 때에도 마주쳤다. 테이블이 나란히 붙어 있었던 것이다. 두 사람은 아까와는 다른 옷으로 갈아입고 있었다.

“멋진 부부예요. 50년이 지나도 저처럼 지낼 수 있다니 대단해요.”

나오미가 속삭였다. 노부부는 조용히 식사를 하고 있었다. 때때로 노인이 농담이라도 하는 것인지, 부인은 우아한 웃음을 띠고 있었다.

우리 테이블에도 와인이 놓였다.

“자, 무엇을 위해 건배할까?”

나는 촛불 맞은편에 앉은 나오미에게 물어 보았다.

“물론 우리를 위하여.”

미소 지으며 나오미는 잔을 들었다. 나도 웃으며 나오미와 잔을 부딪치고 단숨에 와인을 목구멍으로 흘려보냈다. 차가운 액체가 위로 들어가 머릿속의 무언가를 각성시키는 듯했다. 문득 행복감에 밀려가는 듯한 ‘무언가’를.

흔들려서는 안 된다. 나오미와 달콤한 세계에 빠져서는 안 된다. 나오미의 웃는 얼굴을 잔 너머로 바라보면서 나는 자신에게 타일렀다.

방으로 돌아와 샤워를 하고 조금 이른 시간이지만 우리 둘은 침대로 들어갔다. 나오미는 장래에 대해 무언가를 이야기하기 시작했다. 아이는 되도록 빨리 가질 것, 가능하면 공부를 시작하고 싶은 것 등이다.

나는 애매한 대답을 되풀이했다.

드디어 나오미는 내 팔 안에서 고른 숨소리를 내기 시작했다. 비행기 안에서 충분히 자지 못했고, 휴식할 틈도 없이 바다에 들어갔으므로 무리가 아닐지 모른다. 나는 나오미가 깨지 않도록 조심하면서 침대에서 빠져 나왔다.

애당초 오늘밤은 나오미를 안을 생각이 없었다.

이미 우리 둘은 육체관계를 가졌다. 그래서 신혼여행의 첫날밤이란 그다지 특별한 의미가 있을 리도 없었다.

그리고 그 이상으로 이미 나오미를 안을 수 없는 이유가 있다.

나는 화장실로 가서 차가운 물로 세수를 하고 심호흡을 여러 차례 하고 침대로 돌아왔다. 나오미는 여전히 규칙적인 숨소리를 내고 있었다. 나는 나오미의 옆에 앉아 조용히 양손을 나오미의 목을 향해 뻗었다.

하얗고 부드러운 피부가 손끝에 닿았다. 그대로 가만히 있자 나오미가 눈을 게슴츠레 떴다. 나오미는 금방 상황을 파악하지 못하는 것 같았지만 이내 불안감에 내 눈을 보았다.

"왜 그래요?"

나오미의 목소리는 희미하게 떨리고 있었다. 내가 손끝에 조금 힘을 넣자 나오미 얼굴에 공포의 기색이 번졌다.

"대답해 줘."

나는 스스로도 오싹할 만큼 낮은 목소리로 말했다.

"히로코는 당신이 죽였지?"

3

히로코는 죽은 딸의 이름이었다. 엄마가 어렸을 때 죽었으므로 실제로 나 혼자 키웠다고 볼 수 있다. 네 살이었다. 엄마를 닮아 인형처럼 커다란 눈을 가진 아이였다.

그날은 크리스마스이브 아침이었다. 우리는 여느 때처럼 아침 식사를 했다. 난로를 켜고 있어도 몸이 떨릴 정도로 추운 아침이었다.

“히로코, 빨리 먹어라.”

내가 주의를 준 것은 히로코가 의자에 앉은 채 아침 식사에 손을 대려고 하지 않았기 때문이었다. 아침에는 늘 이런 식이었다.

“필요 없어, 졸려.”

히로코는 얼굴을 비비면서 말하고, 아직 잠에서 덜 깬 눈으로 의자에 기댔다.

“자면 안 돼. 고모 집에 가야 되니까.”

그렇게 말하고 일어서며 나는 석유난로를 껐다. 회사로 가는 도중, 히로코를 누나 집에 맡겨야 된다.

이때 나는 무심코 석유 탱크의 눈금을 보고, 석유가 거의 떨어져 가는 것을 보았다.

졸린 히로코의 손을 끌고 거실을 나와, 히로코를 복도에서 기다리게 하고 계단을 내려갔다. 주차장이 지하에 있기 때문이다.

차에 탔을 때, 나는 잊은 물건이 떠올랐다. 그 날 일관계로 카세트테이프가 필요했던 것이다. 어제 샀어야 했는데 깜빡 잊고 있었던 것이다.

나는 차에서 내려 그대로 밖으로 나갔다. 몇 분 거리에 24시간

편의점이 있다. 거기라면 카세트테이프도 있을 것이다. 나는 잰걸음으로 걷기 시작했다.

결국 나는 이 행위를 두고두고 후회하게 되었다.

회사로 가는 도중에 카세트테이프를 파는 가게 따위는 몇 군데나 있다. 그런데도 왜 일부러 걸어서 사러 가려고 했을까. 그러나 그것은 스스로도 납득이 되지 않는 일이었다. 이따금 그런 부질없는 생각이 들곤 한다.

이 편의점에서 나는 사건에 말려들었다.

요금을 지불하려고 계산대 앞에 섰을 때, 누군가 뒤에서 머리를 내리친 것이다.

무슨 일이 일어났던 것일까, 잠시 알 수 없었다. 심한 고통에 휩싸여 무심결에 그 자리에 털썩 주저앉고 말았다. 머리를 만진 손을 보니 꽤 많은 양의 피가 묻어 있었다. 그 때 내 귀에 "돈 내놔, 빨리" 하는 소리가 들려왔다. 어린 남자 목소리였다. 그래서 아무래도 강도가 침입한 것 같다고 느꼈다.

일어서려고 했지만 평형감각이 어떻게 된 것인지, 하반신부터 힘이 빠지고 말았다. 의식을 잃은 것은 아니었다. 사람들이 분주하게 움직이는 것을 알 수 있었던 것이다. 그러나 아무리 애써도 온몸에 힘을 줄 수가 없었다.

그대로 얼마동안 그런 상태로 있었을까. 정신을 차렸을 때 나는 들것에 실려 있었다. 그리고 구급차로 가까운 병원으로 옮겨졌다.

상처는 대단치 않았고, 병원에 도착할 무렵에는 혼자서 걸을 수 있게 되었다. 그런데도 치료 후 엑스레이를 찍어 두었다. 나는 집에 남겨 두고 온 히로코가 생각나 엑스레이 결과를 기다리는 사이에 전화를 걸어 보려고 했지만 생각지도 못한 방해꾼이 나타났다. 경찰이 와서 말을 걸어온 것이다. 새삼스럽게 정황을 설명할 필요는 없었지만 그들에게는 그들 나름의 절차가 필요할 성 싶었다.

사건을 간단히 말한 후, 나는 범인들이 어떻게 되었는지를 물어보았다. 경찰의 말에 따르면 2인조 범인은 돈을 빼앗고 도망치던 중 잡힌 듯하다. 두 사람 모두 고등학교를 막 졸업한 젊은이라고 한다.

경찰과 헤어진 후, 나는 누나 집으로 전화를 걸었다. 우리가 좀처럼 오지 않아 걱정하고 있으리라 생각한 것이다. 사정을 이야기하자 누나는 전화 저편에서 놀란 목소리를 냈다.

"걱정할 필요 없어. 대단치 않으니까."

나는 되도록 밝은 어조로 말했다.

"그렇다면 천만다행이지만 황당한 일을 당했구나."

걱정할 정도의 상처가 아닌 것을 깨달았는지, 누나는 쓴웃음마저 짓는 듯했다.

"그보다 부탁이 있는데, 집에 히로코를 보러 가줘. 혼자 두고 와서 불안하니까."

"알았어. 히로코에겐 아빠에게 급한 일이 생겼다고 말하면 되겠지."

"응, 부탁해."

전화를 끊자 나는 일단 안심이 되었다.

그리고 잠시 후 엑스레이 결과가 나왔다. 역시 딱히 문제는 없는 듯 하지만 조금이라도 몸이 안 좋아지면 바로 오세요, 하고 의사가 말했다.

병원을 나서기 전에 나는 다시 한 번 집으로 전화를 걸어 보았다. 놀랍게도 전화를 받은 사람은 누나가 아니고 나오미였다.

"노부히코 씨, 큰일 났어요. 히로코가……."

가쁜 호흡에 당장에라도 눈물을 쏟을 것 같은 목소리로 나오미는 말했다.

"히로코에게 무슨 일이 있어?"

나는 큰 소리로 물었다.

"히로코가 쓰러져서, 위험한 상태예요."

"쓰러졌다고? 왜?"

"아무래도 일산화탄소 중독 같아요. 석유난로 불이 불완전 연소한 것 같아요."

"석유난로?"

그런 어처구니없는 일이 벌어지다니. 나가기 전, 분명히 불을 끄지 않았나.

"그래서 히로코는 지금 어떻게 됐어?"

"지금 의사 선생님이 진찰하고 있는 중이에요. 언니가 옆에 있어요. 제발 빨리 돌아오세요."

"알았어, 곧 갈게."

수화기를 내려놓고 나는 달리기 시작했다. 머리에 붕대를 감은 남자가 이상한 형상으로 달리고 있었기 때문에 주위의 사람들은 기이하게 느꼈으리라.

집으로 돌아가자 모두 방에 모여 있었다. 누나와 나오미는 울고 있고, 의사는 어두운 표정으로 가만히 앉아 있었다. 그리고 가운데에는 히로코가 잠들어 있었다. 나는 사태를 직감하고 방바닥에 주저앉아 이불 위로 사랑하는 딸을 안았다. 자신의 소리라고는 생각할 수 없는, 마치 개가 울부짖는 듯한 오열이 무의식적으로 입에서 흘러 나왔다.

그날 밤 나와 나오미는 거실에 있었다.

"제가 왔을 때, 히로코는 여기 바닥에 쓰러져 있었어요. 방안이 왠지 후끈해서 즉시 일산화탄소 중독이 아닌가 싶어 숨을 멈추고 창과 문을 열어 환기시켰어요. 그리고 난로 불도 껐어요."

나오미는 감정을 보이지 않으려고 했는지, 담담한 어조로 말했다. 나도 잠자코 듣고 있었다. 곰곰이 나오미의 이야기를 들을 시간도 마음의 여유도 그때까지 나에게는 없었던 것이다.

그날 아침 나오미가 집에 온 것은 이번에 사려고 생각한 가구가 침실에 들어갈지를 알아보기 위해서였다. 그러고 보니 요전에 나오미가 그런 말을 한 것을 들었지만 나는 까맣게 잊고 있었던 것이다.

나오미에게는 전에 보조키를 주었고, 언제라도 자유롭게 드나들 수 있게 허락했었다.

"그러니까 당신이 왔을 때, 난로가 켜져 있었단 말이지. 나가기 전에 확실히 내가 껐는데."

그 문제의 난로를 응시하며 나는 말했다.

"아마 히로코가 켠 게 아닐까요? 노부히코 씨가 돌아오길 기다리다 추워져서."

나는 히로코의 행동을 상상해보았다. 아무리 기다려도 아빠가 오지 않자 거실로 돌아가 난로를 켰다. 평상시에는 불에 가까이 가지 못하도록 했지만 네 살쯤 되면 아빠의 동작을 기억했다가 난로를 켜는 정도는 할 수 있었을 것이다. 그러나 환기를 해야 하는 것까지는 생각이 미치지 않았을 것이다. 나가던 참이었으므로 창도 모두 닫혀 있었을 것이다. 난로가 불완전연소를 시작하는 것은 시간문제다.

거기까지 생각했을 때, 내 머릿속에 작은 의문이 생겼다. 아침에 그 난로의 석유 탱크를 보았을 때, 거의 제로에 가까웠던 것으로 기억하고 있는데, 지금은 절반이나 들어 있다. 누가 넣은 것일까. 그러나 나오미도 누나도 그런 말은 하지 않았다.

석연치 않았지만 내 착각일지 모른다고 생각했다.

"방의 공기를 환기시키고 곧 의사 선생님에게 전화를 했어요. 그리고 얼마 지나지 않아서 언니가 찾아 와서……."

"그래, 당신에게도 폐를 끼쳤군."

"폐라뇨?"

나오미는 고개를 숙이고 침묵했다.

"테이프를 사러 가지만 않았어도 좋았을 텐데."

나는 테이블을 내려쳤다. 카세트테이프 따위 어디서든 살 수 있었는데.

"노부히코 씨에겐 책임이 없어요."

나오미는 호소하는 듯한 눈으로 말했다.

"금방 돌아올 생각이었잖아요. 나빴던 것은 그 2인조 강도였어요."

그러나 그 말에는 대답하지 않고, 나는 힘없이 한숨을 쉬었다. 이런 식으로 책임 소재를 따진다고 히로코가 살아 돌아올 리가 없었다.

이웃 아주머니에게서 기묘한 이야기를 들은 것은 사건이 있은 후 10일이 지나서였다. 그 아주머니는 우리 집 뒤편에 살고 있다. 아주머니 말로는 그날 아침 나오미가 석유 탱크를 뒷문에서 들고 들어가는 것을 보았다는 것이다.

"석유 탱크를? 몇 시경이었죠?"

불길한 예감을 느끼면서 나는 물었다. 확실히 주방문 옆 작은 창고에 석유 탱크가 있었다.

"몇 시경이었을까요? 오전 중이란 것은 기억납니다만."

그 여자는 골똘히 생각하며 말했다.

"그렇지만 사고가 일어나기 전이란 것만은 확실해요. 난로에 중독된 후에 석유를 부을 리는 없으니까요."

"아."

나는 곤혹스러웠다. 아주머니가 거짓말을 하고 있다고는 생각지 않는다. 게다가 석유의 양이 늘어난 점에 대해 나도 의문을 느끼고 있던 참이었다. 나오미가 넣었다면 앞뒤가 맞는다.

문제는 왜 나오미가 그런 짓을 했느냐는 점이다. 그리고 왜 나오미는 그 일을 숨기고 있는가.

아주머니가 말한 대로 사고가 일어난 후의 행동이라고는 생각지 않는다. 그렇다면 사고가 일어나기 전에 나오미가 우리 집에 왔다는 것일까.

이해할 수 없는 점은 하나 더 있다. 우리 집 거실은 주방과 연결되어 있어 그 사이를 커튼으로 구분하도록 되어 있는데 사고 발생시 그 커튼이 쳐져 있었다고 나오미는 증언한 것이다. 그 증언을 나는 이상하게 생각했다. 그날 아침 커튼을 친 기억이 없었기 때문이다. 히로코가 쳤다고도 볼 수 없다.

그러나 커튼이 쳐져 있지 않았다면 앞뒤가 맞지 않는 점이 있다. 난로가 켜져 있다고 생각되는 시간과 방안의 넓이를 생각해보면 커튼이 닫혀 있으면 사망 사고는 일어나지 않았으리라는 것이 전문가의 의견이었다.

내 머릿속에서 나오미에 대한 의혹이 짙어지기 시작했다. 나오미가 일부러 히로코를 중독사 시킨 것은 아닐까 하고.

'설마.' 하고 나는 부정하려고 했다. 나오미가 그런 짓을 꾀할 리가 없지 않은가. 그러나 그 동기의 유무에 생각이 이르자 내 마음은 미묘하게 흔들렸다.

나오미와 결혼할 때 제일 큰 문제는 히로코였다.

정말로 이상한 일이지만 히로코는 좀처럼 나오미를 따르려고 하지 않았다. 나오미는 몇 번이나 집에 왔고, 셋이서 놀러가거나 식사를 했다. 그러나 히로코는 아무리 시간이 지나도 나오미를 '모르는 여자'로 밖에 보지 않는 것 같았다. 애당초 낯가림을 하는 아이였지만 그만큼 함께 지냈는데 전혀 따르지 않는다는 점이 이상했다.

"히로코는 친 엄마를 기억하고 있는 걸까요? 그래서 저한테 마음을 열지 않는 걸까요?"

언제였는지 더 이상 참을 수 없는 듯 나오미가 물은 적이 있었다. 나는 한마디로 부정했다.

"엄마가 죽었을 때, 저 애는 아직 갓난아기였는데 설마 그런 일은 없을 거야."

"그럼 왜 그럴까요? 저한테 무슨 나쁜 점이 있는 걸까요."

"당신은 잘 대해주고 아무것도 나쁜 점은 없어. 지내다 보면 히로코도 알게 될거야. 조금 더 참아 주지 않겠어."

"예, 그야 물론."

이와 같은 이야기를 몇 번인가 되풀이한 기억이 있다. 그때마다 나오미는 납득해 주는 듯했지만 과연 진심으로 납득해 주었는지. 게다가 히로코의 태도는 날이 갈수록 더욱더 심해져 나오미를 싫어하는 듯이 보이기조차 했기 때문이었다. 네 살 생일 파티를 집에서 하려고 했을 때, 히로코는 나오미를 집으로 들여보내지 않았던 것이다. 나오미는 난처해 하던 끝에 결국 그대로 돌아가고 말았다.

그런 아이, 없으면 좋을 텐데—.

그런 마음이 나오미 마음속에 싹튼 것은 아닐까. 그것을 확실히 부정할만한 근거가 나에게는 없었다.

그날의 행동을 추측해 본다. 나오미가 우리 집에 온 애초의 목적은 나오미가 말한 대로 방의 치수를 재기 위함이었을 것이다. 그러나 나오미는 거실에서 자고 있는 히로코를 보자 무서운 생각을 품는 것이다. 밀폐된 공간에서 난로를 켜면 일산화탄소 중독을 일으킬 수 있는 것은 아닐까 하는.

어쩌면 그 정도로 명확히 살해할 생각은 없었을지 모른다. 그러나 운만 좋다면 하는 마음은 있었던 것이 아닐까. 범행이라고 말할 정도로 적극적인 행동은 아니다. 난로를 켜는 자체로는 아무런 문제가 아닌 것이다.

나오미는 난로로 다가가 불을 붙이려고 한다. 그러나 석유가 없는 것을 깨닫는다. 그래서 석유를 붓고 다시 점화한다. 나오미는 석유통이 뒤쪽 창고에 있는 것을 알고 있다.

난로가 타기 시작한 것을 확인하고 거실의 창과 문을 닫는다. 더욱이 사고를 확실히 하기 위해 주방과 거실 사이의 커튼을 친다. 그리고 일단 밖으로 나와 어느 정도 시간이 지났을 때 다시 방문한다.

예상대로 히로코는 거실에서 세상 모르고 자고 있다. 나오미는 방을 환기시키고 난로를 끄고 의사를 부른다. 물론 때가 늦었기를 기대하면서.

커튼을 친 것에 대해 나오미는 진심으론 말하고 싶지 않았을지도 모른다. 그러나 그것을 숨기고 있으면 사고라는 점에 모순이 생길 것이라고 판단하고 자신이 왔을 때에는 쳐져 있었다고 증언할 수밖에 없었던 것이다.

나오미에 대한 의혹이 점점 커지면서 급기야 확신으로 변해갔다. 그러나 경찰에 고소할 생각은 한 번도 하지 않았다. 진상은 자신의 손으로 밝힐 것이다.

그 결과 나쁜 대답이 나오면 어떻게 할까. 그 대답에 대해서도 나는 마음을 정하고 있다.

만약 나오미가 히로코를 죽였다면 내 손으로 나오미를 죽일 수밖에 없다.

"대답해."

나오미의 목을 두 손으로 움켜진 채 나는 물었다.

"당신이 히로코를 죽였지?"

나오미는 슬픈 눈으로 나를 바라보았다. 입을 열 기색은 없었다.

"난로에 석유를 부은 사람은 당신이야. 왜 그런 짓을 했지?"

그러나 여전히 말이 없었다. 나오미가 한마디 변명조차 할 수 없는 이유를 나는 알 수 없었다.

"왜 대답이 없지? 부정하지 않는 것은 히로코를 죽였다는 뜻인가."

나오미는 희미하게 고개를 흔들고 작게 입술을 열었다.

"……인데."

"뭐, 뭐라고?"

"신혼여행…… 인데. 행복했는데."

나는 내 뺨이 경련을 일으키는 것을 느꼈다.

"당신이 죽인 것이 아니라면 당장에라도 멈출 수 있어. 빨리 진실을 말해 줘."

그러나 나오미는 대답하지 않고 눈을 감았다. 그리고 가슴을 크게 벌려 심호흡을 하고 눈을 뜨지 않고 말했다.

"저를 죽일 생각이라면, 죽여주세요."

건조한 목소리였다.

"그럼, 역시."

나오미는 침묵한 채 천천히 숨을 내뱉을 따름이었다. 나오미의 온몸의 힘이 고무풍선이 오므라들 듯이 빠져 나갔다.

"알았어."

나는 침을 삼키고 손끝에 힘을 주었다.

4

이튿날 아침 혼자서 레스토랑에 있는데 예의 노부부가 옆 테이블로 다가왔다. 아무래도 이 레스토랑 종업원에게는 일본인끼리 모아 두려는 특별한 의도가 있는 듯하다.

누구와도 말하고 싶지 않은 기분이었지만 얼굴을 마주친 이상 아침 인사를 하지 않을 수 없었다.

"오늘 아침은 혼자십니까? 부인께서는 무슨 일이 있나요?"

노인이 물어 왔다.

"몸이 조금 좋지 않아서 방에서 쉬고 있습니다. 대단한 것 같지는 않습니다만."

"그거 안됐군요."

부인이 말했다.

"피곤해서 그렇지요. 오늘 하루 정도는 푹 쉬는 편이 나을지 모르겠네요."

"염려해 주셔서 고맙습니다."

나오미에 대해서 더 이상 언급하기 싫어 전혀 식욕이 없었지만 나는 가볍게 머리를 숙이고 식사에 전념하는 척했다.

꾸역꾸역 아침 식사를 끝낸 후 나는 방으로 돌아가지 않고 그대로 해변으로 나갔다. 이미 몇몇 가족이 모래밭 위에 돗자리를 깔고 있었다. 나는 그들한테서 조금 떨어진 곳에 앉았다.

멍하니 바다를 바라보고 있자니 몇 년 전인지 하와이에 왔을 때의 일이 생각났다. 전 아내와 온 것이다. 그 여행에서 돌아온 직후에 임신했는데 그 전부터 아내는 여자아이를 갖고 싶어 했다. 그 바람이 이루어져 히로코가 태어났지만—.

아내가 교통사고를 당했을 때의 일을 선명하게 기억하고 있다. 소식을 듣고 병원으로 달려갔지만 이미 눈을 뜰 수 없었다. 히로코는 무슨 일이 일어났는지 모르는 듯했지만 내 눈물을 보고 앙앙 울음을 터뜨리기 시작했던 것이다. 그 히로코를 안고 나는 결심했다. 결코 이 아이를 불행하게 하지 않을 거라고. 당신이 이 아이에게 쏟을 만큼의 애정을 내가 쏟고, 내가 당신에게 쏟을 애정의 몫까지 포함해서 쏟을—.

그런 히로코가 죽은 것이다.

사고였다면 아직 체념하지 않았을 리도 없다. 그러나 인위적인 사건이었다면 복수를 하지 않을 수 없다. 상대가 누구든지 간에.

그러나 정말로 나오미가 죽인 것일까.

나는 확고히 다잡아야 한다. 이제 와서 나오미를 의심하는 마음이 흔들리기 시작한 것을. 나오미에게 그런 무서운 면이 있을 리 없다고 생각하기 시작한 것을.

나오미는 내 회사의 후배였다. 밝은 성격과 누구에게라도 상냥하게 대하는 태도가 내 마음을 사로잡았다. 이 여자라면 히로코의 좋은 엄마가 되어줄 거라고 생각했다. 그리고 나오미도 나에게 호의를 가지고 있는 듯했다.

그러나 나는 프러포즈를 상당히 긴 시간동안 망설였다. 나오미는 초혼이었다. 나와 같은 아이가 있는 홀아비에게 시집오면 고생할 것이 불을 보듯 뻔한 노릇이었다.

그런데도 결심하고 프러포즈했을 때, 나오미는 자신 있게 말했다.

"저, 꼭 좋은 엄마가 되겠어요." 하고.

그때의 말이 귀에서 되살아났다. 나오미는 입에서 나오는 대로 함부로 말하지 않았다. 물론 그런 결심이 시간과 함께 풍화해 가는 것은 흔히 있는 일이지만 그때 나는 나오미를 믿었던 것이다.

그때의 기분이 지금 와서 되살아났다. 바보같이 이미 엎지른 물인 것을. 그 증거로 신혼여행을 온 것인데, 그저 혼자서 해변에 있는 게 아닌가. 그리고 머릿속 한 구석에서 나오미의 시체를 어떻게 처분해야 할지를 생각하고 있었다.

5

저녁 때 방에 있는데 노크 소리가 들려왔다. 문 밖에 서있는 사람은 예의 노인이었다.

"한잔하겠소? 아직 해가 저물진 않았지만."

그는 브랜디 병을 든 손으로 한쪽 눈을 살짝 가렸다. 거절할 이유가 생각나지 않아 나는 그를 방으로 들어오게 했다.

"부인은?"

방안을 둘러보고 그는 물었다.

"잠시 밖에 나갔습니다. 쇼핑이라도 하려는 거겠지요."

태연한 척했지만 어조가 부자연스런 것을 스스로도 느낄 수 있었다.

"그래요. 기분은 좋아졌나요?"

"네, 덕분에."

나는 잔과 얼음을 준비해서 테이블 위에 놓았다. 그는 기분 좋은 듯이 의자에 앉았다.

"해외 여행을 자주 하는 편인가요?"

두 사람 잔에 브랜디를 따르면서 그는 물었다.

"아니오, 일, 이 년에 한 번 정도입니다. 그것도 근처로."

"그래도 부럽군요. 전에도 말했습니다만 뭐니 뭐니 해도 젊을 때가 좋지요."

한 모금 마신 후 그는 방구석에 놓여 있는 여행용 가방을 가리켰다.

"꽤 큰 가방이군요. 저 정도로 큰 것은 별로 본적이 없군요."

"예전에 유럽 여행용으로 산 것입니다. 조금 커서 가지고 다니기 어려운 것이 단점입니다."

유럽에도 먼저 아내와 갔었다. 아내가 이 가방을 보고 한 말을 기억하고 있다.

"이 속에 들어가 항공 운임을 절약해 볼까요."

실제로 작은 몸집의 사람이라면 충분히 들어갈 만했다.

"오호, 이 정도로 크면 상당히 들어가겠군요."

노인은 다가가서 찬찬히 둘러보았다. 가방을 열어 안을 보려는 기색이었지만 나는 잠자코 있었다.

드디어 그는 그것을 들어 올리려고 했다. 어느 정도의 무게인지 가늠하려는 것일 게다. 그러나 가방은 꿈쩍도 하지 않았다.

"으음, 정말로 무겁군요."

그는 조금 상기된 얼굴로 돌아왔다.

"부인은 방에 계십니까?"

내가 묻자 그는 쓴웃음을 지었다.

"오전 내내 떠들더니 머리가 아프다고 자고 있어요."

"걱정되시겠습니다."

"그래도 바로 좋아질 거요. 집사람 몸은 내가 더 잘 아니까."

그렇게 말하고 노인은 즐거운 듯이 잔을 기울였다.

"자제 분은 안계십니까?"

"없어요. 늙은이 둘이서 그럭저럭 삽니다."

노인의 웃는 얼굴은 그다지 쓸쓸해 보이지 않았다. 쓸쓸해지기 쉬운 시절도 지났다는 것일까.

나는 거대한 여행 가방을 보면서 브랜디를 마셨다. 나오미가 그 속에 짐을 챙기던 모습이 떠올랐다. 저 깊은 곳에서 북받쳐 오르는 압박감을 느꼈다.

"한 가지 물어봐도 괜찮겠습니까?"

잔을 놓고 나는 노인을 보았다.

"부인을 죽이고 싶다고 느낀 적이 있습니까?"

노인은 별로 놀란 기색도 없이 천천히 잔을 테이블에 놓았다. 그리고 잠시 비스듬히 허공을 보는 듯했지만 내 얼굴로 시선을 돌리고 말했다.

"있지요."

"네?"

"있소. 아무튼 50년이란 세월이니까요."

노인은 잔을 입에 대고 말했다. 그리고 한 모금 마시고 염소처럼 입술을 우물거리고 나서 삼켰다.

"그렇게 보이지 않습니다. 매우 사이가 좋은 것 같은데."

"그래요? 그러나 아무리 사이가 좋은 부부일지라도 위기는 찾아오는 법이지요. 아니 서로 사랑하기 때문에 오해가 거듭되면서 일이 꼬이게 되는 것이죠."

"오해가 거듭되면서……."

"상대방의 마음을 배려한 행위를 상대가 이해하지 못하고, 톱니바퀴가 어긋나 버리는 것이지요. 그 톱니바퀴를 원래대로 되돌리기란 어렵구요. 왜냐하면 그러기 위해서는 이번에는 상대방에게 상처를 주어야 하기 때문이지요."

"톱니바퀴라……."

나는 한숨을 쉬었다.

"단순한 오해가 원인이라면 언젠가는 풀릴 날이 오겠지만."

자신들의 경우는 그렇지 않다고 마음속으로 생각했다. 나오미가 히로코를 죽인 것이 아니라면 왜 한마디 변명도 하지 않았겠는가.

그러자 내 마음 속을 읽은 듯이 노인이 말했다.

"오해인지 아닌지는 풀어져야 비로소 알 수 있는 것이오."

나는 움찔해서 순간 대답할 말을 잃었지만,

"그건 그렇습니다만 영원히 판정 지을 수 없는 경우도 있겠지요. 판정 짓지 못한 채 결론을 내야만 하는 경우가."

그러자 노인은 소리 없이 웃은 후,

"판정 지을 수 없는 경우에는 믿어야지요. 그렇게 할 수 없는 자가 어리석은 것입니다."

라고 말하고 일어섰다.

"그럼, 슬슬 실례하겠습니다."

나는 노인을 현관까지 배웅했다. 그는 나를 향해 뒤돌아보았다.

"상대의 행동만 생각하면 좀처럼 오해는 풀려지지 않는 법이오. 정황을 잘 생각해 보시오."

그의 말의 의미를 잘 몰라 나는 대답하기 곤란했다. 그는 푸— 웃음 짓고 스스로 문을 열고 나갔다.

혼자 남자 나는 다시 마시기 시작했다. 잔에는 아직 브랜디가 남아 있었다.

노인의 이야기가 마음에 걸렸다. 상대의 행동만을 생각해서는 안 된다.

무슨 의미일까. 자신의 행동도 생각해 보라는 것일까. 그러나 히로코가 죽었을 때 나는 그곳에 없었다. 생각하고 싶어도 생각할 수 없다.

굳이 생각한다면 집을 나가기 전의 일인가. 그러나 나는 내가 난로를 끈 행동에 대해서 강한 자신감을 가지고 있다.

내 마음이 조금 흔들린 것은 그 후의 행동을 되짚어 보았을 때였다. 지금까지 난로에만 집착하고 있어서 그 이외는 관심 밖이었다.

실은 중요한 요소가 거기에 숨겨져 있었다. 왜 지금까지 그 점을 깨닫지 못했던 것일까.

나는 잠자코 있을 수 없어, 곰처럼 방 안을 이리저리 서성거렸다. 나에게 더없이 무서운 추리가 점점 부풀어 올랐다. 그것은 모든 의문을 녹이는 것이었다.

그리고 그 노인은 틀림없이 그것을 가르쳐 주러 온 것이다.

몇 분 후 나는 방을 뛰어나갔다. 그리고 복도를 가로질러 노부부 방문을 노크했다.

"과연 알아냈소?"

노인은 나를 맞아 주었다. 나는 방 안으로 들어가 창가에 둔 의자 앞에서 멈춰 섰다.

"왜 가르쳐 주지 않았지?"

나는 신음하듯이 말했다.

"히로코를 죽인 사람이 나였나?"

"저는, 말할 수 없어요."

나오미는 눈물을 흘렸다.

6

"오후에 숲에 쓰러져 있는 것을 우리가 발견했어요."

부인은 나오미의 손을 잡았다. 나오미의 손목에는 붕대가 감겨져 있었다. 자살을 꾀한 것을 알 수 있었다.

"경찰에 신고하려고 했는데 부인이 말리더군요. 그 대신 사정을 들었소. 따님의 일은 정말로 안됐어요. 상황을 들어보니 당신이 부인에게 의심을 갖는 것도 당연하다고 생각했소."

노인이 옆에서 말했다. 조금 전 그와 이야기하고 있는 사이에 아무래도 나오미는 그들의 방에 있을 것이라고 생각했던 것이다.

나는 머리를 저었다.

"그러나 오해였습니다. 당신이 말했듯이."

"오해는 곧잘 있는 일이오. 그보다도 어젯밤은 잘 그만두었소."

그의 말에 나는 부끄러웠다. 자신이 얼마나 어리석은 짓을 저지르려고 했는가를 알고 있었다.

어젯밤 나는 나오미의 목을 졸랐지만 결국 도중에 그만두고 말았던 것이다. 그러나 그것은 나오미를 믿었기 때문이 아니었다. 살인이 두려웠을 따름이었다.

"죽이지 않을 거죠?"

행위를 중단한 나에게 반대로 나오미가 물어 왔다. 나는 대답하지 않았다.

오늘 아침 일찍 나오미는 혼자서 방을 나왔다. 함께 있는 것이 괴로웠을 것이다. 그때 이미 자살할 마음이었는지도 모른다. 노부부에게 발견된 것은 천만다행이었다.

"미안해."

나는 나오미에게 머리를 숙였다.

"용서받으려는 생각은 없어. 그렇지만 적어도 가르쳐는 줘. 차 엔진은 당신이 끈 건가?"

나오미는 지금도 망설이고 있는 듯했지만 더 이상 숨길 수 없다고 생각했는지 단념한 듯 끄덕였다.

"네, 제가 껐어요."

"역시 그랬군. 그런데 당신은 그것을 위장하기 위해 난로를……."

나는 눈을 감았다. 더 이상 말을 이을 수 없었다.

모든 것이 나의 실수였다. 그날 아침 나는 엔진을 켜놓은 채 집을 나간 것이다. 그 이유를 지금은 명확하게 떠올릴 수 있다. 그날 아침은 너무 추워 엔진을 조금 따뜻하게 한 후 출발하는 편이 좋으리라 생각한 것이다. 그리고 그 사이에 카세트테이프를 사러 갔다.

그런데 예의 사건이 일어났고 나는 늦게 돌아왔다. 그 사이 차의 배기가스는 계단을 타고 올라가 집 복도를 채우기 시작한 것이다. 그리고 그때 아마 히로코는 복도에서 세상 모르고 자고 있었을 것이다. 그 아이는 아침에는 언제나 그런 모습이었다.

나오미가 집으로 들어왔을 때의 모습을 나는 쉽게 상상할 수 있다. 히로코는 배기가스에 중독돼 쓰러져 있었을 것이다. 사정을 눈치챈 나오미는 내 실수를 위장하려고 했다. 그래서 난로에 석유를 붓고 불완전 연소가 원인이 되어 중독을 일으켰다고 하는 식의 상황을 연출하려고 한 것이다.

커튼을 친 것도 같은 이유에서였다. 위장한 것이 탄로 나지 않도록 나오미가 순식간에 거짓말을 했던 것이다.

어처구니없는 일이다.

나는 자신이 히로코를 죽인 것을 깨닫지 못하고 자신을 비호하려던 나오미를 의심한 것이다. 아니, 그뿐만 아니라 나오미를 죽이려고 했다.

무릎에서 힘이 빠졌다. 나는 마루에 주저앉았다.

"원하는 대로 하겠어."

나는 푹 고개를 떨어뜨렸다. 눈물이 뚝뚝 마루에 떨어졌다. 후회와 자책의 마음이 온몸을 짓누르는 듯했다.

누군가가 내 어깨에 손을 얹는 감촉이 있었다. 얼굴을 들어 보니 나오미가 괴로운 표정을 지었다.

"말할 수 없었어요, 무슨 일이 있어도. 당신이 괴로워하는 것을 보고 싶지 않았어요."

"말해 주었더라면 좋았을 텐데. 적어도 어젯밤이라도."

그러자 나오미는 얼굴을 일그러뜨렸다. 울음 짓는 듯한 표정이었다.

"이젠 죽이지 말아요."

"나오미."

"그러면."

노인이 등 뒤에서 말했다.

"넷이서 식사라도 합시다. 오늘 밤은 우리가 한 턱 내지요. 아무튼 젊은 두 사람이 새 출발하는 밤이니까요."

나오미가 손을 뺀자 나는 비슬비슬 일어섰다.

02

겹쳐서 두개

"당신은 간통한 자들에게 걸맞은 벌을 준 거죠. 즉 한 몸이 된 두 사람인 셈이지."

노리즈키 린타로 法月綸太郎

1964년 10월 15일 시마네 현 마쓰에 시 출생. 1988년 교토 대학 법학과 졸업.

교와(協和)은행 근무를 거쳐, 같은 해 「밀폐 교실」로 데뷔.

대표작 「요리코를 위해서」「일(一)의 비극」「퍼즐 붕괴」, 단편집「노리즈키 린타로의 모험」「녹스머신」을 비롯해서「대량 죽음과 밀실」「초기의 엘러리 퀸」 등의 평론집도 있다.

2002년「도시전설퍼즐」로 제55회 일본추리작가협회상 단편 부문 수상.

2005년「방금 베어낸 머리에게 물어봐」로 제5회 미스터리대상 소설 부문 수상.

엘러리 퀸처럼 작가와 같은 이름의 주인공이 탐정으로 활약한다.

1

감식 반원들이 바쁘게 움직이고 있었다. 사진 팀이 연달아 셔터를 눌러대는 통에 플래시 섬광이 망막을 찔러왔다. 심야의 캐피탈 호텔 2756호. 범행 현장에는 미쳐 날뛰는 전위 화가의 캔버스처럼 엄청난 양의 혈액이 주위에 튀어 있었고, 테레빈 기름이 아닌 헤모글로빈의 고약한 냄새가 진동하고 있었다. 카펫을 세탁소에 맡기기에는 이미 때가 늦었을 것 같았다. 하필이면 스위트룸의 침대를 수술대 대신으로 사용한 고약한 놈이 있었던 것이다. 경찰청 조사 1과의 가쓰라기 경위는 다시 한 번 침대 위로 눈을 돌렸다.

피투성이 시트 가운데에 위를 향해 반듯이 누운 시체가 있었다. 시체 운반 팀은 아직 도착하지 않은 상태였다. 그것들은 목덜미에 휘감긴 한 가닥의 코드를 제외하고는 아무 것도 몸에 걸치고 있지 않은, 요컨대 태어날 때와 똑같은 벌거숭이였다. 얼굴은 아직 젊은 여자였는데 시체라는 점을 묵인한다면 대단한 미인임에 틀림없었다. 교살의 징후를 나타내는 암적색 피부에 남아있는 단말마의 표정은 오히려 영원히 이어지는 망아忘我의 경지라 착각될 정도로 음탕하고 에로틱했다.

게다가 어깨라인과 융기된 쇄골의 모양은 우아하기 그지없어 잠시 동안 마음을 뺏긴 가쓰라기는 직무를 망각한 채 자기도 모르게 넋을 잃을 정도였다. 탄력 있게 부푼 유방은 적당한 크기였으며 이미 혈색을 잃어 푸르스름함에도 불구하고 아직까지 원추형 모양을 유지하고 있었다. 그 아래로 매끄럽고 허여멀건 복부가—여기저기에 핏방울을 끼얹은 채—원만한 산기슭처럼 뻗어 있었다.

하지만 가쓰라기처럼 건전한 미의식을 가진 사람에게 눈요깃거리는 거기까지가 한계였다. 허리의 잘록한 부분을 따라 더욱 시선을 내리니 배꼽 아래 빳빳한 음모가 우거진 서혜부에 쭈그러든 페니스와 고환이 덩그러니 자리 잡고 있었다. 가쓰라기는 눈살을 찌푸렸다. 시체의 하반신은 험상궂은 남자의 것이 분명했다.

그렇다고 해서 피해자가 선천적으로 양성을 갖고 태어난 특이체질은 아니었다. 가쓰라기의 눈에 비쳐진 것은 아무리 봐도 플라톤주의 이상과는 거리가 좀 먼, 타산적이고 저속한 작품이었다. 요추 부분에서 수평으로 절단된 여자의 상반신과 그와 마찬가지로 남자의 하반신이 마치 한 마리의 암수동체 생물의 시체처럼 착 달라 붙여져 있는 것에 불과했다. 게다가 남녀의 체격 차는 어쩔 수 없었는지 여자의 허리 주위를 따라 허리둘레가 굵은 남자의 하반신 단면으로부터 피부 속의 징그러운 여러 조직들이 불거져 나와 있었다.

누구의 짓인지는 몰라도 고약하기 짝이 없는 범행이었다. 저속한 극장 앞의 손님 끌기용 간판과 같은 저속함. 가쓰라기는 아연해질뿐이었다. 이런 무대 장치를 보고 떠들어대는 사람은 후안무치한 전향 모더니스트 망령 정도일 것이다. 여자의 하반신과 남자의 상반신은 아직 어디에 있는지 알 수 없었다.

가쓰라기는 겨우 시체에서 눈을 떼고 방 한 구석에 의기소침한 모습으로 휠체어에 앉아있는 남자에게 물었다.

"부인이 틀림없습니까?"

이와미 주시로는 어색하게 굳은 얼굴로 고개를 끄덕였다. 곰처럼 체격이 큰 남자인지라 휠체어의 크기도 옷과 마찬가지로 특별히 맞춘 XL급이었다. 뒤통수에는 습포를 붙이고 있었다. 사건을 제일 처음 발견한 사람이자 110으로 신고를 했던 인물이다. 그리고 물론 살해당한 여자의 남편이다. 그가 이 방에서 완수했을 지도 모르는 다른 역할에 대해서는 아직 판단할 자료가 갖추어져 있지 않았다.

예비 지식적인 프로필에 의하면, 이와미 주시로는 극작가에서 영화감독으로 전환한 재능가로서—이 말이 구제할 수 없는 속물과 동의어라고 해도—두 분야에서 변함없는 찬사와 더불어 거액의 수

입을 올리고 있었다. 게다가 각 방면의 여성들로부터 뜨거운 시선을 한 몸에 받고 있었다. 5년 전 불의의 교통사고로 하반신에 중화상을 입은 후 휠체어와는 뗄래야 뗄 수 없는 처지에 놓였지만, 그럼에도 불구하고 남성적인 매력에 전혀 타격을 입지 않은 듯해 보이는 것은 재능과 부를 함께 가진 인종에게만 허용되는 특권일 것이다. 그 증거로 이와미는 작년 말, 스물여덟 살이나 어린 신인 여배우 기사라기 마리에와, 네 번째 결혼을 하여 세상 남자들의 선망과 질투, 게다가 신혼부부의 부부생활에 얽힌 세간의 흥미를 불러일으키기까지 했다. 그렇다고는 해도 그런 새 아내가 이런 꼴을 당했으니 그 잘난 특권적인 매력도 말이 아니게 되어 애통하다고 밖에 할 수 없었지만.

가쓰라기는 위로의 말은 건네지 않고 질문을 이었다.

“다리의 주인으로 짐작이 가는 사람이 있습니까?”

“아뇨.”

이와미는 반사적으로 고개를 흔들고는 흘끗 쳐다보더니 문득 떠올랐다는 듯 중얼거렸다.

“아니, 어쩌면 마키 도시히코일지도 모르겠군요.”

“아아, 배우 말이죠.”

“다리를 본 적이 있어서”

하고 이와미는 서둘러 설명을 덧붙였다.

“작년에 내가 찍은 영화에 마키도 출연했어요. 여장을 하는 장면

이 있었는데, 그래서 기억이 납니다."

"그게 아마 부인과 함께 출연했던 히트작이었죠."

"네."

기사라기 마리에와 마키 도시히코의 시체라면 미남미녀의 이중 살육이 된다. 가쓰라기는 남들의 두려움을 사는 형사라는 점과는 어울리지 않게 열렬한 영화광이라서 그 영화에 대해서도 잘 알고 있었다. 한마디로 말하자면 성전환을 모티브로 한 왕년의 빌리 와일더 스타일의 코미디였다. 주연인 두 사람, 기사라기 마리에와 마키 도시히코는 장면에 따라 서로 눈 깜짝할 사이에 성별을 바꾸는데, 교묘한 교차를 몇 번이고 거듭하다가 최종적으로는 아주 정상적인 남녀로 다소 그럴 듯한 해피 엔드를 맞는다. 이와미 연출의 치밀함이 가는 곳마다 배어있어 가쓰라기의 취향에는 맞지 않았지만 일반인들의 평가는 전혀 딴판이어서 재능 있는 감독의 최신작은 여느 때와 마찬가지로 호평을 받았고 흥행 면에서도 대성공을 거두었다. 덧붙여 말하면 그가 기사라기 마리에와 전격적으로 결혼한 것은 이 영화가 개봉되기 며칠 전의 일이었다. 결혼 날짜 하나에도 이와미식 PR전술의 내막이 엿보이는 듯했다.

"시체를 발견하기까지의 상황을 자세히 듣고 싶습니다만."

가쓰라기가 말하자 이와미는 얼굴을 찡그렸다.

"여기서요?"

"아아."

가쓰라기는 가볍게 침대 위를 슬쩍 보고는

"옆에 있는 응접실로 갑시다."

하고 말했다.

이와미는 낙담한 표정이었지만 가쓰라기는 막무가내로 그의 휠체어를 밀며 옆방으로 이동했다. 이와미가 사용하고 있는 것은 옵션 기능이 없는 심플한 수동식 휠체어였다.

가쓰라기는 응접실 소파에 앉았다. 휠체어에 앉은 이와미보다 눈높이가 낮았지만 상관없었다. 수첩을 꺼내 얘기를 들을 태세를 취했다.

이와미는 작은 소리로 얘기하기 시작했다

―오늘밤, 기사라기 마리에는 일 때문에 이 호텔에서 1박 하기로 되어 있었다고 한다. 이와미는 세타가야의 자택에 있었는데 불현듯 생각나는 게 있어서 아내를 만나기 위해 이곳으로 찾아왔다. 호텔에 도착한 것이 저녁 10시, 마리에는 이미 체크인을 끝내고 방에 있을 터였다. 이와미는 프런트를 거치지 않고 혼자서 엘리베이터를 타고 27층으로 올라갔다.

2756호실 문을 노크하자 마리에가 문을 열었다. 갑자기 찾아와 당황한 표정이었다. 안으로 안내를 받아 응접실로 들어서는데, 어찌 생각이나 했으랴, 갑자기 뒤에서 어떤 녀석이 뒤통수를 때려 이와미는 의식을 잃고 말았다. 정신을 차리고 보니 응접실에는 아무도 없었다. 미심쩍은 생각에 침실을 들여다보니 룸은 온통 피바다가 되어 있었다. 서둘러 내선 전화로 프런트를 불러 사건이 일어났다는 것을 통보했다.

"호텔에서 통보가 온 것이 저녁 11시 2분."

가쓰라기는 지극히 사무적인 어투로 말했다.

"즉, 당신은 대략 1시간에 걸쳐 의식을 잃었던 게 됩니다."

"그렇습니까?"

이와미는 생각난 듯 뒤통수에 붙은 습포를 만지며 과장되게 표정을 찡그렸다.

"아직 아프십니까?"

"네."

"생명에는 별 지장이 없어 천만 다행이네요."

하고 가쓰라기는 말했다.

"상처 치료는 어디에서 하셨습니까?"

"여기서요. 호텔 의사에게 진찰을 받았습니다. 프런트에서 세심한 데까지 신경을 써 주더군요."

이와미의 대답에는 약간의 빈정거림이 담겨 있었다. 프런트 직원은 사건을 가장 먼저 발견한 사람을 범행 현장에 묶어두기 위해 당연한 배려를 했던 것이다. 따라서 이와미 주시로는 110에 신고가 있었던 저녁 11시 이후에 한 번도 밖으로 나가지 못했다.

"당신을 때린 인물 말인데요, 누구 짐작 가는 사람이 없습니까?"

이와미는 힘없이 고개를 갸우뚱거렸다.

"아뇨 갑자기 뒤에서 당한 일이라."

"그때 부인은 아무런 위험을 알리지도 않고 잠자코 보고만 있었던 겁니까?"

"네."

"그렇다면 부인이 당신을 기습한 범인과 공범이었다고도 생각할 수 있겠군요."

"설마, 그럴 리가— 그놈에게 협박을 받아 어쩔 수 없이 따랐던 게 아닐까요."

이와미는 아내를 감쌌지만 마음에도 없는 말을 하는 듯한 모습이었다.

"당신이 아까 말한 대로 시체의 다리 주인을 배우 마키 도시히코로 가정한다면 왜 그의 하반신이 이 방에서 부인의 상반신과 맞붙여진 모양으로 발견되었는지, 그 이유에 대해 짐작 가는 일은 없습니까?"

"글쎄요. 범인이 어딘가 다른 곳에서 그를 죽여 이 방으로 데려온 것은 아닐까요. 무엇 때문에 그렇게 복잡하게 했는지 짐작은 가지 않습니다만 침실 꼴을 보아하니 분명 머리가 뛰어난 변태의 소행임에 틀림없어요."

"그래요?"

가쓰라가는 아무렇지도 않은 듯 반박을 했다.

"오히려 마키 씨가 처음부터 이 방에 있었다고 생각하는 편이 이치에 맞을 것 같은데요."

이와미는 대답하지 않았다. 엷은 웃음을 띤 채 왠지 비위에 거슬리는 표정을 짓고 있었다. 가쓰라기는 천천히 고개를 돌려 감식반원 중 한 명에게 물었다.

"이 테이블에 있던 재떨이는 어쨌나? 감독에게 보여주고 싶은데."

"있습니다. 즉시 가져오겠습니다."

앞에서 말한 재떨이는 객실 비품이었다. 그 안에는 재와 3분의 1 정도 피운 카멜 담배꽁초 하나가 있었다. 가쓰라기는 장갑 낀 손으로 조심스럽게 담배꽁초를 집어 이와미의 눈앞에 들어 보였다.

"부인은 담배를 피우십니까?"

"아니오. 아내는 담배를 피우지 않소."

"그렇죠? 여기 필터에는 립스틱 자국이 없어요. 부인과 친한 인물 중에 카멜을 피우는 사람이 있습니까?"

이와미는 한숨을 내쉬며 지어낸 듯한 쉰 목소리로 말했다.

"마키 군이 그렇습니다."

"시체의 하반신이 카멜을 피우거나 하지는 않았겠죠? 필터에 묻은 타액의 혈액형을 조사해 보기 전까지는 확인할 길이 없지만 분명 남자 피해자인 마키 도시히코 씨가 생전에 피운 것이 틀림없습니다. 이 사실은 그가 당신이 찾아오기 전부터 이 방에 있었음이 분명한 게 되는군요."

이와미는 긍정도 부정도 하지 않았다. 더 나아가 그 꿍꿍이속을 알 길이 없었다. 가쓰라기는 조바심을 내며 질문을 계속했다.

"갑자기 생각 나는 게 있어서 이곳에 찾아왔다고 하셨는데 무슨 용건이었습니까?"

"아내에게 할 얘기가 있었습니다."

"전화로는 말할 수 없는 용건이었습니까?"

이와미는 힘껏 입술을 일그러트린 채 가면을 쓴 듯한 눈초리로 가쓰라기를 노려보았다. 가쓰라기는 전혀 웃음기 없는 표정으로 그 시선을 맞받았다.

이와미가 끈기에서 지고 눈을 돌렸을 때 방해하는 것이 있었다. 욕실을 조사하고 있던 감식반원이 흥분된 목소리로 가쓰라기를 부르고 있는 것이었다. 범인의 유류품이 발견된 것 같았다. 가쓰라기는 즉시 이와미에 대한 심문을 멈추고 자리에서 일어났다.

침실을 가로질러 욕실을 들여다보았다. 욕조와 세면대, 그리고 양식변기가 세트로 이루어져 있었다. 과학수사반의 니무라가 변기 속에 양손을 넣어 둘둘 말린 옷가지 같은 것을 꺼내는 중이었다. 감식반 무리들은 자기 손이 더럽혀지는 것도 마다하지 않는다. 장갑을 끼고 있다고는 해도 실로 훌륭한 직업의식을 가진 사람들이다.

흠뻑 젖은 헝겊 뭉치에서 핏빛으로 물든 물방울이 뚝뚝 떨어지고 있어 가쓰라기의 구두에 튈 것 같았다.

"이쪽으로 물이 안 튀도록 해 줘."

하고 가쓰라기는 주의를 시켰다.

"배관 안쪽에 처박혀 있었나?"

"아뇨, 변기 뚜껑이 닫혀져 있기만 했어요. 물을 내린 흔적도 없습니다."

꺼낸 헝겊 뭉치를 펴자 작업용 긴 앞치마라는 것이 판명되었다. 물을 머금고 번져있었지만 표면에 피가 튀어 묻었던 흔적이 역력했다. 피가 묻은 나일론 장갑도 나왔다.

"두 사람의 시체를 절단할 때 범인이 옷에 피가 튀지 않도록 몸에 걸쳤던 것 같습니다."

니무라의 말에 가쓰라기는 고개를 끄덕이며,

"그건 그렇고 그쪽은?"

"분해되어 있지만 활톱의 일종이라고 생각됩니다."

니무라는 빙긋이 웃었다.

"무엇에 쓰였는지 굳이 설명할 필요도 없겠죠. 보세요, 여기에 살점이. 어느 시체의 조각일까요?"

가쓰라기는 그 말을 무시한 채 다른 생각을 하기 시작했다. 종잡을 수 없는 이와미의 태도가 이상하게 마음게 걸렸다. 한 가지 떠오르는 것이 있어 니무라에게 물었다.

"변기에 물을 내린 흔적이 없었단 말이지?"

"그렇습니다."

"하지만 앞치마는 눈가림일지도 모르겠군."

가쓰라기는 미간을 찌푸리며 말했다.

"뭔가 다른 것을 이곳으로 흘려보낸 뒤에 앞치마 따위를 쑤셔 넣고 이번에는 물을 내리지 않은 채 변기 뚜껑만 닫았을 가능성도 있어."

"뭔가 다른 것이라뇨?"

"남자의 상반신과 여자 하반신의 행방을 아직 못 찾고 있어. 발견되지 않는 이상 실내에는 남아있지 않을 거야. 침대 위에서 갈기갈기 토막을 낸 뒤 수세식 변기를 통해 흘려보냈다면?"

"설마하니"

니무라는 눈을 동그랗게 떴다.

"그건 좀 어려울 것 같은데요."

"아마 그렇겠지. 그렇지만 만전을 기하는 게 좋아. 호텔 정화조를 조사하고 오지 않겠나?"

"그건 상관없지만 구태여 그렇게 번거롭게 하지 않아도 얼마든지 다른 방법이 있을 텐데요. 무엇보다도 우선 시체의 나머지 부분은 문을 통해 밖으로 갖고 나가면 되니까요."

"정확히 반으로 절단된 시체를 안고 복도를 이리저리 돌아다닌다고? 누구 눈에라도 띄면 그 자리에서 끝장나는데?"

"호텔 객실 직원이 범인이라면?"

니무라의 얼굴이 득의양양한 듯 빛났다.

"룸서비스를 가장해서 시체를 왜건에다 숨기면 누구에게도 의심받지 않고 현장을 벗어날 수 있습니다. 시체를 절단한 진짜 목적은 두 개로 나누어 왜건에 싣기 편하도록 하기 위해서가 아니었을까요?"

"아냐."

가쓰라기는 고개를 저었다.

"그렇다면 두 사람의 시체 중 어느 쪽이든 하나만 해체하면 되지. 굳이 절단 작업을 두 번이나 반복할 필요가 없지 않은가."

니무라는 입을 다물었다. 만일을 위해 가쓰라기는 안쪽의 욕조를 들여다보았지만 혈흔은 없었다. 욕조 내부는 바싹 건조되어 있어 물을 사용한 흔적은 없었다. 샤워 커튼 또한 마찬가지였다. 왜 범인은 피비린내 나는 작업을 욕실에서 하지 않았을까?

가쓰라기의 생각은 길게 이어지지 못했다. 갑자기 복도에서 소란스러운 소리가 들려왔기 때문이다. 가쓰라기는 즉시 복도로 뛰어나갔다. 가쓰라기의 후배 파트너, 나카다이 형사가 쭈글쭈글한 재킷에 청바지 차림을 한 남자를 방앞까지 연행하여 왔다. 남자는 끈이 달린 캐링 박스를 메고 있었다.

"무슨 일이야?"

"거동이 수상해서 붙잡았습니다."

하고 나카다이가 대답했다.

"2760호실의 숙박객입니다. 사람들 눈을 피해 도망치려 하고 있었습니다"

"이것 봐!"

남자는 발버둥 치며 큰 소리로 외쳤다.

"이건 경찰의 횡포야. 난 수상한 사람이 아냐."

"놓아 줘."

나카다이는 마지못해 남자의 몸에서 손을 뗐다. 남자의 얼굴에 안도의 표정이 떠올랐지만 가쓰라기는 만만하게 보일 생각은 없었다.

"왜 좀도둑이 도망치는 듯한 행동을 했나?"

"사건에 휘말리기 싫었던 것뿐이요."

강경한 태도로 큰소리쳤지만 목소리는 떨리고 있었다. 내심 떨고 있는 것이다.

"이름은?"

남자는 도치자와라고 하면서 출판사의 이름이 찍힌 명함을 내밀었다. 캐링 박스를 열게 하자 카메라 장비가 잔뜩 들어 있었다.

"사진 주간지의 카메라맨이군. 여기서 무얼 하고 있었나?"

"특종을 노리고 있었소."

도치자와는 아주 시원스럽게 말했다.

"기사라기 마리에와 마키 도시히코의 밀회 현장을 찍을 기회였소."

가쓰라기는 뒤를 돌아 열려 있는 문틈으로 응접실을 들여다보았다. 이와미의 어깨가 반쯤 보였지만 지금 도치자와가 한 말이 들렸는지 어땠는지는 알 수 없었다. 문을 닫고 나서 심문을 다시 시작했다.

"두 사람이 사귀고 있었나?"

"아마 그럴 거예요."

도치자와는 아첨하는 듯 빙긋이 웃었다.

"무엇보다도 지금까지 매스컴에 꼬리를 밟힌 적이 없었어요. 이런 일이 일어나지만 않았으면 끝내 주는 특종을 잡았을 텐데."

"두 사람이 오늘 이곳에서 만난다는 사실을 어디서 들었나?"

"전화가 왔었소. 오늘 저녁 8시에 누군가가 우리 사무실에 전화를 걸어 그 정보를 알려 주더군요. 처음에는 장난 전화거니 생각했지만 길고 짧은 것은 대봐야 안다고, 가르쳐 준 호텔 방으로 전화를 해보니 정말로 마리에 본인이 전화를 받는 게 아니겠소. 이건 정말 특종감이다 싶어 서둘러 달려와 이 방을 감시하고 있었던 거요. 두 사람이 방에서 나오는 장면을 특등석에서 찍을 생각이었죠."

가쓰라기는 흠, 하고 콧소리를 내고는,

"전화를 걸어온 사람은?"

"잘은 모르겠지만 아마 업계 관계자이지 싶어요. 남자 목소리였어요. 마리에의 인기를 시기하는 사람들이 많았으니까요."

"어떻게 2760호실에 몰래 들어왔나? 때맞춰 방이 비어 있었을 리가 없지 않은가?"

"그럴 리가 없죠, 전화를 걸어온 사람이 가명으로 방을 잡아 둔 거요. 난 녀석의 지시대로 프런트에서 열쇠를 받고 체크인을 한 후 몰래 카메라를 장착한 채 오로지 기다리고 있었을 뿐이오."

당장은 믿어지지 않는 내용이었지만 사실을 말하고 있을 것이다. 거짓말을 하고 있는 듯한 낌새는 보이지 않았다. 가쓰라기는 질문을 계속했다.

"체크인을 한 시각은?"

"9시 전이었을 거요. 정확한 시간은 프런트에 물어봐요."

"그럼 몰래 카메라를 준비한 채 줄곧 이 방문을 지켜보고 있었단 말이지?"

도치자와는 고개를 끄덕였다.

"한 번도 눈을 뗀 적이 없었나?"

"물론이오."

"9시 이후에 이 방에 출입한 사람은?"

"10시 넘어서 마리에의 남편이 찾아 왔어요. 서둘러 온 듯 짐은 없었어요. 박 터지는 아수라장을 기대했지만 아무도 나오지 않더군요. 그 당시로서는 방안에서 무슨 일이 일어나고 있는지 알 길이 없었지만, 한 시간 정도 지나자 당신들이 나타났소. 그 뒤는 알고 있는 그대로요."

"그 밖에는?"

도치자와는 어깨를 으쓱해 보이며 고개를 저었다.

"아무도."

“경찰이 도착할 때까지 아무도 방에서 나오지 않았단 말인가?”

“그렇소.”

“이와미 감독도?”

“그러니까 아무도 나오지 않았다고 하지 않소.”

“한눈을 파느라 놓친 것은 아니고?”

“설마하니”

도치자와는 정색을 하고 대들었다.

“겨우 한 시간이요. 보통 사람도 아니고 내가 그런 실수를 하겠소? 내 자랑하는 것은 아니지만 잠복해서 감시하는 것에 있어서는 형사 못지않은 프로란 말이오.”

가쓰라기는 볼을 오므리며 거만하게 고개를 끄덕였다. 도치자와의 진술을 의심하지는 않았다. 이제야 이 사건의 성격이 드러나기 시작하는 듯했다. 아까부터 막연하게 생각하고 있었던 것이 현실로 나타난 것이다.

말할 것도 없이 범행 현장에서 사라진 시체 2구의 나머지 부분—마키 도시히코의 상반신과 기사라기 마리에의 하반신—의 행방이 사건의 조기 해결의 열쇠를 쥐고 있다. 아니 행방을 알아 낼 것까지도 없이 그것들이 어떤 경로를 거쳐 2756호실에서 외부로 옮겨졌는지 그 한 가지만 밝혀지면 지금 당장 범인을 체포할 수도 있다. 하지만 도치자와의 증언에 의하면 그 경로가 문이 아니라는 것은 확실해졌다. 지금부터 문 이외의 출구를 찾아낸다는 것은 결코 쉬운 일이 아니다. 가쓰라기는 고개를 숙이고 쓴웃음을 감추며 남의 일처럼 생각했다. 이것은 상당히 빈틈없는 시나리오 같은데 최대한으로 범인의 연출에 동조해 줄 수밖에 없는 노릇이다.

도치자와를 내보내고 가쓰라기는 2756호실로 돌아왔다. 휠체어에 앉은 남자는 아까 봤을 때와 같은 자리에 가만히 있었다. 이와미는 돌아서며 가쓰라기의 얼굴을 원망하는 눈초리로 노려보더니 눈이 마주치자 얼굴을 홱 돌린 채 자기가 먼저 얘기를 꺼내려고 하지 않았다. 가쓰라기는 이와미에 대한 심문을 나중으로 미루고 우선 방안에 있는 창문을 조사하기로 했다.

옥외로 통하는 창문은 응접실과 침실에 하나씩 있었는데 같은 규격이었다. 수평 회전식 창문으로서 채광 면적은 넓었지만 구조상 사람의 손으로 개폐할 수 있는 각도는 15도까지로 한정되어 있었다. 창문을 있는 대로 열어도 창틀과의 사이에 생기는 틈은 아주 좁아 고작 팔을 밖으로 내밀 수 있는 정도였다. 뜻하지 않은 추락 사고나 투신자살을 방지하기 위해 호텔에서도 여러모로 신경을 쓰고 있는 것 같았다. 숙박객의 안전과 호텔의 평판 중 어느 쪽을 우선적으로 생각하고 있는지는 모르겠지만.

어찌 되었건 살아 있는 범인이 그곳으로 탈출하기는커녕 한 사람 분의 시체를 밖으로 내던지기 위한 공간으로는 너무 좁다고 밖에 할 수 없었다. 물론 이론적으로는 제각각의 반쪽짜리 몸을 끈기 있게 몇 십 번이고 절단하여 여러 조각으로 세분화한다면 15도의 틈을 통해 하나씩 창밖으로 버리는 것은 일반적으로 불가능하지는 않다. 하지만 현실 적으로 봐서 그런 작업을 한 시간 이내에 해치운다는 것은 아무리 생각해도 무리이고, 게다가 만약에 그것이 가능하다 하더라도 그 후 밖에 떨어진 시체 조각들을 어떻게 처리하느냐 하는 제2의 의문에 대한 답이 떠오르지 않았다.

가쓰라기는 창문도 찾고 있는 경로가 아니라는 결론을 지었다. 무엇보다도 이 결론은 반쯤 예상하고 있었던 것이지만, 문도 아니고 창문도 아니고 수세식 변기의 정화조도 기대하기 힘들다. 그 이외에 외부로 통하는 출구는 없을 터였다. 절단된 남은 시체는 어떻게 하여 이 방에서 사라진 것일까? 아니면 모든 수사관의 눈을 속인 채 지금까지 실내에 숨겨져 있는 걸까? 시체 운반 팀이 도착하여 침대 위의 시체를 치우기 시작했다. 가쓰라기는 작업에 방해가 되지 않도록 응접실로 이동했다.

이와미는 안절부절못하고 있는 듯했다. 검지와 중지로 오른쪽 바지의 무릎 부위를 작은 폭으로 두드리고 있었다. 가쓰라기가 자리 비웠던 것을 사과하자 감정이 폭발한 듯 불만스러운 불평을 토했다.

"도대체 이게 얼마나 걸리는 일입니까? 이런 곳에 붙잡힌 채 내가 지금 용의자 취급을 받고 있는 겁니까? 그게 아니라면, 미안하지만 오늘 밤은 이만 집에 돌려보내 줬으면 하오. 아직까지 머리가 어질어질한데다 난 몸이 이 모양이라 쉽게 지친단 말이오. 내일 제일 먼저 경찰서에 출두할 테니까 남은 얘기는 그때 합시다."

휠체어를 U턴 시켜 문 쪽으로 향하려고 했다. 가쓰라기는 즉각 팔을 뻗어 휠체어의 등받이를 꽉 붙잡았다.

"기다려 주세요."

가쓰라기는 이와미의 앞으로 다가섰다.

"기분은 이해합니다만 조금만 더 같이 있어 주실까요? 실은 아까 흥미로운 사실이 판명되었는데 그것에 대해 아무래도 이 자리에서 여쭤보고 싶어서요."

"뭡니까, 그렇게 흥미로운 사실이라는 게?"

가쓰라기는 마음을 굳게 먹고 도치자와 카메라맨의 진술을 얘기했다. 이와미의 표정이 굳어졌다. 하지만 놀란 것 같지는 않았다.

"알고 있었던 게 아닙니까?"

가쓰라기가 물었다.

"부인과 마키 도시히코의 관계를."

"의심은 하고 있었습니다."

이와미는 급히 목소리를 가다듬었다.

"하지만 아무래도 아내를 추궁하기는 힘들었소."

"오늘밤, 갑자기 이 방을 찾아온 이유는?"

"나한테도 익명의 전화가 걸려 왔었소. 아내가 마키 군과 밀회하고 있다고."

가쓰라기는 눈썹 끝을 치켜들었다.

"전화를 건 사람은?"

"남자 목소리였다는 것밖에 모르겠소. 마키 군을 미워하는 누군가의 짓일 거라 생각합니다만."

"과연 그럴 수도 있겠군요?"

가쓰라기는 도발적인 어투로 말했다.

"그럼 이렇게 된 것입니까. 당신은 밀고 전화를 받고 이 방에 찾아왔고, 부인이 외도하고 있는 모습을 목격했다. 그리고 발끈한 나머지 발작적으로 두 사람을 살해하고는 간통한 자들에게 걸맞은 본보기가 되는 벌을 준 것이죠. 즉 한 몸이 된 두 사람인 셈이지."

이와미는 갑자기 태도가 돌변하며 쿡쿡 거리고 낮게 웃었다.

"재미있는 농담이군요. 한 몸이 된 두 사람이라니, 걸작이군."

"농담으로 말하는 게 아닙니다."

"하지만 아까 대답한 것은 사실이오. 나는 이 방에 들어서자마자 마키 군에게 맞아 정신을 잃었소. 사실은 그 시점에서 그 녀석이라는 것을 눈치 챘었지만 군이 말하지 않았던 건 아프지도 않은 배를 까 보이기 싫었기 때문이오."

"제 말을 제대로 듣지 않은 것 같군요. 도치자와 카메라맨의 증언에 따르면 저녁 9시 이후에 이 방에 출입한 사람은 당신 한 사람밖에 없었소. 따라서 당신 이외에 두 사람을 살해 할 수 있었던 사람은 없다는 결론이오."

이와미는 가볍게 한숨을 지으며,

"형사님이야말로 자기가 하고 있는 말뜻을 모르고 있는 것 아니오? 그 카메라맨의 증언이 사실이라면 아내의 하반신과 마키 군의 상반신도 이 방에서 나가지 않은 것이 되오. 양성을 지닌 나머지 하나의 시체는 어디에 있는 겁니까?"

"당신이 알고 있을 텐데요."

"그것도 농담인가요? 그런데 이번엔 아까 만큼은 재미있지 않군."

이와미는 불쾌한 표정을 지으며 가슴 앞에서 집게손가락을 흔들었다.

"이렇게 생각해보면 어떻겠소? 이 방에는 나와 살해당한 두 사람 외에 제4의 인물이 있었다고. 나와 2760호실의 카메라맨에게 밀고 전화를 건 남자와 아마 동일 인물일거요. 그리고 그는 우리가 알지 못하는 비밀 통로로 이 방에 출입하는 기술을 가지고 있다. 실제로 두 사람의 토막 난 시신이 이 방에서 사라진 이상 그런 미지의 통로가 존재한다는 것을 인정하지 않을 수 없지 않소. 그리고 그가 일부러 전화로 나를 꾀어 낸 것은 아내를 뺏긴 남편에게 살인죄를 뒤집어씌우기 위해서겠지요. 카메라맨은 그 선의의 목격자로서 이용되었다고 생각합니다만."

"안타깝게도 제4의 인물도 미지의 통로도 존재하지 않습니다."

가쓰라기는 단호하게 말했다.

"당신이 두 사람을 죽이고 시체의 남은 부분을 남의 눈에 띄지 않게 숨긴 거예요."

"어떻게 해서 말이오?"

"그건 지금부터 밝혀 내야죠."

"전혀 말이 통하지 않는군요."

이와미는 고개를 지었다.

"벌써 날도 밝았소. 더 이상 선문답 같은 논쟁을 되풀이 해봐야 소용없는 일이요. 나는 돌아가겠소."

가쓰라기는 보내주지 않았다. 응접실 전화 수화기를 들어 이와미의 손에 쥐어주며 말했다.

"만약에 그러고 싶다면 변호사를 부르시죠."

"이런 행동이 용납될 수 있다고 생각하나?"

이와미는 갑자기 화를 버럭 냈다.

"인권유린도 유분수지! 나는 정계에도 아는 사람이 많아. 이런 식으로 이치에 맞지 않는 처사를 계속할 생각이라면 목이 날아가는 걸 각오해야 할 거야."

"지금 이 불평은 재판할 때 분명히 불리하게 작용될 겁니다. 당신의 이상한 신체 절단 기호를 단적으로 보여주는군요."

이와미는 콧방귀를 뀌며 벌컥 성을 내더니 전화기 버튼을 누르기 시작했다. 가쓰라기는 그에게서 떨어지며 나카다이 형사에게 물었다.

"정화조 조사는 어떻게 되었나?"

"아까 니무라에게서 보고가 있었습니다. 아무 이상이 없다고 합니다. 시체의 나머지 부분의 행방에 관한 단서는 아직까지 아무 것도 없습니다. 그와 함께 남자의 옷이 상하 모두 실내에서는 발견되지 않았습니다. 그리고 그 카메라맨은 경찰서로 연행하여 조서를 꾸미고 있습니다."

"단서가 없단 말이지."

가쓰라기는 손으로 턱을 괸 채 한참동안 골똘히 생각에 잠겼다.

"호텔 의사를 불러주지 않겠나? 이와미 감독을 치료해 준 사람 말이야. 잠깐 물어볼 게 있어."

불려 온 의사는 이름이 이소가이라고 하는, 남의 일에 참견하기 좋아할 것 같아 보이는 50대 남자였다. 가쓰라기는 거두절미하고 다짜고짜 질문을 퍼부었다.

"이와미 감독의 후두부 상처 말인데요. 틀림없이 맞은 흔적이 있었습니까?"

"그건 틀림없어요. 부은 자국이 있었어요."

"그럼 누군가에게 맞아서 정신을 잃었다는 것도 분명합니까?"

"거기까지는 확실하게 말하기 어렵군요. 그럴 생각만 있다면 자기가 자기 뒤통수를 때려 타박상을 남기는 것 정도는 간단하니까요. 휠체어 바퀴는 앞뒤로 움직일 수 있어요. 뒤를 향해 힘껏 벽에 부딪히면 그 정도의 상처를 남길 수 있을지도 모르겠군요."

"선생님이 치료하는 동안 그는 어떤 상태였습니까?"

"기분이 나쁜 것 같았어요. 게다가 왠지 안절부절못하더군요.

그러고 보니 바지 주름 선이 구겨지지 않았나 상당히 신경 쓰는 것 같았어요."

가쓰라기가 다음 질문을 생각하고 있는데 이소가이 의사 쪽에서 얘기해 줄 게 있다고 말했다.

"실은 그 사람을 치료한 후 잠깐 호기심이 생겨 침실 쪽을 들여다봤는데요. 그 남자 시체 하반신에 이상한 흔적이 남아 있는 것을 발견했어요."

"이상한 흔적?"

"좌골 부분과 좌우 무릎, 그리고 양 발목, 다섯 군데에 울혈이 보였어요. 죽은 뒤에 테이프가 뭔가를 감았던 게 아닌가 싶은데요, 어떻게 참고가 될 수 있을는지요?"

가쓰라기는 빙긋이 웃으며 확인하듯이 물었다.

"선생님께서 시체를 봤을 때 죽은 지 어느 정도 시간이 경과되었는지 알 수 있었습니까?"

"그건 전문가가 아니라서. 둘 다 죽은 지 한 시간 전후 같은데, 그 이상은 모르겠어요. 다만 절단된 부분의 상태로 보아 죽은 것은 남자 쪽이 훨씬 먼저였던 것 같아요."

가쓰라기는 고맙다는 인사를 하고는 의사를 복도로 내보냈다. 그와 동시에 이와미의 변호사가 맹렬한 기세로 방으로 뛰어들었다.

"의뢰인이 부당한 대우를 받고 있다는 소리를 듣고 달려왔습니다. 여기 책임자가 누굽니까?"

"접니다."

가쓰라기가 말했다.

"괜찮으시다면 당신이 증인이 되어주었으면 하는데요."

"뭐라고요?"

"이와미 씨."

가쓰라기는 이와미의 앞을 가로막고 서서 뚫어져라 얼굴을 노려보았다.

"지금부터 내가 말하는 것을 잘 듣고 반론이 있으면 말씀하십시오. 한 번밖에 말하지 않습니다. 당신이 10시 넘어 이곳에 도착했을 때 실내에 있었던 사람은 부인 한사람뿐이었습니다. 마키 도시히코는 없었어요. 저녁 9시 이전, 당신이 호텔로 오기 직전에 이미 밖에서 살해 당한 거죠. 당신에게 숨이 끊겼고 이미 시체도 절단되어 있었던 겁니다. 실내에서 그의 옷가지가 발견되지 않은 것이 간접적으로 그것을 나타내고 있지요. 응접실에 있었던 카멜 담배꽁초는 분명 피해자가 피운 것을 사전에 입수하여 나중에 재떨이에 넣어 둔 것에 지나지 않죠. 방에 들어오자마자 당신은 아내를 교살하고 침대 위에서 시체를 절단했어요. 활톱과 앞치마는 양복 안쪽에다 숨겨 방으로 갖고 들어 왔겠지요. 침대 위에서 시체를 절단한 것은 휠체어에 앉은 채 작업을 하기에는 가장 적절한 높이였기 때문이죠."

"이봐, 잠깐 기다려 봐."

변호사가 말을 가로막으려 했지만 가쓰라기는 개의치 않고 계속이었다.

"물론 당신은 밀고 전화 따위는 받지 않았소. 훨씬 이전부터 아내의 외도를 눈치 채고 있었고 처음부터 두 사람을 죽이기 위해 사전에 오늘 밤의 준비를 하고 있었던 것이죠. 도치자와 카메라맨에게 밀고 전화를 걸어 2760호실로 불러들인 것도 물론 당신이 한 짓이죠. 그 목적은 두 가지, 하나는 아내가 이 방에서 마키 도시히코와 밀회하고 있었다는 선입관을 심어주기 위해서이고 또 하나는 당신이 10시 이후에 한 번도 방밖으로 나가지 않았다는 것을 제3자에게 목격시켜 사건을 해결 불가능한 범죄로 가장하기 위해서이지."

"당신이 희망하는 대로 반론을 하겠소."

이와미는 괴로운 듯이 숨을 들이쉬고는 있는 힘껏 허세를 부리며 대답했다.

"카멜 담배꽁초 건은 싸워 봤자 소용없는 것이라 치고, 내가 이 방을 찾아왔을 때 아내가 혼자였다면 어떻게 마키 도시히코의 하반신이 이곳에 있는 거요? 카메라맨은 내가 빈손이었다고 증언하고 있지 않습니까? 게다가 만약 내가 아내를 죽였다면, 그럼 아내의 하반신은 어디로 사라진 것이오? 문이나 창문을 통해 시체를 밖으로 내보내는 것은 불가능해요. 그건 당신도 잘 알고 있을 겁니다."

"첫 번째 반론에 대한 대답은 간단합니다. 요컨대 당신이 목격자에게 들키지 않는 방법으로 실내에 가지고 들어온 겁니다. 그리고 두 번째 지적에 대해서는 당신의 주장이 옳아요. 이 방에서 당신 아내의 하반신을 가지고 나간다는 것은 어느 누구도 불가능합니다. 바꿔 말하면 그것이 아직 이 실내에 있다고 생각하지 않으면 안 되겠지요. 당신이 이곳으로 왔을 때 마키 도시히코의 하반신을 숨기고 있었던 곳과 같은 장소에."

"설마하니"

이와미는 진땀을 흘리며 바지의 양 무릎을 꽉 붙잡았다.

"기상천외한 밀실 살인을 자기가 만들고 연기하려고 하다니, 분명히 이상한 추리 소설이라도 읽고 삐뚤어진 감화를 받았던 모양이죠."

가쓰라기는 차갑게 선고했다.

"하지만 이번에는 영화처럼 제대로 되지 않은 것 같군요. 어디서 실수를 했는지 알고 있습니까? 이전부터 생각하고 있었지만 자기도취에 빠져 한 연출에 너무 몰두하는 것이 당신의 나쁜 습관이었어요."

가쓰라기는 이와미에게 달려들어 허리 벨트를 풀고 우격다짐으로 그의 바지를 끌어 내렸다. 바지의 엉덩이 부분이 불룩하게 튀어나와 있는 데다 휠체어의 시트 안쪽이 겉보기보다 깊이 패여 있었다. 5년 전의 사고로 입은 화상 때문에 하반신을 잃은 이와미는 항거할 방법이 없었다. 의족 대신에 드러난 것은 부목을 대어 무릎을 꺾은 모양으로 고정시킨 피투성이의 여자 하반신.

기사라기 마리에의 다리였다.

03

곳에 따라 비

"이상하죠? 우노 경부님."

"어제도 오늘도 비라고는 한 방울도 내리지 않았어요. 그런데 이 옷차림은 어떻게 된 걸까요?"

아카가와 지로 赤川次郎

후쿠오카 현 출생. 1976년에 「유령기차」로 15회 '올요미모노' 추리소설 신인상 수상.
여대생 나가이 유키코(永井夕子)와 중년 형사 우노(宇野)가 활약하는 유머감각 넘치는
본격 추리물로 본서 수록의 「곳에 따라 비(올요미모노, 1978년 2월)」도 이 콤비에 의한
초기 대표 단편의 하나이다. 음울한 서스펜스 장면 「마리오네트의 덫」을 거쳐,
제2 장편 「얼룩 고양이 홈즈의 추리」(1978)나, 영화화된 「세일러복과 기관총」
「세 자매 탐정단」 등이 베스트셀러가 되었고, 어른부터 중학생에 이르기까지
아카가와 지로 붐을 일으켜 당대의 인기 작가가 되었다. 유머러스하고 경쾌한 작풍과
그 밑에 깔린 따스한 인간의 이해가 젊은 세대에 압도적인 공감을 얻어 작품량은
엄청나게 늘어 갔다. SF, 공포, 모험, 쇼트 쇼트까지 열렬한 팬들의 극성은
「얼룩 고양이 홈스의 영화관」에 피력되어 있다.
작가생활 30년이 된 2006년 8월, 480편의 작품을 발표해서 3억 부 이상 팔렸다.
아직도 원고지에 직접 원고를 집필하는 것으로도 유명.
1980년 「악처에게 바치는 레퀴엠」 제7회 가도카와 소설상 수상
2006년 제9회 일본미스터리문학대상 수상
2008년 작품이 500편에 이르렀으며 이후 2018년 현재까지 계속 목록을 추가하고 있다.

1

"응."

내가 말했다.

"어떻게 된 거예요, 도대체?"

나가이 유키코가 잔뜩 화가 난 표정으로 나를 노려보았다.

"뭐가?"

"아까부터 '응' '응' 이 말뿐이잖아요. 그렇게 질질 끌지 말아요."

그러나 그것은 부당한 트집으로, 사실 내가 '응'이라고만 했던 것은 달리 할 말이 없어서였고 아무 말도 안 하는 것보다는 낫다고 생각했기 때문이다.

아니, 싱싱하고 예쁜 아가씨와 마주앉아 이야기하고 있는데 '응'

이라고밖에 말할 수 없다니, 멍청하다고? 그러나 내 처지가 한 번 되어 주었으면 싶다. 누구든지, 좋아하는 여자가 다른 남자에 대해 입에 침이 마르도록 칭찬하는 것을 들으면 '응'이라고밖에 말할 수 없는 것 아니겠는가? 질투에 불타기에는 내 나이 이미 마흔이고, 당장 가서 그 녀석을 때려 주기에는 나는 경시청 수사 1과의 경찰인 것이다.

"미안해, 미안."

나는 아주 정중히 말했다. 나가이 유키코는 찻집의 넓은 창밖을 바라보며,

"참 좋은 날씨야, 정말."

감정을 억누를 수 없다는 듯이 감탄사를 연발하고 다시 나를 보며 말했다.

"그러니까 테마를 찾아내는 방법이라고 생각해요, 문제는."

정말이지, 요즘 젊은 사람들은 이야기 주제가 이것저것 획획 바뀌는 것이, 마치 아무 데서나 출몰하는 비행접시와 같아서 나는 알아듣기조차 힘들 정도였다.

요컨대 이런 이야기였다.

나가이 유키코는 현재 T대학 문학과 4학년으로, 내일 11월 3일부터 5일까지 열리는 대학축제의 기획위원으로 선출되었다. 유키코는 교양 담당으로 하루 한 건의 강연 테마를 기획해 강사를 교섭해야 한다. 쉽지는 않았겠지만, 그런대로 첫 날은, 허무한 표정

으로 여학생에게 한결같은 인기를 끌고 있는 작가로부터 '소설 속의 여인상'이라는 테마로, 이틀째는 최근 갓 이혼한 결혼 카운슬러 모某 여사를 모셔 '실패한 결혼의 실제 연구'를 각각 지껄이게 하는 약속을 얻어냈다. 그런데 단 한 사람이 섭외가 안 된 것이다. 아니, 일단 승낙한 여행가가 갑자기 홋카이도로 떠나버린 것이다. 무엇보다도 대학 축제는 내일부터이므로 급히 그 구멍을 메워야 했다. 거기서 뭐라고! - 내게 뭔가 말해보지 않겠냐는 말을 꺼내는 바람에 나는 놀란 정도가 아니었다.

"이런 테마는 어떨까? '살인 현장에서 범인 체포까지', 뭔가 구체적이고 재미있는 사건을 하나 골라 사실적으로 이야기해 주면 되는 거예요."

"이봐, 좀 기다려 봐."

"다른 테마라면…… 당신이 이야기할 만한 것은 노인문제 정도일까?"

"이봐!"

난 약간 무안해져서 말했다.

"넌 지금 내가 승낙한다고 믿고 덤비고 있는 거야?"

"어머, 그럼요, 날 사랑하고 있잖아요?"

"그, 그건……그저……."

나는 입을 다물어버렸다. 마흔이 된 남자가 갑자기 그런 말을 들으면 어떻게 대답할 수 있단 말인가?

"그럼 허락하시는 거죠?"

윽, 아이쿠…….

"이제 안심했어요. 날짜는 11월 5일, 시간은 오후 1시부터 1시간이에요."

"한 시간이나?"

"걱정 마세요. 단 60분이잖아요. 아, 그리고 강연료에 관한 이야긴데……."

난 처음으로 귀를 쫑긋 세웠다. 강연료라! 그건 생각지도 않았는데.

"사실은요,"

유키코는 좀 어렵다는 듯이 말을 이었다.

"이틀째의 카운슬러인 모 여사가 굉장히 억척스러운 여자예요. 이쪽에서 말한 액수로는 승낙을 안 하는 거예요. 다른 곳에서도 그날 요청이 있으니 그쪽으로 하겠습니다. 하고 말하는 거 아니겠어요? 그래서 황급히 그러면 두 배로 드리겠습니다, 해버렸어요. 그러니, 예산은 결정되어 있고……."

나는 희망이라는 이름의 장미가 참혹하게 시들어가는 것을 지긋이 보고 있었다.

"괜찮아, 너를 위해서라면, 무료로 봉사하지."

나는 무리를 했다.

"그렇게 나오리라 생각했어요, 내 애인이니까!"

"왠지, 필요할 때만 애인 취급받는 느낌이야."

헤헤…… 유키코는 혀를 살짝 내밀어보였다. 그 개구쟁이 같은 모습이 무척이나 귀여웠다. 나같이 딱딱한 경찰을 홀딱 반하게 한 것은 그런 애교스러운 점이었다. 그러나 이 아가씨가 일단 어려운 사건을 앞에 두면 여자 셜록 홈스로 변신, 내 간을 빼놓을 듯 뛰어난 추리력을 발휘하기 때문에 사람은 겉만 봐서는 모르는 법이다.

"그러면 너무 죄송스러우니까."

유키코는 커피를 홀짝 마시며 말했다.

"우리 이렇게 해요. 5일에 축제가 끝나면, 당신을 우리 집에 초대할게요."

"정말이야?"

내 가슴이 마구 뛰었다. 나는 문자 그대로 애인이었고, 틈나는 주말에 잠시 여행이나 하는 사이로, 유키코가 살고 있는 곳도 몰랐다. 그녀는 양친을 사고로 잃고 혼자 살고 있다고 들었으나 그녀가 사는 곳이 연립주택인지 멋진 맨션인지조차 전혀 듣지 못했던 것이다.

"낡은 집인데, 실망하지 마세요."

"괜찮아, 지금이라도 가자."

"안돼요."

유키코는 나를 노려보며 말했다.

"강연료는 강연이 끝나고 나서예요."

"알았어."

나는 한숨을 쉬었다.

"그런데 뭘 얘기하지? 사람 앞에서 이야기하는 것은 내 전공이 아니야."

유키코는 입구 쪽을 보고 활짝 얼굴을 펴고 말했다.

"봐요! 저 사람이 좀 전에 얘기한 가와시마 교수님이에요. 교수님!"

돌아보니 역시 젊은 여대생에게 인기 있을 법한 30대 중반의 젊은 남자가 매력적인 미소를 띠며 이쪽 테이블로 다가오고 있었다. 아까부터 유키코가 입이 닳도록 칭찬하고 있던 것은 이 가와시마川島라는 문학과의 조교수였다. 키가 컸고 잘 재봉된 양복은 몸에 딱 맞았다. 제법 긴 머리를 깨끗이 빗고, 햇볕에 알맞게 그을린 단정하고 긴 얼굴은 지적인 품위가 있어보였다. 분명히 좋은 가문의 자식임이 틀림없었다.

"안녕, 나가이 양!"

"선생님, 이쪽은 5일 강연을 맡아주실 우노 경찰관이세요."

"안녕하세요. 폐를 끼치게 되었군요."

가와시마는 정중히 인사하고, 유키코 옆 자리에 앉았다.

유키코가 유쾌하게 웃으며 말했다.

"교수님, 죄송합니다만, 저쪽 의자로 옮겨 주시겠어요?"

"뭐?"

"이 사람이 무척 질투가 심하답니다."

나는 빨갛게 얼굴이 달아, "아니오, 그럴 리가"하고 외쳤으나 가와시마는 웃으며 자리를 옮기고 말했다.

"아니 눈치가 없어서……나가이 양에게는 나도 반했어요. 식사에 초대한 적이 있지만 '저는 경찰청에 근무하는 애인이 있어서요.'라고 첫 마디에 거절당했어요."

나는 웃으며 이마의 식은땀을 닦았으나 속으로는 아주 기분이 좋았다. 이런 식의 아니꼬운 남자는 평소 제일 싫어하는 타입이었으나 이 친구는 그다지 나쁜 사람 같지 않다는 생각이 들었다. 넥타이핀에 비취가 박혀 있고 손에는 외국인같이 금속으로 장식한 반지를 끼고 있는데도 밥맛으로 보이지 않는 것은 이상한 일이었다.

나는 축제준비위의 고문이라는 가와시마와 함께 강연의 내용에 대해 협의하기 시작했다. 내가 흥미로운 사건을 몇 개 선별한 뒤 내일 다시 한번 유키코를 만나 그 중 어느 것으로 할 것인지 결정하기로 했다.

그리고 요즘의 학생 문화 등에 대해 잡담하고 있을 때였다. 몹시 당황해하며 가게로 뛰어 들어온 청년이 있었다.

"어머, 교수님, 나카노 군이네요."

유키코가 알아보고 외치자 가와시마가 불렀다.

"정말이군, 무슨 일일까? 이봐, 나카노 군! 이쪽이야!"

가와시마는 나에게 "내 연구실에 있는 조교입니다."라고 설명을 했다.

나가노라고 불린 청년은 급히 뛰어와 숨을 한 번 들이마시고 말했다.

"다행이에요. 찾고 있었습니다, 교수님!"

"왜 그러는 거야?"

"큰일 났어요. 와 주세요."

"뭐가? 부탁한 책 말인가?"

"아니오, 실은 아오키 군이……"

"아오키 군이? 어떻게 됐단 말인가?"

"저, 죽은 것 같습니다."

그렇게 갑자기 '죽었다'는 말이 나와서 우리 3명은 서로 잘못 들은 게 아닌가 하고 마주 보고만 있었다.

"죽었다고?"

가와시마가 되물었다. 나카노는 머리를 긁적이며 말했다.

"예예, 아마……"

"아마? 도대체 뭐라고 말하고 있는 거야?"

"아니, 그것이 꽤나 묘해요. ……그렇게 묘한 일이……"

"가와시마 교수님."

내가 이야기 도중에 끼어들었다.

"아무래도 내 영역인 것 같습니다. 함께 가보실까요?"

"고맙습니다, 부탁 좀 드리겠습니다. 자, 가시죠."

찻집은 대학 정문 바로 앞이었다. 긴 은행나무 가로수 사잇길을 더듬어 넓은 캠퍼스 잔디밭 사이를 가로질러 갔다. 내일의 축제 준비로 학생들이 여기 저기 바삐 뛰어다니고 있었다.

우리들은 4층 건물 안으로 들어가 계단을 내려갔다.

"지하실입니다."

가와시마가 계단을 내려가면서 내게 설명했다.

"서고로 사용하고 있어요."

계단을 내려가니 쌍여닫이문이 있었다. 나카노가 문을 열며 말했다.

"계단 밑이에요."

그는 길을 비켜섰다. 안은 제법 어두컴컴하고 먼지 냄새가 났다. 키 큰 책장들이 좁은 간격으로 줄지어 서있고 두꺼운 책들이 꽉꽉 들어차 있었다.

"저기에요."

유키코는 아주 차분한 목소리로 말했다. 말소리가 크게 울려서 들려왔다. 들어온 문 바로 옆에, 밑으로 바로 내려가는 가파른 계단이 있었다.

"지하 2층까지 있어요."

가와시마가 내게 말했다.

빌딩의 비상계단에 흔히 쓰이는 스틸계단이었다. 내려간 계단 끝에 한 남자가 누워 있었다.

"의사는?"

내가 나카노를 향해 말했다.

"아니오.……죽었다고 생각해서……"

"자네가 의산가? 빨리 불러 와!"

외치는 내 소리에 나카노는 깜짝 놀라 방에서 뛰어나갔다. 내가 말했다.

"실례했습니다, 많이 놀란 것 같아서요. 그렇게 외치는 쪽이 마음을 좀 가라앉게 한답니다. 내려가 봅시다."

우리는 가파른 계단을 조심스럽게 내려갔다. 쓰러져 있는 사람의 키는 컸으며 30살 안팎으로 보였다. 나는 몸을 굽혀 맥을 짚고 가슴에 귀를 대어보았다.

"확실히 죽었습니다. 죽은 지는 얼마 안 된 것 같습니다만."

"이게 무슨 일이야!"

"안됐어요. 좋은 사람이었는데."

유키코가 중얼거렸다.

"어떤 사람입니까?"

"내 조수예요. 책벌레라, 이 서고에 틀어박혀 있는 것이 좋다고 했어요. 우수한 학자가 될 사람이었습니다만."

가와시마는 창백해진 얼굴로 고개를 가로저었다.

"떨어진 걸까요?"

유키코가 계단 위를 올려다보면서 말했다.

"어쩌면 그럴 거야."

나는 고개를 끄덕였다.

"가파른 계단이야. 발이 미끄러졌나봐. 내가 보기에는 목뼈가 부러진 것 같아."

"안경이 떨어져 있어요."

시체에서 1미터 정도 떨어진 장소에, 부서진 렌즈 조각들과 함께 안경이 떨어져 있었다.

"이 사람 것입니까?"

"예, 아오키 군의 것이라 생각합니다."

가와시마는 수긍하면서 말했다.

"위로 올라가서 말씀 나눠도 괜찮겠습니까? 이런 일은 처음이라……"

"아, 그렇군요. 좋으실 대로 하시죠."

유키코는 함께 남아 잠시 시체를 보고 있더니 이윽고 나를 보며 말했다.

"어떻게 된 일이죠?"

나는 어깨를 으쓱해보였다. 유키코는 몸을 굽혀 시체를 조사하기 시작했다. 그녀의 눈이 빛나고 있었다. 뭔가 기묘한 비밀을 만났을 때의 흥분이 그녀를 사로잡고 있는 것이다. 한 여학생이, 지금은 탐정으로 변해 있었다.

사실 까닭을 알 수 없었다. 가와시마는 시체를 본 것만으로도 기분이 나빠진 모양으로-보통 사람이면 당연한 것이다.- 아무것도 알아차리지 못했으나, 시체의 옷차림이 아주 기묘했다. 낡은 레인코트, 고무장화, 그리고 손에는 큰 우산을 가지고 있는 것이다.

그건 아무리 봐도 폭우가 내리는 밖으로 나가려는 모습으로밖에 생각할 수 없는 차림이었다. 그러나 밖은 쾌청하고 구름 한 점 없는 날씨이다. 아침부터 보슬비 한 방울 내리지 않았는데 도대체 이 차림새는 무엇 때문이었을까?

"이상하네, 확실히 사고일까요?"

"그건 알 수 없어. 그러나 살인이라 밝혀지지 않는 한 사고라고 생각할 수밖에 없지."

"그래도 이 스타일, 어떻게 생각해요?"

"그건 나도 이상하다고 생각해. 하지만 그렇다고 해서 살인으로는 연결이 안 돼. 아니면 이 친구가 사람들에게 원한 산 일이라도 있던가."

"아니오."

유키코는 씁쓸한 얼굴로 말했다.

"이렇게 아무에게도 미움 받지 않은 사람도 없을 거예요. 공부벌레, 책벌레로 다른 일에는 흥미가 없었어요. 아마 축제가 있다는 것도 몰랐을 거예요. 연구 이외는 무엇을 물어도 고개를 갸우뚱 했어요. 한 번은 집에 돌아가는데, 어느 역에서 갈아타는지 잊어버려 역 직원에게 '우리 집 가는데 어디서 내리나요?'라고 물었을 정도니까. 세상사에 어두운 학자 타입, 그 자체였어요."

"그런 인간이 지금도 있어? 이미 박물관행이 되었다고 생각했는걸. 가족은?"

"그게 말이에요, 아주 예쁜 부인이 있어요."

"그래?"

"역시 이 연구실에 있었던 사람인데, 꾸밈없는 미인으로 좋은 사람이에요. 2년 전에 결혼했어요. 주례는 가와시마 교수님의 아버지셨어요."

"아버지?"

"가와시마 교수님 아버지 역시 이 대학의 교수셨어요. 작년에 돌아가셨지만 훌륭한 학자셨지요. 아오키씨 부인, 정말 안됐어."

그때 교내 의사가 허둥지둥 달려왔다. 나는 내 신분을 밝히고 일단 변사 사건이라 경찰에 연락을 취하게끔 부탁하고 위로 올라갔다. 가와시마는 책장에 기대어 우리를 기다리고 있었다.

"끝났습니까?"

"예, 나머지는 의사가 처리해 줄 겁니다. 갑작스러운 일이었지요."

"도움 많이 되었어요. 아오키 군에게 많은 기대를 걸고 있었기에 충격이 큽니다. 정말, 그렇지. 그의 부인에게 알려야 해요."

"내가 알릴까요?"

유키코가 말했다. 가와시마는 고개를 저으며 말했다.

"아니, 괴로운 일이지만 내가 해야겠어."

"하나 묻고 싶은 것이 있습니다만."

내가 말했다.

"뭐죠?"

"아오키 군은 레인코트나 고무장화 등을 서고에 두고 있었습니까?"

가와시마는 질문의 의미를 모르는 듯이 의아스럽게 나를 쳐다보고 있었으나 이윽고 수긍했다.

"그렇군요. 이상하군요, 저 복장이. 이제야 겨우 알아챘어요."

"아니, 아오키 군은 연구를 할 때면 시간 감각도 없어지는 사람이죠. 정신을 차리면 새벽일 때가 많아 서고에서 자는 일이 빈번했어요. 우산이나 레인코트, 장화 등도 두고 있었나 보지요. 그런데 묘하군요. 이런 날에."

"그러게 말입니다."

1층에 올라가자 바로 앞 교실에서 여학생이 뛰어나왔다.

"어머, 가와시마 교수님, 잘 됐네요. 찾고 있었어요."

"뭐지?"

"아무리 해봐도 저음이 깨끗하지 않아요. 어떻게 좀 해 주세요."

교실 입구에는 '레코드 콘서트'라고 적혀 있었다. 내일의 준비인 듯했다.

"몇 번씩이나 스피커의 위치와 의자를 옮겨 보았지만 안 돼요."

그 아가씨는 금방이라도 울음을 터뜨릴 것 같았다.

"빈 맥주병을 30병 정도 모아서 양쪽 벽 앞에 세워 봐. 아마 깨끗해질 거야."

"알았어요, 그렇게 해 보지요."

아가씨가 밝게 웃으며 말했다.

"역시 교수님이세요. 지금 모두들 포기하고 있었어요. 감사합니다."

이 교수는 제법 인기가 있구나 하고 나는 미소를 지었다. 가와시마는 아오키 조수의 죽음을 부인에게 알리기 위해 자리를 떴고 유키코도 기획위원 회의가 있다고 내일 만날 약속을 하고 가버렸다.

나는 한편으로 경찰이 올 때까지 기다리기로 하고 주위를 거닐고 있었다. 될 수 있는 한 이 소식이 학생들 사이에 퍼지지 않게 하고 싶었다. 축제인 것이다. 게다가 사고에 지나지 않을 것이므로……

잠시 후 경찰서의 형사가 도착해 나는 간단히 상황을 설명했다. 좀 기묘한 점이 있으니 본청(경시청)에서 검시관을 불러오는 것이 어떠냐고 제안을 하니, 형사도 동의를 했다. 약 10분 후에는 낯익은 검시관이 감식과 직원과 함께 왔다.

검사는 보통 때와 같이 행해졌으나 눈에 뜨이지 않게 매우 신경을 썼기 때문에 축제 준비에 바쁜 학생들은 거의 눈치채지 못했을 것이다. 검시관의 소견도 타살을 의심할 만한 흔적이 없이 계단에서 추락사했을 것이라 추정했다.

거기까지 확인하고 대학구내를 나왔다. 교문을 나서니 마침 택시가 멈추고 가와시마 조교수가 내렸다. 그리고 이어서 내린 사람은 아름다운 여성이었다. 얼굴은 창백했고 울었던 탓인지 눈이 충혈되어 있었으나 야무지게 입술을 다물고 가와시마를 앞서서 대학 안으로 들어갔다. 죽은 아오키 조수의 부인임에 틀림없었다. 조금 무거운 기분으로 역을 향해 걷기 시작했다.

2

그날 밤 나는 관사 내의 혼자 지내는 누추한 방에서 과거 몇 가지 자료를 펼쳐 놓고 강연에 어울리는 사건이 어떤 것이 있는지 하나씩 검토하고 있었다. 12시 가까이까지 최종후보를 3개로 매듭짓고 자, 이제 자 볼까 하고 하품을 늘어지게 했을 때 전화벨이 울렸다.

놀랍게도 상대는 가와시마 조교수였다.

“밤늦게 죄송합니다. 나가이 양으로부터 전화번호를 물어 연락드리는 겁니다. 폐가 된다고 생각은 했습니다만.”

“아니오, 괜찮습니다. 무슨 일이십니까?”

“실은 오늘 밤 10시경에 나카노 군에게서 전화가 있었어요. 왜, 그 아오키 군이 죽었다고 알리러 온 조수 말입니다.”

“기억합니다, 그런데요?”

“중대한 이야기가 있다는 겁니다. 물어도 전화로는 말 못하겠다고만 하고 지금 가 뵈어도 되겠냐고 하기에 괜찮다고 대답했습니다만 계속 오지 않아 걱정이 돼서요.”

“나카노 군의 집은?”

"하숙을 하고 있어요. 전차로 한 시간 정도면 올 수 있는 거리입니다만."

"하숙에 전화는?"

"있기는 한 모양입니다만 잘 안 바꾸어주는 것 같아 전화번호를 묻지 않았어요."

"아오키 군의 죽음과 관계 있는 듯한 이야기였습니까?"

"글쎄, 그것이……전화로는 말할 수 없다고 되풀이할 뿐이었으니."

"그렇군요."

"별일 아닐지도 모르겠습니다만 아무래도 사고 직후의 일이라 신경이 쓰여서요."

"물론 그러실 겁니다. 이쪽에서 손을 써보지요. 나카노 군의 하숙 주소는?"

죄송하다는 말을 연거푸 되풀이하며 전화를 끊는 가와시마. 나는 경찰서에 나카노 군의 하숙에서 가까운 지구대를 묻고 그곳의 경찰에게 그의 하숙집에 가 봐달라고 수배해 놓고 잠자리에 들었다.

귀찮게 울어대는 전화 소리에 눈을 뜬 것은 6시였다. 이불에서 꾸물꾸물 기어 나와 수화기를 들고 "아"하는 신음 소리를 냈다.

"우노 경부이십니까!"

하라다 형사의 탁한 목소리였다. 마구 신이 나 있는 걸 보면 사건이 일어났음에 틀림없다.

"하라다인가, 뭐야?"

"살인입니다. 곧 와주셨으면 합니다만."

"내가 가지 않으면 안 되는 거야?"

나는 붙어버린 듯한 눈꺼풀을 필사적으로 뜨면서 말했다.

"무슨 문제가 있는 거야?"

"예. 도저히 까닭을 알 수가 없어요."

나는 한숨을 쉬고 대답했다.

"알았어, 곧 가지."

"감사합니다, 기다리고 있겠습니다."

"그런데 이봐! 이봐!"

나는 수화기를 노려봤다. 현장이 어딘지도 알리지 않은 채 전화를 끊다니!

본서에 물어보고 나서야 현장이 스기나미의 가미이쿠사의 한 모퉁이란 걸 알았다.

7시경, 11월의 아침은 쌀쌀한 추위가 맴돌고 있었다. 주택가 한가운데 잡초 숲이 남아 있었고 자동차 도로를 따라 그 잡초 숲으로 몇 미터 정도 들어간 곳에 경찰들이 모여 있었다. 빽빽한 잡초에 발이 걸리면서 앞으로 나아가다 하라다 형사의 돌벽같이 큰 등에 부딪혔다.

"어이, 하라다, 어떻게 된 거야?"

"예, 우노 경부님."

"피해자는?"

"여깁니다."

'벽'이 비켜서니, 천으로 덮인 시체가 있었다.

시체를 보기 위해 천을 제치는 순간, 나는 아주 많은 경험을 한 사람인데도 불구하고 눈을 감아버리고 싶었다. 나는 언제나 최악의 상태를 예상하고 천을 들춘다.

"이건……."

나는 말도 못하고 눈을 휘둥그레 떴다. 그렇다고 걱정할 필요는 없다. 목이 없는 시체와 같은 잔혹한 장면은 아니었다. 내가 놀란 것은 그 시체가 바로 나카노였기 때문이다. 아니, 그뿐만이 아니라 그 시체가 레인코트를 입고, 고무장화를 신고, 손에 우산을 들고 있었기 때문이다.

"이상하죠? 우노 경부님."

하라다 형사가 큰 덩치에 어울리지 않게 어리광스러운 목소리로 물었다.

"어제도 오늘도 비라고는 한 방울도 내리지 않았어요. 그런데 이 옷차림은 어떻게 된 걸까요?"

내가 묻고 싶은 말이다. 도대체 어떻게 된 거야!

축제 첫날의 T대학 캠퍼스는 매우 흥청거리고 있었다. 이곳저곳에 텐트를 쳐서 상점을 설치하고, 양지바른 잔디에 앉아 있는 학생들은 어묵, 야키소바 등을 먹으며 이야기에 여념이 없었다.

나와 하라다 형사는 어제와는 완전히 모습이 바뀐 교내에서 어제의 건물을 찾아 이리저리 헤매고 있었다.

"다 큰 미아가 두 명이나 있네!"

등 뒤에서 소리가 나는가 했더니 유키코가 웃으며 잔디에서 나왔다.

"아, 아가씨."

언젠가의 사건에서 유키코의 활약을 빠짐없이 보고는 완전히 믿고 있는 하라다 형사가 호의를 나타내며 인사했다.

"일부러 보러 오신 거예요? 미안하게."

"그게 아니야. 가와시마 교수는?"

"글쎄, 아까 오디오 연구회 전시장에 있었는데, 교수님이 그 모임의 고문이시거든요."

"안내해 주겠어?"

"좋아요. 사건이에요?"

"그래."

유키코는 좀 긴장한 표정을 지었다. 걸어가면서 나는 나카노 군이 살해당한 이야기를 해 주었다.

"흉기는?"

"가까이에 피 묻은 돌이 있었어. 후두부를 강타당한 모양이야."

"사망 추정 시간은?"

"11시 전후."

"레인코트나 우산 등은 나카노 것이었어요?"

"맞아. 레인코트에는 이름이 새겨져 있고, 우산에는 로마자로 이름이 새겨진 테이프가 붙여져 있었어."

"그래요?"

유키코는 고개를 끄덕이며 물었다.

"살해되었을 때 나카노가 그 레인코트를 입고 있었던 걸까? 아니면 나중에 입혀진 것일까?"

"튄 핏자국이 코트에도 묻어 있었어. 살해되었을 때, 코트를 입고 있었던 거지."

"그럼, 나카노가 스스로 코트를 입었다는 거군요. 알 수가 없군."

"아가씨도 이해가 되지 않으세요?"

하라다가 난해한 표정을 지으며 말했다.

"그렇다면 내겐 무리군."

"그러나, 이렇게 되면 어제 아오키의 죽음도 단순한 사고라고는 생각할 수 없게 되네요."

"그렇지."

내가 수긍했다.

"살인일 가능성이 짙어졌어. 그 선에서 조사해 봐야해."

오디오 연구회라고 적힌 포스터가 붙은 교실에 들어가자 나는 갑자기 현기증이 났다. 소리 때문이 아니었다. 진동이 몸에까지 전해져 비틀거렸고 쭉 늘어서 있는 거대한 스피커에서 울려나오는 소리에 교실에서 금방이라도 튕겨나갈 것만 같았다.

나는 하라다에게 뭐라고 말을 했다. 아니, 말했다고 생각했으나 말을 해도 아무 소리도 들리지 않기에 말할 자신이 생기지 않았다.

들었을 리는 없으나 내 입모양을 보고 하라다도 입을 빼끔거렸다. 큰 금붕어가 호흡곤란을 당한 것처럼.

나는 헤드폰을 끼고 있는 가와시마를 발견하고 옆에 다가가 어깨를 두드렸다. 가와시마는 내 얼굴을 보자 고개를 끄덕이며 밖으로 나가자고 손짓을 했다. 팬터마임이 끝난 것은 건물 입구에 있는 홀로 나가고 나서였다.

"어휴, 정말, 굉장한 소리군요."

나는 머리를 절레절레 흔들며 말했다.

"괜찮으십니까?"

가와시마는 웃으며 말했다.

"첫날이라 분위기를 잡으려고요. 그건 그렇고 어젯밤은 실례가 많았습니다. 오늘 아침 어떻게 됐나 싶어 전화를 드렸더니 출타 중이라고……뭔가 알아내셨습니까?"

"실은 일이 커졌어요. 나카노 군이 살해당했습니다."

멍해 있는 가와시마에게 나는 대강의 상태를 설명했다.

"아주, 이상한 일이군요."

"그러게 말입니다. 현장은 나카노 군의 하숙과 교수님댁의 중간

지점쯤입니다. 아마, 집으로 가는 도중에 살해된 것 같습니다."

"어찌 된 일이지, 두 사람이나?"

"그래서 당연히, 어제 일어난 아오키 군의 죽음도 살인이 아닐까 하는 의문이 생겼습니다."

"그렇군요. 그러나 두 사람 모두 다른 사람에게 원한을 살만한 사람이 정말 아니었는데."

"나카노 군은 아오키 군의 죽음에 대해 뭔가 알고 있었던 것 같아요. 그래서 범인에게 당한 거구요."

"조금만이라도 일찍, 어제 전화로 말해주었으면……달리 손을 쓸 수도 있었을 텐데."

"이제 와서 그런 말씀하셔도 늦었죠. 일단 우리는 아오키 군이 살해되었다는 전제하에 조사를 진행할 예정입니다. 그리고 아오키 군의 부인을 만나보고 싶습니다만."

가와시마는 수첩 한 장을 찢어 아오키의 주소와 전화번호를 메모해 내게 건네주었다.

"하루라도 빨리 해결되기를 빌겠습니다."

그는 다시 차분함을 되찾고 말했다.

나는 일단 어젯밤 사건에 대한 조서를 써야 했으므로 저녁 무렵에라도 경찰서로 나와 달라는 부탁을 하고 가와시마와 헤어졌다.

"젊은데 야무진 사람이군요."

"스타일리스트야."

"그게 뭡니까?"

하라다 형사가 귀를 바짝 세우며 물었다.

"패션모델 같은 겁니까?"

"그냥 그런 거야."

나는 말을 흘려버렸다. 진지하게 받아주면 한이 없기 때문이었다. 유키코가 잠시 발을 멈추고 말했다.

"아, 여기에요. 잠시 들르실래요?"

"어디?"

"당신이 강연할 곳이에요."

나는 완전히 잊어버리고 있었다.

"그런데……이런 사건이 생겨서 말이야. 아무래도 시간을 못 낼 것 같은데."

내가 머리를 긁적이며 말했다.

"안 돼요."

유키코는 딱 잘라 말했다.

"나를 창피 줄 생각이에요? 내가 이 프로그램 펑크를 낸 책임으로 목을 매달아도 괜찮다는 거예요?"

"알았어, 알았어. 어떻게든 해보지."

나는 황급히 변명했다.

"그럼, 잠시 안을 들여다볼까?"

그곳은 본 건물과는 떨어진 벽돌색의 2층 건물로 유리로 장식된,

반은 도서관인 곳이었다. 나머지 반이 300명 수용이 가능한 계단식 강의실로, 여기서 강연을 하게 되는 것이다. 아직 오전이라 안에는 아무도 없었다.

"이렇게 넓은 곳에서 잘 할 수 있을까?"

나는 입구에서 안을 들여다보며 말했다.

"자신이 없는데."

"마이크 사용하실 거 아니에요?"

하라다는 동떨어진 말을 했다.

"당연하지. 내가 이렇게 많은 사람 앞에서 말하는 건 처음이니까 걱정된다는 거야."

"그렇구나."

하라다는 제법 심각하게 생각하더니 갑자기 활짝 웃으며 말했다.

"그래도 괜찮아요, 우노 경부님. 가득 차리라고는 장담 못 하잖아요. 텅텅 비어 셀 수 있을 정도일지도 몰라요. 그러면 괜찮겠지요?"

나는 감사의 표시를 담아 하라다를 차갑게 노려봤다.

"고마워."

"한 번 연습해보는 게 어때요?"

"아직 뭘 말할지 결정도 안 했는데."

"강연내용 연습이 아니라, 강단에 서는 연습이요."

"아니, 이봐. 나는 탤런트가 아니야."

"아니죠. 등장하는 모습이 멋지냐 아니냐에 따라, 청중의 마음을 사로잡느냐 마느냐가 결정되지요. 자, 저쪽 문에서 마이크 앞까지 걸어 봐요."

빙글 빙글 웃으며 구경하고 있는 하라다를 뒤로하고 나는 유키코가 시키는 대로 마지못해 강단으로 올라갔다.

"이렇게 하면 돼?"

"저, 그렇게 쿵쾅 쿵쾅 발소리를 내야만 해요?"

"그렇게 크게 들리나?"

"발굽이 붙어 있는 것 같아요."

나는 발소리를 죽여 다시 한 번 교단에 올랐다.

"이번엔 어때?"

"도둑도 아니면서 그렇게 살금거리지 않아도 돼요. 좀 더 시원하게 성큼성큼."

"어렵구만."

"저, 머리를 아래위로 끄덕거리지 말고, 그래요. 그대로 자연스럽게 이쪽을 봐요. 아니, 아니! 정면을 향하지 말고, 조금 비스듬히. 그래요, 좀 더 얼굴을 들고. 계단식이니, 모두 당신을 내려다보고 있는 거예요. 시선은 조금 위로. 천장까지 보면 안 돼요. 좀 더 내리고……"

그대로 따라 하면서 곧 '자, 숨을 멈춰요, 움직이지 말고'라며 엑스레이를 찍지는 않을까 하는 생각이 들었다.

"그럼, 내일 또 연습해요."

유키코는 어린아이를 가르치는 발레 선생님처럼 말했다.

"남편이 살해됐다고요?"

아오키 조수의 부인, 지금은 미망인이 되어 검은색 원피스로 자그마한 몸을 감싼 아오키 하루코治子는 멍한 상태로 중얼거렸다.

"지금 말씀드린 대로 댁의 남편과 같은 연구실에 있었던 나카노 군이 남편이 돌아가셨을 때와 똑같은 복장으로 살해되어, 아오키 씨의 경우도 혹시 누군가가 계단에서 밀어뜨린 것은 아닌가 하고 생각되었던 겁니다. 아니면 남편께서 그런 복장을 하고 계셨던 것에 무슨 짐작이라도?"

"아니오. 이상하군요, 생각해보니. 여태껏 그건 신경도 안 쓰고 있었어요."

"누군가 남편을 증오하고 있던 사람은 없었습니까?"

"아니오."

아오키 하루코는 잔잔한 미소를 지으며 말했다.

"그 사람은 전혀 세상사에 관심이 없는 분이었으니까요."

"그렇다더군요. 최근, 누군가와 싸운 일은?"

"연구 문제로 다른 사람들과 늘 언쟁을 하고는 있었습니다만, 그 이외에는……"

아오키 하루코는 당혹한 얼굴로 고개를 저었다. 몇 가지 질문을 더 하고 나는 하라다와 함께 그녀 곁을 떴다.

"전혀 단서가 없군요."

하라다가 투덜거렸다.

"학문적인 논쟁으로 살해당할 리는 없고."

"그건 알 수가 없지. 저런 부류의 사람은 셰익스피어가 각기병인지 아닌지도 중대한 사건이 되는 거야."

"그런 겁니까?"

"게다가, 그 외의 동기가 될 만한 것이 있지 않은가."

"뭐라고요?"

"그의 부인 말일세. 제법 미인이잖아? 그건 훌륭한 세속적 동기가 되지."

나는 그렇게 말하고 하라다를 앞서 갔다.

저녁 무렵, 6시가 되자 벌써 어두워졌다. 캠퍼스에서 그때까지도 행사가 진행되고 있고 몇몇 건물에 학생들이 들락거리고 있었다. 이곳저곳을 헤매어 겨우 유키코를 찾아 학생식당에서 커피를 마셨다.

"아오키 씨의 부인을 둘러싸고 다툼은 없었나?"

"나도 그쪽으로 생각해 봤는데…… 그 사람과 개인적으로 친하질 않아서요."

"그건 그렇군. 이쪽에서도 소문을 수집하고 있으니, 뭔가 잡힐지도 몰라."

"나카노 사건은 뭔가 알아냈어요?"

"아니, 아직이야. 범인은 아마 나카노가 하숙에서 나오는 걸 보고 뒤를 미행한 것 같아. 다른 하숙생들에게 물어봤지만, 아무것도 밝혀진 것이 없어."

"그렇군요. 어쨌든, 그 우비 장비의 비밀만 알아내도……."

"이런 사건은 너한테 잘 어울린다고 생각하는데."

"추켜세우지 마요."

그녀는 웃으며 노려보았다.

"얼마 안 있어 백일하에 드러낼 테니 기다려."

"기대할게요."

"아, 그건 그렇고 이야깃거리는 결정됐어요?"

"일단 3개 정도 골라놨는데 다시 생각해 보니 내키질 않아."

"뭐예요, 지금 와서."

"하지만 그렇잖아, 이 학교 사람이 두 명이나 변사해 그것도 해결 못했는데, 어려운 사건을 깔끔하게 해결했다고 큰 소리 칠 수는 없지."

"그것도 그러네요."

유키코는 로댕의 '생각하는 사람' 같은 포즈로 생각에 잠겨 있다가, 이윽고 말을 꺼냈다.

"걱정할 것 없어요."

"왜?"

"강연은 모레니까 그때까지 해결하면 되지요."

“쉽게 말하는군.”

“내가 해결해 줄게요.”

“허! 큰 소리 치는군.”

“날 못 믿는 거예요?”

유키코가 무섭게 노려보는 바람에 나는 당황해하며 말했다.

“아니 그렇지는 않아.”

“난요, 시험공부도 벼락치기했을 때 성적이 좋다구요.”

“괴상한 자랑거리군.”

그때 교내 방송에서 ‘우노 경부님, 교내에 우노 경부님 계시면 지금 정문 앞으로 나와 주시기 바랍니다.’라고 알려왔다.

“뭘까?”

나와 유키코는 완전히 어두워진 교내를 빠져나와 정문 쪽으로 서둘러 걸었다. 정문 앞에 순찰차가 빨간 불을 깜빡거리며 서 있고 큰 덩치의 하라다가 어슬렁거리고 있었다.

“어이, 무슨 일이야!”

“아, 우노 경부님, 계셨군요.”

“무슨 일 있나?”

“살인입니다. 가와시마 교수의…….”

“가와시마 교수가 살해됐어요?”

유키코가 외쳤다.

“아뇨, 본인이 아니라 그의 어머니입니다. 지금 막, 연락이 있었어요."

나와 유키코는 순찰차에 뛰어 올랐다.

3

사건은 전혀 새로운 양상을 띠기 시작했다. 아오키, 나카노, 이 두 사람이 살해된 시점에서는 대학과 그 주변만 수사망을 펼치면 되었으나 가와시마 교수의, 그것도 본인이 아닌 어머니가 살해되었다면 동기나 범위 면에서 이야기가 전혀 달라지는 것이다.

"가와시마 교수의 어머니는 어떤 사람이야?"

순찰차 안에서 내가 유키코에게 물었다.

"작년에 돌아가신 가와시마 교수의 부친은 데릴사위였어요. 가와시마 가문은 큰 부자였고, 살해된 부인은 고명딸이었어요. 자식은 셋이고, 장남이 가와시마 교수님, 차남은 나이 차이가 나서 아직 스물 네 다섯일까? 아마 대학을 졸업하고 취직도 안 하고 놀고 있을 거예요. 막내가 딸로, 가와시마 아야코, 나와 동갑으로 우리 학교 4학년이에요."

"그럼 동창이 되는군."

"그런데 좀 삐뚤어진 애예요. 나쁜 아이는 아니지만 학교도 거의 안 나와요. 그림 그리는 것을 좋아하구요. 미술대학에 가고 싶었는데 그 애 엄마가 이 학교 이사라서 딸의 의사도 묻지 않은 채

입학시킨 거예요."

"말을 들으니 살해된 어머니는 활발한 활동가였군."

"그럼요, 부친의 사업을 훌륭히 성공시켰는걸요. 아주 맹렬한 체력의 소유자였어요."

"게다가, 부자?"

"물론이지요. 그래서 자식 둘은 그다지 장래 걱정 않고 유유자적한 거구요."

"가와시마 교수만 열심히 해서 과보호의 그늘에서 벗어났구나."

나는 수긍을 했다.

"하지만 이건 다시 큰일이군요. 지금까지의 두 죽음과 이 사건과 연관이 있는 걸까요?"

"뭐라 말할 수 없지만. 그러나 이렇게 연달아 살인이 일어나다니 우연이라고는 생각하기 어렵지."

"그래요, 근데 그렇게 되면 가와시마 교수님은 묘한 입장이 되네요."

"그렇지, 어쨌든 세 사람 모두와 관계되는 것은 가와시마 교수뿐이니."

"하지만 처음, 아오키가 살해되었을 때 교수님은 우리와 함께였어요."

"그렇군."

"그 찻집에 교수님이 들어오고 나서 적어도 30분은 지났지요? 아오키는 살해된 지 얼마 지나지 않았었어요."

"기껏해야 10분 정도였어. 그렇다면 가와시마 교수는 무리겠군."

"이 세 사건이 서로 연결되었다는 전제하에서의 이야기지만요."

유키코는 생각에 잠기면서 말했다. 그러나 몇 십분 후, 스기나미에 있는 호화로운 저택에 도착해 살해된 가와시마 요시코를 들여다본 우리는, 싫어도 이 세 사건을 연관시킬 수밖에 없었다. 가와시마 요시코는 레인코트를 입고 장화를 신고 우산을 손에 쥐고 죽은 것이다. 물론 밖은 비가 올 기색은 없었다. 다른 점이라면 코트도 장화도 최고급 명품으로 여태까지의 둘과 같이 낡은 것이 아니라는 점이었다.

조금 졸부적인 취미가 있는 듯 장식이 화려한 가와시마의 집 거실에, 나와 가와시마 교수가 마주하고 앉아 있었다.

유키코는 난로 옆에 서서-대리석 맨틀피스다!-우리의 대화에 귀를 기울이고 있었다. 바로 앞 테이블에는 고급 체리주가 놓여 있어 마시고 싶어 못 견딜 지경이었으나 '안 돼, 안 돼, 근무 중이다!'라고 속으로 외치며 자중했다. 어디에선지 음악이 흐르고 있었다. 오디오에 취미가 있어서인지 보이지 않는 곳에 스피커가 설치된 모양이었다.

"큰 폐를 끼쳐드리는 군요."

가와시마는 어머니의 죽음을 당하고도 아무렇지도 않은 얼굴로 체리주 병을 집어 들었다.

"경부님도 한 잔 하시지요, 근무 중이라 해도, 한 잔 정도는 괜찮겠지요."

옆에 앉은 하라다에게서 꼴깍 하고 침 삼키는 소리가 났다. 덩치가 크니 삼키는 침의 양도 많은가 보다.

"예, 그럼, 실례지만, 한 잔 하겠습니다."

나는 잠시 망설이다 손을 내밀었으나 글라스를 손에 든 것은 하라다 쪽이었다. 유키코가 웃음을 꾹 참고 있었다. 은은하게 흐르는 음악과 체리주. 마치 카페 같은 분위기였다.

"이상하게 생각하고 계시죠? 경관님."

가와시마가 글라스를 손 안에서 흔들며 말했다.

"어머니가 죽었다. 그것도 저렇게 묘한 방법으로 살해당했는데, 아무렇지도 않은 얼굴로 술을 마시고 음악을 듣고 있다니."

"설명해 주시겠습니까?"

"어머니는 늘 바쁘신 분으로 돈이 애정이라고 믿고 계셨습니다. 돈을 잔뜩 주면 아이들은 만족한다구요. 나쁜 어머니라고는 생각하지 않습니다만 자식들에게는 아줌마라는 느낌밖에 들지 않았어요. 일, 일로 바빠, 당일로 홋카이도와 규슈로 출장을 다녀오신 적도 있을 정도였어요. 남자도 못 당해내는 열성 경영인이었지요. 나도 장난으로 어머니를 '사장님'이라고 불렀을 정도예요."

"그렇군요. 동생 분들도 마찬가지입니까?"

"예. 오히려 싫어하고 있었지요. 남동생 고지孝治는 언제나 낮에는 자고 밤늦게까지 놀러 다니고, 여동생은 그림에 정신을 쏟고 있고. 둘 다, 자신들이 게으른 것은 어머니 탓이라고 생각하고 있어요."

가와시마 교수는 동생들을 엄중히 분석하고 있었다.

"알겠습니다. 그런데 오늘 사건입니다만, 대충 어머니께서 살해되신 것은 6시경이고 현장은 아시는 대로 현관입니다. 어딘가에 외출하려 하셨을 때 누군가가 등 뒤로 다가와 거실벽에 걸어둔 낡은 단검으로 등을 한 방. 레인코트를 입고 있어서, 범인에게는 피가 안 튀었을 겁니다. 단검에 지문은 없었습니다. 대강 이런 상황입니다. 어머니께서 어디로 외출하시려 했는지 모르셨습니까?"

"오늘은 11월 3일 목요일이군요. 그럼, 아마도 회사에 가시려 했을 겁니다."

"공휴일인데도 말입니까?"

"어머니는 휴일도 없었어요. 매주 목요일에는 7시 반부터 간부회의가 있어요. 극비를 요하는 사항 등을 이야기하나 봅니다. 자세히는 모르겠습니다만."

"그러면 목요일은 반드시 6시 반에 나가셨단 말이죠? 그건 모두 알고 계십니까?"

"예, 알고 있었어요."

"매우 실례되는 말씀입니다만, 교수님께서는 그때 어디 계셨습니까?"

"학교에서 돌아온 게 5시 반경입니다. 저녁 식사는 7시로 정해져 있었기 때문에 2층 방에서 음악을 듣고 있었어요."

혐의를 벗을 만한 알리바이는 아니었다.

"감사합니다. 남동생을 불러주시겠습니까?"

"알겠습니다."

그가 일어서며 말했다.

"왜, 그런 옷차림을 하고 있었는지, 알아냈습니까?"

"아니오, 전혀."

"그렇습니까."

가와시마가 나가자 하라다 형사가 글라스의 체리주를 비우며 말했다.

"아, 맛있다. 좋은 술이군요. 특급인가?"

"이제 그만해."

"네, 저, 우노 경부님 지금 생각났습니다만."

"뭔가?"

나는 그다지 기대하지 않고 물었다.

"비가 오지 않는데도 우비 장비를 갖추고 나가는 게 최근 유행인지 패션 잡지사에 알아볼까요?"

기대하지 않아 다행이었다. 문이 열리자 가정부로 보이는 스무살 안팎의 아가씨가 들어왔다. 그녀는 빈 글라스를 갖고 나가려 했다.

"당신이 다다 유미코太田弓子 양이지?

내가 말을 거니 그녀는 놀란 얼굴로 바들바들 떨었다.

"아, 예."

그녀는 고개를 끄덕였다.

"부인이 죽어 있는 것을 발견한 것은 당신이었고?"

"네."

"무서웠겠군."

"네, 굉장히."

"당신은 뭐 하러 현관에 나갔었지?"

"저, 저. 그냥 지나치던 길이었어요. 이 방으로 오는 도중에……"

"그렇군. 그때 혹시 누군가 이 집 사람들을 보지는 못했나?"

"아니오, 아무도."

"그래? 고마워, 이제 됐어."

다다 유미코가 글라스가 놓인 쟁반을 들고 나가려 하자 문이 열리면서 화려한 가운을 입은 남자가 들어왔다. 얼핏 보아도 문제아인 작은아들인 것을 알 수 있었다. 야위고 건강해 보이지 않은 얼굴색과, 머리는 푸석푸석하고 지금 막 일어난 모양새였다. 다다 유미코가 옆으로 비켜서며 가와시마 고지를 들어가게 했으나 그때, 고개 숙인 그녀의 얼굴이 살짝 붉어지는 것을 나는 놓치지 않았다.

가와시마 고지는 어머니의 죽음에 관심이 없는 듯, 자기는 오늘 오전에 일어나 외출해 '큰 일'을 했기 때문에 3시경부터 자고 있었다고 말했다.

“마음에 걸리는 사람은?”

“글쎄요.”

그는 어깨를 움츠리며 말했다.

“그 누구라 해도 감사하고 싶어요. 이제는 마음대로 쓸 수 있는 유산이 굴러 들어오니까요.”

나는 한 대 치고 싶은 충동을 진정시키느라 애먹었다.

“그 외에 묻고 싶은 건 없지요? 그럼 가서 자겠어요.”

가와시마 고지가 휙 가버리자, 하라다가 내뱉듯이 말했다.

“뭐 저런 자식이 있어! 범인은 저 자식임에 틀림없어요!”

정말, 나였대도 범인을 지정하라면 -이상한 말이지만- 가와시마 고지를 지명했을 것이다.

“그럴까요?”

유키코가 천천히 소파 쪽으로 걸어왔다.

“세 명씩 살인할 만큼 ‘노력가’라고는 보이지 않아요. 잠자면서, 어머니가 언젠가 교통사고라도 당해 죽어주길 바랄 정도지요.”

“그럴까? 넌, 가정부가 저 자식을 보는 시선이 다르다는 걸 느꼈나?”

“내 눈을 어떻게 보는 거예요?”

유키코는 보고도 남았다는 듯 말했다.

“그럼, 당신은 저 가정부가 임신 중인 것 눈치 챘어요?”

나는 눈이 휘둥그래졌다.

"정말이야?"

"쟁반을 내려놓으려고 몸을 숙일 때 무의식적으로 배를 감싸고 있었어요."

"저 자식, 더욱 더 용서할 수가 없어!"

하라다가 홍조 띤 얼굴로 벌떡 일어섰다.

"자, 자, 진정해. 이젠 이 집 딸을 만나봐야겠어."

"우리가 아틀리에로 가는 게 좋을 거예요."

"어딘데?"

"2층 구석이에요. 안내하지요."

카펫이 빈틈없이 깔린 복도를 지나 계단을 올라가니 한쪽 구석에 좀 괴상한 문이 보였다. 가까이에서 보니 벽에 그려진 문 그림이었다. "이게 뭐야"라고 웃었는데, 유키코가 그 그림 문을 밀었다. 그것은 '진짜 문'이었다.

안은 제법 넓었다. 10평 정도. 그러나 이 아틀리에라는 곳이, 보이는 곳마다 완성된 그림이 세워져 있고 이젤이 숲처럼 세워져 있어 발 디딜 틈조차 없이 답답했다.

"아야코!"

유키코가 부르니 바스락바스락 소리가 나고 치적치적한 가운을 입은 아가씨가 얼굴을 내밀었다. 옷의 곳곳에는 물감이 달라붙어 있었고 얼굴에도 몇 개의 컬러풀한 보조개가 있었으나 제법 귀여운 얼굴의 아가씨였다.

"아, 유키코. 오랜만이야."

"방해됐어?"

"아니, 괜찮아. 마침 끝났어."

"학교 축제에는 안 와?"

"갈려고 생각했는데 귀찮아서, 누구야, 저 사람들은?

"내 애인인 경부님과 부하 형사."

"아, 엄마가 살해당한 사건 때문에."

나는 헛기침을 하고 앞으로 나아가 물어보았다.

"무엇을 그리고 계십니까?"

"'걸작'을 그리고 있어요."

그녀는 아주 간결하게 대답했다.

"과연……"

캔버스를 들여다보고 나는 깜짝 놀랐다. 다빈치의 '모나리자'가 아닌가! 옆에는 커다란 모나리자 복제품이 펼쳐져 있었다.

"모사입니까?"

"잘 보세요."

유키코가 말했다. 자세히 살펴보니 모나리자임에는 틀림이 없으나 어딘가 인상이 틀려보였다. 미소를 짓고 있으나 그 미소는 왠지 냉소 짓는 듯 보기 흉하고 냉혹했다.

"나는 명화의 패러디를 그리고 있는 거예요."

가와시마 아야코가 말했다.

"아, 예."

"기성 작품의 가치를 파괴하는 것이 나의 목표예요."

과연 주위를 둘러보니 완성된 몇 장의 그림은 모두 어디서 본 듯한 그림들이었다. 그리고 전부 조금씩 진품과는 달랐다. 고야의 '나체의 마야'가 비키니를 입고 있다던가, 홀바인의 '에라스무스상'은 깃털 펜 대신 파카라고 새겨진 만년필을 가지고 있었다. 그러나 비전문가의 눈에도 기교는 대단하게 보였다. '비뚤어진 성격'이라고 한 유키코의 말이 이해가 갔다.

"저, 어머니께서 돌아가신 것에 대해 두세 가지 묻고 싶습니다만……"

"슬프지 않아요."

그녀는 딱 잘라 말했다.

"이렇게 좋아하는 그림을 그릴 수 있게 돈을 주셨으니 감사하게 생각은 하지요. 하지만 돈 많은 후원자 같은 존재였어요. 부모라고는 말할 수 없어요."

나는 한숨을 쉬고 물었다.

"사건이 일어났을 때, 어디 계셨습니까?"

"여기요."

달리 어디 있겠느냐는 말투였다.

"오빠의 조수 두 명이 살해된 것은 알고 계십니까?"

"네."

그녀는 고개를 끄덕이고 말했다.

"나카노 씨는 여기에 자주 왔었어요."

"이 집에요?"

"이 아틀리에요."

"정말?"

이번에는 유키코도 놀란 모양이었다.

"내게 열 올리고 있었으니까요."

유키코는 눈동자를 빛냈다. 여자라는 존재는 이런 이야기를 좋아하는 것이다.

"몰랐어, 아야코는 어떤 감정이었는데?"

"바보스러웠어. 그런 속물이 있다니! 참, 이젠 죽었지. 너무 나쁘게 말하면 불쌍하군. 그래도 정말 신경 쓰게 했어. 여기 오면 아무 말도 하지 않고 하염없이 앉아 있는 거야."

"나카노가 그랬구나."

유키코는 다시 입을 열었다.

"어제, 나카노가 여기 올 거라는 건 알았어?"

"아니."

가와시마 아야코는 세 명의 죽음 그 어느 쪽에도 큰 관심을 갖고 있지 않은 모양이었다. 우리는 아틀리에를 나왔다.

내가 하라다에게 말했다.

"정석대로 순서를 밟아나가는 것이 좋을 것 같아. 세 형제 중 돈 때문에 곤란을 겪고 있었던 사람은 없는지, 교우관계는 어땠는지……."

"알겠습니다."

가와시마의 집을 나오니 벌써 9시가 지난 시각이었다.

"그런데 골치 아픈걸."

나는 유키코와 어슬렁어슬렁 거리면서 말했다.

"모레 강연은 어쩌지?"

"아까 결정했잖아요."

나는 놀라며 정색을 했다.

"그러나 세 번째 사건으로 사태는 완전히 변했잖아."

"변했다고 반드시 나쁜 것은 아니에요."

유키코는 점잔을 떨며 말했다.

"그렇지만, 그 우비 복장의 이유도 전혀 모르겠고……."

"그렇군요. 하지만……."

"하지만?"

나는 유키코의 얼굴을 쳐다보았다.

"설마, 뭔가를 알고 있다고 말하려는 건 아니겠지!"

"그렇게는 말 않겠지만, 짚이는 게 있어요."

"뭔데?"

"아직 말할 수 없어요. 생각이 완전히 정리되지 않았어요."

"네 성격에 비해 겸손한 말투구나."

"어머, 비꼬지 마요!"

유키코는 웃으며 다시 걷기 시작했으나 갑자기 묘한 표정으로 바뀌더니 배를 감쌌다.

"왜 그러는 거야?"

나는 아까 가정부의 일이 생각나 정신이 번쩍 들었다.

"아니, 혹시 생긴 것 아냐? 나의……."

"지금 무슨 말을 하는 거예요!"

유키코가 어이없다는 얼굴로 말했다.

"지금, 몇 시인지나 알아요? 배가 고파서 속이 거북한 거예요!"

4

4일은 정보를 찾으러 다니느라 그냥 지나가 버렸다. 조그만 단서도 못 잡고 경찰청에 돌아오니, 내일 강연 건으로 이야기가 있으니 학교로 와 달라는 유키코의 메모가 기다리고 있었다.

저녁노을이 깔린 캠퍼스에 발을 들여놓은 나는 처음, 아오키 조수가 살해된 지하 서고로 갔다. 어쩐지 유키코가 거기서 기다리고 있을 것 같아서였다.

문을 열자 발밑에서 소리가 났다.

"이쪽이에요."

지하 2층으로 내려가는 계단 밑에서 유키코가 미소 지으며 올려다보고 있었다.

"도대체, 이런 곳에서……."

내 말에 유키코가 대답했다.

"손님이 오실 거예요."

"손님이라고?"

"자, 내려와요, 손님이 오기 전에 강연 내용을 정리해요."

나는 발밑을 조심하면서 계단을 내려가 가까이에 있는 상자에 걸터앉은 후, 내일 얘기할 예정인 사건을 상세히 설명했다.

"좀 자극이 모자라는 것 같은데요?"

유키코는 생각에 잠기며 말했다.

"처참한 현장 사진 슬라이드를 사용하면……."

"아니, 이봐. 여학생도 많을 텐데. 모두가 너같이 시체에 익숙하진 않다구."

"그렇지? 남학생이 기절하면 곤란하지."

유키코는 심각하게 말하더니 한술 더 떴다.

"그러면, 좀 부풀려서 피를 뿌리든지 해서 이야기를 근사하게 해줘요."

어이쿠, 비디오 세대이기 때문일까! 실제로 그런 피바다라는 것은 전혀 있을 수가 없는 일이다.

"자, 그만하면 됐어."

"시간이나 잘 지켜요."

"알고 있어. 펑크 내면 절교지?"

"그거야 말로 피바다예요."

죽을 줄 알아요. 라는 말투도 유키코가 말하니 왠지 박력있게 들렸다.

"자, 자. 그런 살벌한 이야기는 그만하고 도대체 손님이라니 누구야?"

"그건 오면 직접 보세요."

"범인이야?"

"어떤 의미로서는."

"뭐라고?"

"좀 기다려요. 지금 설명할게요."

유키코는 자세를 고쳐 앉았다.

"이번의 세 사건은 얼핏 보면 동일 사건으로 보이지요? 특히, 세 명 모두 비가 올 기미도 없는 날씨인데 우비 장비를 갖추어 살해된 점을 생각하면 동일범의 연속 살인이 아닌가 생각되지요. 그러나 사실은 어때? 이 세 사건에서 레인코트나 장화나 우산을 제외해 보면 각각 전혀 다른 성질의 범죄로 보이지요? 처음 아오키의 죽음에 관해서는, 경찰의 검사 결과 사고사라고 판정했고 만약 두 번째, 세 번째 사건이 없었다면 아오키의 죽음은 사고사로 처리되었을 거예요. 그리고 두 번째 사건. 이건 명확한 살인이었지만 첫 번째, 세 번째 사건과 다른 점은, 밖에서 범행이 행해졌고 흉기로써 가까이에 있던 돌이 사용된 점. 이것은 계획적 범행이라기보다는 우발적인 범행이라는 이야기가 아닐까요? 세 번째 사건은, 흉기로 날카로운 단검이 사용된 것으로 보아 냉혹한 계획적 범행인 것 같은……."

"잘 모르겠다는 건가, 결론은……."

"즉, 이 세 사건은 각각 전혀 다른 사건이 아닌가 하는 거예요."

"그럼 뭐야? 넌 모두가 다른 사람의 범행이라는 거야?"

"그래요. 그 우비 장비들은 말하자면 무언가를 감추기 위한 거예요."

나는 어이가 없어 말했다.

"놀랍군! 연속 살인이 아니라, 불연속 살인이라."

나는 혼잡한 머릿속을 열심히 정리하며 말했다.

"그러나, 아무리 감추기 위한 것이라 해도 우비 장비를 갖춘 것은 본인들이야. 그건 뭔가 이유가 있을 거야!"

쉿 하고 유키코가 입술에 손을 갖다 대고 조용히 하라는 몸짓으로 나를 누르더니 시선을 계단위로 옮겼다. 서고의 입구 문이 서서히 열리는 소리가 나고 이윽고 주저하며 들어오는 발소리가 들려왔다.

유키코는 계단 끝으로 가서 말했다.

"여기예요. 내려오시지 않겠습니까?"

상대는 위에서 머뭇거리고 있는 모양이었다. 다시 유키코가 불렀다.

"자, 오시죠!"

"저는……도저히……싫어요! 내려가지 못하겠어요."

쥐어짜는 듯한 그 목소리는……

"왜 내려오지 못하세요? 당신이 남편을 밀어버렸기 때문이죠, 아오키 부인?"

잠시 흐느껴 울고 나서 아오키 하루코는 겨우 짤막짤막하게 이야기를 시작했다.

"주, 죽일 마음은 없었어요.……말다툼하는 도중에, 손을 뿌리쳤던 것뿐인데, 장소가 나빠서, 그 사람은 발을 헛디뎌……."

"네, 네. 알고 있습니다. 잘 알고 있습니다."

유키코가 달래자 미망인은 겨우 울음을 그쳤다.

"전, 참을 수가 없었어요."

하루코는 속삭이듯 말했다. 눈동자는 저 먼 곳을 바라보고 있었다.

"그 사람과의 결혼 생활은, 전혀 결혼이라고 말할 수가 없었습니다. 신혼 때부터 한 달에 절반 이상은 학교에서 묵고, 돌아와도 부부간의 대화는 한 마디도 없었습니다. 그 사람은 방에 산더미같이 책을 쌓아놓고 그것에 빠져, 잘 때까지 한 마디도 나누지 않은 적도 있어요. 그 사람의 그런 면에 반한 것은 사실입니다. 그러나 살아보니……점점 고독해서 견디기 힘들었어요. 그저께는, 우리 결혼기념일이라, 빨리 들어오라고 부탁했어요. 그러나 분명 잊어버릴 거다 싶어 전화를 했더니, 새 책이 잔뜩 도착해서 학교에서 묵으며 대강 훑어보고 오겠다는 겁니다. 나는 화가 치밀어 학교로 달려왔어요. 그 사람과 서고 입구에서 만나 말다툼이 시작되었고, 그래서…….”

미망인은 얼굴을 숙였다.

“알겠습니다.”

유키코는 부드럽게 등을 두드려주며 말했다.

“당신의 이야기가 모두 사실이라고 믿겠어요. 그렇죠?”

유키코는 나를 보았다. 나는 당황해하며 대답했다.

“예, 물론 믿습니다. 어쨌든 경찰서에서 상세히 상황을 말씀하세요.”

“예, 그럴 작정이었어요.”

나는 하라다 형사에게 전화를 걸어 학교까지 순찰차를 보내도록 했다. 아오키 하루코를 태운 순찰차가 떠나는 것을 보고 나와 유키코는 캠퍼스 잔디를 걸으며 말했다.

“도대체 어떻게 된 거야?”

“그건…….”

그때, “나가이!”라고 부르는 소리가 났다. 돌아보니 가와시마 교수가 혈색을 붉히며 뛰어오고 있었다.

“교수님, 마침 잘 오셨어요.”

"도대체 어떻게 된 겁니까, 경부님?"

가와시마는 나에게 큰 소리로 물었다.

"아오키 군의 부인이 순찰차로 연행되어 갔다는 이야기를 학생으로부터 들었는데, 사실입니까?"

"안됐지만 사실입니다."

"왜죠?"

"아오키를 계단에서 밀어버렸다고 본인이 시인했기 때문이죠."

가와시마는 창백해져서 말했다.

"인정했다고요? 어떻게 된 일이지!"

그는 머리를 감싸 쥐고 잔디에 쓰러질 듯 주저앉아버렸다.

"안됐습니다만, 교수님. 나카노 씨를 죽인 것이 수포로 돌아갔군요."

"아니, 무슨 얘기야?"

내가 외쳤다.

"그렇지요, 가와시마 교수님? 교수님은 아오키의 부인을 사랑하고 계셨죠."

"그래. 그녀가 학생으로 내 연구실에 왔을 때부터……."

"나카노는 그날 아오키의 부인이 여기 온 것을 본 겁니다. 그러나 아오키 씨가 죽은 사건만 생각하고 있었고 게다가 시체를 본 쇼크로 그 일을 까맣게 잊어버리고 있었어요. 그런데 교수님은 하루코로부터 진상을 듣고 입만 다물고 있으면 사고사로 처리된다고 그녀를 설득하셨겠지요. 나카노는 사고소식을 듣고 온 하루코를 보자, 그 사건 당일 하루코를 본 기억이 되살아난 겁니다. 별 일은 아니라고 생각하면서도 신경 쓰인 나카노는 교수님에게 의논하고자 전화로 그 일을 이야기한 겁니다. 어떻게 해서든지 하루코를 지키려 한 교수님은 나카노를 죽이려는 마음을 먹은 겁니다."

"네 말대로야."

"나카노로부터 전화가 온 것은 좀 더 빠른 시간이었을 겁니다. 나중에 다시 걸어달라고 말하고, 생각 끝에 나카노를 죽일 결심을 한 교수님에게 갑자기 떠오른 것이 있었습니다. 나카노에게 아오키와 같은 우비 장비를 입혀 죽이면 당연히 아오키와 동일 범인이 한 범행으로 생각될 것이다 하는 것, 그러나 아오키가 죽었을 때 교수님은 우리와 함께 있었으니 일단 의심받을 염려는 없었지요. 단, 그 때문에 겨우 사고로 처리된 아오키의 죽음에 대한 재조사가 시작되겠지만 하루코의 범행이라는 것을 알지 못하게만 하면 되는 것이고, 하루코는 나카노를 죽일 동기가 전혀 없기 때문에 의심 받을 리가 없었습니다. 저녁 늦게 다시 나카노로부터 전화가 왔을 때, 교수님은 사건에 대해 이야기하고 싶다며 집으로 오게 했지요."

유키코는 한숨 돌리고 다시 말을 시작했다.

"내가 하루코와 교수님을 의심하기 시작한 것은, 나카노가 왜 우비 장비를 갖추고 있었는가 하는 것을 생각해본 것이 계기였습니다. 비도 안 오는데 우비 장비를 갖춘다. 그런 짓을 할 사람이 있을까요? 내가 아야코의 아틀리에에서 떠오른 것은, 그림 모델이라면, 하는 것이었어요."

그랬구나! 나는 수긍이 갔다.

"나카노에게 모델이 되어달라고 말할 사람은 누굴일까요? 아야코도 있겠지만, 그녀에게 나카노를 죽일 동기가 있다고는 할 수 없고, 또한 그녀는 아오키의 일은 알지도 못했을 겁니다. 그렇다면, 교수님밖에 없지요. 교수님은 나카노에게 '이봐, 아야코가 자네에게 그림 모델이 되어 주었으면 하던데'라고 하셨어요. 아야코에게 홀딱 빠져 있던 나카노가 거절할 리가 없지요. 또 교수님은 또 말했을 거예요. '빗속을 거니는 남자 그림이라, 레인코트를 입고, 우산을 들고, 장화를 신고 왔으면 하던데.'"

나는 멍하니 유키코의 이야기에 몰입되어 있었다.

"나카노의 경우, 아야코의 변덕은 이미 아는 바이고 아오키의 죽음과 연결해서 생각할 아무런 이유도 없었습니다. 기쁜 마음으로 비도 오지 않은데 우비 장비를 갖추어 하숙방을 나선 겁니다. 교수님은 그런 나카노를 도중에서 기다렸다가 살해하신 거구요.

그런데 교수님이 나카노를 죽인 동기를 생각해 보자면, 교수님이 아오키를 죽이지 않은 이상, 살인한 사람을 감싸고 있다는 가능성이 짙어집니다. 교수님이 그렇게까지 감쌀 만한 사람이라면……."

겨우 흥분이 가라앉은 가와시마는 쓴웃음을 지으며 말했다.

"내게는 범죄가 전혀 어울리지 않는가봐. 죽이려고 하는데 무기도 가지고 오지 않았다는 걸 알았지. 할 수 없이 근처에 떨어져 있던 돌을 썼는데……그냥 조금이라도 혐의를 줄이려고 전화는 경부님에게 일부러 한 것이고, 그러나 잘못된 꾀였어. 학자로서도 창피한 짓이었어."

"무슨 이런 일이!"

나는 다시 순찰차가 떠나는 것을 보면서 말했다.

"이게 뭐야, 알았으면, 바로 연행시킬 것이지."

"그런 소리 마세요. 아오키 부인이 모든 걸 시인했다는 쇼크를 주었기에, 가와시마 교수도 범행을 인정한 거예요. 증거다운 증거가 없었잖아요."

"그건 그렇군. 그런데 이렇게 되면 세 번째 사건은 어떻게 되는 거야?"

"좀 조사해줘야 할 것이 있어요."

"뭐야, 아침부터."

부어오른 얼굴의 가와시마 고지가 거실로 들어왔다. 오전 11시인데도 아직 잠옷을 입고 있었다.

"형님 일은 안됐습니다."

"예. 형이 범인일 줄이야. 엄마를 위하는 효자였는데 알 수가 없군요."

"얘기 도중에 죄송합니다만."

내가 끼어들었다.

"형님께서는 나카노 조수의 살인 용의잡니다."

"같은 것 아닙니까? 엄마를 죽인 것도 형이 틀림없어요."

"그럴까요? 그런데 당신은 도박을 좋아하나 보지요?"

"무슨 얘깁니까?"

고지의 얼굴이 굳어졌다.

"조사한 바에 따르면 경마 등으로 많은 돈을 잃은 모양이더군요. 어머니 회사 경리부에 학교 때의 친구가 있는 것을 이용해 둘이서 회사 돈을 빼돌려 도박을 하고 있었지요?"

"거짓말이오!"

"3일에 있는 매주 정례회의에서 그 일이 들통 날 것 같아 당신은 초조했어요. 그래서 당신은 어머니를 죽이려고 결심하고……."

"거짓말! 증거가 있소?"

고지가 화를 내며 외쳤다. 그 때 갑자기 세차게 내리는 빗소리가 온 거실을 메웠다. 고지의 얼굴이 점점 붉어졌다.

"에잇!"

그는 소리를 지르며 거실에서 뛰쳐나가려 했으나 문 밖에는 벽이, 아니, 하라다 형사 일행이 있었기 때문에 고무공처럼 튕겨져 다시 거실로 들어왔다.

"아니? 뭡니까?"

하라다는 거실로 들어오며 말했다.

"여기만 비가 오는 겁니까? 밖은 아주 좋은 날씬데."

"이거예요."

유키코가 거실로 들어왔다. 그녀는 레코드를 손에 들고 있었다.

"자, 고지 씨, 당신이 그저께 오전에 나가서 사온 레코드예요. 자연 효과음 판이군요."

택시는 학교로 급히 달렸다.

"거기서 생각났어요. 아오키가 쓰러져 있던 지하 서고의 바로 위 교실에서는, 레코드콘서트가 한창 준비 중이었지요? 당연히 소리 상태를 조절하기 위해 제법 큰 음으로 레코드가 틀어졌어요. 음 중에서도 특히 저음의 진동은 잘 전해지는 법이예요. 따라서 그 소리는 바닥에서 지하 서고로 울렸을 거예요. 서고는 지하 2층으로 되어 있어 음도 복잡하게 반응하기 때문에 잔잔한 일에 그다지 신경쓰지 않는 아오키는 그 소리를 듣고 밖에 비가 내린다고 생각했던 거예요."

유키코는 설명을 계속했다.

"가와시마 고지가 확실히 머리가 좋다는 것은 인정해야 해요. 그는 아오키의 기묘한 죽음에 대해 가와시마 교수로부터 듣고 곧 진상을 생각해 보았겠지요. 그 집은 곳곳에 스피커가 설치되어 있었기 때문에 어디서든지 음악이 들리게끔 되어 있어 쉽게 예상해볼 수 있었을 거예요. 그는 그 점을 이용해 어머니를 죽이고 유산을 손에 넣으려고 한 거지요. 그래서 레코드점에 가서 자연의 빗소리, 뇌성, 강물이 흐르는 소리 등을 수록한 레코드를 사와서, 어머니가 외출하는 시간에 그걸 튼 거예요. 어머니는 틀림없이 비가 내린다고 생각해 우비 장비를 갖추고 현관으로 나갔지요. 거기서 단검으로 찌른 거구요. 어머니도 창으로 밖을 내다보기는 했겠지요. 하지만 밖은 벌써 어두워져서 큰 의심 없이 비라고 생각했을 거예요. 그는 어머니를 그런 상태에서 죽이면 틀림없이 앞의 두 사건과 동일한 범인의 소행이라 여겨질 것이고, 그렇게 되면 형제 셋 중에서 학교와 전혀 관계없는 것은 자신뿐이니 의심 받을 걱정은 없다고 생각한 거예요."

"정말 그렇군. 기분 나쁜 사건이야."

"시간 내에 도착될까요? 이제 30분밖에 없어요. 기사님에게 좀 더 밟으라고 해요."

"그러나, 속도 제한이……."

"당신 형사지요? 긴급 정도가 아니잖아요. 뭐라고 좀 해 봐요!"

강연이 끝나자 우레와 같은 박수 소리가 났다. 나는 몇 번씩 고개 숙여 인사하고 연단을 내려왔으나 갑자기 젊은 여학생들에게 둘러싸였다. 그들은 손에 손마다 수첩이나 노트를 들고 외치는 것이었다.

"사인해 주세요!"

나는 정신이 없었다.

"야성적이고 멋있어요!"

"콜롬보보다 괜찮은데요!"

"책은 내시지 않았어요?"

그러나 이런 등등의 말을 들으니 그다지 나쁜 기분은 아니었다. 차례차례 수첩에 사인을 해주는 동안 입이 다물어지지를 않았다.

"아직 독신인 것, 사실이에요?"

"그럼 저와 결혼해 주세요!"

농담까지 하는 학생도 있어 나는 허허 하고 웃고만 있을 뿐이었다. 갑자기 나의 얼굴은 공포로 얼어붙었다. 지금까지 본 적이 없는 것이 보였던 것이다.

유키코가 좀 떨어진 곳에서 눈썹을 치켜세우고 눈꼬리까지 올려 금방이라도 무서운 이빨을 드러낼 여자 흡혈귀 같은 형상으로 이쪽을 보고 있었다. 그러더니 갑자기 등을 획 돌려 출구 쪽으로 쓱쓱 걸어 나가는 것이었다.

"어, 어이, 기다려!"

나는 여학생들의 벽을 헤치고 유키코의 뒤를 따라갔다.

겨우 그녀를 붙잡은 것은 잔디밭에서였다.

"어이, 기다려줘."

"몰라요!"

유키코는 재빨리 걸어갔다. 나는 필사적으로 걸으며 말했다.

"화내지 않아도 되잖아. 사인 좀 해준 것뿐이야."

"어머, 자기가 어떤 얼굴이었다고 생각해요? 그 허허 하며 늘어진 얼굴! 이제 보는 것조차 싫어요! 저리 가요!"

"에이, 그런 말 하지 말고. 좋아하는 것 사줄게. 여행도 데리고 가고. 그러니 화 풀어."

"정말?"

유키코는 걸음을 멈추고 되묻듯이 내 얼굴을 보았다. 나는 필사적으로 고개를 끄덕거렸다.

"그럼, 좋아. 그 대신……."

"뭐?"

"여기서 키스해줘요,"

"여기서?"

나는 학생들이 가득한 주위를 둘러보았다.

"그런데……이렇게 많은……게다가 경범죄 위반이야!"

"아, 그래요? 그럼 안녕."

"저……잠시 기다려! 알았다, 알았어."

나는 힘껏 유키코를 끌어안고 열렬한 키스를 했다. 주위에서는 탄성이 일고 휘파람소리가 나고 이윽고 박수소리가 났다. 내 얼굴에서는 불이 난 것만 같았다. 겨우 정신을 차려 주위를 둘러보니, 손으로 얼굴을 가리고 그 사이로 쳐다보고 있는 하라다의 모습이 보였다.

잔디에 앉아 잠시 동안 차가운 바람을 쐬고 있으니 이마의 땀이 식어갔다.

"아야코 씨, 안됐어."

내가 말했다.

"한 번에 어머니와 두 형제를 잃어버렸어."

"그러나 가와시마 교수님은 동정의 여지도 있고, 게다가 그녀도, 힘을 잃지 않을 거예요. 아까 헤어질 때 이제부터는 학교에 나오겠다고 했어요. 아마, 이제부터는 정상적인 명화를 그리게 되겠지요. 나도 힘이 되어줄 거예요."

"그게 좋겠어. 참, 지금 생각났는데."

"뭘?"

"강연료 대신, 너의 집에 데려가 주기로 했었지?"

"아, 그랬지. 그런데 아까, 애들에게 둘러싸여 콧대 높이고 있었던 벌로, 이번에는 연기."

"무정하군."

"그러나, 여행이라면 같이 가 줄 수도 있어요."

"그래?"

내가 신이 나서 말했다.

"그럼, 연말에 어디든 갈까?"

"비용은 그 쪽에서 가지고 올 거지요?"

"응? 글쎄……보너스가 있으니……."

"힘없는 목소린 걸."

그녀는 웃으며 말했다.

"유럽으로 가자는 소리는 안 해요."

"어이구, 친절도 하셔라. 그러나 좀 걱정되는데."

"뭐가요?"

"너랑 여행하면, 또 무슨 사건에 부딪칠 것 같은 예감이 들어,"

"그래요, 사건이 일어난 곳에 가는 게 아니라, 사건이 나를 필요로 하는 거예요. 그게 명탐정이라는 거지요!"

유키코는 큰소리쳤다.

04

노란 흡혈귀

“당신 피는 진하군요. 모두가 이처럼 진하면 흡혈귀도 맛있다고 칭찬해 줄 텐데.”

도가와 마사코

도쿄 출생. 치토세 고등학교 졸업 후 도요물산에서
영문타이피스트로 근무하는 한편 친구와 동인지 발행. 아테네 프랑세에서
프랑스어를 배우고 샹송 가수가 됨. 업소에서 차례를 기다리며 추리소설을 탐독,
1962년 「커지는 환영」으로 제8회 에도가와 람포 상 수상.
할머니만 사는 아파트의 미스터키를 둘러싸고 과거의 범죄가 폭로되어 가는
교묘한 설정은 빼어난 프랑스 미스터리의 맛을 보여준다.
두 번째 「사냥꾼의 일기」가 영화화될 때 직접 출연해서 화재를 일으켰다.
「노란 흡혈귀」는 엘러리 퀸이 편찬한 「일본걸작 추리 12선」에 수록된 대표단편이다.

1

바깥 덧문을 두드리는 소리가 쇼지로의 귀에 들어왔다. 멀리 꿈 속의 일 같았으나 그것은 분명한 현실이라는 것을 그는 잘 알고 있었다.

흡혈귀의 부름이 온 것이다. 틀림없이 AB반일 것이라고 쇼지로는 생각했다. 이럴 때 쇼지로의 예측은 무서우리만치 정확했다. 한 번도 틀린 적이 없노라고 자신 있게 말할 수 있을 정도였다. 어쩌면 들어맞은 때만을 기억할 뿐, 그렇지 않은 경우는 까맣게 잊고 있는 것인지도 모르긴 하지만.

어쨌든 AB반이 틀림없다고 쇼지로는 다시 한 번 생각했다. AB반이라면 그 이외의 다른 한 사람, 즉 야마네 다쓰야밖에는 없다.

쇼지로는 야마네 녀석이 외출하고 없기를 바랐다. 야마네가 외출을 했다면 순서는 그에게 돌아온다.

그렇지 않다면 흡혈귀를 상대하는 순번은 야마네가 될 것이다. 저 덧문을 두드리는 모양새로 보아 흡혈귀는 매우 허기져 있는 것이 분명했다. 지금 당장 200cc짜리 컵으로 두 잔쯤은 단숨에 마실 수 있을 것이다. 우유병으로 꼭 두 병 정도의 분량이다.

흡혈귀가 어느 정도 허기져 있는가 하는 것 역시 추측으로 알 수 있다고 쇼지로는 생각했다. 그는, 추측이라고 하는 것은 습성에서 생겨난 반사신경 같은 것이라고 언젠가 다른 사람에게 얘기한 적이 있다. 그도 그럴 것이, 흡혈귀를 상대하게 된 지 벌써 한 달이 지났다는 것을 그는 새삼스럽게 깨달았다.

한 달은 짧으면서도 길다고 할 수 있다. 한 달 동안 도대체 얼마만큼의 피를 빨린 것일까? 예를 들어 매일 우유병으로 하나씩이라도 해도 계속 마신다면 365일에 7만 3천cc이다. 목욕탕 욕조로 하나 가득 될 것이다. 목욕통 하나 가득 피를 빨리다니 정신이 아찔해질 이야기가 아닌가?

그래서 우리들은 이미 보통 사람이 아닌 이상한 상태가 되어 버렸다. 마치 옅은 포도주를 담은 가죽 부대 같았다.

드디어 사감 오가타가 일어나 대응에 나선 것 같았다. 덧문을 두드리는 소리가 들려왔다. 이 집에는 현관이 없었다. 훨씬 전부터 현관에는 두꺼운 나무가 비스듬히 못질되어 있어 창고처럼 되었으며 아무도 출입을 할 수 없게 되어 버렸다.

기숙사 원생들이 탈주할 수 없도록 현관을 폐쇄한 것이다. 그래서 흡혈귀가 덧문을 두드리고 있는 것이다. 급하게 두드리는 덧문 소리를 듣자니 두려움과 함께 혈압이 끝까지 치솟아 올랐다. 혈압이 올라가면 피를 빨기에 좋은 상태가 되는 것이다.

"흡혈귀님은 급하십니다. 두 사람 빨리 부탁드립니다."

흥분된 쇳소리를 내고 있는 것은 흡혈구의 잔심부름을 하는 미요다라는 여자였다. 서른을 넘긴 독신녀로 새파란 아이섀도를 바르는 엉뚱한 면이 있는 여자였다. 그 여자가 왔다면 어쩔 수가 없다.

쇼지로는 잠결에 그렇게 판단을 하고 계단 쪽으로 기어갔다. 그곳에서부터는 계단의 복도가 보였다. 여자를 맞으러 나간 사람은 역시 사감인 오가타였다. 그는 커다랗고 뚱뚱한 몸을 뒤흔들고 있었다. 자기 몸의 피를 빨게 하면 좋을 텐데 아직 한 번도 흡혈귀에게 가본 적이 없는 남자였다.

"한 번에 두 사람이라니 무슨 일이오? 그렇게 흡혈귀의 상태가 안 좋은 거요?"

오가타가 묻고 있었다.

이곳은 근처에 17번 국도가 있어서 피투성이 환자들이 자주 들것에 들려 왔다. 교통사고는 흔히 있는 일이었다.

흡혈귀는 그런, 피를 흘리고 있는 인간을 보면 도저히 가만히 있을 수가 없게 된다.

“아니오, 사고가 아닙니다. 동반 자살입니다.”

동반 자살이라는 말을 듣고 쇼지로는 번쩍 눈을 떴다. 머리꼭대기에서부터 찬물을 뒤집어쓴 느낌이었다.

“남자와 여자가?”

오가타가 바보 같은 질문을 했다.

“그래요. 남자가 짝사랑을 한 모양이에요. 식칼로 벌거벗은 여자의 몸을 난자한 후 자신도 가슴과 배를 찔렀어요. 구할 수 있을지 잘 모르겠어요.”

흡혈귀의 시중인 미요다는 생기 넘치는 목소리로 바뀌어 있었다. 인간이 피를 흘리고 있다는 설명을 할 때면 그녀는 언제나 습관처럼 그런 목소리가 됐다.

“남자는 O형이지만 여자는 Rh-AB형이에요.”

미요다의 목소리를 듣고 역시 추측이 맞았다고 쇼지로는 생각했다.

쇼지로의 혈액형은 Rh-AB형이었다. 이 혈액형은 좀 특수한 것으로 2천 명에 한 명 정도밖에는 없었다. 흡혈귀는 때때로 다른 피 맛을 보고 싶어 하는 것이었다.

분명히 흡혈귀에게는 희소가치라고 말할 수 있을 것이다. 늘 부르는 것은 아니지만 가끔 생각난다는 듯이 흡혈귀는 말을 걸어왔다.

지난달에도 한 번 있었다.

흡혈귀가 막 태어난 아기의 피를 원했던 것이다. 그것도 몸속의 피를 전부 빨았다. 흡혈귀가 신생아의 피를 원하는 것은 Rh-형 아기의 경우로, 아기의 피를 빨았을 때는 이쪽 편에서 그 전부를 바꾸어 주어야만 했다.

쇼지로가 이 흡혈귀에게 피를 제공하는 곳에서 대기 멤버중의 한 명으로 반강제적인 생활을 강요받는 가운데도, 다른 대기 멤버보다 건강한 상태를 유지할 수 있는 것은 바로 그 특수한 혈액형 때문이었다. 즉, 다른 멤버처럼 늘 흡혈귀의 부름을 받지는 않았던 것이다.

그렇지 않았다면 쇼지로의 피도 묽어져 이미 노란색이 되어 있을 것이다. 흡혈귀에게 하루 200cc이상의 피를 계속해서 빨린다면 그 인간은 빈혈 상태가 되어 죽음에 한 발 가까이 다가서는 것이 된다.

쇼지로는 층계참에서 자신의 침대 가까이로 가 익숙한 손놀림으로 의족을 신었다. 그는 교통사고로 왼쪽 다리를 잃은 신체장애자였다. 흡혈귀는 신체장애자의 피 빠는 것을 매우 싫어했기 때문에 쇼지로는 의족이라는 것을 숨기고 있었다.

"8호 도쿠모토, 3호 야마네, 출발 준비!"

사감인 오가타가 군대식으로 호령을 부쳤다. 그것에 맞추어 힘있게 대답을 하지 않으면 얻어맞기 때문에 쇼지로는 큰소리로 외쳤다.

"지금 곧 갑니다."

3호인 야마네는 모기 소리 같은 대답을 했다. 그도 그럴 것이 하루 간격으로 피를 빨려 노랗고 핏기 없는 얼굴이 되어 있으므로 무리도 아니었다.

쇼지로는 계단을 한 발 한 발 내려갔다. 계단 밑에는 사감 오가타와 부사감인 구라시키가 우뚝 서 있었다.

구라시키는 보디가드 역할을 하는, 문신을 한 깡패 출신이었다. 지금도 쇼지로 일행의 눈에 띄도록 일부러 권총인 듯 싶은 물건과 일본도를 열심히 손질하고 있었다. 그는 탈출을 시도한 원생을 몽둥이로 피투성이가 되도록 때리면서도 태연한 남자였다.

'8호 도쿠모토, 출발합니다."

쇼지로는 될 수 있는 한 가슴을 펴고 소리쳤다. 흡혈귀에게 갈 때 쇼지로 일행은 가슴에 빨간 하트형의 마크가 찍힌 흰색 상의를 입고 간다. 흡혈귀는 그런 의식을 즐기는 것이다.

흡혈귀의 시중인 미요다가 쇼지로의 얼굴을 보더니 살짝 고개를 끄덕였다.

2

흡혈귀는 긴 주둥이를 가지고 있다. 관처럼 생겼으며 그 끝은 딱딱하고 아주 가늘었다. 직접 쇼지로 일행의 정맥에서 피를 뽑을 수 있도록 흡혈귀는 허리를 굽혀 주둥이를 쑥 내밀고 다가오는 것이다.

흡혈귀는 온몸이 빨갛고 긴 무성한 털로 뒤덮여 있다. 피를 빨면 그 털색이 유리관처럼 빛나며 새빨갛게 변했다.

흡혈귀가 피를 빨기 쉽도록 시중인 미요다가 쇼지로의 팔을 두꺼운 고무줄로 묶었다. 그리고 잠시 맛을 보는 것이다. 미요다도 흡혈귀와 비슷한 조그마한 바늘 주둥이를 가지고 있었다. 그것을 쇼지로의 손등에 눌러 아주 조금 피를 빤다. 그녀는 혈액을 비중계에 재어 보고 나서 가볍게 쇼지로의 볼을 쓰다듬었다.

"당신 피는 진하군요. 모두가 이처럼 진하면 흡혈귀도 맛있다고 칭찬해 줄 텐데 말이에요. 당신 동료들은 모두 물탄 것처럼 노란색이라구요……. 정말 힘들어요."

"미안해요, 모두가 피를 진하게 만들려고 일도 하지 않고 누운 채로 단백질 식품만을 섭취하고 있는데도 말이에요……."

쇼지로는 입 안에서 우물우물거려 가며 흰 침상 위에 누워있는 환자를 바라보았다. 동반 자살 사건으로 들것에 실려 온 여자 환자였다.

지금은 흰색 시트를 가슴까지 덮고 있지만 조금 전까지는 여기저기 몸에서 피를 흘리고 있었을 것이다.

흡혈귀는 인간이 피를 흘리는 것을 보면 어찌할 바를 모른다. 쇼지로 일행으로부터 200cc에서 400cc 정도의 피를 빨기 전까지는 그 커다란 몸이 매우 난폭해진다. 쇼지로 일행의 피를 빨면 그제야 겨우 잠잠해지는 것이다.

흡혈귀가 들어왔다. 그는 다리에 두꺼운 사슬을 끌고 있었기 때문에 그르렁거리는 천둥소리를 냈다. 쇼지로는 두려움으로 될 수 있는 한 흡혈귀와 얼굴을 마주하지 않으려고 했다. 시선을 마주치는 것이 제일 위험한 것이다.

미요다가 잽싸게 흡혈귀에게 다가가 아첨을 했다. 쇼지로는 살짝 침상 위의 하얀 시트 속으로 손을 넣었다.

환자인 여자의 몸을 만져 보기 위해서였다. 마치 죽은 사람처럼 차가웠다. 하지만 여자의 몸은 모두가 차가우니까 걱정할 필요는 없을지도 모른다.

살짝 시트를 젖혀 보았다. 하복부와 가슴 근처 커다란 상처에 반창고가 붙여져 있었다. 그 주위를 특히 심하게 찔린 모양이었다. 눈부실 정도로 흰 양다리 사이로 해면 위를 떠도는 검디검은 수초 같은 밀림이 보였다. 하반신에도 아무것도 입지 않았다.

쇼지로는 갑자기 그곳이 만져 보고 싶어졌다. 그는 때때로 격하게 이런 충동에 휘말리곤 했다. 하지만 그곳을 어떤 식으로 만져야 할지는 전혀 몰랐다. 그런 경험을 한 적이 한 번도 없었다.

"뭐하는 거예요? 그만두지 못해요!"

미요다가 화난 목소리로 외치며 쇼지로의 손을 내리쳤다.

"그래서 그 자는 그만두라고 했잖아. 위험해!"

흡혈귀가 입을 열었다. 흡혈귀는 거의 입을 여는 법이 없었다. 알아들을 수 없는 짧은 말로 시중을 들고 있는 미요다에게 지시를 할 뿐이다. 쇼지로는 자신에 대한 말을 하는 것을 듣고는 온몸이 굳어지는 것을 느꼈다.

"괜찮아요. 제가 조심하고 있으니까요.…… 그리고 피는 틀림없이 진해요."

미요다가 흡혈귀에게 되풀이했다.

흡혈귀가 빨간 털을 흔들더니 쇼지로에게 다가왔다. 주둥이가 그의 정맥에 푹 꽂혔다. 흡혈귀의 유리 주둥이가 점점 쇼지로의 피로 부풀어 오르고 있었다.

쇼지로는 눈을 감았다. 흡혈귀에게 피를 빨릴 때면 언제나 다리가 떨렸다. 원생 동료들 가운데는 양다리가 마비되어 정신을 잃는 경우도 있었다. 하지만 흡혈귀에게 피를 바쳐야만 하는 것이다. 원생들은 피를 빨리는 것을 매우 기뻐하고 있었다. 흡혈귀에게 피를 빨린 후에는 약간이지만 돈도 받을 뿐 아니라, 만약 흡혈귀의 상대가 되지 못한다면 이 기숙사를 나가야만 하기 때문이다.

"저쪽에 가서 잠시 쉬도록 해요."

미요다가 쇼지로의 팔에서 두꺼운 고무줄을 풀며 말했다. 쇼지로는 침상 위에 누워 있는 동반 자살 미수의 어두운 여자 얼굴을 기억하려고 애썼다. 얼굴에 약간 붉은 기가 도는 것 같았다. 잘하면 살아날지도 몰랐다.

여자의 얼굴은 쇼지로가 좋아하는 통통한 타입이었다.

다음에 쇼지로가 미요다에게 이끌려 간 곳은 이층 침대가 있는 조그마한 방이었다. 이곳은 흡혈귀의 시중들이 쉬는 곳으로 쇼지로 일행이 자는 곳은 이보다 훨씬 큰 방이었다.

"오늘 밤은 여기서 쉬도록 하세요. 당신에게 아직 일이 남았어요."

미요다는 쇼지로를 침대 위에 누이고 부드럽게 어깨를 두드렸다. 모두에게는 비밀로, 미요다도 피를 빨려는 것으로 쇼지로는 생각했다.

쇼지로는 미요다에게 피를 빨리는 것을 그다지 좋아하지 않았다. 흡혈귀에게 빨릴 때만큼은 아픔이 느껴지지 않지만 아주 묘한 느낌이 들기 때문이었다.

미요다는 복도 밖으로 나가더니 30분 정도 지나 돌아왔다. 벽에는 낡아빠진 둥근 괘종시계가 걸려 있었다. 시계는 막 새벽 3시를 가리키고 있었다. 이 시각은 온 나라의 흡혈귀가 요동을 치는 시간이다.

"어때요, 기분이 좀 좋아졌어요?"

미요다가 차가운 손에 뜨거운 우유와 버터를 듬뿍 바른 토스트를 가지고 돌아왔다. 쇼지로는 먹을 것에 정신없이 달라붙었다. 그 동안 미요다는 쇼지로의 하의를 벗기는 것이다.

미요다가 쇼지로의 피를 빨 때는 흡혈귀가 하는 것처럼 긴 주둥이를 사용하지 않았다. 그녀는 쇼지로가 가지고 있는 관管에 직접 입술을 대는 것이다.

쇼지로는 처음에는 어쩐지 겸연쩍은 느낌에, 또한 가만히 있을 수 없는 묘한 느낌이 전신을 감돌아 싫다고 애원했었다. 그러나 그럴 때면 미요다는 히스테릭하게 눈을 올려 뜨며 무서운 표정을 짓는 것이었다. 이제는 가만히 있는 편이 좋겠다고 마음을 고쳐먹고 참고 있었다.

쇼지로의 다리 사이에 얼굴을 묻고 있을 때의 미요다는 매우 신중해 입조차 열지 않았다. 딱딱하고 부드러움이라고는 없는 건조한 입술로 쇼지로의 물건을 끊임없이 핥는 것이었다. 그는 머리를 치켜 올리고 흡혈귀의 시중을 들고 있는 여자가 하는 짓을 보다가 저절로 눈을 감았다. 전신이 구름 위로 붕 뜨는 것 같은 기분이 되기 때문이다.

쇼지로는 무의식중에 짧게 외마디 소리를 질렀다. 흡혈귀에게 끝이 뾰족한 주둥이로 찔렸을 때와는 아주 다른 기분이었다.

미요다는 양손으로 쇼지로의 물건을 쥐고 껄떡거리며 흘러나오는 하얀 피를 빨고 있었다. 그 순간 이상하게도 붉은 입술 양끝에서 이가 솟더니 쇼지로 쪽을 보며 싱긋 웃는 것이었다.

쇼지로는 피곤함을 느끼고 그대로 깊은 잠에 빠져들었다. 날이 밝아 올 무렵 기숙사 차로 사감 오가타와 부사감 구라시키가 데리러 왔다. 운전은 구라시키가 했다.

구라시키는 때때로 미요다에게 영화 구경을 가자고 청하는 것 같았으나 미요다는 전혀 상대하지 않는 모양이었다.

"어젯밤 다리가 후들거린다고 해서 혹시나 하고 침대에서 쉬게 했습니다. 괜찮겠지요?"

미요다가 시원시원한 밝은 목소리로 사감 오가타와 인사를 나눴다.

잘 쉬게 했다는 것은 쇼지로를 가리키는 것이었다. 미요다가 종종 쇼지로의 흰 피를 마신다는 것은 그 누구도 알지 못하는 일이었다. 쇼지로도 설령 입이 찢기는 한이 있어도 말할 수 없다고 생각하고 있었다. 만약 그런 말을 한다면 그는 흡혈귀와 미요다에게 죽임을 당하고 말 것이다.

"동반 자살을 기도한 사람들은 어떻게 됐습니까?"

사감 오가타가 고상치 못한 소리를 내며 차를 마시고 있었다.

"남자는 오늘 아침 4시경에 죽었습니다. 자신의 경동맥을 면도칼로 잘랐어요. 보통의 경우는 짝사랑한 쪽의 상대가 죽는데 말이에요……."

"여자는 어떻게 됐지요?"

"깨어날 것 같아요. 아직 중태여서 갑자기 어떻게 될지는 모르겠어요."

"가족은 와 있겠지요? 들인 것은 확실하게 받아야 합니다."

사감 오가타는 흡혈귀에게 빨린 쇼지로의 피를 이야기하고 있는 것이다. 쇼지로의 피는 특별하기 때문에 값도 보통 이상을 받으려고 할 것이다. Rh-AB형의 인간을 구하느라 비용이 너무 들어갔다든지 이런 저런 거짓말을 해대며…….

"괜찮아요, 걱정하지 않으셔도. 그 동안 가족과 연락이 될 겁니다. 남자 쪽의 부모는 벌써 오고 있고, 여차하면 그쪽에서 내겠지요."

미요다가 어젯밤 쇼지로의 피를 빨았던 빨간 입술을 일그러뜨리며 교활한 소리로 말하고 있었다. 쇼지로의 피를 빤 다음에는 흡사 다른 사람처럼 생기가 넘치곤 했다.

"이봐, 8호. 저 여자 너에게 관심이 있는 모양이야. 너 같은 예쁘장한 녀석 어디가 좋은 거야! 너에게 수작을 부리던가?"

차에 타자 곧 운전을 하며 구라시키가 험악한 소리를 했다. 구라시키는 미요다에게 마음이 있기 때문에 사사건건 쇼지로에게 시비를 걸었다.

"그런 일은 없습니다."

쇼지로는 될 수 있는 한 가슴을 펴고 딱 잘라 대답했다.

"거짓말 했다가는 알지?"

구라시키가 쇼지로의 뺨을 후려쳤다.

"폭력은 삼가도록 해!"

사감인 오가타가 말하는 것을 들으며 쇼지로는 눈에 눈물을 머금었다.

3

일주일은 평온한 날이 계속됐다. 쇼지로는 한 번도 흡혈귀에게 가지 않았다. 기숙사의 다른 멤버들은 변함없이 매일 흡혈귀에게 문안을 가 피를 빨리고는 돈을 받아 왔다.

그러던 어느 날 사감 오가타의 기분이 아침부터 매우 나빴다. 쇼지로가 2층에 드러누워 표지가 찢긴 낡은 주간지의 여자 나체 사진에 정신을 빼앗기고 있을 무렵, 오가타가 복도 근처에서 잡아먹을 듯한 소리로 구라시키를 야단치는 소리가 들려왔다.

“네 눈은 도대체 두었다 뭐하는 거야? 왜 불침번을 서는 거냐구. 신문에 이런 기사가 나면 안 된다는 걸 알고 있을 테지. 회장 귀에 들어가면 너는 즉시 잘리는 거야!”

“제 탓이 아닙니다. 저는 눈을 똑바로 뜨고 있었다구요. 언젠가 기숙사를 도망간 원생이 신문사에 정보를 팔아먹은 겁니다.”

“이런 바보, 도망갔다는 건 네가 멍청하게 있었다는 게 아니냐구, 흡혈귀 시중드는 여자에게나 온통 신경을 쏟으니 이런 일이 일어나는 거 아니야.”

사감이 구라시키의 뺨을 세게 후려친 것 같았다. 피부가 터지는 듯 치익 하는 소리가 났다.

구리시키가 사감에게 당했다면 이번에는 쇼지로 등이 구라시키에게 당할 차례였다. 구라시키는 머리가 좀 모자라는 대신 완력은 자신 있는 우람한 체격의 소유자로 만일 그에게 당하게 된다면 쇼지로 일행에게는 큰 재난이었다.

“뭘 읽고 있나?”

“주간지입니다.”

생각한 대로 구라시키가 돌아보러 왔다.

“언제 주간지야?”

구라시키가 옆에서 주간지를 읽고 있던 6호라고 불리는 O형의 멤버를 갑자기 들어올렸다. 그 주간지는 쇼지로가 미요다에게서 받은 것이었다. 흡혈귀 거처에는 때 지난 주간지가 많이 있었다. 미요다는 쇼지로에게만 살짝 주간지를 건네주었다. 쇼지로는 사진이나 만화 이외에는 보지 않으므로 위험은 없다고 생각하는 모양이었다.

“이건 지난주 주간지 아냐? 사감 검열 도장도 없고, 검열 도장이 없는 잡지나 신문을 읽으면 어떻게 되는지 알고 있을텐데…….”

구라시키가 낮은 소리로 협박을 시작했다. 음험한 기쁨이 말끝마다 배나오고 있었다.

“죄송합니다. 도장이 있는 것으로 알고 그만…….”

“거짓말하지 마. 도대체 누가 이런 걸 가지고 들어온 거야? 너희들은 그저 눈을 감고 조용히 누워만 있으면 되는 거라구. 딴 짓 하지 말고 반성의 시간을 가져! 명상을 하라고! 너희들이 얼마나 하찮은 것들인지를 잘 생각해 봐. 그러면 지금 흡혈귀님에게 봉사하고 있는 것이 얼마나 의미 있는 일인지 잘 알게 될 거야.”

구라시키가 큰 소리로 연설을 시작했다. 모든 것이 사감인 오가타가 말하는 그대로였다. 오가타 사감은 한 달에 한 번씩 얼굴을 내미는 회장 연설에서 말했다.

〈보잘것없는 너희들은 갱생의 길을 걸으면서 세상을 위해, 다른 사람을 위해 노력하는 거다!〉

"누가 이런 잡지를 읽으라고 했어. 반성해!"

구라시키는 바지 벨트를 찌직 소리를 내가며 풀었다. 이어서 O형의 멤버를 가죽 채찍으로 내리치는 무서운 소리, 쇼지로는 양손으로 귀를 틀어막았다.

그는 얻어맞고 싶지 않았다. 만약 쇼지로가 미요다에게서 주간지를 받았다는 것을 구라시키가 알게 되면 그야말로 질투심에 미친 듯이 얻어맞을 것이다. 쇼지로는 구라시키의 눈을 피해 급히 베개 대신으로 쓰는 방석 밑에 주간지를 감추었다.

O형의 멤버가 비명을 지르고 있었다. 하지만 그 비명도 생각을 그렇게 해서 그런지 힘없이 들렸다.

오늘 아침 다시 흡혈귀에게 200cc의 피를 빨렸던 것이다.

구리시키는 O형 멤버에 대한 제재를 마치자 이번에는 벽장에 눈길을 주었다.

"A형 두 명은 어디 갔어?"

방 안에 가득 울려 퍼지는 커다란 목소리였다. 네다섯 명의 2층 원생들은 모두가 벙어리가 된 듯 잠자코 있었다.

"너희들은 감싸 주겠다고 생각하는 모양이지만 그래 봐야 헛수고다. 어디 있는지 다 알고 있으니까. 자고로 A형 녀석들은 음험하고 뒤로 살금살금 무슨 일 하는 걸 좋아하거든……."

구라시키가 싱긋 웃었다. 지금부터는 더욱 야비한 제재를 가하겠다는 것이다. 쇼지로는 온몸을 떨었다.

구라시키가 갑자기 벽장의 암막커튼을 난폭하게 들쳤다. 그 바람에 커튼은 앞으로 떨어졌고 컴컴한 벽장 속이 드러났다. 그 좁은 벽장 안에는 원생 두 명이 서로 껴안고 있었다.

한 사람은 벌써 반 년째 있는 멤버였지만 다른 한 명은 1주일 전에 들어온 신입이었다.

"여기는 감화원과 다르다. 여기서는 너희들이 절대로 하지 말아야 할 것 하나가 있다. 그건 피를 묽게 하는 행동이다. 너희들 도대체 무얼 하고 있었던 거야?"

구라시키는 들고 있던 벨트로 두세 번 바닥을 내리쳤다. 그리고 손톱 끝으로 고참 원생의 소름 돋은 깡마른 엉덩이를 찔렀다.

벽장 안에 있던 두 명은 모두 감화원 출신이었다. 전부터 있던 쪽이 흡혈귀 시중인 미요다처럼 다른 사람의 페니스를 즐겨 빨았다.

"어때? 여기 나와서 그 안에서 하던 짓을 모두 아래에서 해보라구!"

구라시키는 가죽 벨트를 다시 한 번 내리쳤다. 벽장 안의 원생은 머뭇거리며 밖으로 나오더니 고참 쪽이 신입의 다리 사이로 얼굴을 묻었다. 신입은 눈 둘 곳을 모르고 얼굴이 빨개져 식은땀을 줄줄 흘리고 있었다.

구라시키는 팔짱을 끼고 가만히 바라보고 있었다. 다른 원생들은 마치 숨이 멎은 듯 꼼짝 않은 채 소리도 내지 않았다.

"자, 이제 피를 묽게 만들 때까지 가면 벌로 3일간 단식이다. 그게 싫으면 참으면 되고."

구라시키가 큰 소리로 신입을 협박했다. 그리고 고참에게 말했다.

"너는 혀를 사용하는 데는 도사라고 자랑하는 모양이지. 응, 이 변태 녀석! 빨리 끝내라. 신입에게 아직 얼마만큼의 힘이 남아있는지 시험해 보라구. 신입을 빨리 끝까지 올라가게 해주라구, 만일 그렇게 못 하면 너는 3일간 단식이야. 아무것도 주지 않고 명상에 3일간 반성이다!"

구라시키의 목소리는 점점 잔인성을 띠고 있었다. 쇼지로는 눈을 감았다. 아무것도 보지 않겠다는 것이다.

만약 쇼지로가 미요다라는 여자에게 물건을 빨린다는 것을 구라시키가 알게 된다면 질투심에 휩싸인 그는 쇼지로를 죽일 것이다.

절대로 이야기하면 안 된다. 미요다에게 하얀 피를 빨린다는 것을 말하면 안 된다.

"뭘 하고 있는 거야? 바보 같은 짓, 적당히 해!"

사감 오가타가 2층에서 울리는 소리를 듣고 올라왔다.

"오늘부터 여기 원생 두 명이 온다. 규칙을 지키고 조금은 품위를 지켜라. 구라시키, 원생에게 네 멋대로 제재를 가하지 말라고 몇 번이나 이야기했잖아. 원생들의 몸은 흡혈귀에게 데려가기 위해 조금도 소모시키지 말고 소중히 다뤄야 한다고. 하루에 독서는 두 시간, 오전 오후 산책은 30분씩 두 번, 그 이외에는 낮에도 덧문을 닫고 가만히 누워 있으란 말이다. 몸을 쉬고 정신을 편안하게 하고 끊임없는 반성의 시간을 갖는 거야."

오가타의 등장으로 쇼지로는 이젠 됐구나, 하고 안심했다. 그건 그렇고, 여자 원생이라니, 누가 들어오는 걸까? 지금까지도 때때로 여자 원생들이 들어오긴 했다. 하지만 1주일이나 2주일이면 거의 다 가버리곤 했다. 소문에 의하면 원생일 경우는 회장이 잽싸게 자택으로 데려간다는 것이었다.

"8호, 네 옆 침대를 펴라. 지난번 동반 자살 사건에서 살아남은 여자가 요양을 하러 들어온다. 네가 잘 돌봐 줘라."

사감이 쇼지로 옆에 와서 묘하게 부드러운 소리로 말했다.

4

저녁 무렵 여자가 옮겨져 왔다.

감색의 세로줄 무늬가 있는 남자용 실내복을 입고 있었다. 요전에 흡혈귀 있는 곳에 나체로 있을 때와는 다른 여자처럼 보였다.

미요다가 생동감 있는 동작으로 따라왔다. 그리고 여자를 이불 위에 눕히고는 어깨 사이로 바람이 들어가지 못하도록 꼭꼭 눌렀다.

"알았지요? 일이 있으면 뭐든 내게 이야기해요."

미요다가 상냥하게 말을 걸었지만 그녀는 잠자코 있었다.

"이 여자는 남자에게 찔린 후 한마디도 하지 않아요. 어쩌면 이번에는 자살을 시도할지도 모르니까 당신들이 잘 보살펴야 해요. 그리고 이 여자에게 손을 대서는 안 돼요. 잘 알고 있겠지만."

미요다가 쇼지로를 부르더니 조그마한 소리로 속삭였다.

"알겠지요. 무슨 일이 있으면 내게 이야기해요. 사감 오가타도 신경을 쓰고 있다구요. 실은 이 여자는 데리고 갈 방법이 전혀 없었어요. 어찌된 일인지 사감도 아주 열성이고 데려가려고도 하지 않더라구요."

미요다가 여러 가지를 쇼지로에게 가르쳐 주고 있자 오가타가 다가왔다.

"어때, 아직도 전혀 이야기를 하지 않나?"

"네, 의식은 또렷하고 점점 차도가 있는 게 분명한데……이상합니다."

미요다가 고개를 갸웃했다.

"어떻소, 설마 기억을 전부 잃어버린 것은 아니겠지?"

"글쎄요, 그건 조금 더 있어 봐야 알겠는데요."

"이 사람에게 간호를 맡겨 두면 되겠지. 무슨 일이 생기면 곧 연락하라구."

사감이 쇼지로에게 간호사들이 입는 흰옷을 입게 했다. 다른 한 명의 신입은 O형인 마흔 살 정도의 여자로 흡혈귀에게 너무나 피를 빨려 약간 돌아 버린 여자였다.

사감 오가타의 말로는 이제 찌꺼기로 전혀 쓸모가 없다는 것이었다. 밥 짓는 일이나 제대로 할지 모르겠다고 했다.

그에 비하면 동반 자살 미수에서 살아남은 여자에 대해서는 대우가 아주 좋은 편이었다.

매일 벌꿀이 들어간 우유 세 개를 마시게 하고 죽에도 버터를 녹여 넣었다. 게다가 가끔 사감 오가타가 직접 영양제를 주사해 주러 올 정도였다.

쇼지로가 보고 있는 앞에서 여자의 바지를 내리고 그도 본 적이 있는 허벅지에 주사바늘을 꽂는 것이었다. 여자는 이미 동반 자살을 기도한 상대에게 가슴과 배, 그리고 팔을 찔렸기 때문에 주사바늘을 꽂을 수 있는 곳은 허벅지밖에 없었다.

"이 사람의 이름은 뭐지요?"

쇼지로가 사감에게 물었다.

"이름은 몰라. 번호는 51번. 여기서 이름은 필요 없다. 너도 단지 8번이야, 그렇지 않나?"

"그럼요, 그렇습니다."

쇼지로는 고개를 끄덕이면서도 자신의 이름은 쇼지로가 아니냐고 불만스레 생각하고 있었다.

2주가 지나자 꿀을 넣은 우유 탓인지 그녀의 얼굴에 화색이 돌기 시작했다. 처음 흡혈귀 거처의 딱딱한 하얀 침대 위에서 본 밀랍 같은 창백한 안색에서 완전히 소생해 있었다.

"당신은 누굽니까? 잠자는 숲속의 공주입니까?"

쇼지로는 주위에 아무도 없는 것을 확인하고 51번의 부드러운 볼을 집게손가락으로 눌러 보았다. 하지만 그녀는 아무런 반응도 보이지 않았으며 아무 의식도 없는 듯 했다.

쇼지로는 천천히 담요 밑으로 오른손을 집어넣었다. 나쁜 짓이라고 생각은 했으나 참을 수가 없었다. 잡지의 사진 같은 벌거벗은 여자가 바로 이 담요 아래 있는 것이다. 담요 밑을 더듬으며 그는 새로운 발견을 했다.

51호가 덮고 있는 담요가 털이 풍성한 외국산 담요라는 것이다. 쇼지로 등이 사용하는 딱딱하고 따끔따끔 쑤시는 지푸라기 같은 담요와는 전혀 다른 것이었다. 쇼지로는 그 포근한 긴 털 담요를 쓰다듬어 가며 흡혈귀의 긴 털도 이런 감촉이 아닐까 생각했다.

쇼지로의 직감은 딱 들어맞았다.

혹시 흡혈귀의 딸?

쇼지로의 손은 이어서 정확하게 51번 여자의 바지 속으로 들어가고 있었다. 바지를 벗기면 그 밑은 사감이 언제나 영양제 주사를 놓을 때 보여주던 매끈매끈한 허벅지일 것이다.

허벅지 사이에는 불가사의한 검은 밀림의 숲이 흔들리고 있을 것이다. 사진 속의 여자들은 거의 모두 그 장소를 손이나 천으로 감추고 있기는 했지만…….

쇼지로는 다시 거침없이 손을 뻗었고 그리고 깜짝 놀랐다. 부드럽고 촉촉한 감촉의 허벅지 사이에 금속성의 딱딱한 벨트 같은 것이 만져졌기 때문이다. 그는 큰마음 먹고 담요를 들쳐 보았다.

이전에 병원에서 보았을 때는 이런 어마어마한 벨트는 하고 있지 않았다. 분명히 해저를 떠다니는 해초 같은 풀숲을 보았던 것이다. 그렇다, 이건 정조대라고 하는 것이 아닐까? 사진에서 아름다운 전라의 여인이 이런 벨트를 하고 몸을 웅크리고 있었다.

이 금속 벨트는 정조대인 것이다. 흡혈귀의 딸은 왜 정조대로 보호되어야 하는 것일까? 쇼지로는 의아해하며 담요를 젖힌 상태의 여자를 눈도 깜빡거리지 않고 바라보았다.

흡혈귀와 마찬가지로 새빨간 긴 털이 상체에 북실북실 나 있는 것은 아닐까? 어쨌든 흡혈귀의 딸이니까. 쇼지로는 아무런 반응도 보이지 않는 커다란 인형 같은 51호를 완전히 흡혈귀의 딸로 단정하고 있었다.

그는 살금살금 51호 가운의 상의 단추를 풀었다.

짝사랑의 상대에게 찔렸다는 반창고 밑의 상처 자국이 설사 나았다고는 해도 완전히 낫지는 않았을 것이다.

혹시 상처 흔적에 흡혈귀의 딸이라는 것을 증명하는 길고 새빨간 털이 나 있는 것은 아닐까?

쇼지로가 51호 여자의 반창고를 떼어내 볼 결심을 하게 된 것은 이런 생각 때문이었다.

쇼지로는 우선 어깨 부근의 반창고를 살살 떼어냈다. 피와 고름이 나고 있을까? 반창고는 쉽게 떨어졌다. 그리고…….

쇼지로는 자신의 눈을 의심했다. 51호 여자의 어깨에는 피도, 고름도, 빨간 긴 털도 없이 그저 허벅지와 마찬가지로 매끈하고 아름다운 맨살만 있었기 때문이다.

쇼지로는 몸을 떨어 가면서 51호 여자의 왼쪽 유방 부근에 커다랗게 붙인 반창고를 떼어내 보았다. 그곳도, 오른쪽 유방 위에도, 하복부에도…… 흰색 거즈와 반창고가 붙어 있는 곳 전부 아무런 상처도 없는 아름답고 매끈한 피부였다

쇼지로는 어느 사이엔가 무의식적으로 그녀의 유방을 어루만지고 있었다. 유두가 마치 열매처럼 딱딱해지고 있는 것이 느껴졌다.

그때까지는 아무런 반응도 나타내지 않던 51호 여자가 그때 처음으로 소리를 질렀다. 전신을 묘하게 비틀며 무언가를 원하는 듯이 양손을 허공으로 들어올렸다. 하지만 쇼지로는 이제 어떻게 하면 좋을지를 몰랐다.

당황해서 커다란 거즈와 반창고를 본래의 장소에 되돌려 놓고

털이 긴 모포를 다시 덮어 주었다.

사감이 들어온 것은 바로 그때였다.

"무얼 하고 있나?"

"무슨 소린가를 지르는 것 같아서요."

쇼지로는 더듬거려 가며 변명했다. 그때 51호 여자가 때마침 낮은 신음 소리를 냈다.

사감은 놀랍다는 듯 머리를 흔들었으나 그 이상은 말하지 않았다.

5

오후, 산책 시간에 어깨에 카메라를 걸친 서른 살 전후의 남자가 레인코트 깃을 세우고 가까이 와 쇼지로에게 말을 걸었다.

그는 일주일에 한 번 산책 시간에 가까운 잡목림으로 나가 그림 그리는 것을 허락받고 있었다.

쇼지로의 그림은 늘 그렇듯이, 울창하고 어두운 산림 가운데 빨간 털이 부성부성 난 흡혈귀가 앉아 있는 그림이었다. 그러나 이번 주에는 왠지 손쉽게 흡혈귀가 그려지지 않았다. 아마도 51호 여자의 반창고 밑의 피부가, 피와 고름 냄새가 뒤섞인 상처는 없고 도자기같이 하얗고 매끈매끈했기 때문일 것이다.

"자네는 신생 기숙사 원생인가?"

남자는 쇼지로에게 초콜릿을 권하며 얼굴을 바라보았다. 그는 쇼지로의 경계심을 이해한다는 듯 얼굴 가득 미소를 띠고 있었다.

쇼지로는 카메라를 가진 사람이 싫었다. 그가 교통사고를 당해 잿빛 철도에 피를 흘리며 괴로워하고 있을 때 누군가가 카메라를 들이 밀었기 때문에 지금도 카메라만 보면 싫었다.

"네, 원생입니다."

"8호 도쿠모토 쇼지로지? 혈액형은 분명히 Rh-AB형이고."

"그래요."

쇼지로는 초콜릿을 받은 김에 떨떠름하게 대답했다. 기숙사에 대한 일은 외부 사람들에게 말하지 못하게 되어 있었다.

하지만 상대는 쇼지로에 대해 잘 알고 있는 것 같았다.

"지금 신생 기숙사의 원생 중에 정식 스펜더는 몇 명이나 있나?"

"스펜더……."

쇼지로는 입을 크게 벌렸다. 원생 가운데는 자신을 스펜더(직업적인 피 제공자)라고 부르거나 부상 입은 사람을 환자라고 부르거나 하며 잘난 척하는 사람도 있는 모양이었다. 그러나 쇼지로에게는 모두가 흡혈귀와 그의 시중들이었다.

"아, 됐어. 이쪽의 조사로는 현재 서른두 명이야. 2주일 전 여성 한 명이 늘어서."

"……."

"말하면 곤란해지는 모양이군. 걱정하지 않아도 돼. 자네에게 들었다는 이야기는 하지 않을 테니. 게다가 우리들은 정확한 자료를 가지고 있어. 자네의 본심은 그곳에 있고 싶진 않을 거야. 하루라도 빨리 정상적인 사회로 돌아오고 싶겠지?"

"그렇지 않아요. 나는 기숙사가 좋은걸요."

쇼지로는 정직하게 대답했다. 흡혈귀의 시중인 미요다는 좋지 않다는 정도였으나 사감과 구라시키는 대단한 공포의 대상이었다. 그러나 기숙사 밖에서도 마찬가지였다. 틀림없이 인간성 나쁜 사람과 보기 싫은 녀석이 있게 마련이다. 지금 있는 기숙사로 말할 것 같으면 먹을 것도 충분하고 즐겨하는 그림 그리기도 할 수 있을뿐더러 흡혈귀의 아름다운 딸 51호도 옆에서 자고 있는 것이다.

"그래? 분명 진저리가 쳐질 정도로 싫을 텐데. 지금도 매일 같이 200cc, 300cc의 피를 뽑히는 사람들은 피가 묽어져 노랗게 되고 거의 폐인이 되어 가고 있을 거야."

"나는 모르는 일인데요."

"자네는 입이 무거운 친구군. 간부급 사람들을 심하게 두려워하는 모양이야. 하지만 우리들은 힘이 강하다구, 분명히 자네들을 구출하러 오겠네."

남자는 쇼지로가 있는 그대로 대답하고 있는데도 혼자서 묘한 소리를 했다.

"도쿠모토 군, 자네 외에도 한 사람의 Rh-AB형인 원생이 또 있다구."

"그러고 보니 있었어요."

쇼지로는 믿음직스럽지 않은 대답을 했다. 지금 생각해 보니 분명히 그 흡혈귀의 딸이 희고 차가운 침대 위에 누워 있던 날 야마네라는 또 한 사람의 Rh-AB형 남자가 외출했던 것이다.

순서대로라면 그 남자가 흡혈귀에게 갈 차례였다. 때문에 할 수 없이 쇼지로에게 그 차례가 돌아온 것이다. 쇼지로의 기억은 일상적인 일에 관한 한 이렇게 천천히 떠올랐다.

"아, 그러고 보니 3호인 야마네였어……."

쇼지로는 혼자 독백처럼 말했다.

"언제부터 없어진 거야? 정확히 기억해 보게나."

그런 말을 들으면 쇼지로의 기억은 뒤엉켜 버리기 시작한다. 흡혈귀에게 불려나갈 순번이 뒤바뀐 날부터라는 것은 확실했다. 하지만 그날 밤, 그리고 그 다음날 밤, 야마네는 분명 있었던 것일까?

"분명하게 기억해 봐. 짝사랑 사건이 있던 날이야. 그날부터 3호는 기숙사에서 없어졌을 거야."

어느 사이엔지 남자는 쇼지로의 코끝에 테이프 리코더 마이크를 대고 있었다. 그것을 본 쇼지로는 다시 심하게 더듬거렸다.

"그래요, 그 사건이 있던 날이었어요."

"그날 자네는 몇 cc를 채혈 당했나?"

"몇 cc라니, 도대체 그게 무슨 말이죠?"

쇼지로가 고개를 갸우뚱하자 남자는 기가 막힌다는 표정을 지었다.

“cc라는 말을 모른다고? 그러면 도쿠모토 군, 자네는 흡혈귀에게 얼마나 피를 빨렸느냐 말이야. 보통 때와 마찬가지였나? 아니면 다리가 떨리고 눈앞이 아찔해질 정도까지 빨렸는가?”

“그날 밤……그날 밤……빨리고 있을 때 눈앞이 깜깜해졌어……이유는 알 수 없지만……그러고 나서 잠시 누워 있었어요.”

쇼지로는 미요다에게 숙직실 안에서 하복부에 있는 관으로 흰 피를 빨리던 때의 일을 이야기했다. 미요다에게 그 이상한 일을 당할 때는 언제나 눈앞이 깜깜해지며 정신이 아득해지는 것이었다.

“정말 어쩔 수가 없군. 도대체 자네는 누구 편을 드는 거야? 병원의 채혈 기록에는 자네가 그날 밤 200cc밖에는 채혈하지 않은 것으로 되어 있다구. 자네들 같은 직업적인 스펜더가 200cc 정도 가지고 의식이 없어질 리 없잖나 말이야. 하지만 도쿠모토 군, 자네의 혈액형은 특수해. 그 짝사랑 사건 때는 70시간 이상 계속 채혈하지 않았나?”

남자는 드디어 기다림에 지쳐 소리를 질렀다. 쇼지로는 남자가 소리를 지르자 몸이 떨리기 시작했다.

‘나는 조금도 거짓말을 하고 있지 않다. 정말로 흡혈귀의 시중에게 관을 빨리고 정신이 아득해졌단 말이다.’

남자가 쇼지로의 어깨를 붙잡고 세게 흔들었다.

“똑바로 알라구. 자네들은 A수혈협회 녀석들에게 피를 빨리고 있는 거야. 그들은 입으로는 그럴듯한 이야기를 하고 있지만 실제는 돈을 벌기 위해 사람들 피를 모으고 있어. 주식회사라구. 상업혈액은행은 200cc의 혈액을 400엔에 거둬들여 1,300엔에 팔고 있지. 작년 기록에 남아 있는 것만으로도 122만 명이 피를 팔러 왔고, 채혈한 것은 그 수의 약 반인 68만 명뿐이야. 나머지는 피가 묽어 채혈할 수가 없었지. 자네들 피는 너무 많이 빨려서 이미 사용할 수가 없다구. 그런데 녀석들은 그걸 뽑아 이익을 남기려 하는 거야. A 수혈협회 녀석들은 더 악질이야. 녀석들은 자네들을 기숙사에 모아 놓고 사육을 한단 말이야. 그러고는 교통사고나 그 밖의 돌연한 사고로 인해 수혈이 필요하게 될 때 보존 혈액 대신 자네들을 직접 병원으로 보내는 것이네. 특히 이 부근은 교통사고 다발 지점이야. 작년에도 두 사람이 피를 지나치게 채혈당해 극도의 빈혈을 일으켜 죽고 말았어. 자네들은 동료들의 죽음을 왜 그냥 보고만 있는 거야? 내일은 자신에게 닥칠 일인데 말이야."

남자는 입에서 침을 튀기며 눈에는 눈물을 머금고 있었다. 도대체 무슨 이야기를 하고 있는 것인가? 무엇 때문에 이렇게 화를 내고 있는 것인가? 쇼지로는 당혹스러울 뿐이었다.

"우리들은 흡혈귀에게 기쁜 마음으로 가고 있어요. 흡혈귀는 돈도 줄뿐더러 흡혈귀에게 피를 빨렸다는 명예도 얻게 되니까요."

"자네들에게는 무슨 이야기를 해도 소용이 없어. 자네들은 모두 인생 낙오자라구! 무엇이든 좋으니까 솔직하게 대답해 줘. 녀석들을 무서워할 필요는 없어. 자네가 그날 밤 채혈당한 것은 틀림없이 200cc뿐인가?"

"……."

쇼지로는 다시 가만히 있었다.

"좋아. 그날 밤 짝사랑의 상대에게 당한 신원불명의 여자는 중태였고 무슨 수를 써서든지 3,000cc 이상은 수혈하지 않았다는 거야. 그 신원불명의 여성은 특수한 여성이었어. 자네와 같은 Rh-AB형이지. Rh-AB형은 2천 명 중에 한 명 있을까말까 할 정도로 특수한 혈액형이야. 그날 밤, 급하게 그렇게 많은 혈액을 모을 수 없었을 것이고, 보존 혈액을 모을 수 없었다면 도대체 어떻게 했을까? 스펜더에게 의존했다고밖에 생각할 수 없어. 하지만 3,000cc라면 15명의 Rh-AB형 스펜더를 모아야만 하는 거지. 그 밤중에 어떻게 특수한 혈액형을 가진 15명의 사람을, 그것도 교외에 있는 병원으로 모을 수가 있을까? 불가능한 얘기야. 그건 분명히 불가능해. 그렇다면 이젠 단 하나의 방법 이외에는 생각할 수 없지. 자네 동료인 3호의 피를 그날 밤 3,000cc 뽑았다는 이야기야. 그래, 무서운 이야기지."

남자는 큰 몸짓으로 쇼지로 앞에서 몸을 떨었다. 쇼지로는 그 남자가 하는 말의 의미를 전혀 이해할 수 없었다.

"하지만 기숙사에서 두거운 외국산 모포를 덮고 꿀이 들어간 우유에 버터를 듬뿍 바른 빵을 먹으며 생활하고 있어요."

"그럴 리가 없어. 자네들 생활은 감금 상태와 마찬가지일 텐데."

"하지만 그 여자만은 다른……."

"여자라니, 누구를 말하는 건가? 설마 그날 밤의 짝사랑 사건으로 들어온 여자를 말하는 건 아니겠지?"

"바로 그 여자예요. 흡혈귀의 딸이라는 생각이 들지만 피부가 매끈매끈하고 흡혈귀 같은 빨간 털은 나 있지 않아요."

쇼지로가 흡혈귀의 딸에 대한 이야기를 하자 남자는 비호같이 사라졌다. 그는 헤어지기 전에 노트 귀퉁이를 찢어 전화번호를 적어 주었다. 하나는 인권옹호국의 번호이고 다른 하나는 도쿄 텔레비전의 보도 사회국 직통번호였다.

"원생 누구에게도 보이면 안 되네. 무슨 일이 있으면 곧 이곳으로 전화를 하게. 다음에 위험한 것은 자네야. 자네는 4,000cc분의 특수 혈액을 가진 살아 있는 보존 혈액 창고니까."

남자는 빠른 어조로 묘한 말을 했지만 쇼지로는 거의 듣고 있지 않았다. 그는 카메라를 가지고 있는 사람을 싫어했다.

6

<A텔레비전 보도 제작국에서 후생성 담당관에게 보내는 공개 질문장>

D현 F군 17번 국도. 교통사고 다발 지점의 응급병원, 다하라 외과의 수혈 업무를 전담하고 있는 A수혈협회의 기숙사에서 한 번의

채혈에 일인당 500cc에서 2,000cc 이상까지도 뽑아내고 있는 사실이 있는바 조사 감독의 의향은 없는지요?

<2주 후에 담당관에게서 받은 회신>

후생성에서는 일인당 200cc 이상의 채혈은 용인하지 않음. 상업 혈액은행은 이러한 후생성의 방침에 따르고 있는 것으로 알고 있음. 이렇게 지도 감독을 하고 있으나 워낙 광범위한 일이기 때문에 미처 손길이 미치지 않는 경우도 있음. 최종적으로는 경영자의 양심에 맡기는 수밖에 없음,

질의한 신생 기숙사 사건에 대해 조사했지만 그쪽에서는 200cc 체험 기준을 지키고 있다는 답신이 옴. 채혈 전에는 엄중한 혈액 비중 검사를 하고 있으며, 혈액 제공자의 건강상태도 좋음, 질의와 같은 사실은 있을 수 없는 일임.

<A텔레비전 보도 제작국이 도쿄 적십자 수혈연구소 소장에게 보낸 조사 의뢰의 답신>

질의한 건에 대해서는, 우리 관할 밖의 일이며 신생 기숙사의 현장 조사도 불가능하기 때문에 상업 혈액은행에 대한 우리의 입장을 설명하는 데 머무를 수밖에 없음을 알립니다.

최근 저희들이 임상 의사에게 수혈을 어떻게 취급하는가에 대한 앙케트를 부탁한 결과 다음과 같은 회답을 받았습니다.

그것에 의하면 분별력 있는 임상 의사는 보존 혈액의 수혈효과를 이미 기대하지 않고 있습니다. 매우 무서운 일이지만 지금까지의 관습에 따라 기계적으로 수혈을 하고 있을 뿐이라는 것입니다. 이러한 임상 의사의 수혈에 대한 부정적인 견해를 불러일으킨 것은 상업 혈액은행이 무리해서 모은 노란 혈액 때문입니다.

따라서 임상 의사가 A수혈협회 스펜더의 피를 1,000cc 이상이나 채혈한다는 것은 있을 수 없는 일입니다…….

<A텔레비전 보도 제작국이 XX경찰서에 보낸 의뢰 조사>

지금 조사 중.

쇼지로는 침대 속에서 눈을 떴다. 덧문으로 강한 햇빛이 들어오는 것을 보니 아직 낮인 듯싶었다. 옆의 침대를 보니 흡혈귀의 딸이 보이지 않았다. 그 폭신폭신한 담요도 보이지 않았다. 정원 쪽에서 축구를 하는 소란스러운 소리가 들려왔다. 원생들이 정원에서 운동을 하다니, 지금까지 한 번도 없던 일이었다.

쇼지로는 얼굴을 씻기 위해 일어섰다. 혼자 늦게 일어났다가는 사감 오가타에게 기나긴 설교를 들어야 하기 때문이다. 집단생활에는 규율이 필요한 법이다. 괴롭게도 계단 아래 좌석에는 손님들도 몇 명 있는 모양이었다.

회장인 후로노가 관록 있는 것처럼 보이려고 위엄을 떨며 말하는 소리가 들렸다.

"오늘은 저희 보존 혈액의 혈액 제공 업무와 관계가 있는 B혈액은행의 의료 담당자도 어려운 걸음을 해주셨습니다. 그리고 방송국 여러분의 질문에 대해서도 흔쾌히 답변을 해 드릴 생각입니다. 부디 저희가 사회에 공헌하고 있는 점을 깊이 생각해 주시고, 세계를 위하고 인류를 위해서 일하는 저희들에게 넓은 이해 부탁드립니다. 그리고 먼 길을 와 주셨으니 자, 한 잔 드십시다."

회장이 술을 권하고 있는 모양으로, 잔을 부딪치는 소리가 났다.

"단도직입적으로 질문을 하겠습니다. 귀 협회에서는 200cc 채혈 기준을 지키고 있다는 이야긴데 그것이 사실입니까?"

"당연하지요. 거짓이라고 생각한다면 원생들의 건강 상태를 보아 주십시오. 저렇게 스포츠와 반성의 시간을 밝게 보내고 있습니다. 채혈은 일주일에 한 번 내지 두 번입니다. 그것도 사회봉사가 목적이지, 피를 판다는 생각으로 하는 것이 아닙니다."

"저희들의 조사로는 매일같이 300cc 이상의 채혈을 하고 있는 것으로 나타났습니다만……"

"그런 바보 같은 짓은 하지 않습니다. 혈액은행에서도 우리 신생기숙사에서 보낸 스펜더들 가운데 정확한 혈액 비중 검사를 해 합격한 사람만을 채혈하고 있습니다."

"비중 검사를 할 때에만 다른 사람을 대신 보내 합격시키는 것이 아닙니까?"

"그런 바보스런 이야기를 하는 사람이 있는지는 모르겠으나, 여기서는 그런 일은 절대로 없습니다."

화가 난 목소리로 옆에서 질문을 한 사람은 얼마 전 잡목림 속에서 쇼지로에게 말을 걸어왔던 그 남자였다.

"어리석은 질문도 적당히 하셔야지. 그런 일은 웃음거리밖에 안 되는 이야기요. 그런 엉터리 이야기를 하려거든 증거를 대시오. 인간의 조혈 기능에는 한계가 있는 법이오. 매일 채혈하거나 하루에 두 번 하거나, 그런 일은 있을 수 없는 일 아닙니까? 우리 혈액은행은 벌써 10년 가까이 미국에 건조 혈액을 수출하고 있지만 한 번도 그런 사고는 없었소."

혈액은행 담당자의 얼굴에 드러난 푸른 근육이 계단 중간까지 내려온 쇼지로의 눈에 들어왔다. 저 사람들은 무얼 가지고 다투고 있는 것일까?

그에게 관심이 있는 것은 단 한 가지, 없어진 흡혈귀의 딸이었다. 사감 오가타에게 아니면 보디가드인 구라시키에게라도 물어 보고 싶어 참을 수가 없었다.

"그렇다면 결정적인 증거를 보이겠습니다. 이 기숙사에서 탈출한 혈액 제공자가 도쿄에 있는 병원에 입원했습니다. 매일 강제적으로 채혈 당했다는 그 환자는 심장이 두 배로 비대해지고 호흡곤란을 일으키며 폐수종을 동반하고 있습니다. 빈혈 때문에 호흡을 해도 공기가 폐에 들어가지 않고 물이 고이는 것입니다. 그는 기숙사에서 감시의 눈을 피해 도망쳐 나왔다고 했습니다."

"그건 거짓말이오. 누군가가 이 기숙사를 함정에 빠뜨리기 위해 그런 말을 지어낸 거요. 우리들을 직접 그 남자와 대면하게 해도 좋소."

"유감스럽게도 그 사람은 2주 전에 괴로워하며 죽었습니다."

"그것 보시오. 당신들은 거짓말을 하고 있는 거야. 증거도 없는 말은 하지 말란 말이야."

"또 있습니다. 당신들은 Rh-AB형의 백혈병 환자에게 전신교환 수혈을 시험하다 이미 Rh-AB형의 스펜더 한 사람을 죽였을 겁니다."

"저 사람을 명예훼손으로 고소해! 우리에게는 Rh-AB형 원생은 한 명밖에 없어. 그는 건강하고 혈기왕성하단 말이다."

회장이 방문객에게 컵을 던지는 소리가 났다.

쇼지로는 흡혈귀 딸에 대한 것을 물어 보러 나가던 발걸음을 멈췄다.

7

방송국 사람들이 방문한 지 벌써 2개월이 지났다. 최근에는 이상한 사람의 그림자도, 이 기숙사 주위를 얼씬거리는 일도 없어졌다. 정원에서 축구를 하고 있던 건달 같은 녀석들도 도쿄로 돌아가고 옛날의 창백한 얼굴을 한 원생들이 다시 돌아왔다.

3호만은 역시 돌아오지 않았지만 흡혈귀의 딸은 어젯밤 들것에 실려 운반되어 왔다. 2층에 있는 원생들은 쇼지로만 남기고 모두 아래층으로 옮겨져 있었다.

미요다가 쇼지로 옆에 다가와 상냥하게 굴었다.

"오늘 밤 흡혈귀가 여기 와요. 당신의 피를 빨러 오는 거예요."

"그럼 흡혈귀가 있는 곳으로 가지 않아도 되는 거군요."

"그래요. 여기 가만히 있으면 돼요."

"흡혈귀의 딸은 왜 다시 이리로 왔지요? 그 여자는 역시 흡혈귀의 딸이 틀림없지요? 전에 반창고 밑을 보았을 때도 빨갛고 긴 털은 없었어요."

쇼지로는 상대가 미요다인 경우 무엇이든 다 이야기했다. 미요다는 빙글빙글 웃으며 쇼지로의 팔을 고무줄로 세개 묶었다. 그의 정맥이 분명하게 툭 불거져 올라왔다. 2주 동안이나 채혈하지 않은 진한 피였다.

"요즈음의 스펜더 피는 채혈을 너무 많이 해서 모두가 노란색인데 이렇게 진한 피를 보면 흡혈귀가 아주 좋아할 거야."

미요다가 혼잣말을 했다.

준비가 끝나고 30분 정도 지나자 기숙사 회장과 흡혈귀가 2층으로 올라왔다.

“다시 한 번 큰맘 먹고 교환 수혈을 해봅시다. 필요 없는 피를 빼고 신선한 피를 넣는 겁니다.”

“선생, 이번엔 괜찮겠지요? 저번 3호 때는 실패였지 않습니까? 우리는 수혈이 끝난 뒤 시체 숨기는 일이 보통 고역이 아니랍니다. 전에도 여차하면 방송국 녀석들에게 들킬 뻔했습니다.”

“당신들은 많은 돈을 받고 있지 않습니까? 아무 소리 마시오. 어느 쪽인가의 피를 옮기지 않으면 한쪽은 죽어 버립니다. 피가 없으면 소금물이든 무엇이든 좋아요. 하여튼 나는 들여보내야 하니까.”

“이렇게 위험한 일은 이번으로 끝냈으면 해서 드린 말씀입니다. 그리고 저쪽의 아가씨 말입니다만, 무슨 일이 있어도 구해야 합니다. 이 혈액 제공자는 사는 곳도 가족도 없는 인생 낙오자일 뿐입니다. 피를 전부 뽑아내 죽게 된다 해도 별 지장 없습니다. 단 방송국이나 신문기자들이 골치 아프니까 될 수 있으면 저번과 마찬가지로 교통사고나 동반 자살 미수에 의한 부상인 것처럼 해서 아가씨에게 수혈을 시켰으면 합니다. 하지만 우리 쪽 감시가 허술한 틈을 타서 녀석이 도망쳐 모든 걸 불어 버리는 바람에 아주 위험한 상황입니다. 이번에는 불필요한 주의 같은 건 하지 말고 신속하게 끝내 버립시다.”

“이 친구는 마취를 하지 않아도 괜찮을 거요.”

“네, 정신박약에다 완전히 머리가 돌아 버렸이요. 선생을, 털이 길다고 흡혈귀라고 단정해 버렸답니다."

"쓸데없는 소리는 하지 말고 빨리 수혈 준비나 하시오, 채혈이 1,000cc를 넘으면 스펜더의 혈관에 식염수를 보내는 겁니다."

쇼지로는 흡혈귀들이 그의 머리맡에서 지껄이는 소리를 멍하니 듣고 있었다. 흡혈귀의 딸이 다시 나타났기 때문에 그는 기분이 좋아졌던 것이다.

미요다가 쇼지로의 팔을 잡았다. 흡혈귀가 긴 유리관 주둥이를 들이밀었다. 오늘은 보통 때보다 훨씬 긴 주둥이를 대고 쇼지로의 피를 계속 뽑아댔다. 그는 식은땀을 흘리기 시작했다. 양다리가 찡하니 저리기 시작했다. 격한 현기증이 오고 드디어는 숨을 쉴 수가 없게 되었다. 몹시 괴로웠다.

모두에게는 비밀로 한, 미요다에게 흰 피를 빨릴 때의 그 무어라 말할 수 없는 현기증과는 전혀 달랐다. 그때는 결코 이렇게 괴롭지 않았었다.

이번에 초콜릿을 준 남자와 만나면 흡혈귀에게 피를 빨릴 때 숨이 막혀 괴로웠다는 이야기를 해야겠다. 그런 생각을 하면서 쇼지로의 의식은 어둠의 세계로 점점 떨어져 갔다.

〈A텔레비전 보도 제작국의 인권옹호국에 대한 조사 의뢰〉

A수혈협회 기숙사에서 정신박약아를 혈액 제공자(스펜더)로 쓰

고 있다는데 본인의 판단 능력이 없는 것으로 보아 인권 침해에 해당되는 것은 아닙니까? 조사를 부탁드립니다.

〈인권옹호국의 조사 회신〉

정신박약이라 해도 건강한 신체의 소유자인 이상 채혈에 의한 사회봉사는 용인되어야 한다고 함. A수혈협회로부터의 강력한 요청이 있어 우리로서는 그 이상의 강제 권고는 할 수 없음..

05

막다른 골목의 여자

"입 다물고 들어. 죽이기 전에 여자를 안아, 살아있을 때. 알았지?"

오사와 아리마사 大澤在昌

나고야 시 출생. 게이오 대학 법학부 중퇴. 이쿠시마 지로를 사숙하고
1979년에「감상의 길모퉁이」로 제1회 소설추리신인상 수상.
작가 자신의 성장과 맞추어 써나가는 조사원 '사쿠마 고' 시리즈의 첫 작품이 되었다.
첫 단편「더블 트랩」을 시작으로「표적은 한 사람」「얼음의 숲」(1989) 등은
하드보일드적인 요소를 도입한 작품이다.
「악인 해안 탐정국」「여왕폐하의 아르바이트 탐정(1988)」「긴자탐정국」 등
연작도 호평을 받았고, 1986년「심야곡마단」으로 일본 모험소설 대상 단편상 수상.
「막다른 골목의 여자」는 해외 미스터리 전문지에 그대로 실어도 괜찮을 만한 수작이다.
그 밖에 공포 소설 취향의「암흑나그네」가 있다.
데뷔 이후 '초판작가'라는 별명이 있을 정도로 모든 작품이 판매가 부진했는데
「신주쿠 상어」(1990)가 〈이 미스터리가 대단해〉 1위, 44회 일본추리작가협회상, 요시카와 에이지 문학신인상 수상을 수상하며 인기 작가가 되었다.
9년에 걸쳐 집필한「歸去來」를 2019년 1월애 출간하였다.

1

가게 안은 조용하다.

유선방송의 음악도 끝나고 밖의 간판 등도 꺼졌다.

카운터에 앉아 있는 남자는 아주 조심스럽게 두꺼운 잔을 접시 위에 올려놓았다. 긴장해서인지 신경질적인 성격 때문인지, 마치 연한 커피가 아니라 니트로글리세린이라도 마신 듯한 행동이었다.

초보 샐러리맨들이 즐겨 입는 감색 스리피스에 빳빳하게 다림질된 와이셔츠의 새하얀 깃과 빨간 넥타이가 잘 어울리는 모습, 그러나 결코 초보 샐러리맨으로는 보이지 않는 무표정한 얼굴이었다. 뒤로 빗어 넘긴 머리, 천장에 설치된 전등 빛을 아련히 반사하는 금테 안경, 얇은 입술은 그 남자의 분위기를 결정짓고 있었다. 몸을 조금 움직이니 사내가 앉아 있는 둥근 의자가 삐걱거렸다.

그때 카운터 안에서 찰칵 하는 소리가 났다. 자그마한 소리를 내며 끓고 있던 레인지의 파란 불이 꺼졌다.

키가 크고 피부색이 거무스름한 음침한 표정의 사내가 카운터 안에서 일어섰다.

"밸브가 빽빽해."

혼잣말처럼 중얼거리며 청바지 위에 둘렀던 앞치마를 벗었다.

"이건 그냥 둘 거야?"

카운터에 있던 사내가 자기가 마신 잔을 가리켰다.

"괜찮아. 내일 씻지."

키 큰 사내는 카운터 끝을 올려서 열며 대답했다.

앉아 있던 사내는 그 찻잔으로 시선을 던졌다. 지금까지 자기가 마시고 있던 하얀색 커피 잔이 갑자기 변색이라도 되었다는 듯이 노려보고 있었다.

"씻어 놔."

카운터를 나오고 있던 사내가 뒤돌아 보았다.

"씻어 놔, 신경 쓰여. 난 이런 꼴 못 보는 성미야."

그는 의아스럽다는 듯이 양복 차림의 사내를 노려보았다. 그러나 곧 조그맣게 숨을 내쉬고는 다시 안으로 되돌아갔다.

털이 숭숭한 긴 손이 카운터 위를 미끄러지듯이 움직였고 찻잔은 사라졌다.

"물이 차가워."

그다지 신경에 거슬리지는 않은 듯한 말투였다. 그는 재빨리 잔과 접시를 씻어 펴놓은 행주 위에 올려놓았다.

헤드라이트가 창문 블라인드 틈새로 비쳐 들어왔다. 브레이크 밟는 소리가 나고 문 여닫는 소리가 이어졌다. 곧 기어를 넣는 소리, 그리고 사라졌다.

카운터 위의 조명 스위치는 벌써 내렸고, 하루 동안의 이야기와 사연을 싸안은 어둠을 뒤로 하고 두 사내는 나란히 앉았다.

"언제야?"

청바지의 사내는 왼손을 내밀어 벽 쪽에 쌓아 둔 플라스틱 재떨이들중에 하나를 끌어당기며 물었다.

"빠를수록 좋아. 될 수 있으면 오늘 밤."

"오늘 밤?"

미간을 찌푸리며 입에 문 담배에 성냥불을 붙였다. 거의 눈꺼풀을 감은 듯한, 잠이 오는 듯한 눈으로 손목시계를 들여다보았다.

"아침까지는 다섯 시간밖에 없어. 너무 서두르는 거 아냐?"

"선생님이 서둘러 자네에게 맡기고 싶다고 하셔."

"찍혔군."

"그런 셈이지. 별로 어려운 일은 아니야. 혼자 사는 여자야."

"준비는?"

"거의 해 놓았어. 내 차를 써. 가게 앞에 세워 두었어. 조수석에

지도와 주소를 적은 종이가 있어. 거기로 가면 그 여자가 있어."

"간단하군."

연기를 내뿜으며 청바지 차림의 사내가 대답했다. 달가워하는 눈치는 아니었다. 그것이 마음에 걸리는지 옆의 사내는 깊숙이 내려앉았다.

쿠션이 미끄러지는 소리가 났다.

"차는 버려도 돼. 지문과 지도, 메모는 남기지 마."

"알고 있어. 그밖에는?"

재를 털고 담배의 불이 붙은 부분을 홀린 것처럼 바라보며 물었다.

짙은 감색 양복에 빨간 넥타이를 맨 사내는 담배 피우고 싶은 걸 참고 있는 듯했다. 퍼져 가는 연기 사이로 초조하게 눈을 피하며 말했다.

"조건이 하나, 아니 둘 있어."

"……."

"총은 사용하지 마."

짧게 끊어 말했다.

"그리고 그 여자를 가져. 죽인 뒤가 아니라 그 전에. 여자는 그럴 셈으로 널 기다리고 있어."

담배를 비벼 끈 사내의 입가에서 음침하고 비꼬는 듯한 웃음이 새어나왔다.

"죽으려고?"

"아니야, 안기려고. 그런 여자야."

"그 밖에는 없나, 조건은?"

"없어."

"선생님의 지명이고 조건이야."

못을 박았다.

"그래, 돈은 언제나처럼 지급하며 금액은 먼저와 같아. 이번 일은 먼저보다 즐거울 거다."

무관심한 표정으로 시선을 앞쪽에만 두고 있던 청바지의 사내는 그때 처음으로 옆에 앉은 사내를 바라보았다.

"어떨지 해봐야 알겠어."

멍청히 일어나며 대답했다.

어둠 속에서 전화가 가볍게 메마른 소리를 냈다. 세 번째 벨이 울릴 때 수화기를 들었다.

"네."

여자 목소리가 대답했다. 가늘고 깊은 음색을 띤 목소리였다.

"그 남자가 받아들였어. 지금부터 그쪽으로 갈 거야.……전화 기다리고 있을게."

"네."

전화는 끊어졌다. 뚜뚜거리는 차가운 단속음. 여자도 수화기를 내려놓았다.

불을 밝히지 않아도 여자는 자기가 사는 집의 어느 방 어디에 무엇이 놓여 있는지 알고 있었다.

어둠 속에서 여자가 일어나 문을 마주하고 있는 방으로 갔다. 그 방 중앙에는 더블 사이즈 침대가 놓여 있을 것이다.

침대에 걸터앉은 여자는 매트 사이로 오른손을 집어넣었다. 거기에 있는 것을 끄집어냈다. '마크로스'라는 이름의 소형 프랑스제 권총이었다. 22구경.

그러나 사람을 죽일 수는 있다. 여자의 손은 불빛을 필요로 하지 않은 채 탄창을 뽑고 장탄을 확인했다. 다시 탄창을 제자리에 넣고 여자는 오른손으로 침대 주위를 천천히 더듬었다.

권총이 있는 곳을 그 손에 기억시키기 위해서였다.

2

그 집은 시내에서 30킬로미터 정도 떨어진 교외에 있었다.

겨우 30킬로미터 달린 것만으로 주위의 경치는 전혀 다른 분위기로 변해 있었다. 포장되지 않는 길의 막다른 곳에 세워진 집. 주위는 잡목림과 방치된 논, 잡초가 무성히 자란 평탄한 지대였다. 헤드라이트 이외에는 불빛이 없었다. 나무 전신주가 푸른 어둠을 배경으로 거뭇거뭇하게 떠올랐다.

작은 나방이 빛줄기 사이를 날고 있었다. 사내가 라이트를 끄고 키를 돌리자 모든 것이 어둠 속으로 가라앉았다.

벌레 소리가 밤의 기운과 함께 창으로 흘러들어왔다.

길은 그 집에서 끝이었다. 그곳 주인에게 볼 일이 없는 사람은 그 길로 오지 않을 것이다.

사내는 아래는 청바지, 위는 두터운 셔츠에 감색 스웡탑을 입고 있었다. 양손에는 가죽장갑을 끼고, 스웡탑의 주머니 안에는 가늘지만 날카로운 바늘이 들어 있었다.

되도록 다른 도구를 쓰는 것이 좋겠다고 사내는 생각하고 있었다. 뭔가 그 집에 있는 것으로, 칼 아니면 스카프라도 좋을 것 같았다.

차에 앉아서 잠시 기다렸다. 무슨 일인가가 일어날 것을 기다린 것은 아니다. 아무 일도 일어나지 않을 것을 확인하기 위해서였다.

사내는 차에서 내려 문도 잠그지 않고 걷기 시작했다. 비포장도로는 질퍽거리지는 않았지만 그래도 주의 깊게 부츠의 뒤꿈치를 들며 걸었다.

그다지 크지 않은 목조 단층집이었다.

하얗게 칠한 창문의 색이 군데군데 벗겨져 있는 것은 사나운 세월을 말하고 있었다.

동그란 초인종이 문 옆에 내려와 있었다. 사내는 창 앞에 잠시 멈춰 그것을 눌렀다. 맑은 밤공기와 보름이 다가오는 달이 남자의 시야를 도와주고 있었다.

사내의 얼굴은 아무 표정도 없었다.

다시 한 번 초인종을 누르고 기다렸다.

낡은 현관의 등이 켜지며 노란 빛을 발했다. 사내가 그 빛을 올려다보니 어항처럼 생긴 전등 씌우개 바닥에 첩첩이 쌓인 벌레의 주검들이 검은 그림자를 만들고 있었다.

자물쇠 여는 소리가 문 안쪽에서 났다.

"누구시죠?"

"선생님께서."

사내가 대답했다. 문이 안쪽으로 열렸다.

긴 머리를 양 어깨에 늘어뜨린 여자가 서 있었다.

얇은 천으로 만든 원피스를 걸치고 있었다. 같은 천의 스카프를 두르고.

'안성맞춤이다. 저걸 사용하자.'

사내는 생각했다.

키는 그다지 크지 않았다. 얼굴이 사내의 턱에 닿았다. 보기 싫지 않았다. 오히려 미인 축에 들 정도였다. 그러나 나이는 판단하기 어려웠다.

26, 7세, 아니면 서른이 넘었을지도 모르겠다. 집 안은 상당히 어두웠다.

"들어와요."

여자는 한 걸음 물러서며 길을 터 주었다.

스탠드가 하나 켜져 있는 거실이었다.

털이 빠진 양탄자 위에 낡았으나 값비싸 보이는 가죽 소파가 놓여 있었다. 벽 쪽에는 오래된 옷장이 있고 커다란 프랑스 인형 두 개가 그 위에 놓여 있었다.

소파와 세련된 테이블 사이라야 몸을 틀어야만 지나갈 수 있을 정도로 좁은 방이었다.

여자는 소파 등받이에 손을 얹고 좁은 틈으로 들어가 한쪽 발은 그곳에, 다른 한쪽 발은 몸 밑에 구부려 넣듯이 하고 앉았다.

"앉아요."

사내를 보지 않고 여자가 말했다. 사내는 여자의 시선을 따라갔다.

프랑스 인형.

사내가 맞은편에 앉자 소파 가죽이 소리를 내며 가라앉았다. 여자는 그 소리를 듣고 고개를 숙였다. 머리가 늘어져 어두운 스탠드의 불빛으로는 표정을 읽을 수 없게 그림자를 드리웠다.

입은 그다지 크지 않았다. 코는 뾰족하고 보기 좋았다. 여자가 입을 열자 하얀 치아가 가지런히 나타났다.

"뭐라고 하던가요?"

"당신을 안으라고."

"그래요."

여자는 시원하게 대답했다.

혼혈인지도 모르겠다고 사내는 생각했다.

피부가 투명하니 곱다. 눈꼬리가 올라간 큰 눈은 지금까지 그녀가 보고 있던 프랑스 인형 같았다.

"술 드실래요?"

고개를 숙인 채 머리를 쓸어 올리며 여자가 물었다. 잘 생긴 귀가 드러나자 향수 냄새가 났다.

'아니'라고 말하려는 사내의 마음을 그 향기가 붙잡았다. '마시지.'라는 말을 사내는 간신히 삼켰다.

"아니, 괜찮아."

사내가 대답하자 여자는 사내가 앉은 쪽으로 시선을 옮겼다.

"이상해요. 우리 집에 오는 남자분들은 술이 마시고 싶지 않나 봐."

억양 없는 어조에는 미미한 야유가 섞여 있었다.

"지금까지 몇 명 왔었나?"

사내는 어색한 질문을 했다. 지금까지 자기가 손댄 사람과 말을 한 적이 없었던 것이다. 기회를 잡기 위해.

죽일 기회.

태연스런 얼굴로 상대의 방에 들어가기 위한 구실이다. 그건 모두가 거짓으로 이미 정해져 있었다.

거짓 메시지의 전달이고, 절대 치러지지 않을 돈을 지불하기 위해서다. 그렇게 해서 남자는 칼을 휘두르고, 창밖으로 칼을 버리고 총의 방아쇠를 당겼다.

그러나 지금은 달랐다. 남자는 품에 안을 여자로서 그녀를 보고 있었다. 죽이는 쪽과 죽임을 당하는 쪽이기 이전에 안는 쪽과 안기는 쪽인 것이다.

그것이 사내를 편하게 해주었다.

"글쎄 몇 명일까요?"

사이를 두고 여자가 대답했다.

접대부.

사내의 머리에 그런 생각이 스쳤다. 아마도 '선생님'으로 불리는 거물이 거느리는 그룹에서 몸으로 접대하는 역할을 맡고 있다가 불필요해졌고, 살아 있으면 곤란한 일이 생겼던 것일 게다.

죽이기 전에 안아야만 한다. 그 의뢰에는 이상야릇한 점이 있었다. 그러나 사내는 깊이 생각하지 않았다. 깊이 생각한다 해도 죽이는 사실에는 변함이 없고, 죽일 상대에게 흥미를 가지면 실패의 원인이 될지도 모르기 때문이었다.

사내는 침묵했다.

여자는 다시 눈을 내리깔고 있었다. 이윽고 일어서면서 말했다.

"침실은 저쪽이에요. 먼저 들어가 있을 테니 부를 때까지 기다리세요."

여자는 왼손으로 등받이를 쓰다듬으며 사내에게 등을 보였다.

취했나 하고 사내는 생각했다. 그 방문까지 가는 발걸음이 두세

발 불안하게 보였던 것이다.

문은 사내의 눈앞에서 닫혔다.

남자는 천천히 장갑을 벗었다. 여자가 남긴 향기가 잔잔히 감돌고 있었다.

“들어오세요.”

낮은 목소리가 문 저쪽에서 들렸다. 사내는 장갑으로 손잡이를 잡았다.

열린 문 틈새로 비치는 방 안에는 침대가 있고 담요를 덮은 여자의 모습이 보였다. 벗어 던진 원피스 슬립이 침대 옆에 있었다. 보다 진한 향기가 사내에게 느껴졌다.

“안으로 들어와 문을 닫아 주세요.”

“불은?”

“필요 없어요. 이런 게 좋아요.”

침대 옆에 스탠드가 있었다. 그 외에는 창문도 없고 아무것도 놓여 있지 않은 방이었다.

옷걸이도 테이블도 여자의 침실다운 물건은 아무것도 없었다.

사내가 문을 닫자 방안은 깜깜해졌다.

“거기서 옷을 벗고 이쪽으로 와요. 괜찮아요. 아무것도 없으니 곧 바로 와요.”

사내는 몸을 구부려 천천히 부츠의 지퍼를 내렸다. 그것을 벗고 스윙탑 앞을 열었다.

행위가 끝나고 나면 저 스탠드 불을 켜게 될 것이다. 옷을 입기 위해서는 불이 필요하기 때문이다. 저 스카프를 여자가 두를 때 그것을 도와주면 되겠다.……. 사내가 생각했다.

사내는 완전히 벗고 어둠 속에 섰다. 두 걸음도 가기 전에 침대가 그의 다리에 닿았다. 여자가 담요를 걷어냈다. 여자의 몸은 뜨거웠다. 사내는 여자의 양손을 잡고 만세를 시키는 것처럼 벌렸다. 입술을 목에서부터 겨드랑이로 내렸다.

여자의 팔은 곱고 연약해 사내의 기분을 흥분시키는 무언가가 있었다. 하반신을 밀착시키고 단단하게 솟아오른 유두를 머금자 여자는 코로 숨을 내뱉었다.

완전한 어둠 속에서 관계하는 것은 도시에서 생활해 온 사내에게 처음 있는 일이었다. 그것이 그를 거칠게 흥분시켰다. 생각대로 거칠게 하려는 욕구가 그의 하반신에 세찬 힘을 모았다. 그 힘은 조금 전까지 과묵했던 여자가, 상대가 보이지 않는 침대 위에서는 매우 대담하게 행동하게 만드는 요소인지도 몰랐다.

가쁜 숨이 때로는 높은 비명처럼 여자의 목에서 새어나왔다.

사내가 등 뒤에서 행위를 시작했을 때 하반신을 눌러 붙이고 있던 여자가 갑자기 말했다.

"부탁이에요. 그게 올 때는 아래에서 하게 해주어요."

사내는 아무 말 않고 여자의 엉덩이를 들어 내렸다.

가는 다리를 잡고 힘껏 벌린 후 축축하고 깊은 그곳에 들이밀었다. 잠시의 휴식이 여자에게 보다 강한 흥분을 준 것 같았다.

피스톤 운동이 시작되고 남자는 도달했다. 스스로 택하여 시간을 끈 여정이었다. 그래서인지 만족감도 컸다.

호흡을 멈추고 있던 여자가 복부를 떨며 숨을 내쉬었다. 사내는 여자의 다리를 천천히 놓으며 그녀 위에 엎드렸다.

여자가 양손을 힘없이 침대 밑으로 떨어뜨리는 것을 사내는 알았다. 그 후 여자는 아무런 움직임 없이 스스로의 암흑 속을 헤매고 있는 것처럼 남자에게는 느껴졌다. 그러나 오른 손이 움직이고 있다는 것을 안 것은 그녀의 가슴에 올려놓은 그의 얼굴……관자놀이에 뭔가 딱딱하고 차가운 것이 닿을 때였다.

사내의 의식은 거기서 끊어졌다. 두 발의 메마른 총성은 그의 귀에 들리지 않았다.

여자는 무거워진 사내의 시체 밑에서 천천히 나왔다. 재빨리 옷을 걸치고 총을 왼손에 들고 침실에서 나왔다. 거실에 놓인 전화기 앞에 앉았다. 불빛이 없는 방 안에서 손가락이 3개의 버튼을 매만지며 눌렀다.

두 번째 신호음에서 상대가 받았다.

"끝났어요."

여자가 말했다.

"알았어. 처리할 사람을 보내지"

수화기를 내리고 여자는 일어섰다. 권총을 전화 옆에 두고 두 손을 뒤로 하고 머리를 젖혔다.

눈을 감은 여자가 욕실로 향하려고 걸음을 옮겼을 때 여자의 다리로 죽은 사내가 남긴 최후의 생명이 흘러내리고 있었다.

3

'버몬트의 달'이 그날 밤 마지막 곡이었다. 여운을 남기고 건반에서 손을 뗀 남자가 가볍게 머리를 숙이자 객석에서 간간이 박수 소리가 났다.

스테이지로 향했던 스포트라이트가 꺼지고 베이스맨은 베이스를 짊어지고 드러머는 스틱만 손에 들고 작은 대기실로 갔다.

두 쌍의 아베크족과 한 사내만 남아 있는 테이블에 웨이터가 마지막 영수증을 주러 갔다. 피아니스트는 작고 똥똥했다. 머리는 벗겨졌으나 그 익살스러운 분위기와는 달리 매우 엄격한 표정으로 빨간 천을 펴고 있었다.

돈벌이 도구인 건반 위에 그 긴 천을 펴고 뚜껑을 닫았다. 검은 작업복의 웨이터가 다가와 속삭였다.

피아니스트의 입가에 미소가 감돌았다. 갑자기 얼굴과 온몸에서 익살기가 흘렀다.

폐점까지의 30분 간 그에게 술을 사겠다는 손님이 있다는 것이다. 그는 통통한 몸을 퉁기듯이 그 손님의 자리로 향했다.

한 아베크족이 무거운 엉덩이를 들었다.

새벽 1시 30분.

드디어 여자가 마음을 정한 것이다. 40대 후반의 남자와 여자는 30대쯤으로 보이는 쌍이었다. 어둠침침한 가게 안의 갈색 카펫 위에 동그란 빛이 내리 쏘이고 있는 계산대 쪽으로 둘은 취한 발걸음을 옮겼다.

그것을 보고 있던 피아니스트는 조그맣게 '감사합니다'라고 중얼거리고 다시 손님에게로 갔다.

피아니스트는 진한 감색 양복에 흰 와이셔츠, 단단히 매어진 빨간 넥타이를 바라보았다.

"마시는 건 좋지만 적당히 합시다."

머리에 바른 기름이 천장의 불빛에 빛났다. 피부가 훤히 비쳤다. 옆 가르마였다.

"어째서 이렇게 맛있는 게 또 없지?"

피아니스트는 손님의 잔에 술을 따랐다. 그는 자신의 글라스를 놓여 있는 상대의 글라스에 가볍게 갖다 댔다.

안경 속의 눈에 비웃음이 감돌다가 사라졌다. 손님은 상체를 앞으로 내밀었다.

"일이야, 급해."

글라스를 기울이고 있던 피아니스트는 이상히 여기며 손님의 얼굴을 보았다.

"나는 술을 좋아하고 말이 많아서 선생님 쪽 일에서는 제외된 게 아닌가요?"

"실수가 있었어. 자네에게 급히 부탁한다고 말씀하셔."

"선생님께서?"

손님은 고개를 끄덕였다.

"그쪽은 솜씨가 좋은 사람이 있잖소? 나 같은 놈팽이한테 부탁하지 않아도 커피집 사내나……아참, 그놈은 어딘가로 없어졌지. 아직도 행방을 모르쇼?"

손님의 얼굴이 순간 굳어졌다.

"어디서 들었나?"

"뭘?"

두 잔째를 쭉 들이켜고 피아니스트는 되물었다.

"그 이야기."

"글쎄, 어디였지? 어쨌든 선생님 쪽 사람이 이 동네에 많으니까 어떻게든 소문은 듣게 마련 아니오?"

손님은 입을 꽉 다물고 말을 돌렸다.

"잘 들어. 오늘 밤 안으로야. 상대는 여자 하나. 조건이 두 가지 있다."

"어떤 조건?"

세 잔째 따랐다. 질렸다는 듯 그걸 보고 있던 손님은 말했다.

"총은 안 돼."

"그건 염려 없소. 그 괴물 같은 걸 난 써본 일도 없소. 가장……."

"입 다물고 들어. 죽이기 전에 여자를 안아, 살아 있을 때. 알았지?"

"성폭행은 내 취향이 아닌데."

"여자는 자네가 자기를 안아 주러 온다고 생각하고 있어. 그러니 그럴 수밖에 없어."

피아니스트는 입을 다물었다. 손님이 거래액을 낮은 소리로 말하자 피아니스트의 입에서 가는 휘파람 소리가 흘러나왔다.

"괜찮은 일이군. 정말 괜찮아."

"단 오늘 밤이야."

"장소는?"

"교외야. 택시는 곤란하니 내가 태워다 주지. 좋아?"

"오케이."

손님은 피아니스트의 대답을 듣고 계산을 하기 위해 웨이터를 불렀다.

"기다리시오."

웨이터가 다가오자 피아니스트가 말했다.

"이렇게 좋은 일을 소개했으니, 내가 사지."

거드름 피우는 손님의 눈에 이번에는 지워지지 않는 비웃음이 떠올랐다.

전화벨이 울렸을 때, 여자는 인형 하나를 안고 가만히 앉아 있었다. 사용법이 간단한 녹음기에서 낮게 속삭이듯 샹송이 흐르고 있었다. 몇 번이나 들었을까, 테이프가 늘어져 있어서 여가수의 노랫소리는 때로 남자 소리처럼 들렸다.

고개를 숙이고 프랑스 인형의 머리카락을 쓰다듬고 있던 여자는 살짝 인형을 내려놓고 일어섰다.

"지금 간다. 끝나면 현관의 불을 깜빡여라. 놈을 데리고 간 자가 대기하고 있을 게다."

"알겠습니다."

계속 말을 하지 않았던 탓인지 쉰 듯한 목소리로 대답했다.

수화기를 올려놓고 여자는 침실로 갔다.

그곳에서 여자는 의식에 가까운 정확한 행동으로 총을 빼 확인했다.

무표정하게 이 일을 되풀이하는 여자는 공포심도 기대감도 갖고 있지 않은 것 같았다.

"도쿄에서 그다지 떨어져 있지 않은데 이런 시골이 있구나."

피아니스트는 고개를 돌려 지금까지 그를 태운 차가 달려온 길을 되돌아봤다. 운전석에 앉은 남자는 그 말에는 대답하지 않고 시동을 끄더니 피아니스트 쪽을 보았다.

"저 앞에 있는 집이야. 아침까지는 시간이 얼마 없어."

피아니스트는 운전석의 남자를 바라보았다. 이상하다는 듯이 물었다.

"계속 생각해 봤는데, 알 수가 없군. 왜일까?"

"뭐가?"

남자는 천천히 되물었다.

"총을 쓰지 말라는 건 이해가 가오. 나중이 귀찮으니까. 시체를 치우는 건 당신들이고, 어떻게 처리를 해도 사실은 사인이 알려지니까……게다가 여자이고 하지만 안고 나서 죽이는 이유는 뭐요?"

피아니스트가 말하자 남자는 눈 깜짝하지 않고 피아니스트의 얼굴을 들여다보았다.

"죽이는 이유를 알고 싶은 거야?"

피아니스트는 당황한 듯이 대답했다.

"그냥 왜 안아야만 하는지 알고 싶은 거요."

"자네는 아까 좋은 일이라고 기뻐했잖아."

"그건 그렇소. 하지만 어차피 죽일 여자라면 깨끗이 해치우는 것이 좋지 않을까 해서."

"이 일이 싫어진 건가?"

남자의 어투에는 차갑고 질긴 울림이 있었다.

"그렇진 않소."

"좋아. 가르쳐 주지. 여자는 우리, 즉 선생님 밑에 있는 사람이야. 이런 벽촌 구석진 곳에 살고 있는 것은 선생님이나 선생님의 친구분을 대접하기 위함이야. 그러나 조직에 대해 너무 많이 알고, 선생님께서는 이제 취미에 맞지 않다고 하시기 때문이지. 그러니 죽이게 된 거고. 그러나 여자 쪽도 최근 그 기미를 눈치 채고 조심하고 있어. 비밀리에 경찰과 연락을 취하려 하고 있나 봐. 여자가 단순히 실종된 것뿐이라면 도리어 경찰의 의혹을 불러일으키지. 그렇게 되지 않기 위해 정서, 될 수 있으면 정에 목마른 자살선에서 여자의 시체를 처리해야 해. 알겠지, 남자에게 안긴 흔적이 필요해. 그 흔적을 자네가 남기는 거야."

"알았소."

"여자에게는 당신이 대접해야 할 손님이라고 말해 두었어. 그러니 잘 둘러대야 해."

"외롭지 않을까? 이런 곳에 살면서."

피아니스트는 어깨를 움츠리며 혼잣말처럼 말했다. 대답없는 대화에 길들여진 모양이었다.

눈은 정면을 향하고 있었다. 헤드라이트가 방해물 없는 도로의 막다른 골목 끝집을 비추고 있었다.

"빨리 가. 여자는 자네가 오는 걸 기다리고 있어. 늦어지면 의심받아."

"너무 어둡지 않소. 이 어둠 속에서 여자 혼자서 무섭지 않을까?"

피아니스트가 왼손으로 문을 열며 말했다.

크림색에 화려한 빨간 격자무늬가 들어간 재킷이 헤드라이트에 비추어졌다. 남자는 포장되지 않은 길을 뚜벅뚜벅 걸어가는 피아니스트의 모습을 바라보고 있었다.

이윽고 피아니스트가 현관에 도착하자 백미러를 손으로 퉁겼다.

툭 하는 소리가 차 안에 퍼지는 것과 노란색 현관 등이 켜진 것은 동시였다.

남자는 라이트의 스위치를 끄고 시트에 몸을 묻었다.

"기다리셨나요?"

여자가 문을 열자 피아니스트는 가볍게 인사하며 말했다. 마치 아는 사람의 집에 온 듯한 나긋한 말투였다.

"들어오세요."

여자는 왼손으로 머리를 쓸어 올리며 차분히 말했다. 말에는 아무런 억양도 없었다.

"신발은 벗지 않아도 되겠죠? 그럼 실례."

실내로 들어간 피아니스트는 안의 어둠에 어리둥절한 양 눈을 깜박거렸다.

여자는 파랗고 옷자락이 긴 실내복을 걸치고, 허리에는 가죽 벨트를 하고 있었다. 보는 사람에 따라서는 우아하게 보이는 허리로 여자는 낡은 소파에 앉았다.

작은 스탠드가 하나 켜져 있을 뿐인 방 안에서 그 실내복만 파랗게 번져 있는 것처럼 보였다. 여자는 하얀 얼굴을 살짝 숙였다.

피아니스트는 여자 맞은편에 앉으려고 했다. 그러나 테이블과 소파 사이가 너무 좁아 다리가 들어가지 않았다.

소파를 뒤로 옮기려 하자 달그락 하는 소리가 났다.

"왜 그래요?"

여자는 고개를 숙인 채 물었다.

"아니, 이 방은 나 같은 돼지에게 너무 좁아요."

"그래요."

여자가 대답했다. 아무래도 좋다는 말투였다.

"술 마실래요?"

여자의 물음에 순간 멈칫하며 피아니스트는 맞은편을 보았다. 그러나 그 사이에 여자의 기분이 변할 것 같아 재빨리 말했다.

"한잔 할까요? 무척 좋아합니다."

여자는 피곤한 듯 고개를 들었다. 그녀는 고개를 돌려 남자에게 옆얼굴을 보였다. 눈망울은 남자 뒤에 있는 옷장 위에 놓인 프랑스 인형에 가 있었다.

"당신 뒤에 캐비닛이 있어요. 글라스도 그곳에."

"어디?"

힘이 드는 듯 피아니스트는 몸을 돌렸다. 여자 말대로 그곳에는 유리를 끼운 나지막한 캐비닛이 있었다. 그 안에는 방 안의 어둠 탓으로 검은색으로 보이는 짙은 녹색의 프로스티 병과 브랜디 잔 두 개가 들어 있었다.

병과 잔을 꺼내며 물었다.

"당신은?"

여자도 잠시 대답하는 데 망설였다.

"글쎄, 마실까요."

"좋아."

피아니스트는 두 개의 잔을 한 손에 쥐고 술을 따랐다.

그때만은 조용한 방 안에 옷자락 스치는 소리 이외의 소리가 났다. 코르크를 빼는 부드러운 소리, 글라스에 떨어지는 액체음, 그리고 유리가 깔린 테이블에 따각 하는 소리를 내며 글라스가 놓였다.

"드시죠."

"고마워요."

여자가 손을 테이블로 뻗었다. 벌어진 엄지와 검지 사이로 글라스를 쥐었다.

피아니스트는 글라스를 입술에 갖다 댄 채 그것을 보고 있었다. 그러나 아무 말도 하지 않았다.

"좋은 술이군. 내가 항상 직장에서 마시는 술보다 훨씬 좋아."

"직장?"

턱에서 목덜미까지의 아름다운 선을 보인 후 여자는 두 손으로 글라스를 감싸며 물었다.

"이런 거예요."

피아니스트는 공중에서 건반 두드리는 흉내를 냈다. 살랑살랑,

똥똥한 체구에는 어울리지 않는 긴 손이 움직였다.

"뭐예요?"

"피아노요. 피아노를 치고 있지요. 때로는 손님의 요청에도 응하고."

여자는 고개를 크게 끄덕였다. 느슨한 움직임에 향수 냄새가 났다.

"좋은 냄샌데, 비싼 거지요?"

기분 좋게 피아니스트가 말했다.

"코롱 말씀하시는 거예요?"

"네, 멋있죠. 한 번쯤은 당신과 같은 미인을 앞에 두고 연주하고 싶어요."

여자의 입가에 만족스러운 미소가 떠올랐다. 그것은 기쁨이기도 하고 어딘가에 우아한 사악함이 숨겨져 있기도 했다.

"언젠가 꼭."

여자는 잔을 비우고 말했다.

"그렇군요. 언젠가 부탁합니다."

피아니스트가 끄덕이자 여자는 일어섰다. 잔을 조심스럽게 테이블 중앙에 내려놓으며 말했다.

"침실은 저쪽이에요. 제가 먼저 들어가 있을 테니 부를 때까지 기다리세요."

여자가 침실로 사라지자 피아니스트는 닫힌 문을 바라보았다. 그리고 자기가 들어온 현관문을 돌아봤다.

옷장 위에 놓여 있는 프랑스 인형을 바라보았다. 생각에 잠긴 눈이었다.

흥에 겨운 기분은 가시고, 폐점 가까운 시간에 무대 건반 위에 빨간 천을 펴고 있던 때의 엄숙한 얼굴로 되돌아갔다. 손가락이 테이블 위에서 춤추고 있었다.

문 저편에서 여자의 낮은 목소리가 들렸다. 피아니스트는 일어나 프랑스 인형을 바라보았다.

"들어오세요."

다시 한 번 부르는 소리가 났다. 피아니스트는 손을 들어 인형의 머리를 만졌다. 한 아름이나 되는 큰 인형이었다. 무게도 있었다.

피아니스트의 입가에 웃음이 보였다.

4

"컴컴하군요. 불을 켰으면 좋겠는데."

피아니스트는 침실 입구에 서 있었다.

흘러들어오는 미미한 빛으로 큰 침대 위 담요 더미에 나와 있는 하얀 팔이 보였다. 스탠드가 찰칵 소리를 냈으나 불은 들어오지 않았다.

"나간 모양이군."

"그러네요. 전 어두운 게 좋아요. 거기서 옷을 벗고 문을 닫고 이

쪽으로 들어오세요."

여자가 조용히 답했다.

피아니스트는 이빨 사이로 휘파람 같은 소리를 내고 한숨을 쉬었다. 입고 있던 것을 벗어 던지고 뒤로 손을 뻗어 문이 닫힐 때까지 여자는 담요 안에서 꼼짝도 하지 않았다.

문이 닫히자 찰칵 하는 소리와 동시에 침실은 어둠에 파묻혔다.

여자가 가볍게 쉬는 한숨 소리가 들렸다. 그가 담요를 젖히자 방 안에 향기가 진동했다.

피아니스트는 천천히 여자를 덮쳤다. 그는 살과 살이 닿아도 무게감을 느끼지 않도록 교묘한 자세를 하고 있었다.

섬세한 손끝으로 여체의 구석구석을 더듬었다.

오른손이 여자의 귀 뒤에서 목덜미에 걸쳐 가볍게 쓰다듬자 여자는 몸을 떨었다. 닭살이 어깨선에서 가슴에 걸쳐 돋아 있었다.

유두를 머금자 딱딱하게 심지 있는 돌기로 모양을 바꾸고 있었다.

왼손을 여자의 오른다리로 뻗었다. 발가락 사이를 매만지자 여자는 무릎을 세우고 작은 소리를 내며 피아니스트의 하반신에 손을 뻗었다. 왼손으로 피아니스트의 몸을 안아 올리는 듯하면서 오른 손등을 그의 아랫배로 들이밀어 찾아왔다. 드디어 오른손은 목적물을 찾아내 힘주지 않고 살짝 거머쥐었다. 엄지는 그 끝부분을 어루만지고 있었다. 피아니스트는 유두 끝 중심부를 가볍게 깨물었다.

여자는 등을 젖히며 소리를 토해냈다. 오른손은 여자의 왼쪽 몸의 곡선을 따라 내려왔다.

여자는 양 무릎을 세우고 있었다. 피아니스트를 쥔 여자의 오른손에 끌어당기려는 힘이 강해졌다.

받아들이려는 욕구가 나타난 것이다.

피아니스트의 오른손이 여자의 중심부를 어루만졌다. 가볍게 닿는 것만으로 여자는 다시 한 번 등을 젖혔다. 얼굴을 옆으로 돌리고 베개에 파묻고 있는 모양이었다.

가볍게 건드릴 뿐인데 벌어진 곳으로 옮긴 피아니스트의 손끝은 젖어 있었다. 여자가 피아니스트의 몸에서 오른손을 놓음과 동시에 피아니스트는 왼손으로 여자의 손을 잡았다.

피아니스트의 허리를 감아 쥔 여자의 왼팔은 굉장한 힘이었다. 믿을 수 없을 정도의 힘이었다.

여자는 하반신을 될 수 있는 대로 힘껏 밀어 붙였다.

기다리고 맞이하는 움직임이었다. 들어가자 숨이 멈추는 듯한 신음 소리를 냈다. 격하지는 않으나 확실하고 가차 없는 움직임을 시작했다.

여자의 입은 다물어지지 않았다. 간간이 꼬리를 당기는 것처럼 신음이 새어나왔다.

피아니스트는 수를 세는 것처럼 정확했다. 확실한 운동은 점점 잔잔해지고 그와 함께 여자의 몸은 찾아드는 것에 대한 기대가 넘쳐나고 있었다.

여자의 오른손이 피아니스트의 왼손을 벗어나 양손으로 허벅지 근처의 시트를 강한 힘으로 쥐고 있었다.

피아니스트가 정해진 수에 달한 것처럼 잔잔해진 움직임을 단숨에 바꿔 깊이 찔러 넣자 여자가 예리하고 짧은 신음소리를 냈다. 외마디와 흐느낌이 서로 바꾸어 되풀이되며 경련이 복부에서부터 시작되었다.

그러나 피아니스트는 아직 끝나지 않았다.

잠시 쉰 후 운동을 다시 시작했다. 여자는 다시 피아니스트의 움직임에 따라 신음 소리를 달리하고 있었다. 등이 활처럼 휘었다가는 다시 되돌아오는 동작을 반복했다. 때때로 유두 끝에 입을 갖다 대거나 손으로 등을 휘감으면 여자는 목소리의 변화로 대답했다.

여자의 몸이 기대하고 피아니스트가 그에 응답했다. 몇 번인가의 쉼을 되풀이 한 후 피아니스트는 자기 자신의 만족을 향해 나아가기 시작했다.

여자의 얼굴 바로 위에 피아니스트는 머리를 두고 있었다. 오른손 새끼손가락을 여자 입술에 갖다 댔다.

한 팔로 엎드린 듯한 그 움직임은 피아니스트의 외모에서는 상상할 수 없는 강인한 체력을 보여 주고 있었다.

여자의 혀가 남자의 손가락을 적시자 그는 그 손을 하반신을 향했다.

피아니스트는 도달하는 순간 그 손가락으로 여자의 몸을 찔렀다.

여자는 폭발한 것 같은 신음소리를 냈다. 그것은 이윽고 우는 아이의 흐느낌으로 변했다.

피아니스트는 자리를 바꾸지 않았다. 헉헉거리면서도 여자 위에 엎어지지는 않았다.

여자의 양팔에 담겼던 힘이 빠져 나갔다. 피아니스트의 어깨에 가볍게 대는 듯하더니 털썩 하고 떨어졌다.

피아니스트는 두 사람의 다리 밑에 구겨져 있는 담요를 왼손으로 찾았다. 천천히 결합을 풀며 자신과 여자 사이로 담요를 끌어 당겼다.

담요를 사이에 두고 여자의 몸에 자신을 밀어붙였다. 몸을 구부려 자신의 얼굴이 여자의 가슴에 오도록 자세를 잡았다.

여자는 왼손을 올려 가까스로 남자의 볼에 손을 갖다 댔다. 오른손은 천천히 침대 매트로 뻗어갔다.

갑자기 피아니스트가 몸을 일으켰기 때문에 여자의 왼손은 목적을 잃었다. 이와 동시에 매트 사이를 비집고 들어가던 오른손도 멈췄다. 그러나 곧 피아니스트의 오른손이 여자의 왼손을 따듯이 잡았다. 또 다시 무게감이 담요를 사이에 두고 여자의 몸에 느껴졌다.

여자는 오른손을 담요 안으로 집어넣었다.

담요 안에서 탁한 총성이 두 번 났다. 여자 가슴 위의 무게감이 사라졌다. 피아니스트가 침대 위에서 굴러 떨어진 것이다. 비명도 신음도 없었다.

여자는 귀를 기울이듯 담요 안에서 움직이지 않았다.

이윽고 천천히 총을 베개 위에 놓고 침대 곁에 벗어 던져 놓은 실내복을 걸쳤다.

그리고 침실을 나와 현관으로 향했다.

차 안에서 기다리는 남자는 현관 등이 점멸하는 것을 보고 담배를 재떨이에 비벼 껐다. 엔진에 시동을 걸고 천천히 차를 앞으로 뺐다.

시체를 쉽게 옮기기 위함이었다.

그가 기다리는 동안 그 막다른 길을 지나가는 사람은 아무도 없었다.

차를 세우고 문을 노크하자 여자가 열어 주었다.

"끝났어요."

여자가 메마른 소리로 말했다.

"그래, 수고했어."

남자는 고개를 끄덕였다. 남자의 얼굴에는 그가 기다리는 동안 이 집에서 일어난 일에 대해 아무런 표정도 나타내고 있지 않았다.

어두운 집으로 들어가자 테이블 위에 놓인 두 개의 잔이 눈에 띄었다.

"마셨어?"

반 이상 닫혀 있는 침실 문을 보며 남자가 물었다.

"네."

소파에 앉은 여자는 눈을 감고 끄덕였다. 여자의 몸에서는 향수

와 무연 화약 냄새가 났다.

"일하기 전에 나도 한 잔 줘."

남자는 여자의 맞은편에 앉으며 말했다. 피아니스트가 사용한 잔을 끌어당기고 술을 따랐다.

여자는 눈을 감은 채 고개를 숙이고 있었다.

"저 남자는 뭘 했어요?"

"뭐라고?"

술잔을 비운 남자가 되물었다.

"이 집에 와야만 하는 실수를 했어요?"

"들어서 뭐할 거야?"

"그렇군요."

여자는 깨끗이 수긍했다.

"그럼 날이 밝기 전에……."

치워 버리자고 말하며 일어나던 남자는 입이 얼어붙어 버렸다.

여자의 등 뒤에 잇던 침실 문이 천천히 열린 것이다.

"말은 많으나 조심성 역시 많다. 선생님이 그렇게 말씀 안 하셨나?"

벌거벗은 피아니스트가 침실 입구에 기대어 서 있었다.

피아니스트의 목소리를 듣고 여자는 침을 삼켰다.

피아니스트가 오른손을 들었다. 여자가 침대 위에 놓아 둔 '미크로스'가 팡 하며 메마른 총성을 울렸다. 엎드리려 했던 남자는 이마에 총탄을 맞고 나뒹굴었다.

"어떻게 된 거예요?"

여자가 침대 이외의 장소에서 처음으로 감정을 담은 목소리로 말했다.

피아니스트는 아무 말도 하지 않았다.

"어떻게 된 거예요, 도대체?"

공포를 느낀 외침이었다.

여자는 침실 쪽을, 그곳에 서 있는 피아니스트를 돌아보았다.

그러나 눈은 감겨진 채였다.

"불쌍한 것."

피아니스트는 처음으로 혼잣말처럼 중얼거렸다.

여자는 사태를 깨달았다. 몸이 굳어 소파에 웅크리고 등받이를 꽉 잡았다. 굽어진 손가락이 새하얗게 변했다.

"막다른 길 끝집에 살고 있고, 주위는 캄캄. 방도 어둡게 해두었다. 여기에 오는 사람은 살해될 사람뿐, 그렇게 되는 거야?"

피아니스트가 천천히 말했다.

여자는 대답하지 않았다.

"몇 명이야, 지금까지?"

피아니스트가 묻자 여자는 오른손을 들었다. 4개의 손가락을 펴 보았다.

"네 명이라. 커피숍 사내도 그중 한 명이었겠지? 좋은 방법이군."

감정을 나타내 보이고 다시 계속했다.

"선생님은 아주 머리가 좋아. 필요 없거나 위험한 사람을 이리로 보낸다. 그리고 처리는 당신이 했군."

"어떻게 알았어요?"

감정을 억누르는 듯한 목소리로 여자가 물었다.

"당신 눈이 부자유한 것은 이야기 도중에 알았어. 내가 피아노를 치는 시늉을 해도 몰랐으니까. 그것도 일부러 그랬던 거야. 저 남자는 당신이 그렇다는 것을 가르쳐 주지 않았어. 이상하다고 생각했지. 게다가 당신이 나를 끌어들인 방은 캄캄했어. 순간적으로 감이 왔지. 언제 덫을 쳐올까 하고 당신의 손놀림을 주의하고 있었지……. 그 순간만 빼고. 그 후 당신의 오른손의 행방을 모르겠더라구. 내가 잠자리를 바꾼 것은 그 때문이었어."

"그러나 탄환은? 탄환은 분명히……."

피아니스트는 고개를 흔들었다. 정말 안됐다는 듯이.

"나는 당신이 먼저 침대에 들어간 뒤 가만히 생각했지. 당신이 장식해 둔 인형을 노려보면서."

여자는 숨을 멈췄다.

"그럼 제가 쏜 것은……."

"그 인형을 언제나 옆에 끼고 귀여워해 주고 있었겠지. 안 됐군. 당신에게는 저 인형밖에 없었을 거야."

거실의 전화가 가벼운 소리로 울었다. 여자가 얼굴을 그 방으로 돌렸을 때 피아니스트는 성큼 다가가 여자의 관자놀이에 대고 총을 쏘았다. 긴 머리카락 몇 개가 원을 그렸다.

여자가 테이블에 엎어지자 피아니스트는 그 손에 가만히 권총을 쥐어 주었다.

전화벨이 계속 울리고 있었다.

피아니스트는 침실로 돌아가 옷을 입었다. 침대 옆의 스탠드는 처음부터 콘센트에 꽂혀 있지도 않았다.

불빛도 없고 창도 전혀 없는 방이었다.

바닥에는 검은 총탄 자국을 얼굴에 남긴 프랑스 인형이 나뒹굴고 있었다. 전화는 계속 울렸다.

피아니스트는 엎드려서, 침대에 떨어진 두 개의 탄피와 프랑스 인형을 집어 들었다.

탄피는 상의 주머니에 넣고 인형은 겨드랑이에 낀 채 침실을 나왔다.

테이블에 상반신을 얹고 있는 여자는 눈을 감고 있어서인지 자는 것처럼 보였다.

피아니스트는 여자의 시체를 바라보며 다시 한 번 머리를 가로저었다. 실내복 옷자락 사이로 들여다보이는 시체의 다리에서 액체가 흐르고 있었다. 피아니스트가 여자에게 남긴 것이었다.

피아니스트는 조그맣게 휘파람을 불며 현관으로 향했다.

그가 떠난 후에도 전화벨은 계속 울리고 있었다.

06

피고는 무죄

"됐어, 이젠."

다시 그녀가 말했다.

"난 이제 법률에는 의지하지 않아."

"뭐라고?"

"이제부터는 내가 ……"

고이즈미 기미코 小泉喜美子

도쿄 태생으로 영자 신문 〈저팬 타임스〉에 근무했다.

일찍부터 추리소설에 흥미를 느껴 20대에 첫 단편소설을 「엘러리 퀸 미스터리 매거진」 일본어판에 응모했다. 이 잡지의 편집장이었던 이쿠시마 지로와 결혼.

일본 대표 걸작의 하나로 일컬어지는 첫 장편 「변호 측 증인」도 같은 20대에 출판되었다.

1972년에 이쿠시마 지로와 이혼하고도 좋은 친구로 남았는데,

이쿠시마가 재혼한 상대 한국여자에 대해 차별 발언을 한 것 때문에 완전 절교했다.

1985년 술에 취해 계단에서 미끄러진 것이 원인이 되어 사망.

죽기 전 에세이집 「미스터리는 나의 향수」가 나왔다.

「피고는 무죄」는 음악인들의 이야기이다. 멤버의 한 사람이 그녀의 애인을 살해했을 때 그녀는 복수를 결심한다. 얼마나 오랜 기간을 준비하고 어떤 방법을 사용하는지……

이 소설은 추리소설이 국경을 넘어서 존재한다는 전형적인 예이다.

1

"……피고에게 무죄를 선고한다."

재판장이 선고했다.

약간은 길고 정중한 표현의 판결문을 장황하게 읽어 내려갔다.

"……에 의해서 피고에게 무죄를 선고한다."

분명하고 확실하게.

그 말을 듣는 순간 방청석의 한구석에 있던 그녀의 마음속은 부글부글 끓어오르는 것 같았으며 현기증을 일으켜 그 자리에서 그냥 쓰러질 것만 같았다.

한순간 그녀는 자신이 큰소리를 지르며 방책을 뛰어넘어 법정 한가운데로 달려 나가 이렇게 절규하는 광경을 머릿속에 그렸다.

'거짓말이에요, 거짓말! 이 남자가 무죄라니! 이 남자는 내 애인을 죽였다구요, 틀림없어요! 모든 사람이 그것을 알고 있어요. 게다가 이 남자 자신도 그걸 인정했단 말예요! 그런데 무죄라뇨! 어떻게 그런, 그런 일이……'

하지만 그녀는 큰소리로 절규하지는 않았다. 방청석의 방책을 뛰어넘지도 않았다.

그녀는 등을 꼿꼿이 편 채 그곳에 앉아 있었다. 양손은 무릎 위에서 꼭 쥐고 있었다. 그리고 눈은 앞쪽을 응시하고 있었다.

그녀의 눈은 피고석을 향하였다. 그곳에 서서 법정 경관에게 좌우를 포박당하고 고개를 약간 숙인 채 재판장의 판결문 낭독을 얌전히 듣고 있는 인물을 쳐다보고 있었다.

여자의 눈은 지금 당장이라도 불타오를 것 같았다.

만약 눈이 화염방사기나 레이저 광선 방사기 같은 역할을 한다면, 피고석에 앉아 있는 남자는 곧바로 검은 잿더미로 변해 버릴 것이 틀림없었다.

하지만 그녀의 두 눈은 화염방사기가 아니었다. 그녀는 얼굴에 살인 광선 방사 장치를 장착한 정교하고 잔인한 로봇도 아니었다. 그녀는 단지 그 자리에 앉아서 재판의 과정을 지켜보고 있는 젊은 여자에 불과했다. 27살이라는 나이는 아주 어리다고는 말할 수 없을 것이다. 하지만 젊다고 표현하기에는 충분했다. 누군가에게 사랑을 받기에 충분한 나이였으며 또 다른 누군가에게 사랑을 주기에도 충분한 나이였다.

하지만 그녀는 자신에게 두 번 다시 사랑이 찾아오지 않으리라는 것을 알고 있었다. 그뿐만 아니라 다른 누구에게도 사랑을 줄 수 없을 것이라는 사실 역시 알고 있었다. 그녀가 함께 사랑하기를 원했던 단 한 사람의 상대는 이미 이 세상 사람이 아니었다.

그녀의 애인은 살해당한 것이다. 그것도 술김의 말싸움이라는 너무나 어처구니없는 일로!

다시 한 번 그녀는 피고석에 있는 남자를 바라보았다.

남자는 이미 무죄 판결을 받고서 자유의 몸이 되었다는 기쁨이 몸 전체에 나타나 있었으며 그를 둘러싸고 있던 사람들과 악수를 하거나 몇 번씩이나 머리를 숙이며 인사를 나누는 중이었다.

재판장도 판사들도 검사들도 변호사들도 모두 제각기 퇴정해 버렸다. 방청객들도 썰물처럼 빠져나간 뒤였다.

정신을 차리고 보니 그녀 혼자 앉아 있었다. 마치 혼이라도 빠져버린 것처럼.

법정 안에 앉아 있던 그 많은 사람들 가운데 그녀에게 주의를 기울인 사람은 한 명도 없었던가? 그들의 관심은 살인을 범한 남자가 유죄 판결을 받을 것인가 무죄 판결을 받을 것인가에 있을 뿐, 그에게 살해당한 남자의 애인은 어떻게 되어도 상관없었다.

살해당한 것은 이미 끝난 일, 방법이 없다고 생각하는 것일까? 죽은 이의 애인은 또 다른 애인을 구하려니 생각하는 것일까? 그 냉담하고 무관심한 제삼자들은?

그녀는 일어섰다. 언제까지 그렇게 앉아 있을 수만은 없었다.

일어서자 그녀의 다리가 약간 떨리기 시작했다. 하이힐을 신고 오지 않는 편이 좋았으리라고 생각했다. 검은 재킷 주머니에 한 송이 빨간 장미가 없었으면 좋을 뻔했다.

유죄 판결로 피고에게 사형이 선고되면 그녀는 그 장미를 꺼내 재킷 칼라에 장식할 생각이었다. 그리고 애인의 영혼을 향해서 이렇게 속삭여 주려 했다.

'당신, 이제야 눈을 편히 감을 수 있겠지요?'

판결이 무기징역이라면 속삭이는 것은 그만두려고 했다. 30년 징역이라면 장미를 주머니 속에서 그대로 짓이겨 버릴 생각이었고, 만약 20년이라면, 15년이라면, 아니, 그런 일은 있을 리가 없었다. 그녀는 그렇게 믿고 있었다.

그랬는데, 그랬는데, 결과는!

그녀는 핸드백을 고쳐 잡고 비틀거리는 발걸음으로 고개를 숙인 채 복도로 나갔다.

재판소 복도에 또각또각 울리는 그녀의 구두 소리는 텅 빈 메아리만 남겼다. 그녀의 마음 역시 텅 빈 나무 속 같았다.

"……!"

자신의 이름이 불린 것 같은 느낌이 들어 그녀는 멈추어 섰다. 그리고 뒤를 돌아다보았다.

"어머, 찰리. 너였구나!"

한숨조차도 쉬지 못할 것 같은 낮은 소리로 그녀는 말했다.

찰리라고 불린 남자는 약간 망설이며 다가왔다. 본명은 따로 있지만 그는 그 이름으로 드럼을 치고 있었다. 그녀의 애인은 딕이고, 오늘의 피고는 빌이었다. 그들은 전부 그런 이름으로 서로를 부르며 한 밴드를 이루고 있었다. 그녀는 그 밴드의 재즈 싱어였다.

그렇다, 그들은 그렇게 서로 연결된 음악 가족이었던 것이다. 한때는 매우 즐겁고 화기애애하게 일을 했다.

하지만 그녀가 딕을 연인으로 선택하고 나서는 무언가 조금씩 이상해져 갔다. 조금씩, 아주 조금씩……

그 정점이라고 말할 수 있는 계기가 바로 그 사건이었던 것이다. 모두가 술을 마시고 취한 나머지 아주 바보스러운 다툼이 일어났고, 그리고 빌이 딕을 살해해 버렸다. 빌은 체포되고 기소되었다.

그리고……

"이봐, 기다려. 그렇게 서두르지 마."

찰리는 역시 주저주저하며 말을 걸어왔다. 언제나 어두운 눈초리로 딕의 그림자 뒤에서 살짝 그녀를 바라보고 있던 남자, 찰리. 이 남자의 드럼과 딕의 색소폰이 그토록 잘 어우러졌다는 것을 이제 와서 이야기하는 것은 우스운 일이다. 하지만 그것은 딕이 천재이기 때문이라고 그녀는 생각하고 있었다. 그뿐만 아니라 딕은 빌의 피아노에도 아주 멋지게 맞추었던 것이다. 그래, 딕은 천재였다.

그리고 그런 내색을 전혀 하지 않은 채 언제나 싱글싱글 미소 짓던 남자였다.

"판결이 그, 그렇게 났으니, 네 기분은 알 수 있어. 하, 하지만……. 그렇지만."

"됐어."

여자는 더 낮은 소리로 말했다.

"내가 지금 무슨 이야기를 한다 해도 아무 소용없다는 건 알고 있어."

"……"

"하지만……하지만."

갑자기 그녀의 목소리가 변했다. 아주 갑자기 격한 목소리로 바뀌었다. 조금 전 방청석에서 보인 화염방사기나 레이저광선 같은 눈빛을 연상시키는 어조였다. 찰리가 엉겁결에 한 두 걸음 뒤로 물러설 정도였다.

"하지만 나는 처음 보았어. 분명히 사람을 죽인 인간이 무죄 선고를 받다니! 이 눈으로 분명히 보았어. 이 귀로 분명히 들었다구!"

"……"

"그가 범인인지 아닌지 증거가 불충분한 경우라면 납득할 수 있을 거야. 하지만 그는 범인이야. 빌 자신이 그걸 인정했어. 그런데 무죄라니!"

"그래, 그러니까 그 이유를 판사가 판결문에서 설명했잖아."

의연히, 그러나 약간 망설여 가며 찰리가 말했다. 하지만 그 어조는 확연했다. 그녀가 말하고 있는 것도 그녀의 심정도 충분히 이해는 하지만, 그러나 절대의 권위를 가지고 내려진 그 판결문이라면 자신이 여기서 몇 번을 되풀이해 들려줘도 괜찮다고 믿고 있는 듯했다.

"빌은 범행 당시 심신이 허약한 상태였어. 그래서 스스로가 하는 행동을 모르는 상황이었다는 것이 인정된 거야. 그러니까……"

"그러니까 무죄로 해주자, 그런 얘기야? 술을 마셔 자신이 하는 행동조차 모르는 상태에서 사람을 죽였으니까 무죄로 해준다고? 그런 거야?"

"그래…… 아마 법률이 그렇게 되어 있는 모양이야. 게다가 빌이 범행을 인정했다고는 해도, 그건 자신이 취한 나머지 말싸움을 했다는 것까지는 기억하고 있지만 실제의 범행 상황에 들어가면 하나도 기억하지 못하니까…… 그는 단지 아침이 되어 눈을 떠보니 옆에 딕이 쓰러져 있는 것을 발견하고 '이거 큰일났구나'라고 새하얗게 질려 버린 것뿐이니까. 그에게는 딕을 죽일 동기도 이유도 없었어."

"그래서, 그게 어떻다는 거야? 그는 죽었어. 살해됐다고! 딕은 이제 살아 돌아오지 않는 거야! 그런데 죽인 사람은 무죄라니…… 술에 너무 취해 있던 때문이라며 무죄 선고를 받고, 지금부터는 태연히 계속 살아간다는 이야기야?"

"아니, '태연히'는 아니라고 생각해."

찰리가 말했다. 그는 타고난 어둡고 살피는 듯한 눈매로 그녀 쪽을 바라보고 있었다. 깊숙이 열려 있는 셔츠의 가슴 언저리에는 은색 목걸이가 빛나고 있었다.

"그는 일생을 죄의식 속에 살아가리라 생각해. 아니, 지금도 실은 너를 진정시키기 위해 달려온 거야. 그 녀석이 너에게 다시 한 번 사죄의 말을 하고 싶다고 했어."

"됐어."

다시 한 번 그녀가 말했다. 눈은 이미 찰리 쪽을 보고 있지 않았다. 이제는 목소리도 낮고 조용히 가라앉은 상태였다.

"그런다고 딕이 살아 돌아와?"

"……."

"그런 것보다, 그러니까, 나는……"

"응?"

"나는 분명히 증명해 보이겠어."

"무얼?"

"아무리 술을 마셨다고 해도 사람을 죽일 정도였다면 분명히 본인이 알고 있을 게 틀림없다는 것을."

"하지만……"

"나는 심신 허약 따위는 없다고 생각해."

"……."

"검사. 판사. 변호사. 재판장이 뭐라고 말하든지 간에, 학자와 의사가 뭐라고 증언하든지 간에, 세상 사람들이 뭐라고 평을 하든지 간에, 나는 그런 일은 있을 수 없다고 생각해. 술에 취해 자신이 무슨 짓을 했는지 전혀 모르는 채 사람을 죽이다니, 절대 그럴 순 없어!"

"하지만, 너는 술을 그다지 많이 마시지 않으니까, 취해 본 적이 없으니까 그런 상황에 대해 잘 모를 텐데……"

"됐어, 이젠."

다시 그녀가 말했다. 그녀는 찰리에게 손을 흔들고 재판소 현관 쪽으로 걸어갔다.

"난 이제 법률에는 의지하지 않아."

"뭐라고?"

"이제부터는 내가……"

'이제부터는 내가 해.'라고 말하는 듯했다.

하이힐을 또각또각거리며 빠른 걸음으로 사라져 버렸기 때문에 그녀의 마지막 말 한마디는 찰리에게 잘 들리지 않았다. 단순히 의미 없는 말을 내뱉었는지도 모를 일이었다.

그녀는 밤의 어둠처럼 새까만 재킷을 입고 있었다. 그 사건이 일어난 이래 그녀는 검은 옷 이외에는 입고 싶지가 않았다. 주머니에 손을 넣고 그 손을 주머니 속에서 약간 움직였다.

그녀는 그대로 재판소 현관을 나갔다.

3

그는 여자의 뒷모습을 바라보고 있었다.

잠시 동안 그는 아주 조용히 그곳에 서 있었다.

그녀가 매달리며 와락 울음을 터뜨리지 않은 것이 그에게는 불만이었다. 만약 그녀가 그렇게 해주었다면……

찰리는 입술을 지그시 깨물었다. 어두운 눈 속 더욱 깊숙한 곳에서 그는 '그때의 일'을 떠올리고 있었다. 아무에게도 말할 수 없는 그 일을.

그들은 모두 함께 술을 마시고 있었다.

클럽 일을 마친 뒤라서 편안한 마음이었다. 하지만 그 클럽이 그 달 말에 문을 닫을 예정이었기 때문에 모두들 기분이 좋은 상태는 아니다. 어찌 되었건 고정적인 수입 하나가 사라지는 것이다.

"걱정하지 마!"

커다랗게 소리친 것은 딕이었다. 모두들 그의 색소폰 덕택에 그들의 콤보(3, 4명 또는 7, 8명으로 편성된 재즈 악단)가 유지되고 있다고 한결같은 평을 했다. 또는 전속 싱어인 여자 가수의 약간 쉰 듯하고 달콤한 목소리 덕택이라고.

드럼의 찰리는 그것이 싫었다. 아주 듣기 싫었다. 그 점은 피아노의 빌도 마찬가지라고 그는 생각했다.

어느 콤보라도, 아니 풀 멤버 악단이라도 심포니 오케스트라라 해도 어느 한 사람의 천재 덕택에 존재할 수는 없는 것이다. 그것은 전원의 재능이 합쳐져 이루어지는 것이라고 찰리는 믿고 있었다.

그런데……

"걱정하지 마!"

딕이 다시 소리쳤다. 완전히 술에 취해 기분이 좋은 상태였다. 스타플레이어 딕, 〈색소폰의 별〉 딕, 잘생긴 딕, 평소에는 이러저러 어려운 말을 하는 주제에 돈 벌 때가 되면 실 오스틴에 비할 수 없으리만큼 달콤함 1절을 섞어 부르는 일도 잊지 않는 딕. 그래, 그렇겠지. 이 녀석에게 돈 버는 장소 하나쯤 없어진다 해서 그리 대단한 일이 아니겠지. 딕은 지금 인기인이다. 그 혼자만이 행운을 거머쥐고 있는 것이다.

"클럽 하나 문 닫는다고 해서 걱정할 것 없어! 우리들에게는 내일이 있잖아. 전도양양한. 드디어 우리 같은 스타일이 인정을 받게 됐어. 이제부터는 우리들 같은 스타일이 음악계를 석권할 거야. 그러니까 걱정 말라고 말하는 거라구! 그러니까……"

딕의 마지막 말이 찰리의 귀에 멍하게 퍼지며 들려왔다. 그들은 모두 진탕 마시고 있었다. 그렇다, 아주 진탕. 마실 수 있을 만큼 마시고 있었던 것이다.

번뜩 정신을 차리고 보니 어느 사이엔지 그들 세 사람만 남아 있었다. 찰리와 딕과 빌. 함께 마시고 있던 다른 멤버들도 매니저도 사라지고 없었다. 그뿐이 아니고 주위에는 바텐더도 웨이터도 호스티스도 모두 사라지고 없었다.

그들은 어떻게 된 일인지 빌이 살고 있는 집으로 갔던 것이다.

외상으로 마실 수 있는 술집이 더 이상은 없었는지도 모르며, 아니면 빌이 이렇게 말했는지도 모른다.

"우리 집으로 가자!"

그가 끈질기게 가자고 졸랐을지도 모르는 일이었다. 어쨌든 찰리가 번뜩 눈을 떠보니 그들은 빌의 방에 있었다. 레코드와 악보, 더러워진 속옷, 누드 잡지, 빈 마약 봉지 등이 어지럽게 널려 있어 발 디딜 틈조차 없던 그 방.

그렇다. 그들은 모두 마약을 하고 있었다. 재즈 멤버들이 그러한 것을 애용하는 것은 드문 일이 아니다. 그들은 그들의 연주에 '새로운 생기를 불어넣기' 위해 그런 것을 피우거나 흡입하거나 주사하거나 했다. 무용수가 유행하는 그물 타이즈를 신고 구회의원이 포스터를 다시 찍고 하는 것과 마찬가지였다. 아주 똑같은 것이었다.

어찌된 일인지 그때 그녀는 없었다. 찰리는 그 일을 확실히 기억하고 있었다. 딕이 있고, 일을 끝내고 한숨 돌리고 있는 곳에 그녀가 없다니 조금 이상하다고 생각했던 것이다. 그때까지 그녀는 그 클럽의 스테이지에서 자신 있게 부르는 18번 곡, 그래 'I've got you under my skin'과 'Tenderly'를 부르고 있었다. 평상시와 마찬가지로. 그리고 그 이후 그녀는 대체로 그들과 함께 행동했다. 그녀는 언제나 매혹적이고 괜찮은 여자였다. 찰리는 몇 번이나 기대감을 가지고 그녀를 바라보았다. 딕이라면 그녀와 자신을 잘 맺어 줄 수 있을 것이라고 생각했다. 왜냐하면 딕은 좋은 녀석이므로, 딕은 리더이므로, 딕은 모두의 행복을 바라는 남자이므로.

그리고 몽롱하게 되어 갔다. 아니면 소란스러워졌다. 그것도 아니면 난폭해졌다. 아니, 그것도 아니면 황홀해져 갔는지도 모르겠다.

하여튼 셋이서 마약을 했다. 그리고 다시 이야기를 했다. 다시 조금 마약을 했다. 그리고 다시 술……그리고 말싸움.

특별히 이렇다 할 만한 일은 없었다. 단순한 말싸움, 일 관계의, 연주 기법 따위에 대한 약간의 말다툼, 예술가라면 자신의 창조와 실천에 생명을 걸고 있는 인간이므로 늘 할 수 있는 되풀이되는 정해진 말다툼.

"……그래, 그렇고말고."

딕이 빌에게 말한 것을 찰리는 기억하고 있었다. 그때의 일은 분명히 기억하고 있었다.

"그래, 분명히. 나는 그녀와 결혼해."

딕이 큰소리로 말했다. 양손에 잔을 쥐고 있었다. 양쪽 잔 모두에는 진한 황금색 위스키가 빙글빙글 돌고 있었다. 빌의 손에도 찰리의 손에도 그것과 비슷한 액체가 가득 담긴 잔이 쥐어져 있었다.

"이봐, 알겠어? 빌, 찰리, 나는 그녀와 드디어 결혼한다구! 드디어 그녀가 '승낙'을 해주었단 말이야. 일보다, 음악보다, 그래 어떤 히트 넘버보다 내가 소중하다고 말했어!"

딕은 사기충천해 있었다. 그걸 확실히 느낄 수 있었다. 그때 딕은 장밋빛 구름 위를 거닐고 있었던 것이다.

그런 기분이 되어 있는 인간에게 신중히 무언가를 이야기 하는 것이 아니었다. 그들은 기분 좋게 취해 서로 웃으며 시간을 보냈어야 하는 것이다.

그런데 빌이 너무 취해 트집을 잡기 시작했다. 찰리는 잠자코 있었다. 가만히 유리잔을 비우고 빌이 딕에게 생트집 잡는 것을 듣고 있었다.

"그래, 좋아. 딕!"

빌이 갑자기 딕에게 유리잔을 던졌다.

"너 혼자 기분이 좋단 말이지!"

그런 식으로 빌이 소리 질렀던 것을 찰리는 기억하고 있었다. 분명히 기억하고 있었다. 그것은 거짓이 아니었다.

그리고 빌이 마치 개처럼 딕에게 달라붙었던 것을, 딕은 그것을 웃으며 받아주었던 것을, 둘이 뒤엉킨 채 바닥을 나뒹구는 것을 찰리는 잠자코 바라보고 있었던 것이다.

"좋아, 좋아, 빌. 그만 둬!"

딕은 웃으며 소리 질렀다.

"그래, 알았어. 숨이 막히잖아. 아파! 그만 해!"

그가 소리쳤다.

그런 딕의 모습에서 찰리는 그녀의 모습을 겹쳐 상상하고 있었다. 그녀와 딕이 서로 같이 뒤엉켜 뒹굴며 놀고 있는 모습을 상상해 보았다. 그것도 확실한 일이었다……

그녀를 딕에게 빼앗겨 버렸다는 것, 이제는 어쩔 수 없이 그녀를 포기할 수밖에 없다는 것을 찰리는 확실히 알고 있었다. 몽롱한 머릿속에서 웬일인지 그것만은 확연히 떠오르는 것이었다.

찰리는 술을 많이 마셨다. 자신의 괴로움을 잊기 위해 엉망진창으로 마셨다. 그리고 딕과 빌이 서로 떨어져 무언가 말하고 있는 것을 멍하게 듣고 있었다. 찰리는 아무 이야기도 하고 싶지 않았다. 그는 무엇 하나 이야기할 것이 없었다.

이윽고 두 사람이 말하는 소리가 귀에서 윙윙거리는 소리로 들려왔다. 찰리는 그대로 잠들어 버렸다.

꿈속에서 찰리는 빌과 딕이 서로 달라붙어 싸우는 것을 보았다.

아니, 그것은 꿈이 아니었는지도 모른다.

아니, 꿈이었는지도 모른다.

그런 것은 아무래도 좋았다. 찰리는 그녀 생각을 하고 있었다. 그녀를 자기 것으로 만들어 버린 딕을 생각하고 있었다. 딕이 없다면 좋겠다는 생각을 하고 있었다. 그리고 다시 찰리는 잠에 빠져들었다.

그 후 찰리가 눈을 떴을 때 방은 침묵으로 바뀌어 있었으며 창 밖에는 희부연 여명이 밝아 오고 있었고 세상의 모든 난잡함을 그림으로 그려 놓은 듯한 방 한가운데 딕과 빌이 쓰러져 있었다. 딕의 목에는 풀어진 넥타이가 감겨 있었다. 빌의 코에서도 딕의 코에서도 깊고 커다린 코고는 소리가 새어나왔다.

그렇다. 그 시점에서 딕은 분명히 살아 있었다. 어떻게 딕의 넥타이를 목에 둘러놓았는지는 알 수 없지만.

잠시 동안 찰리는 두 사람을 가만히 내려다보았다. 찰리 자신도 아직은 말짱한 정신이 아니었다. 결코.

그리고 마치 제정신이 아닌 자신의 머릿속의 사악한 세포가 그렇게 시키기라도 한 듯 찰리는 뒷주머니를 더듬어 그곳에 들어 있는 양가죽 장갑을 꼈다. 언제나 그곳에 넣어두는 운전용 장갑이었다.

찰리는 딕의 옆으로 다가가 무릎을 꿇고 딕의 넥타이 양끝을 거머쥐었다. 그러고는 온 힘을 다해 당겼다.

찰리는 재판소 복도에서 잠시 동안 서 있었다.

—그때 나는 살짝 빌의 방을 도망쳐 나왔다. 아무에게도 들키지 않았지. 취기는 완전히 가셔 있었어. 내 차를 운전해 집으로 돌아갔어. 침대에 쓰러져 다시 한 번 잠에 빠져들었지. 아니, 그전에 듬뿍 마약을 했어.……

그 이후의 소란은 신문에 났던 그대로였다. 취한 나머지 말싸움을 하다 넥타이로 상대의 목을 졸라 죽게 했다는 용의로 빌이 체포되었다. 그리고 빌 자신도 그런 일을 하지 않았다는 증거를 댈 수가 없었다.……

찰리는 담배에 불을 붙였다. 현관 쪽을 흘끗 보고 그도 걷기 시작했다.

4

그녀는 처음 한 잔을 천천히 마셨다.

어두운 주점 한쪽 구석에, 그녀는 혼자였다. 일 관계로 몇 번인가 출연한 적이 있는 가게로, 주인도 바텐더도 안면이 있는 사람이었다. 그녀가 혼자 마신다고 이상한 눈으로 보지는 않았다.

그뿐만 아니라 그녀가 마시지 않고는 견딜 수 없다는 것을 그들 모두는 알고 있었다.

—그래, 그 판결이 있은 직후잖아!

—그럼, 그녀도 마시지 않고는 참을 수가 없을 거야. 그녀가 지금까지 술을 마시지 않았어도, 그리고 이번 사건을 통해서 술이 정말 쓸데없는 물이라는 것을 새로이 깨달았다 해도, 그래, 역시 술을 마실 수밖에 없을 거야.

때문에 그들은 그녀를 혼자 있게 놔두었다. 쓸데없는 위로나 충고의 말 따위는 오히려 해가 될 수도 있었다. 지금 그녀 마음의 상처를 달래고 아픔을 잊게 해주는 것이 있다면 그건 술밖에 없었다.

그녀는 한 잔을 비웠다. 두 잔도 비웠다.

석 잔째부터는 물 타는 것을 멈추고 온더락으로 했다. 그녀는 마음속으로 '물을 타다니 말도 안 돼.'라고 말하는 듯했다. 그런 건 술이 아니야. 나는 알코올 냄새가 나는 물을 마시려는 게 아냐. 나는 술을 마시고 싶어.

그러자 예전에 본 미국 영화에서 아일랜드 노인으로 분장한 연기자의 명대사가 떠올랐다. 물을 탈 것을 권하자 그 노인은 이렇게 말했던 것이다.

"나는 물을 마실 때는 물을 마시고 술을 마실 때는 술을 마셔. 둘을 섞어서는 안 마신다구."

하지만 대부분의 사람들은 몸을 위해서든가 아니면 무언가 다른 이유를 대며 물을 타서 마신다. 알코올 냄새가 아련히 나는 오줌 색깔의 값비싼 액체를.

왜냐하면 그들은 빌처럼 되고 싶지 않은 것이다. 딕처럼 되고 싶지 않은 것이다. 그들은 술 때문에 몸을 파멸로 몰고 가고 싶지 않은 것이다. 그들은 무언가 조금은 납득할 수 있는 이유를 위해 죽고 싶은 것이다.

"아, 딕!"

그녀는 온더락 잔을 바라보았다. 그것은 조금도 오줌 색 같지가 않았다. 아주 아름다운 황금색이었다. 커다란 얼음 조각 두 개가 조용히 떠도는 황금색 호수. 물을 섞지 않으면 위스키가 이렇게도 아름다운 것이다.

그녀는 스스로를 간단히 지탱했다. 오늘 밤은 마시고 취해서 울거나 소리치거나 슬픔에 빠져 버려서는 안 된다. 주인과 바텐더가 얼마만큼 동정의 눈길을 보내든지 간에 그런 것은 그녀의 의지와는 다른 것이다.

그녀는 더욱 정신을 똑바로 차렸다. '강인한 목적'을 위해 마시기 시작했다.

온더락 잔을 입으로 가져가며 그녀는 핸드백 속에서 꺼낸 팸플릿을 테이블 위에 펼쳐 놓았다. 그 팸플릿에는 〈혈중 알코올 농도와 취하는 정도〉라는 표제가 붙어 있었다. 어두컴컴한 불빛 아래서 그녀는 눈을 크게 뜨고 그 활자를 바라보았다.

혈중 알코올 농도 0.020~0.04% : 체중 60kg 전후의 남자가 청주 반병에서 한 병, 맥주 큰 병으로 한 병 정도, 위스키라면 싱글 한 잔에서 두 잔 정도를 마신 상태이다. 술은 기분 좋게 몸으로 번져 오며 머리는 말짱하고 곧 기분이 좋아질 것 같은 기대감에 휩싸임. 기분이 유쾌해짐. 유난히 술에 대한 특이체질이 아닌 이상 남 보기에는 정상. 사고를 일으킬 위험은 없음.

"지금의 내 상태구나."

그녀는 생각했다. 그래 〈유난히 술에 대해 특이체질이 아닌 이상 남 보기에는 정상〉이란 말이지. 〈사고를 일으킬 위험은 없고〉

살인 등은 물론이겠지, 결코!

그녀는 두 잔째의 온더락을 주문했다. 〈기분 유쾌〉였다.

다시 팸플릿에 눈길을 주었다.

혈중 알코올 농도 0.05~0.07% : 취하기 시작하는 상태. 청주 한 병에서 한 병 반, 맥주 큰 병으로 한 병에서……신체가 후끈후끈해지며 명랑해짐. 서서히 사고에 대해 경계해야 함.

'어머, 그래?'

그녀는 입 속으로 중얼거렸다.

꽤 약한 사람이 기준인가 보네. 나는 아직 몸이 후끈거리지도 않을뿐더러 명랑해지지도 않는걸. 나는 냉정 그 자체라구. 명랑해진다구?

농담하지 말아요. 내 마음은 딕을 생각하고, 오늘의 판결을 생각하고, 태연히 무죄 판결을 받은 빌을 생각하면 눈물이 마르지 않는다구. 도대체 몇 잔을 마셔야 명랑해지는지 가르쳐 줘. 나는 영원히 명랑해질 것 같지 않아. 위스키 몇 잔을 마셔도 소용이 없다구……

"이봐요 바텐더, 또 한 잔!"

빈 잔을 들어 올리며 그녀는 기운차게 외쳤다.

혈중 알코올 농도 0.16~0.30% : …….

그녀는 큰소리로 읽기 시작했다.

아니야, 큰소리를 내면 안 돼. 그녀는 냉정했다. 자신이 스스로 취하는 정도를 알았으며, 해서 좋은 일과 나쁜 일을 확실히 구분할 수 있을 정도였다. 술을 마시고 정신을 잃다니 그녀는 도저히 생각할 수가 없었다. 그렇다, 절대 생각할 수 없는 일이었다.

'그래, 술 취한 자의 변명이야. 말장난이라구. 술을 마셔 자신이 한 일을 알지 못하다니, 절대로 그럴 수 없어!'

……아직 자신의 의식은 남아 있고 상대의 말에 반응은 하지만 분명치 않음……위스키는 싱글로 10잔, 더블로는 5잔. 심하게 비틀비틀 걸으며 고성방가에 혀가 잘 돌아가지 않음. 힘이 없음.

힘이라니? 힘이 무슨 말이야?

힘은 바로 딕의 연주에 있는 거라구. 그리고 그 남자가 죽은 이후에는 이 지구상 어디서도 찾아볼 수 없는 것이구.

아, 딕이 부는 색소폰의 음색만큼이나 내 마음을 취하게 하는 것은 없었어. 그리고 그 사람이 띠는 미소만큼이나.

그것에 비한다면 이런 위스키 10잔, 12잔쯤, 도대체 누가 취한다는 말인가?

'이봐요, 그건 거짓이에요. 재판장님, 판사님, 검사님, 변호사님, 위대하신 법조계의 여러분들, 그건 거짓이라구요! 그 심신 허약 상태라는 것은 거짓이에요. 그런 이유로 무죄라면, 나도 정신없이 술을 마시고 사람을 죽이겠어요. 적어도 딕의 원수만큼은 갚아 준다구요. 하지만 그것만으로는 딕이 고이 하늘나라에 갈 수 없어요. 그 사람의 영혼이 구천을 떠돌며 부르짖을 거예요. 〈나는 말짱히 정신 있는 사람에게 살해당했어, 살의를 가진 사람에게 살해당한 거라구〉라고 말예요!'

"이봐요, 바텐더!"

그녀가 소리를 질렀다.

"한 잔 더 줘요! 여기 한 잔 더 달라구요!"

그녀는 한밤중이 지날 무렵까지 술을 계속 마시고 자신의 아파트로 돌아왔지만 의식은 그때까지도 또렷했다. 그녀는 아무의 도움도 받지 않고 혼자 택시에서 내려 자신의 방까지 똑바로 걸어왔다. 결코 쓰러지거나 추태를 연출하지 않았다.

방에 들어서자 그녀는 옷을 갈아입고 세수를 하고 이를 닦고 침대로 들어갔다. 그리고 침대 머리맡에 놓여 있는 딕의 사진과 유품인 색소폰을 오랫동안 바라보았다.

"어때요? 나 말짱하지요?"

사진을 향해 그녀가 말했다.

"이렇게 해서 나 조금씩 가까이 다가가는 거예요. 내 혈중 알코올 농도가 0.40% 전후가 되어도 평상시와 다름없이 될 때까지요."

그녀는 사진을 향해 미소를 지어 보였다.

"그렇죠, 딕? 난 유망한가 봐요. 내 혈액과 알코올이 반반 뒤섞여도 아무렇지 않잖아요?"

〈혈중 알코올 농도 0.40%〉라고 하는 것은 아까의 팸플릿 해설에 의하면 〈이제 이렇게 되면 정상인이 아님. 만취라는 단어가 적합함〉이라고 설명되어 있는 단계였다. 재판장이 빌의 '당시' 상태를 설명하는 데 사용한 단어인 듯싶다.

"하지만 나는 괜찮아. 나는 분명히 증명해 보이겠어. 그래서 당신의 억울함을 풀어 주고 말 거야."

다시 한 번 그녀는 사진을 향해 미소를 지어 보이고 침대에 머리를 떨어뜨리고 잠 속으로 빠져들었다.

5

빌은 무죄 판결은 받았지만 지정된 병원에서 알코올 중독증 치료와 마약 중독증의 치료를 받는다는 조건이 붙어 있었다. 그는 법정에서 나오는 즉시 병원에 입원하여 약 6개월을 지냈다.

리더인 색소폰도 없어지고 피아니스트도 없어진 밴드는 해산한 것이나 진배없었다. 찰리의 드럼만이 변함없었다. 찰리의 드럼과 그녀의 보컬만은 아무런 일도.

빌이 치료를 받는 6개월 동안 찰리는 임시로 들어오는 일을 하거나 그것도 아니면 그저 놀고먹는 생활을 했다.

찰리는 때때로 그녀에게 전화를 걸었다. 예의 음산한 표정과 음색으로. 그러나 열성으로 말하는 것이었다.

"네 힘이 되어 주고 싶어."

아니면 이렇게 말하는 때도 있었다.

"딕이 없어지고 난 후의 쓸쓸함을 내가 메워 줄 수만 있다면 언제라도."

그녀는 찰리를 좋아하지도 않았으며, 굳이 딕과 비교한다면 하늘과 땅의 차이라고 생각하고 있었다. 하지만 별달리 이야기를 나눌 상대도 없었으며, 일이 별로 없을 때에는 두 세 번 전화에 응해 만나곤 했다.

하지만 언제나 늘 가곤 하는 술집에서 만났으며 별 이야기 없이 그저 술만 마셨다.

그녀의 주량이 점점 세어지는 것을 알아차린 찰리는, 너무 많이 마시면 안 좋다, 몸에도 안 좋을뿐더러, 빌처럼 됐다가는 큰일 아니냐며 만류를 했다. 그녀는 그런 말은 들은 척도 하지 않았다. 그저 술만 마셨다.

술집 주인과 바텐더의 걱정스러워하는 표정과 찰리의 바보 같은 충고를 무시하고 그녀는 나날이 알코올에 단련되어 가는 자신을 느끼며 기쁨에 겨웠다. 본래 체질이 강한 것이었는지는 모르겠으나 어지간히 마셔서는 취하지 않았다. 술은 마실수록 그녀의 중심을 흩뜨리는 것이 아니라 근사한 활력과 용기를, 그리고 꿈을 주는 것처럼 생각했다.

찰리와 마실 때나 혼자 마실 때나 언제나 정신을 바짝 차리고 있으므로 찰리가 귀가길 동행을 해줄 때도 그의 어깨에 기대는 일은 없었다. 언제나 아파트 문 앞에 서서 말했다.

"안녕, 찰리. 이젠 됐어. 나 혼자서도."

문을 닫고 신중하게 자물쇠를 채웠다. 그녀의 귀에는 미련을 남기며 복도에서 멀어지는 찰리의 발소리가 들려왔다.

그 이후에는 서서히 피로가 몰려오고 긴장이 일순간에 풀려 버려 화장도 지우지 않고 침대에 쓰러져 버리는 일도 있었으나 그것은 별로 문제될 게 없었다. 쓰러져 버려도 괜찮을 때만의 이야기이므로.

때때로 드레스를 입은 채 침대에 쓰러져 있는 자신을 발견하기도 했다. 눈을 뜨면 침대 위에 인조 속눈썹 하나가 떨어져 있거나 시트에 루즈가 묻어 있는 날도 있었다. 딕과 둘이 술에 취해 들어와서 그대로 침대에 쓰러져 버렸던 그날도 눈을 떠보면 마찬가지였던 때가 있었다. 딕은 그녀의 속눈썹을 집어 들고 놀려댔으며 그녀는 모르는 척 주방으로 가서 커피를 타곤 했던 것이다.

지금은 그녀 혼자 일어나 속눈썹을 집어 화장대 위에 올려놓고 한 잔의 커피를 탔다. 숙취로 머리가 지끈거리는 가운데도 그녀는 손가락을 꼽아 가며 빌의 퇴원 날짜를 헤아려 보았다. 저금통장의 잔고도 가끔 세어 보았다.

빌이 퇴원할 때까지 일 같은 건 그리 신경 쓰지 않아도 먹고 사는 데 지장이 없을 것이다. 그리고 빌만 나와 준다면 그 이후부터의 먹고 사는 걱정은 할 필요가 없는 것이다.

왜냐하면……

빌이 퇴원했다는 소식은 약속대로 찰리가 전해 주었다. 그녀가 부탁해 놓았던 것이다.

이런 때를 생각해 보면 찰리의 존재가 소중하기는 했다. 빌 자신, 아무리 자책감에 사로잡혀 그녀에게 사죄의 말을 해야겠다고 생각은 한다 해도 직접 연락을 하기는 조금 어려운 일이기 때문이다.

"그래?"

그녀는 수화기를 귀에 바짝 대며 엉겁결에 목소리의 톤을 높였다.

"정말이야, 찰리? 언제야? 빌을 언제 만날 수 있는 거야?"

전화선 너머의 찰리는 약간 어이가 없다는 듯 말문이 막혔다. 그녀의 어조가 연인을 살해한 사람의 퇴원 뉴스를 접했다기보다는 오히려 연인과 만나기라도 하는 것 같은 울림으로 들려 왔기 때문이다.

"으으, 만나고 싶다면 언제라도 만날 수 있지."

"오늘 밤 어때? 오늘 밤이면 안 돼?"

"……"

찰리는 점점 어리둥절한 모양이었다.

"응? 찰리, 어때? 빌에게 말해 줘. 내가 오늘 밤 만나고 싶어 한다고."

"응, 알았어.…… 빌도 되도록 빨리 널 만나고 싶어 하고, 그리고 딕의 묘지에도 참배하고 싶다니까, 네가 그렇게 말한다면야 더욱 쉽지……"

"그럼 오늘 밤, 늘 가는 그 술집으로 데리고 나와. 9시에. 꼭 갈게."

"알았어."

"자, 그럼 꼭 와야 해, 찰리."

"저, 너 혹시……"

"뭐라고?"

끊으려던 전화를 그녀는 다시 귀에 댔다.

"너 벌써 아무 생각도 않는 건 아니겠지?"

"그게 무슨 소리야?"

"응, 그래. 하기는. 그, 그 일 말이야. 흔히 일어나는 그런 일이 아니었기 때문에 네가 벌써 이렇게 까맣게 잊으리라고는 생각지 않았거든."

"그래?"

그녀는 억지로 밝은 목소리를 냈다. 마치 〈언제까지 안 만나겠다 한들 무슨 소용 있겠어?〉라고 말하는 듯했다. 하지만 그렇게 말해서는 빌과 찰리를 너무 속인다는 느낌이 들었다. 지금 그녀가 하고자 하는 행동은 너무나 솔직한 행동으로 결코 그들을 속이려는 것이 아닌 것이다.

"좋잖아, 어쨌든 9시에 만나."

그녀는 그 말만 했다. 전화를 끊었다.

딕의 사진 앞으로 가 미소를 지었다.

"드디어 오늘 밤이야."

그녀가 말했다.

"기필코 실수하지 말아야 해. 그게 문제야. 나에게는 넥타이를 조를 만큼 힘이 없으니까. 분명히 실패하지 않을 방법을 선택해야 해. 그런데 이미 방법은 정해 놓았어."

그녀는 방구석에 놓여 있는 무거운 청동 화병에 눈길을 돌렸다.

"저거라면 괜찮겠지?"

외출 준비를 하면서 그녀는 비웃었다. 빌의 중독 증상을 6개월씩이나 걸려 치료한 의사들의 쓸데없는 노고를. 빌 역시도 쓸데없는 6개월을 보낸 것이다. 이제 곧 내 손에 의해 딕 있는 곳으로 가게 될 테니까.

6

"안녕."

빌은 약간 몸이 뚱뚱해지고 안색도 좋아졌으며 부끄럽다는 듯이 그녀에게 미소를 지어 보였다. 부끄럽다는 듯이, 그리고 미안하다는 듯이.

미소를 지었다고 생각한 것은 그녀의 착각으로 빌은 곧 안면을 찌푸리며 고개를 떨어뜨렸다. 그녀의 손을 잡고 모기소리만큼 작은 소리로 말했다.

"미안……정말로 미안…… 평생 용서할 수 없을 거야."

"……"

빌의 모습이 너무나도 자책감에 휩싸인 괴로운 인간 그 자체의 모습인데다 하는 말이 너무나도 절실해서 하마터면 그를 용서할 뻔했다.

그러나 곧 자신에게 타일렀다.

'결코 이러면 안 돼.'

딕의 억울함을 생각한다면, 그리고 그녀의 인생이 파멸로 치닫게 되어 버린 것을 생각하면 절대로 그를 용서할 수 없는 것이다.

'빌도 남은 인생을 이런 식으로 괴로워하며 사느니 한순간에 죽는 것이 행복일는지도 몰라. 이건 일종의 안락사야. 그에게도 나에게도 일종의 안락사야.'

그렇게 마음을 정하자 아주 편안한 기분이 되었으며 조용히 미소까지 지으며 두 사람을 바라볼 수 있게 되었다.

빌은 구원이라도 받은 것처럼 그녀를 마주보았다. 그 옆에서 찰리는 변함없이 염탐하는 눈매로 두 사람을 바라보고 있었다.

어쩐지 옛날로 돌아간 듯했다. 빌이 있고 찰리가 있고 그녀가 있었다. 없는 것은 딕뿐이었다.

"마시자, 오늘 밤!"

그녀는 바텐더 쪽을 돌아보았다. 그러고는 명쾌하게 손가락을 퉁겨 탁 하는 소리를 냈다.

"오늘 밤은 여느 밤이 아니야! 오늘 밤은 축제야! 빌의 퇴원 축하, 빌이 새로 태어난 것을 축하하는 거야!"

"으응, 네가 그런 식으로 말하니까 난……"

"됐으니까 말하지 않아도 괜찮아 빌, 위스키를 부탁해, 찰리. 나는 오늘 밤 실컷 마실 거야. 너희들도 같이 마셔 주겠지?"

두 남자는 약간 당황스럽다는 듯 서로 얼굴을 마주보았으나 곧 찰리가 단념했다는 어투로 말했다.

"그래, 좋긴 하지만, 그렇지만 빌은 지금 막 퇴원한 몸이야. 알코올 중독 치료 센터에서."

"어머, 그랬어!"

그녀는 새로운 사실을 알았다는 것처럼 빌을 쳐다보았다.

"빌, 이제는 한 모금도 마시지 않아?"

"아니, 그런 것은 아니지만 이제 마시고 싶지 않아."

"어머…… 병원에선 어떤 치료를 받았는데? 분명 그들은 술을 혐오하도록 너를 철저히 세뇌시켰을 거야. 어떻게 했을까. 매일 매일?"

"으응."

빌은 쓴 웃음을 지었다. 그가 그녀의 말투를 유쾌히 생각하지 않는다는 것을 느낄 수 있었다.

"좋아, 빌. 무리해서 말할 건 없어. 자, 너는 주스나 콜라 같은 거라도 마셔. 그 대신 끝까지 나하고 같이 있어 줘야 해. 알았지?"

"그래, 그러지."

빌은 다시 한 번 기운 없는 쓴웃음을 지었다.

"나는 마시고 싶지 않지만 다른 사람까지 못 마시게 하지는 않아. 다만 나처럼 바보 같은 짓을 하지 않았으면 하는 바람밖에는."

"그런 걱정은 하지 않아도 돼."

그녀는 찰리 쪽을 다시 쳐다보았다.

"자, 찰리. 너는 마셔 주겠지? 넌 특별히 세뇌되거나 하지 않았겠지?"

"그래."

찰리는 주저주저 잔에 손을 뻗었다.

"하지만 나도 그전보다는 덜 마시게 됐어. 뭐랄까, 이젠 그전 같은 바보짓은 하지 않고 싶어. 그 점은 나도 빌과 마찬가지야."

'그래?'

그녀는 마음속으로 대답했다.

'너희들, 딕의 죽음을 계기로 아주 새로운 인간으로 변했나 보구나! 좋아. 빌도 찰리도. 어쨌든 오늘 밤은 끝까지 취하지 않아도 상관없어. 말짱한 정신으로 있지 않으면 내가 곤란하거든. 빌은 내 〈결행〉의 순간 자신이 저지른 죄가 얼마나 엄청난 것인지 깨달아야 하고 찰리는 그것을 증인으로서 똑바로 지켜봐야 하니까. 그래, 오

늘 밤 나를 포함해서 세 명 모두 제정신으로 있어야 하는 거야.'

그녀와 찰리는 위스키, 그리고 빌은 진저에일이 담긴 듯한 잔을 들었다.

"그럼, 건배!"

"뭐라고?"

찰리가 물었다.

"그래, 우리들의 새로운 출발을 위해."

그녀가 대답했다. 그리고 눈을 감고 단숨에 잔을 비우더니 곧 말했다.

"한 잔 더!"

어딘가에서 누군가가 계속 부르고 있었다.

I've got you under my skin

I've got you deep in hear of me.

누가 부르고 있는 것일까? 누군가가 그녀 대신 이 노래를 부르게 된 것이다. 왜냐하면 그녀는 이제 이 노래를 부르지 않기 때문이다. 이 노래를 비롯하여 다른 어떤 노래도.

그녀는 잔을 손에 잡은 채 의자 깊숙이 몸을 묻고 있었다. 마치 몸이 나른해 상쾌한 기분으로 알맞은 온도의 욕조에 몸을 담그고 있는 것 같았다. 그녀는 따스하고 만족스럽고 불행했다. 너무나 불행했다.

그러나 머릿속은 또렷했다. 아까부터 벌써 위스키를 10잔 이상이나 비웠다는 것, 빌과 찰리가 좌우에 앉아서 걱정스럽게 또는 당혹스럽게 번갈아가며 자신을 바라보고는 서로 눈짓을 한다는 것, 그리고 자신이 어느 정도 만취한 상태로 보이는가 하는 것까지 모두 알고 있었다.

그녀는 살짝 미소를 띠며 잔을 입에 가져갔다. 그 뜨거운(얼음 조각이 몇 개나 떠다니고 있었음에도 어찌된 일인지 그녀에게는 뜨겁게 느껴졌다. 그래, 그건 아주 자극적이었다. 술에 자극이 없어서야! 그러니까 '당신 없이는 자극도 없어.'라는 노래까지 있는 거겠지. 그것을 '당신 때문에 가슴이 설레네.'라고 번역한 사람도 있는 모양이지만 이렇게 번역해서는 정말로 자극이 없다) 액체를 목구멍에 들이 부었다.

'혈중 알코올 농도가 얼마나 되어 있을까?'

거의 0.4? 0.5? 하지만 아직 말짱하잖아. 아주 정상이야. 몸은 기분 좋게 따스한 욕탕 속에 떠 있지만 머릿속은 깨끗하다구. 그녀는 지금부터 빌과 찰리를 데리고 자신의 아파트에 돌아갈 수도 있고 그곳에서 소기의 목표도 달성할 수 있는 것이다. 빌의 머리에 청동 화병을 내리쳐(그러기 위해서는 그를 어느 의자에 앉히는 것이 좋을지, 찰리는 〈목격자〉로서 어느 자리에 있으면 좋을지, 이미 완전하게 계산을 끝내 놓은 상태였다.) 찰리에게 112번을 부르도록 만들고 달려온 경찰에게 말하는 것이다.

'난 조금도 취하지 않았어요.'

그녀는 당당하게 말할 수 있을 만큼 정신이 또렷했다.

'난 빌을 죽이고 싶었기 때문에 죽였어요. 술을 마셔서 얼떨결에 죽였다는 둥 말도 안 되는 이야기는 하지 말아요. 나는 유죄예요. 살인범이라구요. 부디 법의 판결대로 처벌해 주세요.'

그녀는 당당히 말할 작정이었다.

경찰들이 뭐라 할지 그녀는 그것이 아주 재미있었다. 형사들은, 재판관들은 뭐라고 할 것인가? 세상 사람들은 뭐라고 할 것인가?

그녀는 아주 즐거웠다.

"자, 이제 그만 돌아가는 게……."

찰리가 주저주저 말을 꺼냈다.

"오늘 밤은 이 정도로 하는 게 좋지 않겠어?"

"그래."

그녀가 선선히 대답했다. 모든 것이 계산 대로였다.

"돌아갈게. 너희가 바래다줘야 해!"

그녀는 일어서서 일부러 아주 많이 취한 시늉을 했다. 찰리가 당황하며 그녀의 어깨를 부축하고 빌이 조심스럽게 손을 잡았다.

"괜찮아? 그렇게 마시고."

"괜찮아. 아주 정상이야."

두 사람은 정지한 택시 안에 그녀를 밀어 넣듯이 태웠다. 두 사람이 양쪽에서 부축하고 있다는 것을 확실하게 알고 있었다. 그녀의 머릿속에서 승리의 노래가 반짝반짝 빛나며 어지러이 춤을 추었다.

모든 것이 예정대로 진행되었다.

그녀의 아파트.

바래다주려고 온 두 남자. 그들은 그녀를 안아 침대에 눕히려고 했다. 그녀는 웃으며 그 손을 뿌리쳤다.

"괜찮다면 여기까지 같이 와준 고마움의 표시로 커피를 타 줄게. 여기 앉아서 잠시 기다려."

하는 수 없이 앉아 있는 빌과 찰리, 청동화병. 아주 무거운 흉기.

그것을 있는 힘을 다해 내리칠 때도 그녀의 머릿속에서는 수천 개의 별이 부서지며 번쩍번쩍 어지러이 춤을 추고 있었다.

7

"전 유죄예요."

그녀가 말했다.

"전, 저는 확실한 의식 속에서 빌을 죽였어요. 그가 제 애인을 죽였기 때문이에요. 그리고 법률이 그를 처벌하지 않았기 때문이구요. 그러니까 제가 직접 벌을 준 거라구요."

그녀는 커다랗게 숨을 쉬었다. 침대 위에 눕혀진 채 말을 하는 것은 그다지 상쾌하지 못했다. 그녀는 병자가 아닌 것이다. 단지 일시적인 충격으로 이렇게 되어 있는 것이다. 곧 회복하여 두 다리로 똑바로 서서 법정에 나갈 것이다. 그래서 그곳에서 확실하게 이야기할 것이다.

〈……저는 절대 취하지 않았습니다. 술은 많이 마셨습니다만 정신은 말짱했습니다. 저는 빌을 죽이고 싶어서 죽인 겁니다. 전 유죄에요. 내가 한 일은 확실하게 알고 있고 그 죄도 달게 받겠습니다. 부디 저에게 형을 선고해 주십시오.〉

그녀의 침대 머리맡에서 이야기를 들어 주고 있던 흰 옷 입은 사람은 고개를 끄덕였다.

〈알았소. 알았소.〉

마치 그렇게 이야기하는 듯했다. 그는 상냥하게 그녀의 눈에 손을 댔다.

"알았소. 당신이 말하려 하는 것은 알았으니까, 자, 이제는 안심하고 쉬세요."

그녀는 그대로 눈을 감았다. 안심도 되었고 너무나도 피곤하여 자고 싶었다. 그녀는 해야 할 일을 끝낸 것이다. 그녀는 자고 싶었다. 눈을 뜨고 있을 수가 없었다. 소독약 냄새가 나는 그 방에서 그녀는 깊은 잠에 빠져들었다.

의사는 병실 문을 닫고 복도에서 기다리고 있던 빌에게 조용히 말했다.

"아직 며칠 가만히 두는 것이 좋겠습니다. 이제 며칠 지나면 면회도 가능할 거고 법정에도 나갈 수 있습니다."

빌은 고개를 숙인 채 끄덕였다. 안색이 몹시 창백했다.

"기운을 내시오."

의사는 빌의 어깨를 두드렸다.

"당신으로서는 매우 복잡한 기분이겠소만, 하지만 이미 일어난 일이야 어쩌겠소. 힘을 내시오."

"……."

"그리고 어찌되었건 그녀는 무죄가 될 거요."

"……."

"저렇게 본인은 <나는 정신이 또렷했다>고 확실히 이야기하지만, 그녀가 그 당시 알코올에 의해 심신 허약 상태였다는 것은 너무나 분명한 사실이오. 연인의 원수를 갚았다고 말하고 있지만 그녀가 죽인 것은 당신이 아닌 찰리였기 때문이오. 그녀는 자신이 죽여야 할 상대도 분간 못하는 상태였던 거요."

빌은 가만히 고개를 끄덕였다. 그는 흘끗 병실 문을 쳐다보고는 의사와 나란히 복도를 걸어 나갔다.

07

한마디에 대한 벌

"아아, 누가 정말 그 노인 안락사 좀 안 시켜주나. 그러기만 하면 돈은 얼마든지 줄텐데."

나쓰키 시즈코 夏樹静子

도쿄 출생. 게이오 대학 영문과 졸업. 대학 4학년 때부터 NHK 추리 드라마 등의 시나리오 집필. 1970년「천사가 사라졌다」로 데뷔. 대표작은「증발」「제3의 여자」「w의 비극」「백수(白愁)의 때」 등. 엘러리 퀸과 친교를 갖고 구미에서 다수 작품 출판, 소개지(疏開地)였던 시즈오카 현 가와네미치에 '시즈코 문고'가 개설되었다.

2007년 제 10회 일본 미스터리 문학 대상을 수상하였다.

2016년 사망했으며 평소 골프와 바둑을 좋아했다

1

"이럴 줄 알았으면 무리해서 맨션을 사지 않는 게 좋을 뻔 했어. 사람이 언제 재난을 당할지도 모르면서 남은 것 하나 없이 대출을 받아서는."

후회함과 동시에 말을 꺼낼까말까, 이토코는 아직도 망설이고 있었다. 고등학교 동창생인 유카리와는 졸업 후로도 20년 이상이나 친구로 지내왔지만 지금까지 한 번도 돈 문제로 신세를 진 적이 없었다. 남편의 갑작스런 죽음으로 중학생 아들과 둘이서 난처했던 때조차도—.

"히라야마 씨가 세상을 떠난 지 이제 몇 년 됐니?"

이토코의 속마음이 전달된 듯 유카리가 물었다.

"요시오가 중학교 1학년, 가을이었으니까 올해로 만 7년이야. 남편은 나와 동갑이니까 겨우 32살이었지. 생명보험도 전혀 들지 않았고…….”

주방 기기 제조 회사의 샐러리맨이었던 히라야마는 정기검진에서 위암이 발견되어 그로부터 반 년 후, 어이없이 세상을 떠났다.

남겨진 이토코는 수많은 직장을 전전하며 어떻게든 아들을 고등학교까지 졸업시키려고 열심히 일했다. 그 요시오가 작년 봄, 무사히 고등학교를 졸업하고 시내에 있는 호텔에 취직했다. 그 1년 전부터 이토코도 아는 사람의 소개로 조그마한 에스테틱 살롱에 근무하기 시작했는데, 급료는 얼마 안 됐지만, 스킨케어 하는 일이 적성에 맞아 진득하게 계속 일하고 싶다는 생각을 갖게 되었다.

작년까지 두 모자는 마치다 시의 아파트에서 살았는데, 히데오의 근무처가 신바시, 이토코는 메구로라 통근에 편도 2시간이 소요되었다.

그래서 큰 맘 먹고 고마자와에 지은 지 오래된 맨션을 사서 옮긴 것이 올해 4월, 약간의 저축도 전부 계약금으로 쏟아 붓고 은행 빚도 지게 되었다.

저금이 텅 비어도 모자 둘이서 일하면 어떻게든 갚을 수 있겠지 하고 마음먹기가 무섭게, 내리 쏟는 듯한 재난을 만나고 말았다.

휴일, 친구에게 빌린 오토바이를 타고 돌아다니던 히데오가 대형 외제차와 접촉 사고를 낸 것이다. 과실은 일단정지를 하지 않은 히데오 쪽에 있었는데, 다행히 큰 피해는 없었던 듯, 상대 차의 앞문이 약간 긁힌 정도였다. 운전하던 남자도 '이 정도면 자신의 보험으로 고칠 수 있으니 경찰을 부를 것까진 없다'고 부드럽게 말해 주었다. 그래도 혹시 모른다고 히데오의 명함만 받고 그 자리에서 헤어졌다.

그런데 다행이라고 생각했던 것이 멋모르는 행동이었다.

이틀 후, 운전했던 남자를 포함해 세 명이 히데오의 근무지인 호텔로 나타나 그를 불러내서 차 수리비로 백만 엔을 청구했다. 히데오는 항의도 해보았지만 어쨌거나 비용은 변상해 줬으면 좋겠다고 이틀 전과는 완전히 다른, 위협적인 태도를 보였다. 처음에 받아둔 명함에는 폭력단 사무실 이름이 쓰여 있었다.

"그래서 돈을 줬니?"

얘기가 돌아오자 유카리는 눈썹을 찌푸리며 물었다.

"으응, 결국은. 한동안 히데오도 저항해 보았지만, 세 사람은 매일같이 밀어 닥치지, 상사에게 상담해도 이대로는 호텔 영업에 지장이 있겠다는 말만 하지. 연말 보너스로 갚겠다고 약속하고 상사한테 돈을 빌리고, 나도 직장에서 가불하고 집에 있던 몇 푼 안 되는 저축도 전부 쏟아 부어서……."

"큰일이었겠구나."

"지금부터가 더 큰일일 것 같아. 히데오가 빌린 돈은 보너스를 모두 내놓아도 모자랄 정도인데, 은행 대출 갚을 돈은 보너스 달인 12월에는 평소의 세 배가 되거든. 나도 이 이상 직장에 무리한 얘긴

할 수가 없어. 차라리 맨션을 비워 주면 끝이 날지도 모르지만."

역시 이 이상은 얘기할 수가 없어, 이토코는 목구멍에서 말을 삼켰다. 유카리의 가정은 아이가 없어 부부 둘이서 살았고, 거기다 시아버지는 시내에 토지를 갖고 있는 등, 백만 엔 정도는 그다지 큰돈도 아닐 것이다.

그래도 두 사람이 지금까지 아무런 걸림 없이 친구 사이로 지낼 수 있었던 것은 한 번도 돈 문제가 둘 사이에 낀 적이 없었기 때문이다. 적어도 자신의 입으로는 말하고 싶지 않았다.

이토코가 얼굴빛을 살피는 느낌으로 고개를 들자, 유카리의 망설이고 있는 시선과 마주쳤다.

내가 먼저 말을 꺼내야 하는 걸까?

유카리도 또한 살피는 듯 이토코의 얼굴을 쳐다보았다.

내가 먼저 말하기를 기다리고 있는 걸까, 백만 엔 정도면 빌려가도 된다고?

뭐, 지금까지의 두 사람 사이로 봐도, 지금 그 정도의 도움은 어쩔 수 없는 일인지도 모른다. 이토코가 서른 살이 될까 말까 한 나이에 남편을 잃고 여자 혼자 힘으로 아이를 키우는 동안, 자신은 우선 순조로운 결혼 생활을 영위했으니까.

아니, 남이 보기에는 별 탈 없어도 실상은 허무한 나날이었다.

그런 생각을 하니 궁상을 털어놓는 지금도 이토코에게 질투심마

저 마저 느꼈다.

"그래도 넌 고생한 보람이 있잖니. 아들 히데오가 훌륭하게 제 한몫하니까."

"한몫하긴 무슨. 지금 같은 일만 저지르는데."

"나와 비교하면 훨씬 보람 있는 생활일거야."

유카리는 약간 얼버무리듯 천천히 찻잎을 갈아 넣었다. 슬슬 9시가 되지만, 남편은 오늘밤도 늦을 것 같다고 했다.

"난 아이도 없고, 직장도 없고, 그나마 남편과 잘 지내면 괜찮겠지만, 그 사람 마음은 딴 데 가 있고."

유카리보다 네 살 위로 43세인 남편, 미쓰이 가쓰히사는 컴퓨터 소프트웨어 판매 회사에 근무하고 있었다. 중매로 결혼해서 2년 째 되던 해에 한 번 임신을 했지만 유산하고, 그 이후 아이가 생기지 않았다. 그래도 유카리는 키 크고, 풍채 좋고, 성격도 밝고 화끈한 남편에게 만족하고 행복한 마음으로 살았다.

그런 남편에게 여자가 생긴 것 같은 낌새를 느낀 것은 5년 정도 전의 일이다.

추궁을 하니 남편은 순순히 자백했다. 상대는 거래하던 회사의 독신 여사원이었는데, 깨끗이 헤어지겠다고 그때 남편은 약속했었다.

그러나 최근 들어 다시 수상함을 느끼고 조사한 결과, 약속을 지키기는커녕 더 중대한 사태가 발생한 것을 유카리는 알게 되었다.

"그 문제는 확실히 했니?"

이번에는 이토코가 물었다. 이토코에게 만큼은 대강의 사정을 털어 놓았었다.

"응. 여자가 임신한 것은 확실한 것 같아. 친정 오빠가 흥신소에 부탁해서 알아 봤거든. 벌써 직장도 관두고 나가노의 원룸 맨션에 살고 있대. 임신 4개월인데, 당연히 낳을 생각인가 봐. 나도 이번엔 각오 단단히 하고, 흥신소에 조사해 본 건 모른 척 하고 있어. 남편도 막바지에 내게 요청할 심산일 거야."

"요청하다니?"

"물론 이혼이지."

"그럼 넌 어떻게 할 생각이니?"

"당연히 응해 줄 수 없지. 단……."

"?"

"여차할 땐 막대한 위자료와 그 후의 내 생활비를 보장 받을 거야. 그 정도는 당연하잖아. 일방적으로 상대가 이혼의 원인을 만들었으니까."

"그래. 이 맨션 정도는 받아도 될 거야."

"아, 이건 어차피 부부 공동 재산으로 균등 분배되는 거고, 이 정도론 도저히 승복할 수 없어."

오오이 마치에 있는 이 맨션은 약 10년 전에 구입해서 이토코와 마찬가지로 대부금을 갚고 있는 중인데, 역까지 도보로 20분이

나 걸리고 건물도 낡아 지금 팔아도 3천만 엔 정도밖에 되지 않을 것이다.

"현재 우리 재산이라곤 이 맨션밖에 없지만, 맘 두는 곳이 달리 있거든."

아아, 하고 이토코가 알아차린 표정을 짓자, 유카리도 가볍게 말했다.

"시아버지 연세가 올해로 78세인데, 아직 완고하게 당신 집에 혼자 사셔. 집은 이미 낡았지만 대지가 120평이나 돼."

"그 다바타에 사시는 할아버지 말이지?"

유카리가 대청소하러 갈 때 이토코도 같이 간 적이 있었다.

"그래. 역에서 걸어서 5분 정도 걸렸잖아. 그것도 환상선環狀線 안쪽이라 지금은 평당 4백만 엔은 할거야."

"120평이면 5억 엔인가."

"시어머닌 안 계시고, 형제는 누님과 남편 둘이니까, 아버님께 만약의 경우가 생기면 상속세를 내도 남편에게 2억 엔은 들어온다는 계산이지."

"그걸 기다리는 거구나."

"응. 지금 이혼을 승낙한다면 남편만 좋은 거니까."

"시아버지는 건강하시니?"

유카리는 쓴웃음 섞인 한숨을 내쉬었다.

"본인 입으로는 빨리 안락사하고 싶다지만, 언제까지 사실지 아무도 모르지 뭐. 나도 내년이면 마흔이야. 언제까지고 고집부리고 사랑도 없는 결혼 생활을 계속하는 것보다 차라리 빨리 이혼해서 제2의 인생을 개척하는 쪽이 현명하지 않을까 생각하지만, 역시 돈이 없으면…….”

“이제 조금만 더 참으면 되는 거 아니니?”

“어떻게 알아. 아아, 누가 정말 그 노인 안락사 좀 안 시켜 주나. 그러기만 하면 돈은 얼마든지 줄 텐데.”

이토코의 놀라는 얼굴을 보고 유카리도 정신이 들어 입을 다물었다. 요사이 남편을 향한 분노와 질투, 이혼과 그 후의 생활 등을 고심하다보니, 노이로제 증세가 생겨 엉겁결에 묘한 말을 해버린 듯했다.

유카리는 지금의 발언을 얼버무리는 웃음을 지으며, 어느 새 알랑거리는 느낌으로 화제를 다시 돌렸다.

“돈이 필요한 건 너였지.”

2

“할아버지가? 어떻게?”

10월 21일 오전, 남편이 전화로 시아버지의 죽음을 알렸을 때, 유카리는 순간 그렇게 반응했다. 그건 이토코가 ‘백만 엔’의 상담을 하러 온 날에서 3주일 정도밖에 되지 않은 탓인 지도 모른다.

"이불 속에서 목이 졸려 있었다나봐. 지금 누님에게 전화가 왔었어."

"누님이 발견했대요?"

"으응. 아까 아버지를 보러 갔더니, 날씨가 좋은데도 방문이 닫혀 있었대. 이상하다 싶어 자기가 갖고 있던 열쇠로 문을 열고 안으로 들어갔더니—."

지난 1년간 침실로 쓰고 있던 안쪽 다다미 8장 크기의 방 안의 이불 속에서 싸늘히 식어 있는 미쓰이 료이치를 발견했다.

목에 스타킹이 감겨 뒤로 묶여 있는 것으로 보아 교살된 것을 금방 알 수 있었다. 그녀는 경찰에 알린 후, 남편의 회사로 전화를 했다고 한다.

"난 지금 다바타로 갈 테니까, 당신은 당분간 거기서 기다리고 있는 게 좋을 것 같아."

또 연락하마고 남편은 바쁘게 전화를 끊었다.

애인의 존재를 알고 있다는 것을 모르는 그는 평상시 유카리에게 극히 평범하게 대하고 있었다. 개방적인 성격이라, 아버지의 죽음을 안 직후에도 그다지 비통한 목소리로 들리지는 않았다.

남편은 분명 '할아버지가 돌아가셨어' 하고 말했던 것 같다. 누나의 아이들이 할아버지라고 부르니까 자신도 그것에 맞추고 있었지만, 호칭이야 어찌됐건 '돌아가셨어' 하는 말에 '어떻게?' 하고 반문한 건 약간 부자연스럽지 않았을까? '어쩌다가?' 라고 물었으면 좀 나았겠지만. 아니, 남편은 그 미묘한 차이까지는 알아차리지 못했을 것이다.

유카리는 약간 당황하고 있는 자신을 안정시켰다.

하지만 난 나 자신의 심리를 알고 있다. 엉겁결에 '어떻게?' 하고 물은 말의 뒤에는 '어떻게 살해됐어?' 하는 의문이 반사적으로 작용했다는 것을—.

그리고 시아버지는 정말로 살해되었다.

유카리는 불온한 동요를 느끼기 시작하는 가슴을 감싸기 위해 그 자리에 앉았다.

일전, 이토코가 여기 온 날의 일이 역시 생생하게 기억나기 시작했다.

정확하게는 지금부터 22일 전인 9월 29일. 점심 때, 전화가 와서 저녁 8시 조금 전에 찾아온 이토코는 저녁은 먹었다고 거절하고, 얼마간 차를 마시며 잡담하다가 얼마 있어 본 용건인 듯한 얘기를 꺼냈다.

아들 히데오가 접촉 사고를 일으켜서, 백만 엔을 변상하게 되었고 그 구멍을 메우기 위해 고생하고 있다는 얘기였다. 그렇다고 이토코는 정면에서 돈을 빌려 달라고 부탁하진 않았다. 얘기가 진전됨에 따라 유카리 쪽에서 제안하는 식이었다.

이쪽이 어떡하다 그런 심리가 되었는가 하면, 도중에 화제가 시아버지 일로 옮겨와 자신이 묘한 말을 해 버렸기 때문이다.

"아아, 누군가 정말로 그 노인을 안락사 시켜 주지 않을까. 그렇다면 얼마든지 줄 텐데."

경악하는 이토코의 표정을 보고, 유카리는 당황하여 다시 화제를 돌렸었다.

"돈이 필요한 건 너였지."

그래도 이토코가 여전히 이상한 표정을 짓고 있어,

"괜찮다면 백만 엔 내가 빌려 줄까?"

하고 먼저 말해 버렸던 것이다.

"그렇게만 해준다면 정말 고맙겠어."

"좋아, 백만 엔 정도는 남편에게 말하지 않고도 준비할 수 있어."

유카리는 이토코의 은행 계좌를 묻고, 다음 날 보내 줄 것을 약속했다. 갚는 것은 1년 이내를 목표로 하고, 간단한 차용서만 먼저 받아 두었다. 물론 다음 날 돈을 부쳐 주었다.

이토코에게서 곧 고맙다는 전화가 걸려 왔다.

"고마워, 그 대신 내가 할 수 있는 건 뭐든 할게."

설마, 하고 유카리는 마음속으로 속삭였다.

바보 같은 상상은 그만두자. 고작 백만 엔으로 이토코가 이런 엄청난 일을 저지를 리가 없지 않은가?

2시간 정도 지나, 다시 남편에게서 전화가 왔다.

"일단 현장 검증은 끝났어. 경찰에서 당신한테도 몇 가지 묻고 싶다고 하고, 누나와도 앞으로 일에 대해 의논을 해야 하니까, 역시 여기까지 와줘야겠어."

"저기, 근데 어떤 것 같아요? 범인의 목적이랄까……."

지금 당장 묻지 않고는 견딜 수가 없었다.

"음, 집안이 어질러져 있고, 할아버지가 현금과 예금 통장을 넣어 둔 침실 서랍장이 텅 비어 있으니까, 도둑의 범행이라는 견해가 유력한 것 같아."

미쓰이는 목소리를 낮춰서 대답했다.

"도둑놈이 목욕탕 나무문으로 숨어 들어온 흔적이 있어. 아궁이 쪽으로 나가는 나무문 자물쇠가 고장 났었잖아."

"으응……."

"내가 그동안 고쳐 놓으려고 했었는데, 그냥 미뤄놨더니. 빨리 고쳤더라면 좋았을 텐데."

역시 입술을 깨무는 듯한 목소리였다.

"도둑놈이 거기로 들어온 건 확실해요?"

"약간 열려 있었으니까. 뭐 거기가 아니더라도 저렇게 낡은 목조 가옥이면, 생각만 있으면 어디로든 들어갈 수 있겠지만, 하지만 그렇다고 해도, 열쇠가 고장 난 나무문으로 침입해서 현금이 들어 있는 서랍도 찾아낸 것으로 보면 내부 사정을 잘 아는 자의 범행이라고 경찰에서는 보고 있어. 할아버지가 눈을 뜨고 얼굴을 봤기 때문에 뒤로 돌아 목을 조른 것이 아니겠어? 시체의 얼굴에 타월을 덮은 것을 봐도 아는 사람 범행이라는 생각이 더 유력하고."

"몇 시쯤이었는데?"

"시체 상태로 보면, 어제 밤인 것 같아."

"도둑이라면, 범인은 당연히 남자겠지?"

유카리는 묘하게 힘을 주어 확인했다.

"아니, 그게 꼭 그렇지만은 않은 것 같아."

"어? 왜?"

미쓰이는 지금 얘기해도 되는 건지 아닌지 조금 망설이는 듯했지만, 한층 더 목소리를 낮추어 대답했다.

"조금 전 형사들 얘기를 슬쩍 들어봤더니, 이웃 사는 사람이 새벽 2시쯤, 우연히 화장실 창문에서 사람 그림자가 집 쪽으로 옮겨가는 것을 목격한 모양인데, 여자 같았나봐."

어쨌거나 서둘러 오라고, 미쓰이는 길어진 전화를 끊었다.

유카리는 몸단장을 시작하며 남편의 이야기를 단편적으로 머리에 떠올렸다.

도둑이 목욕탕의 나무문으로 숨어 들어온 흔적—.

얼굴에 타월을 덮어 놓은 것을 봐도 얼굴을 아는 자의 범행이라는 견해가 유력—.

여자 같은 그림자가 집 쪽으로—.

시어머니가 병으로 돌아가신 이후 9년 넘게, 유카리는 한 달에 두세 번 정도 혼자 살고 있는 시아버지 댁을 찾아가 집 안팎의 청소와 이불, 의류를 가는 등의 일을 의무적으로 해왔다. 가와구치에 살고 있는 미쓰이의 누나와 교대로 했지만.

제祭를 지내는 것과 연말 대청소 등에 이토코의 손을 빌린 적도 있었다. 언젠가 이토코가 살롱의 일로 그 근처의 고객 집에 갔다가 돌아오는 길에 잠깐 뵈러 들렀다는 소리를 들은 기억도 있다.

따라서 이토코는 시아버지와 얼굴도 알고 있고, 그 집의 구조도 알고 있는 것이 된다…….

어쨌든 시아버지를 돌봐 준적도 있으니까, 사건을 알려 두는 것이 예의일 것이다.

그렇게 생각하고 유카리는 수화기를 들었다.

메구로에 있는 에스테틱 살롱의 번호를 눌렀다.

"히라야마 씨, 오늘은 출근하지 않았는데요."

살롱을 경영하고 있는 여자가 대답했다.

"오늘 아침 전화가 와서, 갑자기 감기에 걸렸다고요. 어제 낮에는 아무렇지 않은 것 같았지만요."

이토코의 직장은 오전 10시에서 오후 6시까지 살롱에 오는 손님의 마사지와 팩 등 피부 트리트먼트를 하는데, 손님의 의뢰에 의해 홈 에스테라고 해서 자택까지 나가는 경우도 있는 듯했다.

유카리는 이토코의 집으로 다시 걸었다.

벨이 얼마간 울리고 나서 겨우 전화를 받았다.

"여보세요?"

힘겨운 듯한 이토코의 목소리가 들렸다.

"유카리인데, 감기 걸렸다며?"

"으응, 약간."

"어제 낮엔 괜찮았다던데—."

유카리는 갑작스럽게 물었다.

"너, 어젯밤 어디 갔었니?"

희미하게 숨을 쉬는 기척이 느껴졌다.

"아니, 집에 있었어."

"히데오와 같이?"

다시 잠시 가만있더니,

"히데오는 어제부터 사내 연수로 슈젠사修繕寺에 갔어. 오늘 저녁에 돌아오는데."

그럼 어젯밤, 넌 혼자였겠구나, 하고 유카리는 마음속으로 중얼거렸다.

3

미쓰이 료이치가 죽고 일주일이 지났지만, 아직도 범인은 잡히지 않았다.

경찰에서는 어느 정도 집의 사정을 알고 있는 자의 범행이라는 견해는 바꾸지 않았지만, 동기는 두 가지로 나누어 생각하고 있었다.

하나는 돈을 훔치는 것이 목적으로, 범인은 목욕탕 나무문으로 침입하여 안쪽 방으로 숨어들었다는 것이다. 그건 서랍장 안에 현금과 예금통장 등이 들어 있는 것을 알고 있었기 때문이다. 몰래 훔쳐낼 작정이었지만, 료이치가 눈을 뜨고 범인의 얼굴을 봤다. 범인은 그가 일어나 소동을 피우기 전에 재빨리 뒤로 돌아 목을 졸랐다. 나일론 스타킹은 이런 경우를 대비해 준비해 온 것이었다. 그리고 집안에 있던 타월을 시체의 얼굴에 덮고 도주한 것이 아닐까?

그런데 또 다른 하나의 견해가 생긴 것은 료이치가 혼자 살던 집과 토지가 그의 명의로 되어 있고, 그 토지가 시가 5억 엔에 상당한다는 것을 알았기 때문이다.

상속인은 장녀와 장남이지만, 두 사람 모두 빨리 그 유산을 상속받고 싶어 한다는 사정이 탐문조사에 의해 밝혀지게 되었다. 46세의 장녀, 이토 다카코는 제약 회사에 다니는 샐러리맨 남편과 세 명의 자식이 있다. 현재는 가와구치에 있는 사택에 살고 있지만, 비좁은데다가 연령적으로도 사택을 나가야 하는 시기에 와 있어, 자신의 집을 갖고 싶다고 항상 말해왔던 모양이다.

마흔세 살의 장남, 미쓰이 가쓰히사는 컴퓨터 소프트웨어 판매회사에 다니고 있다. 이쪽은 처와 둘 뿐으로, 이미 맨션을 가지고 있어 그 대부금을 갚고 있었다. 그러나 그에게는 애인이 있는 것 같다는 소문이 근무처 탐문 때 수사관의 귀에 들어 왔다. 상대는 이전 거래처 회사에 근무했던 스기 미키코라는 여자로, 관계는 5년 이상이나 지속되고 있는 듯했다.

형사과장이 그를 경찰서로 불러 묻자, 그는 외부와 부인에게 비밀을 지켜준다는 약속을 받은 후 사실을 고백했다.

"미키코는 나가노의 원룸 맨션에 살고 있습니다. 집세와 생활비는 나와 본인의 저금에서 반반 내고 있지만, 언젠가 시기를 봐서 아내와 이혼하고 미키코와 결혼할 생각입니다. 시기 말입니까? 솔직히, 하루라도 빠른 쪽이 좋겠는데. 왜냐면 미키코가 이제 임신 5개월이 되거든요."

부인이 이혼을 받아 주리라고 생각하느냐는 질문에 대해서는

"꽤 어려울 것이라고 생각하지만, 하지만 실은 이전에 변호사 친구에게 상담한 일이 있습니다. 그의 의견으로는 충분한 위자료를 지불하고, 그녀가 재혼할 때까지의 생활비를 보장하면, 의외로 승낙하지 않겠냐고 하더군요. 요즘 여자들은 계속해서 완강히 거절하다가 돈으로 결정을 내리는 타입이 늘었다고 말이죠."

충분한 위자료와 생활비를 보장하기 위해, 그도 아버지의 유산을 기다리고 있던 것은 명백했다.

그러나 그들에게는 일단 알리바이가 있었다.

료이치의 사망 추정 시간인 10월 21일 새벽 1시부터 3시 경, 장녀인 다카코와 그 남편, 미쓰이 가쓰히사와 그의 처 유카리는 모두 자택에서 자고 있었다고 진술했고, 부부가 그것을 인정해 주고 있었다. 부부의 증언을 100퍼센트 신용할 수는 없지만, 한밤중이라는

시간대라면 자택에서 자고 있는 쪽이 자연스럽다고 할 수 있다. 그들이 남몰래 외출했다는 확증도 잡지 못했다.

미쓰이의 애인 스기 미키코는 우연히 친정으로 돌아가 양친과 오빠가족 등, 여러 명으로부터 알리바이 증언을 얻었다.

"동기를 가진 자 중 누군가가 직접 동기가 없는 제3자에게 살인을 위탁하는 일은 없습니까?"

사건 후 1주일이 지나고 수사본부 내에서 젊은 형사가 그런 의견을 냈다.

"꼭 프로 살인 청부업자가 아니더라도, 속마음을 알고 있는 사람에게 부탁하는 겁니다. 물론 보수는 돈이겠죠. 범인은 건장한 남자에게 한정된 것만은 아니라고 봐요. 상대는 노인이고, 거기다 취침 중을 노렸으니까요. 예를 들어 살인을 위탁 받은 자가 평범한 주부라면 의외로 남이 알아차리지 못하는 허점이 되지 않을까요."

사건 직후, 옆 집 남자가 범행 시각 쯤, 여자라고 생각되는 그림자가 료이치의 집 쪽으로 다가가는 것을 화장실 창으로 목격했다고 말했다. 심야에는 인적이 끊기는 주택가인 만큼 그 증언은 중시되었다.

형사의 의견에 비현실적이라는 반론도 나오기는 했지만, 웃고 넘어갈 수 없는 분위기가 본부 내에 생기고 있었다.

이것은 애당초 그 정도로 거창한 사건은 아니었지만, 한 주간지가 피해자인 혼자 사는 노인이 시가 5억 엔의 토지를 소유하고 있다는 점에 솔깃하여 추적 기사를 실었다. 기사에는 청부 살인의 가능성도 풍겨 놓았다.

그것을 읽었을 때, 히라야마 이토코는 지난 1주일간 마음속에 웅크리고 있던, 맺혀 있기만 하고 그게 뭔지 알 수 없었던 감정이 어디에서 온 것인지 알 것 같은 느낌이 들었다.

처음 사건을 안 것은 시체가 발견된 당일 오후, 유카리에게서 전화를 받고서였다.

"너 어젯밤 어디 갔었니?"

집에 있었다고 대답하자, 히데오도 같이 있었냐고 물었다.

유카리는 내 알리바이를 확인하고 싶었던 것일까?

아니, 그때는 그 후 곧 알게 된 료이치의 비보에 놀라 알아차리지 못하고 잊어버렸지만.

대학병원에서 부검된 시신은 다음 날 저녁, 다바타의 집으로 돌려보내져 그 다음 날 10월 23일 오후, 그쪽에서 장례식이 치러졌다. 물론 이토코도 참석했다.

이미 관청을 퇴직하고 은거하던 노인이니 쓸쓸한 장례식이었지만, 가족 모두가 이상하게 굳은 얼굴로 있었던 것은 사인死因이 살인이기 때문이었을 것이다.

이토코는 좁은 복도에서 유카리와 마주쳤을 때, 문상을 마치고 일전에 빌려 준 돈에 대한 고마움을 표했다. 그때 이후 처음 만났기 때문이다.

"저번에는 고마웠어, 곧장 부쳐줘서."

그 순간, 유카리의 얼굴엔 뭐라고 할 수 없는 당황스런 표정이 스쳐, 이토코는 무슨 말을 잘못했나 하고 놀랐을 정도였다.

"아냐, 잊어버려, 그런 일은."

유카리는 머리를 절레절레 흔들며 내뱉듯 말했다.

"그건 아무것도 아니니까."

이번엔 확인을 하듯 말하고 이토코의 옆을 스치고 지나갔다.

유카리가 비켜가자, 이토코는 그녀의 바로 뒤에 검은 양복을 입은 남자가 서 있는 것을 알았다.

그 남자가 담당 형사였다는 것은 돌아오는 길에 그가 말을 걸어 알게 되었다. 그는 미쓰이와 유카리 부부 사이 등에 대해 물었지만, 이토코도 해선 안 될 말은 삼가하며 대답했다.

주간지의 기사가 이토코에게 처음으로 구체적인 시사점을 안겨 주었다.

유카리는 이토코의 범행이 아닐까하고 의심하고 있는 것일까?

'누군가 정말로 그 노인을 안락사 시켜 주지 않나' 하고 말한 직후에 유카리는 이토코에게 백만 엔을 빌려 주기로 했다. 그녀는 이토코가 그 말을 '범행의 계약금' 이라고 받아들였다고 오해한 것일까?

그러니까 장례식 날, 뒤에 있던 형사의 귀가 몹시 두려웠던 것이다. '그건 아무 것도 아니야' 라고 그에게도 들릴 정도로 못을 박은 것이다.

"장난이 아닌데."

이토코는 저도 모르게 웃음이 났다.

요즘 세상에 백만 엔으로 사람을 죽인다니.

하지만 지금 현재 자연스럽게 자신의 마음속에 떠오른 것은 '범행의 계약금' 이라는 말이었다.

유카리는 오랫동안 사귄 친구인 이토코에게 직접 말은 못하고, 암묵으로 시아버지 살해를 제안하고 계약금으로 백만 엔을 건네준 걸까?

다시금 불안한 감정이 슬슬 솟아오르기 시작했다.

정말 장난이 아니다.

설마하고 생각하긴 했지만, 확인할 필요가 있었다.

4

3일 정도 지나, 이토코는 다시 유카리의 맨션을 찾았다. 남편인 미쓰이는 오늘 밤도 귀가가 늦어질 것 같다고 전화로 알려온 후였다.

"경찰에서 뭔가 새롭게 전한 말이라도 있었니?"

"아니, 별로."

"아직 범인이 누군지 감도 잡지 못했나 보구나."

"글쎄."

"그래서 다바타의 집은 어떻게 할 생각이니?"

"49재가 끝나면 아마 팔 것 같아."

"그럼, 드디어 네 남편은 막대한 유산을 상속 받겠구나."

떠보는 듯한 이토코의 시선을, 유카리도 또한 이토코의 진의를 헤아리는 눈빛으로 주고받았다.

이토코는 옆에 놓여 있던 보자기 꾸러미를 끌어당기며 과장된 한숨을 내쉬었다.

"실은, 나 정말 미치겠어."

"……?"

"전에 히데오가 낸 접촉사고 말이야. 먼저 수리비를 변상하고 일단락 지었다고 생각했는데, 안심한 것도 잠깐이고 또 문제가 생겼지 뭐야."

"하지만 차는 백만 엔으로 고쳤을 거 아냐?"

"이번에는 운전기사가 교통사고 후유증이 생겼다나봐. 입원비하고 그 사이 일하지 못한 만큼 보상금으로 또 백만 엔을 내놓으라고."

"그런……."

"상식이 통하지 않는 사람이야. 매일 서너 명이 호텔로 들이닥쳐서는 로비에서 진을 친대. 이대로는 히데오가 직장에서 쫓겨날 판이라……."

"또 줄거니?"

"어쩔 수 없잖아, 그래서 말인데……"

이토코는 보자기를 풀었다.

"이건 우리 친정에서 대대로 전해오는 가보家寶로, 아버지한테 받은 하나 밖에 없는 유물이야. 우리 집에 값어치 있는 거라곤 이것뿐이라……."

꺼낸 것은 오래된 항아리로, 매화나무와 꾀꼬리 그림이 가지각색으로 그려져 있었다는 것이 상상되었다. 지금은 지나치게 화려한 그림이 알맞게 퇴색되어 있었지만.

"어제 근처 골동품 가게에서 값을 감정해 보았더니, 지금 팔면 2백만 엔은 받을 수 있대. 하지만 네 수중에 놓아두면 백만 엔에라도 괜찮을 것 같아서……."

유카리는 두세 번 눈을 깜빡이더니 약간 고개를 갸웃거렸다.

"이걸 백만 엔에 나한테?"

"어떻게든 너한테 부담을 주지 않기 위해 반액으로 하는 거야. 나도 우선 백만 엔만 있으면 문제도 해결되고."

얼마 동안 두 사람은 숨을 죽이고 서로의 눈동자를 응시하고 있었다. 마음속까지 뚫어 보려는 듯이.

두 사람 다 두세 번 약간 입술을 움직였지만, 그 때마다 말을 삼켜 버렸다.

어느 정도 시간이 흐른 후, 결국 유카리가 말을 꺼냈다.

"알았어."

갈라진 목소리로 말했다.

"백만 엔에 이 골동품을 살게."

'골동품'에 힘을 주었지만, 있는 힘껏 비꼬는 투로도 들렸다.

이토코의 표정이 일그러지며, 숨을 들이쉬고 뭔가 말하려다 중단했다. 그렇다, 이토코는 만일 유카리가 이 허드레 물건을 사기로 한다면 그 자리에서 단호하게 이렇게 말할 생각이었다.

'넌 역시 내가 했다고 생각하는구나. 네가 전에 한 말을 살인 의뢰라고, 백만 엔은 그 계약금이었다고 오해하고 그것을 실행한 거라고. 하지만 그거야말로 커다란 오해야. 난 미쓰이 료이치 씨를 죽이지 않았어. 유카리, 눈을 떠 봐. 내가 그런 무서운 짓을 할 수 있는 여자라고 생각하니!'

거기다 이렇게 말할 생각이었다.

'유카리, 난 살인을 하지 않았으니까, 내 거짓말을 진실로 받아들이는 척하며 이 싸구려 물건을 살 필요 따위 없어. 지난번의 백만 엔도 그냥 너의 호의를 받아들였을 뿐이야. 열심히 일해서 반드시 갚을 거야!'

그 후엔 아마도 서로 부둥켜안고 눈물을 흘리고, 두 사람의 마음은 이전보다 더 확고한 우정으로 맺어지리라.

그러나 입을 열기 전에, 생각지도 않던 분노가 이토코의 가슴 속에서 용솟음쳤다.

어쩐지 유카리는 정말로 날 살인범으로 생각하는 것 같았다. 지금은 약점을 이용해 돈을 뜯어내는 비열한 협박자로까지 믿고 있는 건가?

그렇다면 차라리, 지금 당분간 그런 척하며 협박이나 해 줘?

아니, 생각해보면, 난 한 번도 유카리를 위협하는 말을 한 적은 없었다. 너의 의뢰로 료이치 씨를 죽였다든지, 그 보수를 받고 싶다는 따위의 말은 한마디도.

난 단지 '가보인 골동품'을 사줬으면 한다고 부탁했을 뿐이지 않은가? 그리고 유카리가 받아 들여 매매가 성립했을 뿐이다!

이토코는 삼켜버린 숨을 천천히 내뱉었다.

'다음에는 뭘 사게 할까?' 우리 집에는 이미 허드레 물건조차 없지만, 밖에서 사와도 될 것이다. 예를 들어 근처의 골동품 가게, 아니 고도구점 쪽이 어울리겠는데, 그 가게 앞에 걸려있는 후지산이나 달마가 그려진 족자로 할까?

이토코, 역시 네가 한 짓이구나?

그 물음은 유카리의 목구멍까지 기어올라 왔지만, 겨우겨우 입 밖으로 내진 않았다.

이토코가 돌아간 후, 유카리는 입술을 깨물며 매화나무와 꾀꼬리가 그려진 빛바랜 항아리를 쳐다보았다.

무서웠다. 만일 '그래, 네가 원한대로 내가 죽였어' 하고 이토코가 대답이라도 한다면 그 순간에 자신은 살인 공범자가 되어 버린다. 거기다 자신은 아마도 존속살인에 해당하니까, 죄는 한층 더 무겁지 않을까?

그럴 생각은 아니었지만, 지금 와서 그렇게 외친다고 무슨 도움이 되겠는가? 현재 백만 엔을 받은 이토코가 실제로 살인을 저질렀다고 한다면 말이다.

분하지만 이것이 가장 현명한 선택이었다.

유카리는 무리하게 자신을 납득시켰다.

내가 살인을 위탁한 사실은 없지만 이토코도 또한 그 보수를 내라고는 한마디도 하지 않았다. 처음 백만 엔은 호의로 빌려줘도 이상하지 않을 정도의 금액, 그리고 이 항아리는 내가 마음에 들어 산 것이다. 위협이나 협박도 하지 않았다. 만약의 경우는 딱 잡아떼면 되는 것이다.

설마 이토코도 이 이상은 하지 않겠지. 이 이상이 되면 서로 발뺌할 수 없는 금액이 되고 만다.

2백만 엔은 벌금이라고 생각하고 포기하기로 하자. 시아버지의 죽음을 원하는 속내를 말해 버린 경박스러움과 부주의함에 대한 벌—.

남편이 유산을 상속 받으면 완강하게 이혼을 거절하다가, 충분한 위자료를 받은 후에 마지못해 도장을 찍는 것이다. 이토코에게 준 정도는 가볍게 되돌릴 수 있을 것이다.

5

미쓰이 료이치를 살해한 범인이 체포된 것은 사건이 있고 딱 2주일 후인 11월 초순이었다.

범인은 3년 전까지 료이치의 집에 드나들던 조경업자 안주인이었다. 그때까지 정원수의 가지치기나 풀베기 등을 일 년에 한 번씩 그들 부부가 와서 했는데, 남편이 뇌졸증으로 죽은 후, 다른 조경원으로 옮겼다.

48살의 여자는 최근 경륜에 빠져 고리대금에 손을 대었고 그 빚에 쫓겨, 사정을 잘 아는 료이치의 집에 들어가 돈을 훔치기로 결심한 것이다.

범행 2주 정도 전, 우연히 근처까지 오는 척하고 들려보니 료이치는 여전히 혼자 살았고, 집안의 모습도 이전과 달라진 점이 없었다. 허술한 구석도 여기저기 있었지만, 목욕탕 나무문의 잠금쇠가 부러져 있었기 때문에 그곳으로 침입하는 게 용이하겠다고 미리 점찍어 두었다.

10월 21일 새벽 2시 경, 자전거로 근처까지 와서 약간 떨어진 장소에다 자전거를 세워두고, 목욕탕 나무문으로 숨어들었다. 안쪽 방에 있는 서랍장 속에 현금과 예금 통장, 인감 등의 귀중품이 들어 있는 것은 이 집에 오던 당시부터 알고 있었다. 돈을 지불할 때마다 료이치가 거기에서 꺼내는 것을 봤기 때문이다.

"살짝 돈만 훔치고 나갈 생각이었는데, 미닫이문을 여는 순간, 거기에 료이치 씨가 자고 있는 것을 보고 소스라치게 놀랐어요. 이전에는 2층을 침실로 사용했기 때문에, 지금도 그럴 거라고 생각했거든요. 거기다 료이치 씨가 눈을 뜨고 고개를 갸웃하며 나를 쳐다봤어요. 난간으로 도로의 등불이 흘러 들어와 내 얼굴을 알았는지, 이상하다는 듯이 쳐다봤습니다. 나는 이제 다른 수가 없다고 생각하고 뒤로 돌아가 목을 졸랐어요. 료이치 씨는 그때까지 멍한 상태여서, 그다지 공포나 고통은 느끼지 않았을 겁니다."

3십만 엔 남짓한 현금과 예금 통장과 인감을 훔쳐 도망갔다. 료이치의 가족은 열흘에 한 번 정도로 찾아온다고 들었기 때문에 시체가 금방 발견될 가능성은 적었다. 예금은 다음날 찾을 생각으로 있었다.

그런데 아침 방송을 보다가, 은행 강도가 비디오에 얼굴이 찍혀 체포되었다는 뉴스 보도를 들었다. 얘기의 내용으로 보면 비디오 카메라가 쉬지 않고 돌고 있어 창구에 오는 손님을 전부 찍고 있는 듯했다. 그것을 알고 예금을 찾는 것은 단념했다—고 그 여자는 진술했다.

사건 해결의 소식은 그날 저녁, 경찰에서 직접 유카리의 맨션으로 전해 왔다. 확인 수사를 위해 나중에 다시 사정청취 할지도 모른다는 얘기였다.

유카리가 처음 느낀 것은 뭐니 해도 안도감이었다.

사건은 무사히 해결되었다. 시아버지는 가엾은 일을 당했지만, 반은 잠든 채 목을 졸렸다는 소리를 듣고 그나마 다행이라는 생각이 들었다. 목을 매달아 죽는 순간은 형용할 수 없이 황홀하다는 소릴 전에 들은 기억이 있는데, 그것과 비슷한 상태였을지도 모른다. 뭐, 안락사라고는 할 수 없을지 모르지만.

그때 유카리는 이토코의 일에 생각이 미쳤다.

이토코가 유카리를 위해 범행을 저지른 것이 아니었다. 조금 냉정해져 보면 당연한 얘기로, 의심할 여지조차 없었는데도, 마치 교묘한 암시로 이토코에게 조종당한 것 같은 느낌이었다.

그래, 이토코는 내 약점을 꿰뚫고 기묘하게 심리적인 덫을 만들어 돈을 빼앗은 것이었어.

안도 뒤에는 점차 분노가 끓어 올랐다.

그런 고도구점에도 팔지 않을 항아리가 백만 엔이라니!

게다가 이토코가 구체적인 말은 한마디도 하지 않았기 때문에 협박당했다고 고소할 수도 없는 상황이 아닌가.

아니, 어쩌면 그래도 협박죄는 성립할지도 모른다.

영수증만큼은 확실하게 보관하고 있다. 하지만 누가 봐도 그런 건 만 엔의 값어치도 없는 것이 확실하기 때문에 그것을 백만 엔에 산 배후에는 뭔가 협박과 같은 압력이 작용한 것이 틀림없다는, 그런 증거가 되지 않을까?

적어도 이토코가 거꾸로 협박할 수 있는 것이다.

적어도 처음 백만 엔은 심하게 독촉하여 빨리 갚지 않으면 협박죄로 고소하겠다고 말해야겠다.

유카리는 이토코의 에스테틱 살롱에 전화를 걸었다. 이토코는 이미 가게에서 나와 손님 집을 돌고 있기 때문에 귀가는 늦어질 것이라고 했다.

하루 밤이 지나자, 유카리의 감정은 이상하게도 상당히 누그러져 있었다.

유카리는 다시 살롱에 전화를 걸어 전화를 받은 이토코에게 료이치 살해범이 체포되었다고 전했다.

"아, 그럼 완전히 해결되었구나."

이토코의 진정으로 한숨 놓는 목소리가 들렸다.

"다행이다. 나도 하루 빨리 갚아야지. 너한테 몇 번씩이나 폐를 끼쳤으니까."

그 말을 듣는 순간, 유카리의 분노는 점점 엷어지면서, 확신한 것까지 갑자기 흔들리는 것 같았다.

혹시 모든 것이 내 그릇된 의심이었던 것은 아닐까?

이토코는 전의 사건과는 관계없이 협박할 생각 따위 애초부터 없지 않았을까?

애당초 지금까지 한 번도 금전적으로 폐를 끼친 적이 없던 이토코가 처음으로 어려운 상황을 털어놓은 것은 많이 고심하고 행동한 것이리라. 그때조차도 이토코가 말을 꺼낸 것은 아니었다.

'괜찮다면 내가 빌려 줄까?' 하고 자기가 제안했었다.

그런 이토코가 또 백만 엔을 빌려 달라는 말은 도저히 할 수 없었을 것이다.

고심 고심하다 이토코는 눈에 보이는 거짓말을 한 것이다. 싸구려 항아리를 집안 대대의 골동품이라고 속이고 어쨌거나 그것을 파는 식으로 어떻게든 자존심을 지키려 했다.

하지만 실은 돈을 꾸는 거나 마찬가지였다. 그것은 이토코도 충분히 알고 있었음에 틀림없다. 그 진심이 '여러 번 폐를 끼쳤으니까'라는 말이 되어 나온 것이리라…….

유카리는 사건 해결의 낭보 외는 아무 말도 하지 않고 전화를 끊었다. 어제 밤의 분노가 거짓말처럼 관대한 기분으로 돌변해 있었다.

그날 맨션으로 돌아온 이토코는 복잡한 한숨을 내쉬고는 다이닝 키친 의자에 앉았다.

그 위치에서 거실 구석에 세워져 있는 족자 상자가 불쾌하게도 눈에 들어왔다.

얼마 전에 근처 고물상에서 5천 엔에 사온 일본화 족자로 후지산과 매화 가지가 그려진 그림이었다. 유카리의 맨션에는 거실이 달린 다다미방이 한 칸 있어 족자도 완전히 무용지물은 아닐 것이다. 이토코는 4천 엔 짜리 달마가 그려진 묵화로 사려고 했지만, 도구

가게 주인이 이것이 더 예쁘고 누구나 좋아할 거라고 권했다.

그것이 항아리를 산 2, 3일 후의 일이었으니, 이제 반 달 정도 기다리고 다시 유카리의 집까지 가지고 가려고 생각하고 있었다. 아니나 다를까 유카리는 나를 돈 때문에 살인을 하고 거기다 비열한 협박자로까지 오해하고 있는 듯했다. 그렇다면 오히려 나도 그것에 맞는 보수를 받아야…….

그런데 료이치를 죽인 범인이 체포된 것을 오늘 아침 전화로 알게 된 것이다.

그 말을 듣는 순간, 자신의 마음으로 퍼지는 감정은 이상한 해방감이었다. 유카리의 오해는 이제 풀렸을 것이다. 따라서 이제 유카리에게 보잘 것 없는 물건을 팔 기회는 없어졌다.

그것에 이토코는 기묘한 안도감마저 느꼈다. 마음속으로는 두 번 다시 그런 짓은 하고 싶지 않았던 것이다…….

하지만 다음 순간, 지금까지 생각지도 않았던 상상이 이토코의 머리를 스치고 지나갔다.

유카리가 항아리를 사준 것은 료이치 사건과는 전혀 관계없는 것이 아닐까? 물론 유카리도 그 항아리에 한 푼의 가치도 없다는 것 정도는 알고 있었을 것이다. 그런데도 아무 말 하지 않고 순순히 백만 엔에 사준 것은 그냥 날 비참하게 만들지 않으려는 배려이지 않았을까?

그런 것이 틀림없다고 별안간 생각되었다. 그래서 무의식중에 대답했던 것이다. '나도 하루라도 빨리 갚아야지. 여러 번 폐를 끼쳤으니까—.

언젠가 항아리 값도 갚아야지, 하고 이토코는 다시 한 번 결심했다.

항아리 값으로 받은 백만 엔은 텔레비전과 냉장고를 새로 바꾸고, 약간 쓸데없는 것까지 사는 바람에 거의 다 써버렸으니 갚으려면 또 고생 좀 해야겠지만, 그 정도의 벌은 달게 받아야 할 것이라 생각했다.

6

이토코가 신변에 수상쩍은 낌새를 느끼기 시작한 것은 료이치의 사건이 해결되고 일주일 정도 지난 11월 중순 경부터였다.

에스테틱 살롱의 근무는 저녁 6시까지지만, 그 후 손님의 의뢰가 있으면 그 집까지 출장을 간다. 홈 에스테틱의 경우는 요금의 2할을 살롱에 내고 나머지는 자신의 수입이 되기 때문에 애써 떠맡고 있었다. 탤런트 같은 손님도 있어 밤늦게 끝나는 날도 적지 않았다.

11월 13일 목요일 저녁 11시가 지날 무렵, 일을 마치고 돌아오는 자택 근처에서 버스에서 내린 이토코는 맨션까지 빠른 걸음으로 길을 가고 있었다. 어슴푸레한 주택가 길에는 겨울을 알리는 찬바람이 불어 버스길을 벗어나자 인도는 완전히 인적이 두절된 듯 보였다.

이토코는 자신의 발걸음에 맞춘 듯한 리듬의 다른 구두 소리를 뒤에서 느끼고 아무렇지 않게 뒤로 돌아보았다. 20미터 정도 뒤를 걷던 사람이 길가 집의 그늘로 들어가는 것이 보였다.

신경 쓰지 않고 계속 걸었다.

역시 구두 소리가 따라왔다.

다시 한 번 뒤를 돌아보았다. 뒤의 그림자는 집으로 들어간 게 아니라 같은 간격으로 계속 걸어온 듯했다. 뒤를 돌아 본 순간 다시 도로 표지 뒤로 숨었다.

누가 미행하는 건가?

으스스함이 순식간에 이토코의 마음속을 스치고 지나갔다.

그곳에서 맨션까지 가려면 작은 공원을 가로질러야 했다. 이토코는 조금 망설였지만 계속 걸었다. 여기까지 와버린 이상 다른 길도 없었다.

공원으로 들어가는 곳에서 뒤를 돌아보니 그림자는 아까보다 가까워져, 10미터 정도 뒤까지 가까이 오고 있었다. 어두워서 확실하게는 모르겠지만, 실루엣은 여자 같았다. 여자라면—, 다소 안심이 되었다.

그래도 발걸음을 빨리하여 서둘러 공원을 빠져나가기로 했다. 그러자 뒤의 구두 소리도 급하게 잰걸음으로 바뀌며 접근해 오는 것이 들렸다. 이토코는 형언할 수 없는 공포감에 사로잡혀 뛰기 시작했는데, 그때 전방에 아베크족 같은 두 사람이 모습을 드러내었다. 남자가 여자의 어깨에 팔을 두르고 맞붙은 채로 이토코 쪽으로 다가왔다.

이토코는 멈춰 서서 다시 뒤를 돌아보았다. 코트를 입은 여자의 실루엣이 발걸음을 돌려 빠른 걸음으로 걸어가는 것이 보였다. 방해자가 나타나 이토코에게 접근하는 것을 포기한 것처럼.

2, 3일이 지나는 사이, 이토코는 그 일을 잊고 있었다.

그러나 약 1주일 후 저녁, 또 비슷한 일이 일어났다.

하마다야마에 있는 고객의 집에서, 이노카시라 선 역을 향해 걸어가는데, 또 뒤에서 구두 소리가 귀에 들어오기 시작했다. 그 주변도 한적한 주택가로 9시 반이 지나면 이미 보행자의 모습은 거의 찾아보기 힘들다.

가로등이 적은 도로의 20미터 정도 뒤에서 긴 코트를 입은 덩치 큰 여자가 걸어오고 있었다. 거기다 뒤돌아 볼 때마다 상대는 이쪽과 거리를 좁히고 있다.

공포가 점차 압력을 더하듯 느껴졌다.

지나가던 길에 경찰지구대를 발견하고 이토코는 잽싸게 뛰어 들려 했다.

그러나 정문 앞에서 마음을 바꾸었다. 뒤를 걸어온다는 것만으로 상대를 검문할 수는 없다. 게다가 뒤를 돌아보니 예상대로 여자는 사라지고 없었다.

'날 미행할만한 여자라면 누가 있을까?'

'무슨 목적으로'

어느 쪽도 짚이는 것이 없었다.

다시 6일 후 저녁, 그 날은 곧장 집으로 돌아갈 생각으로 살롱을 나왔다. 주택과 오피스 빌딩 등이 섞여 있는 일대의, 막 해가 진 길 위를 가로질러 갈 때, 갑자기 하얀 차가 자신을 향해 돌진해 오는 것을 느꼈다. 아직 저쪽에서 달리고 있을 소형차가 말이다. 간신히 몸을 돌렸을 뿐, 피할 여유도 없는 사이 그 차는 바람을 일으키며 아슬아슬하게 스쳐갔다.

겨우 지나간 후 앞으로 눈을 돌린 이토코는 차가 교차로를 돌아가기 직전, 운전석에 앉은 여자의 옆모습을 확인했다. 밝은 갈색에 가까운 긴 머리를 풀고 안경을 끼고 있는 듯했다.

'유카리?'

'설마. 무슨 이유로?'

그 머리 모양은 유카리와 비슷했다. 평소 안경은 끼지 않았지만 얼굴을 가리기 위해 쓴 것일 수도 있다. 게다가 유카리의 자가용도 그런 흰색 소형차였다. 남편이 출근할 때는 이용하지 않아 평소에는 맨션에 두고 가니까 유카리가 운행했을 수도 있는 것이다.

'하지만 설마?'

다음에는 더 위험했다. 간발의 차라, 치이지 않은 것이 이상할 정도였다. 12월 5일 오후 9시 경, 덴엔초후에 있는 고객의 집 문을 나온 직후, 하얀 차가 돌진해 왔다. 완만한 커브의 내리막길로, 이쪽에는 주택의 돌계단이 이어지고 반대편에는 대저택의 숲 같은 정원이 펼쳐져 있었다.

그런 장소라면 차로 치고 도망가도 목격자도 없을 것이다.

정말로 종이 한 장 차이로 차를 피한 것은 이쪽에도 경계심이 몸에 배어 있었기 때문이다.

돌계단에 쓰러진 이토코는 필사적으로 차를 눈으로 좇았다. 다음 커브에서 반대편에서 오는 차와 부딪칠 뻔한 흰 차는 급브레이크를 밟고 아슬아슬하게 지나쳐 갔다. 긴 갈색 머리를 시야의 끝으로 포착하고 이토코는 차번호를 응시했다.

손님 집으로 다시 돌아가 택시를 불렀다. 더 이상 한발자국도 걸을 수가 없었다. 자택 맨션 일대의 관할인 고마자와 경찰서를 택한 것은 이전에 근처에서 빈집털이가 생겼을 때 조사하러 온 수사관의 느낌이 좋았고, 나중 일을 생각해서 가까운 쪽이 안심할 수 있을 것 같았기 때문이다.

"그래서 짐작이 가는 범인이 있다는 말씀입니까?"

얘기를 들은 마흔이 넘은 덴쇼 경관이 물었다.

"짐작이 아니라, 오늘 확실하게 알았어요. 고등학교 때부터 친구였던 미쓰이 유카리예요."

분노와 공포가 엄청났기에 이토코는 주저하지 않고 말했다.

"차번호가 증거예요. 방금 전, 그 여자의 맨션 주차장에 가서 메모해 왔으니까요."

"하지만 그렇게 오래 사귄 친구가 왜 당신을 위협하죠?"

"위협하는 것만이 아니에요. 목격자가 없을만한 장소에서 나를 치어서 죽일 작정이었어요!"

이토코는 입술을 떨었다.

"그러니까 그 동기가 뭐냐고요?"

경관이 달래듯 물었다.

이제 모조리 다 털어 놓을 수밖에 없다고 이토코는 마음을 정했다. 자신이 만일 의문의 죽음을 당하면 곧 유카리가 체포될 거라는 사실을 알릴 필요가 있었다.

"전에 유카리가 내게 시아버지를 죽여 달라고 부탁했었어요. 그 계약금 같은 형식으로 내게 백만 엔을 줬죠. 하지만 물론 난 어디까지나 돈을 빌린 것이라, 제대로 차용서도 건넸고, 살인을 할 생각은 추호도 없었어요."

그 후 3주일 정도 지나고 미쓰이 료이치가 살해되었다.

이토코는 또 돈이 필요해 아버지의 유품인 골동품 항아리를 유카리에게 사달라고 부탁하러 갔다. 그녀는 즉각 백만 엔에 사 주었다.

"그 여자는 내가 시아버지를 죽였다고 믿고 그 사례로 돈을 준겁니다. 교활하지만 난 굳이 아니라고 말하지 않았어요. 돈이 너무나 필요했거든요."

그리고 또 1주일이 지나 료이치를 죽인 범인이 체포되었다.

"그래서 유카리도 내가 한 범행이 아니라는 것을 알았어요. 하지만 난 단 한마디도 거짓말을 한 기억이 없습니다. 빌린 돈은 이제 반드시 갚아서 여러 가지 일들은 없었던 것으로 하고 옛날처럼 잘 지내려고 했는데……."

"그렇다면 왜 그 여자가 당신을 노린 거죠?"

"죽음에 몰려, 나도 처음 알았어요. 유카리는 평생 내게 약점을 잡혔다고 생각하고 있는 거예요. 그러니까 범인이 잡히고 사건이 해결되어도 나에게 시아버지를 죽여 달라고 부탁한 사실은 평생 지워지지 않는 거죠. 내게 그런 말을 했으니, 내가 몇 번이고 그런 식으로 돈을 빌릴 수 있다 그거죠. 그 여자는 피해망상에 사로잡혀 내 입을 영구히 막아버리려고 했던 게 분명해요!"

이야기를 다 들은 후에 경관은 확인하는 어조로 물었다.

"유카리 씨가 당신에게 료이치 씨 살인을 의뢰했다는 건 명백한 사실이죠?"

잠시 마음을 정하는 사이를 두고 이토코는 고개를 끄덕였다.

"구체적으로 뭐라 하며 부탁했습니까?"

"그러니까, 시아버지를 안락사 시켜 주면 좋겠다. 그렇게 해 준다면 얼마라도 주겠다."

그렇게 입 밖으로 꺼낸 순간부터, 이토코는 자신의 기억을 그대로라고 믿었다.

7

12월 6일 토요일 오전 11시 경, 고마자와 경찰서의 덴쇼 경관과 조금 젊은 형사 두 사람이 유카리의 맨션을 찾아왔다.

그 한 시간 전에 전화가 걸려와, 유카리에게 고소사건에 관해서 듣고 싶은 것이 있다고 했다. 전화는 남편이 받았기 때문에, 골프 연습하러 나가려고 하던 그는 외출을 그만두고 유카리와 함께 그들을 기다렸다.

경관은 마흔이 넘은, 온화한 얼굴의 인물이었지만, 빈틈없는 경찰 특유의 눈초리를 유카리에게 쏟아 부으며 당돌하게 질문했다.

"실례지만, 어젯밤 9시 경, 부인은 어디에 계셨습니까?"

"어젯밤이요? 집에 있었는데요."

"남편도요?"

"아뇨, 난 일이 있어서 12시쯤에 돌아왔어요."

"그럼 부인은 쭉 혼자였겠군요."

"네."

"어젯밤, 차로 덴엔초후 쪽으로 가지 않으셨습니까?"

"네? 아뇨."

경관은 이 집에 있는 차의 종류, 색깔, 번호를 확인했다.

"차는 맨션 지하주차장에 세워 두셨나요?"

"네."

미쓰이가 대답했다.

"어제도 세워 두셨습니까?"

"난 휴일에만 타기 때문에, 평소 때 일은 잘 모릅니다."

"저도 거의 운전하지 않아요. 고작해야 한 달에 한두 번 정도예요. 그래서 매일같이 보진 않지만, 물론 어제도 있었을 텐데요."

계속해서 경관은 열흘 전과, 또 그 일주일 전 등의 저녁과 밤 시간을 들며, 유카리의 알리바이를 확인하는 듯한 질문을 했다. 유카리는 대부분 혼자 집에 있지 않으면, 쇼핑을 하러 나갔다고 대답했다.

"그런데 왜 그런 질문만 하시죠?"

"실은 히라야마 이토코 씨가 밤길에 미행을 당하고, 차에 치일 뻔했다고 신고를 했어요. 차번호가 댁의 차의 것이고, 운전했던 여자가 부인이 틀림없다고."

"그건…… 거짓말이에요, 왜 내가 이토코를……."

"히라야마 씨 말에 의하면."

경관은 미쓰이의 얼굴을 잠깐 쳐다보더니 계속해서 말했다.

부인이 시아버지인 미쓰이 료이치 씨를 안락사 시켜 줬으면 좋겠다고, 히라야마 씨에게 의뢰했다더군요. 그 약 3주일 후에 료이치 씨가 살해당해, 부인은 히라야마 씨에게 두 번에 걸쳐 합계 2백만 엔을 지불했죠. 그 후 범인이 체포되어 사건은 해결되었지만, 부인이 료이치 씨 살해를 의뢰했다는 약점은 언제까지나 남을 것이고, 히라야마 씨에게서 평생 협박당할 지도 모른다는 생각에 두려워하다 큰맘 먹고 이토코 씨의 입을 막아—."

"잠깐만요!"

유카리는 쇳소리를 내질렀다.

"말도 안 돼, 다 엉터리야, 난 한 번도 시아버지를 죽여 달라고 부탁한 적이 없어요. 돈 문제만 해도 처음엔 이토코가 곤란해 해서 빌려 줬고, 두 번째는 골동품 항아리를 사달라고 해서."

"그 항아리가 정말로 백만 엔의 가치가 있는 것이었나요?"

"아뇨, 완전히 싸구려였어요."

옆에서 미쓰이가 대답했다.

"걸리적거리기만 해서 베란다에 내놓았는걸요. 나도 이제야 겨우 이해가 가는 군요."

경관은 미쓰이를 흥미로운 눈으로 지켜보았다.

"집사람이 저런 물건을 비싼 금액에 산 것 같아 이상하게 생각했었어요. 그러는 동안 집사람이 이토코 씨로 느껴지는 상대와 전화로 얘기하는 것을 우연히 듣게 되었죠. 그래요, 그게 아버지를 죽인 범인이 체포되었다고 경찰에서 알려왔던 날 밤이었어요."

"그 전화라면?"

"집사람이 분개한 목소리로 말했어요. '네가 해준 줄 알고 저런 것을 백만 엔에 샀는데, 완전히 속았어.' 하고요. 그때 난 그 의미가 뭔지 몰랐죠. 이제 겨우 이해가 갑니다. 이 터무니없는 일을 이토코

씨에게 부탁했던 거군요."

그 날 이후 세 번 정도, 유카리는 고마자와 경찰서로 임의출두를 명령받고, 덴쇼와 다른 형사로부터 조사를 받았다.

두 번째 날, 경찰서 안의 복도에서 이토코와 마주쳤는데, 기분만 나빠질 뿐 말이 나오지 않아, 결국 아무 말 없이 노려본 채 지나쳤다.

경찰에서는 유카리에게 료이치 살해를 이토코에게 의뢰한 일과, 그 후 이토코를 차로 치어서 죽이려고 한 일, 양쪽에 혐의를 두고 있는 것 같았지만, 유카리는 둘 다 계속해서 부인했다. 물론 정말로 그런 적이 없기 때문이었다.

이토코를 미행한 것에 대해서는 그 날들 중 단 하루, 유카리가 같은 맨션의 아는 사람의 집에 갔다는 것을 생각해내고 그 주부의 증언에 의해 알리바이가 인정되었다. 그래서 이 건은 이토코의 지나친 생각이 아닐까 하고 경찰에서도 생각하기 시작한 모양이었다.

그러나 유카리가 료이치 살해를 이토코에게 의뢰한 것은 분명히 그런 사실이 있는 것 같다고 경찰에서는 생각하고 있었다. 그러나 결정적인 증거가 없었고, 또 실제로 이토코가 범행에 관여하지 않았다는 것도 확실하기 때문에 입건까지는 가지 않았다고 했다.

결국 유카리는 경찰서에서 해방되긴 했지만, '왜?' 라는 의문은 가슴속을 날카롭게 찔렀다.

왜 남편은 듣지도 않은 전화를 엿들었다는 거짓말을 하면서 유카리를 곤란하게 했을까?

경찰의 조사가 끝나고 2주일 정도 지난 어느 날 밤, 미쓰이가 유카리에게 갑자기 이혼을 요구했다. 실은 자신에게는 애인이 있고, 임신 7개월째라고. 아기가 태어나기 전에 정식으로 그 여자와 결혼하고 싶다고.

거의 예상하고 있었던 일이지만, 유카리는 날벼락을 맞은 표정을 지으며 한 마디로 거절했다.

"말도 안 돼, 난 절대 승낙할 수 없어. 그렇게 당신 맘대로 될 줄 알아?"

미쓰이는 그 자리에서는 아무 말도 하지 않았다.

이틀 후 해질 녘, 미쓰이에게 의뢰 받았다는 야마오카라는 변호사가 유카리를 찾아왔다. 미쓰이와 동년배 정도인 마흔 두세 살의 나이에, 금테 안경을 쓰고 입술이 얇아 말을 잘할 것 같은 인상이었다.

"부인은 결코 이혼에는 응할 수 없다는 의향이십니까?"

"그래요."

"재판까지 가서 싸울 생각이세요?"

"물론이죠. 왜냐면 여자를 만들고 임신까지 시킨 건 남편의 엄청난 배반이잖아요? 내겐 아무런 잘못도 없으니, 재판으로 가도 남편이 지는 건 당연한 일이에요."

"그렇군요. 부인의 말씀으로 봐선 일방적으로 죄는 남편에게 있네요. 즉 남편에게만 책임이 있으니, 간단하게 이혼에 응할 수 없다, 이거군요. 실례지만, 사실 속마음은 그래도 남편이 이혼을 끝까지 원한다면 충분한 위자료와 그 후의 생활비를 보장해 달라는 그런 것 아닙니까?"

그의 말대로였지만 유카리는 가만히 있었다.

오카야마는 침묵을 긍정으로 받아들이는 표정으로 작게 끄덕였다.

그러나 다음 순간 생각지도 않던 말이 그의 입에서 튀어 나왔다.

"그렇지만 부인의 경우, 어쩐지 남편에게만 책임이 있는 것 같진 않군요. 부정만이 책임을 질 이유는 아니니까요."

"……?"

"실은 제가 오늘 아침 고마자와 경찰서에 들러 여러 얘기를 듣고 왔는데, 부인은 시아버지인 료이치 씨 살해를 다른 사람에게 의뢰했다는 혐의가 농후한 듯 하더군요. 물론 물적 증거도 없고, 실제로 범행과는 연관되지 않았지만, 이혼 소송에서는 그런 객관적인 사실이 크게 상관없거든요. 어차피 존속살인의 위탁이란 바람직하지 못한 일이니까요."

유카리가 무슨 말을 하려고 하는데 변호사가 먼저 거의 사무적인 말투로 못을 박았다.

"따라서 댁의 경우, 양쪽 모두 책임이 있어요. 말하자면 쌍방책임입니다. 설사 재판에서 겨룬다고 해도 어느 쪽에도 위자료 청구는 인정되지 않고 이혼이 성립되는 결과로 끝날 것 같습니다. 뭐, 그렇게 된다면 서로 재판 비용만 허비하는 게 아니겠습니까?"

변호사가 가고 현관문이 닫혔을 때, 유카리는 온몸에서 힘이 빠져나감과 동시에 모든 것이 녹아내리는 것 같았다.

이토코가 그 항아리를 놓고 가던 날 밤, 미쓰이가 돌아와서 그건 뭐냐고 묻기에 이토코가 사달라고 해서 샀다고 대답했다. 금액과 상세한 사정까지는 물론 얘기하지 않았다.

그런데 그 후 1주일 쯤 지나 시아버지를 죽인 범인이 체포 되었다는 소식을 듣고, 그날 밤 유카리는 이토코에게 굉장히 화가 났다. 너무나도 화가 나는 바람에 그만 남편에게 말하고 말았다.

"아아, 이토코에게 속아서 백만 엔을 빼앗긴 것 같아!"

미쓰이가 흥미를 나타내며 무슨 일이냐고 추궁해 유카리는 실제 상황을 약간 왜곡해서 설명했다.

"그러니까 이토코가 '너희 부부가 빨리 유산을 상속받을 수 있도록 내가 료이치 씨를 안락사 시켰어' 하고 말하잖아. 설마 했는데 묘한 거짓말을 흘려버려도 곤란하니까, 저런 형편없는 항아릴 백만 엔에 사 준 거야."

유카리가 먼저 '안락사' 란 말을 했다는 것은 절대 입 밖에 내지 않았는데도, 미쓰이는 유카리가 의외 비슷한 발언을 한 것이 틀림없다고 알아차렸었나 보다. 이토코가 자발적으로 범행을 저지르고 유카리가 백만 엔을 줬다는 것은 너무나 부자연스러웠다.

그때 그는 재빨리 그 얘기를 이혼 교섭에 이용하자고 마음먹었었다.

이토코가 미쓰이의 차에 치일 뻔했던 것은 11월부터 12월까지의 일이니까, 애인 미키코가 임신 6개월째, 차 운전도 할 수 있는 시기였다. 그는 미키코에게 유카리의 헤어스타일과 비슷한 가발을 씌우고 이토코를 미행하게 했다. 실제로 차에 치게 하려 한 것은 아니다. 공포만 주는 것으로 충분했다.

견디다 못한 이토코는 경찰서로 뛰어가 유카리와의 경위를 털어놓아 버렸다. 얘기는 자연스럽게 과장되고 확대되어 마치 유카리가 료이치 살해를 이토코에게 의뢰한 것이 '객관적인 사실'인 것처럼 되어 버렸다.

그것이 바로 미쓰이가 노린 것이다. 유카리 또한 책임 있는 배우자가 되면, 그는 대등한 입장에서 이혼을 청구할 수 있게 되는 것이다.

"누가 정말로 그 노인을 안락사 시켜 주지 않을까."

분명 유카리는 그렇게 말했다. 설사 그 정도로 원했다고 하더라도, 결코 입 밖에 내서는 안 될 말이었다.

08

좋은 사람이지만

“누가요. 마리에가 그러던가요?”
나는 당황스러워 다시 물었다. 마리에는 그날 수영장에 나타나지 않았다. 어떻게 그 ‘친절’에 대해 알고있을까?

사노 요 佐野洋

1928년 5월 22일 도쿄 태생. 도쿄 대학 심리학과 졸업. 요미우리 신문 기자였던 1958년 <주간 아사히>와 <호세키>의 현상 공모에 「동혼식(銅婚式)」이 2위 입선. 1959년에는 「한 줄기의 납」을 발표하여 추리 작가의 지위를 확립. 1965년 「화려한 추문」으로 일본추리작가협회상 수상. 대표작은 「투명수태」 「뺑소니」 「때때로 범죄」 「꺼지지 않은 재」 「비겁한 귀」 「추리일기」 등. 발표한 단편은 약 1천 편. 제1회 미스터리문학대상 수상. 취미는 종이학 접기, 골프. 특기는 롤러스케이트.

오전 8시가 안 되어서 병원에 도착했다. 검사는 8시 반에 시작한다. 조금 빨리 왔나. 나는 그렇게 생각하며 창구 앞에 놓인 의자에 앉았다.

병원에 온 것은 간장 기능과 혈당치를 체크하기 위해서이다. 나는 일 년에 두 번 이 검사를 받고 있다.

검사가 시작되는 시각에 딱 맞춰 집을 나오면 전차가 너무 붐비기 때문에 일찌감치 서둘렀던 것이다.

검사실 창구에 카드가 놓여 있었다. 온 순서대로 그것을 하나씩 빼어 갖는 모양이었다. 나는 19번이었다. 30분 이상 빨리 왔는데도 벌써 열여덟 명이 나보다 먼저 온 것이다.

대충 둘러보니 정말 그 정도의 사람들이 지루한 듯 의자에 앉아 있다. 나보다 나이 든 사람이 많은 것 같다.

나는 가방에서 책을 꺼내 읽기 시작했다.

10분 정도 지났을까, 일흔 정도 되어 보이는 할머니가 내 옆에 앉았다.

그러자 바로 뒷자리에서,

"아, 안녕하세요. 또 만났네요."

하는 여자 목소리가 들렸다. 목소리로 짐작컨대 역시 일흔 전후일 것이다.

"아니, 언제 왔어요?"

내 옆자리에 앉았던 할머니는 얼른 일어서 뒤쪽 자리로 옮겼다. 서로 아는 사이 인가보다.

할머니가 자리를 옮김과 동시에 두 사람의 수다가 시작됐다.

처음에는 서로의 건강에 대한 이야기였다가 이윽고 주위사람들 이야기로…….

나는 책을 덮었다. 뒤쪽에서 들려오는 이야기가 신경이 쓰여 독서에 집중할 수 없었던 것이다.

이번에는 자신들의 며느리를 화제로 삼아 이야기하기 시작했다. 젊기 때문에, 신경 쓰질 못하는 부분이 많다, 사고방식도 다르니까 등등 번갈아 얘기하고 있다.

그 사이에 재미있는 사실을 발견했다. 두 할머니 모두 며느리의 험담을 늘어놓기 전에,

"나쁜 애는 아닌데."

라든지

"애는 착해요, 그런데……."

라는 말을 앞에 꼭 붙이는 것이다.

이건 대체 무슨 심리일까?

어쨌든 자기 집안사람이기 때문에 험담을 하는 경우에도 일종의 겉치레가 필요한 것일까. 아니면 며느리의 착한 점을 인정하고 있다, 라고 표명하는 것으로 험담을 하는 꺼림칙함을 경감하려는 심리일까.

나는 눈을 감고 이 말들의 변화를 여러모로 생각하고 있었다.

★☆★

"자, 먼저……."

후나야마가 맥주병을 들고 내게 먼저 권했다.

"아, 죄송합니다. 제가……."

나는 당황하여 후나야마가 들고 있는 병을 잡으려 했다.

이 작은 음식점에 자리를 마련한 것은 후나야마 부장이지만 그렇다 해도 그는 나의 직속 상사인데다 스무 살이나 연장인데 먼저 술을 따르게 할 수는 없다. 그것이 상식이다.

그러나 후나야마는 부드러운 미소를 지으며 고개를 가로저었다.

"괜찮네, 상관없어."

"그럼 먼저 받겠습니다."

나는 테이블 위에 놓인 글라스를 들고 그가 따라 주는 맥주를 받았다. 그리고 다시 글라스를 테이블 위에 놓고 다른 맥주병을 잡으려 했는데, 후나야마는 이미 자신의 글라스에 맥주를 따르고 있었다.

그때는 어땠더라. 나는 맥주를 마시며 기억을 더듬었다.

후나야마가 나를 이곳에 데리고 온 것이 두 번째이다. 한 달 전쯤 그는 내게 미야케 마리에와 사귀어 보지 않겠나, 라고 말을 꺼냈었다.

그때 후나야마가 내게 먼저 맥주를 따라 주었는지 기억이 명확치 않다. 그렇다면 그가 그렇게 하지 않았다는 사실을 나타내고 있는 것이 아닐까.

만약 부장인 후나야마가 그런 태도를 취했다면 내게 강한 인상을 주었을 테고 따라서 내 기억에도 또렷이 남아 있을 것이기 때문이다.

그렇다면 오늘 그가 내게 할 말이란 것은 그가 입을 쉽게 뗄 수 없는 내용일지도 모른다.

나는 머릿속으로 그런 것을 생각하며 글라스를 비웠다.

그리고 이번에는 후나야마보다 먼저 병을 들고 말했다.

"제가 따르겠습니다."

"고맙네."

맥주를 따르는 동안 후나야마는 내 눈을 보려 하지 않았다. 내 확신은 더욱 강해졌다. 후나야마는 꺼내기 힘든 말을 전하기 위해 나를 이 음식점으로 불렀을 것이다. 어떤 이야기일지 짐작이 간다.

그때 음식이 나왔다. 생선회와 은어구이. 후나야마는 음식점 여종업원과 이야기를 하고 있다.

"부장님."

여종업원이 테이블에서 멀어지자 내가 그를 불렀다. 후나야마가 말을 꺼내기 어렵다면 내 쪽에서 먼저, 라는 생각에서였다.

"미야케 양이 무슨 말을 했나요?"

"응, 그게 말이지."

후나야마는 다시 자기 글라스에 맥주를 따랐다.

"그것보다 자넨 어떤지 솔직하게 말해 주겠나?"

"네? 네."

나는 사이를 두기 위해 맥주를 들이켰다.

"미야케 양은 미인인데다 머리도 좋죠. 이야기를 하고 있으면 아주 즐거워요. 그것만으로도 내겐 과분한 상대라고 생각합니다."

"과분? 아하, 그건 완곡한 거절인가?"

"아뇨. 이런 얘기는 남자 쪽에서 거절하는 것이 아니잖아요. 저로서는 상대방의 의사를 존중하고 싶습니다."

이것은 나 자신과의 내기였다. 후나야마의 태도로 보아 내가 미야케 마리에의 눈에 차지 않았던 것은 분명하다고 생각했다. 따라서 상대방의 의지를 존중한다고 말해도 미야케와 결혼하게 될, 그런 처지는 되지 않을 것이다.

“그럼 내가 묻겠는데.”

후나야마가 몸을 앞으로 내밀며 말했다.

“자네 그 여자와 결혼할 마음은 있나?”

한 달 전 회사 근처의 이 작은 음식점에서 후나야마가 말했다.

“내 대학 친구 중에 의사가 있는데 말이야.”

후나야마는 나의 회사 상사인 동시에 고향의 대선배이기도 하다. 지금의 직장에 입사했을 때에도 보증인이 되어 주었다.

그런 후나야마가 식사를 같이하자는 권유를 하자 나는 긴장했다. 어딘가 지방으로 전근시키려는 것은 아닐까라는 생각까지 하고 있었다.

그런데 그가 꺼낸 말은 ‘의사 친구’ 에 대한 것이었다. 나는 약간 당황하며 후나야마의 다음 말을 기다렸다.

“미야케 하지메라는 친구야. 메구로에 개인 병원을 갖고 있지. 꽤 괜찮은가봐. 애들이 셋인데 장남, 차남은 모두 의사고, 둘 다 국립 의대를 졸업했다지 아마. 한 마디로 우수한 집안이지. 막내가 딸인데 작년에 대학을 졸업하고 지금은 이곳저곳 다닌다는군. 아버지로서는 의사 사위를 보고 싶겠지만 정작 본인은 의사와 결혼할 생각이 없대. 샐러리맨이 좋다는 거야. 그래서 나보고 좋은 상대를 찾아봐 달라고 부탁하더군.”

“…….”

나는 잠자코 후나야마의 얼굴을 보고 있었다. 경솔하게 대답할 수 없었다. 맨 처음 머리에 떠오른 것은 그저 그렇게 생겼을 거야, 라는 것이었다. 커다란 병원의 병원장 딸이라면 혼담은 줄을 설만큼 많을 것이다. 그런데 그쪽에서 상대를 찾는다는 것은 용모가 별로이기 때문이 아닐까. 게다가 내겐 후나야마에게 말할 수 없는 사정도 있었다.

"그 부탁을 받고 맨 먼저 자네가 떠오르더군."

"고맙습니다."

나는 그렇게 말하고 말았다. 내 입에서 나온 말을 듣는 순간 품고 있었던 경계심을 입이 배신한 듯한 기분이 들었다. 그때 왜 그런 말을 했는지 나도 알 수 없다. 상사의 총애를 받아 기쁜, 샐러리맨으로서의 습성이었을지도 모른다.

"어떤가, 누구 결혼을 약속한 사람이라도 있나?"

"아뇨, 그런 상대는 없습니다."

뇌리를 스친 여자는 있다.

하지만 그 여자와 결혼 약속은 하지 않았다.

"그렇다면 됐군."

후나야마는 기쁜 듯이 웃었다.

"내가 자네에게 괜히 이런 말을 꺼내서 어떤 여자를 울리기라도 하면 곤란하지 않겠나. 아, 그래 사진을 갖고 왔는데. 미인이야."

사진을 본 순간 나의 생각이 너무 지나쳤다는 것을 알았다.

공원에서 그네에 앉아 있는 사진이었다. 반팔 티셔츠에 청바지를 입은 가벼운 차림으로 즐거운 듯 웃고 있다. 절세미인은 아니지만 상당한 미인임에 틀림없었다. 특히 하얀 이가 눈부시게 아름다웠다.

작년에 대학을 졸업했다면 스물세 살인가.

"자네는."

후나야마가 내 마음을 꿰뚫고 있는 듯이 말했다.

"올해 스물아홉이던가? 그럼 여섯 살 차이군. 저쪽은 나이 차이가 조금 나는 것이 좋다고 하니 그런 점에서도 아주 잘 맞는데, 어때? 사귀어 볼 텐가?"

"네. 그런데, 괜찮겠습니까? 저도 사진을 보내야 하는 게 아닙니까?"

"아, 그건 괜찮아."

후나야마는 멋쩍은 듯 입을 삐죽였다.

"사실 자네 사진은 벌써 그쪽에 보여 줬네. 왜 올 봄 하코네에서 부서 골프 시합을 했잖아. 그때 찍은 사진. 그 쪽에서도 자네보고 멋지다더군."

경솔한 게 아닐까, 하고 생각했다. 만약 내가 이 이야기를 거절하면 후나야마는 저쪽에 어떻게 설명할 생각이었을까.

"자, 그럼 이번 일요일에 만나는 것으로 하지."

후나야마는 만족한 듯 그렇게 말하고는 내게 맥주를 따라 주었다.

"글쎄요."

후나야마의 결혼할 마음이 있느냐 라는 질문에 나는 선뜻 대답할 수 없었다.

"할 마음이 있어?"

다시 날아오는 후나야마의 질문에 나는 조심스레 말했다.

"아까도 말씀드렸듯이 마리에 양에게 불만은 없습니다. 다만 결혼 생활이 평탄할지 어떨지."

"으음."

후나야마는 팔짱을 끼고 천장을 보았다.

"부장님 솔직히 말씀해 주십시오. 저쪽에서 거절한 거죠?"

"그렇다네." 후나야마는 크게 한숨을 내쉬었다.

"어제 마리에가 우리 집에 찾아왔어."

"네? 부장님 댁에요?"

"왜 그래, 왜 그렇게 놀라는 거지?"

후나야마는 의아한 듯 내 얼굴을 보았다.

"아뇨, 뭐 달리 놀란 건 없습니다. 다만. 아니, 그래서 무슨 말을?"

나는 아까부터 신경 쓰였던 것을 물어 보았다.

"요점을 말하자면 자네, 사람이 너무 좋다는 거야."

"그런 식으로 말했나요?"

"응, 그래."

후나야마의 어투가 갑자기 변했다.

"마리에가 의사와 결혼하길 싫어한다는 것은 나를 통해 들었겠지만 본인이 직접 그 이유를 얘기했나?"

"아뇨."

나는 고개를 가로저었다.

"제가 한 번 물어 보긴 했지만 나중에 이야기한다며……."

"마리에 말로는 의사는 감당하기 힘들대. 무섭다더군. 아버지를 보고 그런 생각을 했나 봐. 마리에 아버지 말야. 꽤 놀길 좋아하는 사람이지. 여자를 밝힌다고 할까. 젊었을 때부터 부인을 꽤나 울렸어. 그래서 마리에는 중학교 때부터 의사와 결혼해 어머니와 똑같이 살기 싫다고 생각하고 있었다더군."

"그렇군요."

그런데 그 이야기와 바로 전에 한 '사람이 너무 좋다'란 말과는 어떤 관계가 있는 것일까.

"그런데 말이야."

후나야마는 내 얼굴을 살폈다.

"자네도 마리에 아버지에게 지지 않을 만큼 여자를 좋아하는 것 같아."

"네? 제가 말입니까?"

"아니, 이건 마리에가 한 말이 아니고 내 생각이야. 자네, 과거 여자 경험에 대해 마리에에게 이야기 한 것 같던데."

"아뇨, 그건."

나는 당황하며 부정했다. 내가 그런 말을 했는지 전혀 기억나지 않았다.

"그래?"

후나야마는 믿을 수 없다는 듯 고개를 갸웃거렸다.

"마리에 말에 의하면, 잘은 모르겠지만 유부녀와 관계가 있었다던가."

"아, 그건 사실과 다릅니다. 마리에가 제게 연상의 유부녀에게 인기가 있을 타입이라고 말하기에 저는 노코멘트라고 말했을 뿐입니다. 그때 제 얼굴이 붉어져서 아마."

"그런 거였군. 그럼 둘이서 그렇고 그런 얘기도 했겠네?"

"그런 이야기는……."

나는 말을 흐렸다.

사실 나는 마리에를 만나 처음부터 놀랐다.

"저는 숨기는 건 딱 질색이라 정확히 말해 둘게요. 첫 경험은 대학 1학년 때 같은 과 남자 친구였어요. 섹스를 한 건 그 친구를 포함해서 모두 4명. 하지만 결혼하면 바람은 피지 않을 거예요."

마리에는 찻집에서 그런 이야기를 얼굴 색 하나 변하지 않고 말했던 것이다.

그러고는 내게 물었다.

"가지노 씨는? 나는 다 말했으니까 가지노 씨도 말해야 돼요."

"음."

나는 쓴웃음을 지으며 말했다.

"나도 비슷할 겁니다."

"그런데 어떤 여자가 많았어요? 학교 친구?"

"글쎄요."

"제 생각엔 말이죠. 가지노 씨는 연상의 여자가 좋아할 타입인 것 같아요. 가령 유부녀라든가, 그렇죠?"

"노코멘트입니다."

후나야마가 문제 삼았던 이야기는 사실 이런 식으로 전개 되었던 것이다.

"지난 주 토요일 함께 수영장에 갔다던데?"

내가 은어 뼈를 바르고 있을 때 후나야마가 물었다.

"네? 아뇨, 같이 가진 않았지만."

"아, 맞아. 같이 가려고 했는데 마리에가 일이 생겼다고 했지."

그렇게 말한 뒤 후나야마의 어투가 갑자기 바뀌었다.

"흐음. 굉장한데."

"네?"

무얼 칭찬하는지 몰라 나는 고개를 들어 그를 보았다.

"은어 뼈 발라 놓은 것 말이야. 종종 먹나봐."

그 말을 듣자 순간 등줄기에 식은땀이 흘렀다. 뼈를 발라내는 방법을 가르쳐 준 인물의 얼굴이 떠올랐다. 기분 탓일까 후나야마의 눈초리가 날카로워진 것 같았다.

"그런 게 아니라, 어머니가 생선을 좋아해서."

대답을 하면서 후나야마 앞에 놓인 은어를 보았다. 뼈와 살이 뒤범벅이 되어 꼭 깨지락거려 놓은 것 같았다.

"아, 어머니께서 좋아하신단 말이지."

후나야마는 미간을 찌푸리더니 화제를 다시 처음으로 돌렸다.

"그런데 그 수영장에서도 자넨 여자에게 매우 친절했다. 그런 식으로 말하던데, 어때?"

"누가요? 마리에가 그러던가요?"

나는 당황스러워 다시 물었다. 그 '친절' 에 대해 모르는 바는 아니다. 그러나 마리에는 그날 수영장에 나타나지 않았다. 어떻게 '친절'에 대해 알고 있는 걸까.

수영장에 가자고 한 것은 마리에였다. 시내에 있는 호텔의 회원제 수영장인데 회원과 숙박 손님 이외에는 사용할 수 없도록 되어 있는 곳이다.

마리에는 아버지가 그곳 회원이기 때문에 특별 회원권을 자유롭게 사용할 수 있다고 했다. 목요일에 함께 영화를 보고 난 후 특별 회원권을 주며 토요일 정오에 수영장에서 만나기로 약속했던 것이다.

그런데 그날 마리에는 수영장에 오지 않았다.

12시 5분쯤 유니폼 차림의 여종업원이 플래카드를 들고 풀장 사이드를 걷고 있었다. 가까이 온 플래카드를 보니 거기에 내 이름이 적혀 있었다.

내게 전화가 왔다는 것이다. 샤워실 옆에 있는 전화기로 가 수화기를 드니 마리에의 목소리가 들렸다.

"미안해요. 나가려고 했는데 기류에서 전화가 왔어요. 할머니가 쓰러지셨다고. 어릴 적 나를 무척 귀여워해 주셨던 분이라 가봐야겠어요."

"그래야죠, 큰일이네요. 그런데 왜?"

"가벼운 뇌경색인가 봐요. 생명에 지장은 없을 것 같지만. 아무튼 사정이 그러니 가지노 씨 내 몫까지 재미있게 즐기세요."

이런 사정으로 그날 수영복을 입은 마리에를 보지 못했던 것이다.

"그 수영장에서."

후나야마는 말을 이었다.

"자네, 잠수까지 해서 어느 여자의 귀고리를 찾아 주었다던데 그건 기억하겠지?"

"아아, 네 기억납니다."

수영장 입구에 여러 가지 주의 사항을 적은 안내문이 있었는데, 장신구 등을 착용한 채 풀장에 들어가지 말라는 사항도 끼어 있었다. 그런데 그 여자는 그것을 무시했던 모양이다. 아니, 그 여자는 깜박했다고 했다.

수영을 하고 있는 도중에 자신이 귀고리를 하고 있다는 것을 알고는 풀장 한 쪽 구석에서 빼는데 그만 손이 미끄러워 물속에 떨어뜨리고 만 것이다.

"어머나, 어떻게 해!"

여자가 소리를 질렀을 때 나는 우연히 그 옆에 있었다.

"왜 그러시죠?"

사정을 알게 되자 나는 곧 물속으로 들어갔다.

"그때 자네 모습이 꽤 멋있었겠군. 이마로 올렸던 물안경을 내리더니 아무 말 없이 잠수를 한다. 1분쯤 후에 목적했던 물건을 찾아 물위로 나타난다."

후나야마는 빈정대듯 말했다.

"허, 참."

나는 너무 겸연쩍어 맥주를 들이켰다.

"그 여자가 너무 난처해하고 있었어요. 그 경우 남자라면 누구라도 도와주겠지요. 그런데 부장님이 어떻게 그 일을?"

그렇다면 후나야마가 수영장에. 순간 그런 의문이 나를 덮쳤다. 그날 후나야마는 골프를 치러 갔을 텐데.

"사실은 그 여자가 마리에의 친구였다는군."

"정말요?"

나는 고개를 갸웃거렸다.

"그런데 그 여자는 마리에보다는 꽤 나이가 든 것 같았는데."

그 여자는 친구 세 명과 같이 왔다고 했다. 그 친구들은 모두 30대 전후로 보였고 그 중에는 세 살짜리 아이를 데리고 온 사람도 있었다.

"마리에가 이것저것 배운다고 했잖아. 그런 곳에서 알게 된 사람이겠지."

"아아, 그 아는 사람이 그날 우연히 수영장에……."

"아니 우연은 아닌 것 같아. 그 여자에게 수영장 티켓을 준 사람이 바로 마리에거든. 다시 말해서"

후나야마는 빈정거리는 눈초리로 내 얼굴을 보았다.

"마리에는 자네를 그 여자들에게 보이고 싶었던 거야."

"아하, 일종의 감정鑑定인가요?"

"그렇다기보다는 자랑하고 싶었던 게 아닐까? 그런데 그 여자들이 자네를 너무 칭찬하니까 걱정이 되어 나를 찾아왔던 거야. 애초 샐러리맨과 결혼하고 싶어 했던 것이 샐러리맨이라면 의사만큼 인기도 없을 테고 크게 신경 쓸 일도 없을 거란 이유 때문이었는데 여자들한테 그렇게 인기가 많으니 곤란하다. 뭐 그런 말이었어."

"……."

나는 쓴웃음을 지었다. 후나야마는 '자랑하고 싶었다.'라는 해석을 했지만 사실과 다를 것이다. 마리에는 그 여자들에게 부탁해 나를 테스트했던 것이 아닐까.

내가 자신 이외의 여자에게 어느 정도 친절한지, 또 여자들의 마음을 어느 정도 움직일 수 있는지 하는 테스트.

게다가 귀고리를 떨어뜨렸던 여자는 내 이름과 직장, 전화번호까지 물어 보았는데 그것 역시 여자를 대하는 태도의 테스트라는 의미가 있었던 것일지도 모른다.

그 테스트에서 나는 탈락되었다. 그 여자가 물어보는 대로 회사 전화번호까지 대답해 버린 것이다.

후나야마와 은어구이를 먹은 날로부터 10일 쯤 지난 저녁 무렵 나는 마리에와 만났다. 퇴근 시간에 맞춰 마리에가 회사 앞으로 찾아와 하고 싶은 이야기가 있다고 하기에 선약해 놓은 회식에 빠졌다.

그 회식은 입사 동기생들과 오래 전부터 약속을 해 놓았던 것이지만 나는 마리에를 만나는 쪽을 택했다. 마리에와의 관계가 그런 식, 즉 후나야마를 사이에 두고 이야기를 전달받는 식으로 끝나는 것이 왠지 마음에 걸렸기 때문이다.

후나야마로부터 이야기를 들은 직후에는 저쪽에서 먼저 거절해 주는 것을 잘된 일이라고 생각했는데 시간이 지나자 몇 가지 의문이 내 머리에서 떠나질 않았던 것이다.

마리에가 후나야마에게 그렇게 말한 배후에는 뭔가 뒷사정이 있는 것이 아닐까.

그렇게 생각하고 있었기에 나는 회식보다 마리에를 만나기로 했던 것이다.

우리는 회사 앞에서 만나 근처 건물의 옥상에 있는 비어가든으로 갔다.

아직 해가 남아 있어서인지 손님이 많지 않아 편한 자리를 고를 수 있었다. 나는 특설 무대에서 가장 멀리 떨어진 테이블로 마리에를 안내했다. 무대에서 가까운 곳은 밴드 연주라도 시작되면 차분히 이야기할 수 없을 것이기에.

마리에는 커다란 꽃무늬가 프린트된 소매 없는 원피스를 입고 있었다. 마리에가 나와 데이트할 때 민소매를 입은 것은 처음이었다. 양팔이 하얗게 드러나고 너무 탄력적이라 눈이 부셨다.

맨 처음 후나야마로부터 이야기를 듣고 시작된 마리에와의 교제 기간 동안 나는 입맞춤 한 번 하지 않았다. 그건 내게 있어 드문 일이었다. 그 이유 중 하나는 상대가 병원장의 따님, 소위 '공주님' 이라는 의식을 하고 있었기 때문일지도 모른다. 또한 그 이유가 내게도 약간 있었지만 그런 이유 이전에 내 욕망을 자극할만한 것이 마리에에겐 없었던 것 같다.

미인인데다 머리도 좋고 이야기를 나누기 즐거운 상대임에는 틀림없지만 남성으로서의 나를 흔들 수 있는 것이 없었다. 처음 만났을 때 마리에는 성경험이 아주 풍부한 것처럼 이야기했지만 과장이 섞인 것이 아닐까. 그래서 나는 마리에와 함께 수영장에 가는 것에 큰 기대를 갖고 있었던 것이다. 수영복 차림을 보면 인상이 다르게 와 닿지 않을까 하는 기대. 그런데 마리에는 수영장에 나타나지 않았다.

그 마리에가 민소매 원피스를 입고 나타났다. 그리고 육감적인 두 팔을 보니 나의 내부에서 동요가 일었다.

참 얄궂은 일이군, 하고 생각했다. 마리에와의 관계를 매듭짓고 난 마당에 미처 깨닫지 못했던 일면을 알게 된 것이다. 오늘 밤 마리에를 호텔로 데려가 볼까. 내 머리 속은 여러 가지 생각으로 복잡해졌다.

이런 경우 여자는 남자의 마음을 눈치 채지 못하는 걸까. 아니면 느끼고 있으면서도 모르는 척 하고 있는 걸까. 마리에는 맥주와 안주가 나오자 평소와 같은 어투로 내게 물었다.

“가지노 씨는 어느 신문을 보세요?”

“마이니치인데 왜요?”

“그럼 봤겠네요, 미도리 씨에 대한 기사요.”

“미도리 씨라뇨?”

“시치미 떼지 마세요.”

마리에는 양미간을 찌푸리며 나를 노려보았다.

“기타하라 미도리 말예요. 그 여자 어제 살해됐어요.”

“잠깐, 잠깐만요. 기타하라 미도리가 누군지 난 알지 못하는데.”

“세상에. 가지노 씨가 수영장에서 귀고리를 찾아 준 여자잖아요.”

“아하, 그 여자가 기타하라 미도리. 그런데 그 여자가 살해 됐다고요?”

"그래요. 그게 신문에 났어요. 오늘 아침 마이니치에요."

마리에는 핸드백을 열어 신문에서 오린 기사를 보여주었다.

아직 해가 남아 있어서 기사를 읽을 수 있었다.

어젯밤 세타가야 구내의 맨션에 사는 주부 기타하라 미도리(32) 씨가 칼에 찔려 숨져 있는 것을 퇴근한 남편(38)이 발견. 경찰에 신고했다는 기사였다.

"허, 세상에."

나는 양팔을 문질렀다. 기사를 읽는 순간 소름이 끼쳤던 것이다. 지금까지 살인 사건 기사를 본 적은 있지만 내가 조금이라도 알고 있는 사람이 살해당한 것은 처음이었다. 소름이 끼친 건 그 때문인 듯했다.

"정말 몰랐어요?"

맥주잔을 들며 마리에가 물었다.

"네, 그때 이름도 묻지 않았고."

"하지만 미도리 씨에게 회사 전화 번호를 가르쳐 줬잖아요. 전화를 걸었을 것 같은데."

마리에는 어느 새 선글라스를 끼고 있었다. 그 검은 렌즈가 나를 향하고 있었다.

"아니, 그런 전화는 없었습니다."

그건 나를 테스트했던 것이 아니었냐고 말하고 싶었지만 꾹 참았다.

"믿을 수 없는데요."

마리에는 천천히 고개를 가로저었다.

"가지노 씨는 미도리 씨가 좋아할 타입일 뿐더러."

"그렇다 해도 전화가 없었던 것은 사실입니다. 게다가 그 여자는 결혼했잖아요."

"그런 건 상관없어요. 결혼 7년째인데 아이도 없고 권태기인 것 같던데 연하의 미남과 즐기고 싶다고 해도 이상할 것은 없잖아요?"

"그건 억지예요."

나도 모르게 크게 소리쳤다.

"……."

마리에는 큰 소리에 놀랐는지 잠자코 내 얼굴을 보고 있었다.

"미안해요. 나도 모르게 큰 소리가 나왔어요."

"괜찮아요. 그런데 가지노 씨 정말 화난 것 같았어요."

"아니, 화난 게 아니라 당혹스러웠어요."

"당혹?"

마리에는 선글라스를 벗어 테이블 위에 놓았다.

"왜죠?"

"그 기타하라 미도리라는 여자로부터 전화가 없었던 것은 사실이에요. 그건 맹세해도 좋아요. 그런데 지금 그 사실을 증명할 방법이 없어요. 그것을 생각하니 초조해져서."

"증명이라면?"

마리에가 안주를 집으려다 말았다.

"가지노 씨, 알리바이는 있어요?"

"알리바이라니, 무슨 말이죠?"

왜 거기에 알리바이라는 말이 나왔는지 알 수 없었다.

"신문에 나오진 않았지만."

마리에는 상체를 내밀며 목소리를 낮췄다. 지금까지 미처 몰랐던 향수 냄새가 나를 자극했다.

"기타하라 미도리가 살해된 것은 어젯밤 8시부터 11시 사이래요. 그 시간의 가지노 씨 알리바이 말이에요."

"그런데 마리에 씨는 왜 내 알리바이를 문제 삼는 거죠?"

나는 그렇게 말하면서 속으로 생각하고 있었다. 어젯밤 그 시간이라면 내 알리바이를 증명해 줄 사람이 있다. 단지 그 사람이 그것을 해 줄 것인가 하는 것이 문제인데.

"가지노 씨, 그 수영장에 갔던 날 나쁜 짓 했죠?"

"특별히 나쁘다고 할 만한 행동은 하지 않았어요."

그러나 내 목소리가 변해 있는 것을 스스로도 알 수 있었다. '나쁘다'라고 까진 말할 수 없을 테지만 나는 그날 다른 사람에게 말할 수 없는 일을 했던 것이다.

"그래요? 내가 수영장에 갈 수 없다고 전화 한 것이 12시 경이었고 1시간 반쯤 뒤에 가지노 씨는 수영장에서 나왔어요. 그렇죠?"

"정확한 시간을 기억할 수 없지만 그랬을지도 모르죠. 혼자서 수영하는 게 재미없어서 그냥 일찍 나왔으니까요."

나는 그렇게 대답할 수밖에 없었다.

"그렇다기보다는 좀 더 재미있는 것을 하고 싶었을 테죠. 아니에요?"

"……."

나는 잔을 비우고 종업원을 불러 한 잔 더 주문했다. 마리에의 질문에 대한 답을 생각하기 위해서…….

"손님은?"

종업원의 말에 마리에는 고개를 가로저었다. 마리에의 잔에는 맥주가 아직 반 정도 남아 있었다.

"수영장에서 나온 가지노 씨는 그대로 프런트로 가 키를 받고 로비 옆에 있는 커피숍으로 갔어요. 그렇죠?"

"잠깐 빌릴게요."

나는 테이블 위에 있던 마리에의 선글라스를 집어 들었다. 갑자기 세계가 어두워졌다. 주위를 제대로 판별할 수 없을 만큼.

"그 커피숍에 선글라스를 낀 여자가 나타났고, 어디 틀린 데라도 있나요?"

"음. 그 질문에 답해야 할 의무는 없다고 생각합니다. 마리에 씨와 나와는 현재 그저 단순히 아는 사이일 뿐이니까요."

"그럴지도 모르겠네요. 하지만 지금 말한 것은 기타하라 미도리에게서 들은 거예요. 다시 말해 그 여자는 당신의 비밀을 알고 있다는 거겠죠? 그렇다면 가지노 씨 당신에겐 그 여자를 살해할 만한 동기가 있다, 뭐 그렇게 되는 거 아니겠어요?"

말이 끝나자마자 마리에는 내 얼굴에 손을 뻗어 선글라스를 벗겼다. 다시 세상이 밝아지고 마리에의 입술이 떨리는 것이 눈에 들어왔다.

"나 원. 가령 그것이 내 비밀이었다고 해도 그 비밀을 그 여자가 알고 있었단 사실을 난 전혀 몰라요. 그것만은 믿어줘요."

"이러다간 끝이 없겠네요. 그런데 내가 믿는다 해도 경찰이 믿어 줄지."

"경찰? 지금 이 이야기를 경찰한테 했다는 겁니까?"

"으음."

마리에는 어깨를 들썩 했다.

"하지만 그 여자가 당신의 이름과 회사 전화번호를 반드시 어딘가에 메모해 두었을 거예요. 경찰이라면 뭔가 눈치 챌 게 당연하잖아요. 그리고 그날 수영장에 갔던 친구들도 가지노 씨를 기억할 것 아니겠어요? 그러니 경찰이 가지노 씨에게 자세한 사정을 물으러 올 게 틀림없어요."

그때 종업원이 맥주가 가득 찬 잔을 들고 왔다.

마리에는 그 후에도 어떻게든 내 알리바이를 들으려 애를 썼으나 나는 '노코멘트'로 일관한 뒤 마리에와 헤어졌다.

집으로 돌아가는 길 내내 착잡한 기분이었다.

마리에가 말한 것처럼 기타하라 미도리가 내 이름과 근무처를 메모해 두었다면 경찰이 그것을 발견할 것은 확실할 뿐더러 발견하면 내게 사실을 묻기 위해 찾아 올 것이 분명하다.

그때 나는 어떻게 대답해야 할까. 사실대로 이야기하는 것이 제일 좋을 것이다. 선불리 이야기를 꾸며대다가는 후에 발각될 테고 그럼 피할 수 없는 의심을 받게 될 것이다.

다만 내가 있는 그대로를 이야기해도 경찰이 그것을 믿어 줄지 어떨지. 두려운 것은 그들이 일단 내 말을 납득해도,

"만일을 위해 사건이 있었던 날 밤의 알리바이를 말해주시죠."

라고 하면 어떻게 하지.

그때는 또 어떻게 대답해야 할까. 그것이 문제였다.

아파트 입구에는 각 세대별로 우편함이 있다.

우편함을 열어 보니 안에 하얀 편지 봉투가 들어 있었다.

꽤 두꺼운 봉투였다. 받는 사람의 이름도 보내는 사람의 이름도 적혀 있지 않았다.

엘리베이터 안에서 봉투를 열어 보니 안에는 손수건 한 장이 들어 있었다. 여성용인지 내가 갖고 있는 것보다 작고 가장자리에는 핑크 색으로 수가 놓여 있다. 네 귀퉁이를 살펴보았으나 이름이나 이니셜 같은 것은 없다. 희미하게 향수 냄새가 난다.

나는 고개를 갸우뚱거리며 그것을 다시 봉투 안에 넣었다.

집으로 들어가 먼저 에어컨 스위치를 켰다. 그러고는 주스라도 마실 생각으로 냉장고 쪽으로 몸을 돌리는데 전화기의 램프가 깜박이고 있는 것이 보였다. 외출 중 메시지가 녹음되어 있다는 표시다.

메시지 버튼을 누르자 낯익은 여자 목소리가 흘러나왔다.

"우편함에 손수건을 넣어 놓았어요. 향수 냄새가 날거예요. 당신 의견을 듣고 싶어요. 다시 전화 할게요."

전화기에 응답 장치를 해 놓은 후 가장 빈번하게 메시지를 녹음하는 사람이 바로 이 목소리의 주인공이다. 내가 일기에 K라고 쓰고 있는 인물.

그 친근한 목소리를 듣고 기분이 좀 나아졌다. 조금 전의 그 문제도 K가 다시 전화를 걸면 그때 의논하면 될 것이다.

나는 그 봉투에서 손수건을 꺼내 코에 갖다 댔다. 그리고 아하, 하고 생각했다. 그 비어가든에서 희미하게 풍겼던 향수 냄새와 같았다. 그런데 그것이 무얼 말하는 걸까.

기다리고 있던 전화가 걸려 온 것은 1시간쯤 후였다.

"여보세요."

그 소리만으로도 상대를 알 수 있다.

"녹음된 메시지 들었어요."

"어때요? 그 냄새, 기억 없어요?"

"단언할 수는 없지만 같은 냄새를 맡은 적이 있는 것 같아요."

"역시."

상대는 그렇게 수긍하며 한숨을 내쉬었다.

"그거 혹시 당신이 결혼하려고 했던 여자의 향수 냄새 아니에요?"

"결혼하려 했던 건 아니에요. 전에도 말했던 것처럼."

"뭐, 그건 좋아요. 어쨌든 미야케 마리에의 향수, 그렇죠? 잘 기억하고 있네요. 당신 아직 그 여자와 만나고 있는 거예요?"

수화기로부터 들려오는 목소리에 빈정거림이 섞여 있었다.

"아니, 그렇지 않아요. 실은 오늘 그 여자가 회사로 찾아왔어요. 그 일로 좀 상의하고 싶은데."

"좋아요. 무슨 일인지 모르지만 이따 다시 전화할 테니까 그때 얘기해요. 그것보다 그 손수건 말예요. 어디에 있었는지 맞춰 볼래요?"

"글쎄."

머리에 아무 것도 떠오르지 않았지만 상대에게 그것을 말하진 않았다.

"남편의 바지 주머니. 무슨 일로 손수건을 빌리고선 그대로 주머니에 넣은 거겠죠. 그 사람 좀 멍청한 구석이 있어서."

"아아."

나는 그 말만 했다.

지금 그 여자가 한 말을 어떻게 해석해야 하는 걸까.

언제 형사가 찾아올까. 다음 날 나는 회사에서 마음을 잡을 수 없었다.

기타하라 미도리 사건 기사는 계속 신문에 나왔다. 기사에 의하면 수사본부는 면식범의 범행으로 방향을 잡고 있는 것 같았다.

피해자 미도리는 매우 주의 깊은 성격으로 평상 시 맨션의 현관문을 잠그는 것은 물론 도어체인까지 걸기 때문에 모르는 사람이 실내로 잠입해 범행을 저지른다는 것은 불가능하다는 것이다. 그런 점에서 미도리를 안심시켜 문을 열고 체인을 풀게 할 수 있는 인물로 범위가 좁혀지고 있는 것이다.

그리고 '피해자의 교우 관계를 중심으로 탐문 수사를 계속해 나갈 것' 이라고 보도했다.

나의 경우 기타하라 미도리와 친한 관계라고는 말할 수 없을 것이다. 내가 그 여자를 찾아 갔었다고 해도 문을 열어 주었을지 어떨지.

그러나 그것은 나만이 알고 있는 것이고 경찰은 그렇게 보지 않을 수도 있다. 그 점에 대해서 형사와 말다툼 할 것을 생각하니 머리가 아파 온다.

하지만 어쨌든 내겐 결정적인 카드가 있었다. 그 후 K는 전화로 필요하다면 자신의 이름을 밝혀도 좋으며 사건 당일 오후 7시부터 12시까지 둘이 다카나와의 호텔에 있었던 것을 말해도 상관없다고 했다.

남편의 바지 주머니에서 그 손수건을 발견한 것으로 그 여자는 이미 어찌되어도 상관없다는 식이 된 것일지도 모른다.

알리바이를 주장할 수 있다는 점에서 어느 정도 기분이 편안해졌지만 그렇다 해도 형사에게 이것저것 말해야 한다는 사실에 우울

했다. 오전 회의 중에도 나는 거의 그 생각을 하고 있었다. 머리가 계속 지끈거린다.

점심시간, 내가 식사를 마치고 사무실로 돌아오니 전화벨이 울렸다. 우리 회사의 전화는 모두 직통이다. 이런 시각에 일 관계로 전화가 오는 일은 거의 없다. 필경 경찰 일거야, 라고 생각하면서 전화를 받았다.

"네, 영업기획과 입니다."

"저, 가지노 씨 계시면."

"아, 저예요. 무슨 일이에요?"

나는 송화기를 손으로 감싸면서 물었다. 지금까지 교코 부인이 회사에 전화를 걸어온 적은 없다. 용건이 있을 때에는 집 전화기에 메시지를 남겨 두는 방법을 썼던 것이다. 나도 이틀에 한 번은 낮 시간을 이용해 부인에게 전화를 걸고 있었다.

"낮 뉴스 봤어요? 범인이 체포됐대요."

"범인이요?"

나도 모르게 커지는 목소리를 애써 낮췄다.

"그 사건의 범인 말인가요?"

"그래요. 미도리라는 여자, 낮에는 슈퍼에서 아르바이트를 했는데 그곳 점장이 범인이래요."

"아, 슈퍼에서요."

의외였다. 나는 그 여자가 마리에의 친구라기에 여유롭게 즐기는 사모님쯤으로 생각하고 있었다.

"그 점장이 미도리를 짝사랑하고 있었대요. 그래서 그저께 밤 그 여자가 맨션에 혼자 있다는 것을 확인하고 찾아가 말로 설득했지만 여자가 저항하자 불끈해 살해하고 말았다. 뭐 그런 것 같아요."

"그렇군. 아르바이트를 하는 슈퍼의 점장이라면 당연히 문을 열어 줬을 테죠."

"그럼."

교코 부인은 평상시 어투로 말했다.

"용건은 이것뿐이에요. 이제 당신에게 형사가 찾아 갈 일은 없겠군요."

"정말 고마워요. 덕분에 기분이 좋아졌어요."

타산적일지 몰라도 두통이 싹 사라졌다.

우연이란 것은 존재한다. 나는 그날 지하철에서 기타하라 미도리를 보았다. 아니 정확히 말하자면 내가 기타하라 미도리라고 생각하고 있던 여자를 우연히 만난 것이다.

지하철에 올라타 손잡이를 잡은 곳 바로 앞좌석에 앉아 있던 여자가

"어머, 가지노 씨."

라고 말을 걸어왔다.

"……."

순간 나는 아무 말도 할 수 없었다. 눈앞에 있는 여자는 틀림없이 그 귀고리의 주인이었다. 내가 풀장에서 찾아 준 귀고리가 귀에서 반짝거리고 있었다. 만약 한밤중이고 주위에 사람이 없었다면 나는 비명을 질렀을 것이다.

"당신 죽지 않았나요?"

이런 멍청한 질문을 하지 않고 서 있을 수 있었던 것은 주위의 승객들 덕분이다.

"잊으셨어요? 수영장에서 신세를 졌던 사카시타예요."

"아, 성함이 사카시타 씨였나요? 결국 내가 속은 거군."

"속았다니요? 아, 아가씨에게서 말인가요?"

사카시타가 웃었다.

"아가씨? 그럼 사카시타 씨는?"

"간호사예요. 미야케 병원의. 그 날 아가씨가 수영장에 데려가 주셔서."

"하지만 마리에는 병문안 때문에 기류에 간다고."

"거짓말이었어요. 아가씨는 계속 호텔 로비에 있었는데요. 2시간 후에 우리와 합류했죠."

"그랬군요."

나는 입술을 깨물었다. 그렇다면 마리에가 로비 한편에 몸을 숨기고 있는 것도 모른 채 나는 교코 부인을 호텔로 불러 함께 방으로 갔다는 건가. 그런데 마리에는 무엇 때문에 그런 행동을 했던 걸까.

"저, 사카시타 씨. 미안하지만 다음 역에서 같이 내려 주실래요?"

나는 지하철에서 내려 사카시타에게 마리에에게 전화를 걸어 달라고 부탁했다.

"어머, 다 들켰나 봐."

전화를 받은 마리에는 내 목소리를 듣자 갑자기 웃음을 터뜨렸다.

"웃을 일이 아니에요. 기타하라 미도리라는 여자, 당신과 어떤 관계죠?"

"전혀 모르는 사람이에요. 신문 기사를 보고 생각해 낸 거예요. 가지노 씨는 사카시타 양의 이름을 모를 뿐더러 신문에는 피해자 사진이 실리지 않았기에 틀림없이 가지노 씨를 속일 수 있다고 생각했죠."

"대체 왜 나를 속인 거죠?"

"그날 가지노씨가 다른 여자와 데이트 한 것 다 알고 있어요. 하지만 그 여자가 선글라스를 끼고 있어서 얼굴을 자세히 알 수 없었죠. 그래서 그 여자 신원을 확실히 알기 위해서."

"신원을?"

"그래요. 살인 사건이 일어났다면 형사가 탐문 수사 차 찾아 갈 거예요. 물론 가지노 씨의 알리바이를 캐기 위해 내 남자 친구에게 형사 역을 부탁했죠. 그리고 가지노 씨가 여자와 어디어디 호텔에 있었다고 말하면 그때 그 여자의 이름을 추궁할 생각이었는데 그렇게 되기 전에 진짜 범인이 잡혀 버린 거예요. 그런데 살인 사건 이야길 진짜로 믿고 있었나 봐요. 차라리 속이 후련하네요."

"하지만."

"사실을 말하자면 그 혼담이라는 것도 후나야마 아저씨가 꾸민 거예요. 아저씨는 아줌마하고 당신 사이가 수상하다면서 내게 좀 알아봐 달라고 했거든요. 그래서 내가 당신에게 접근하기 쉽도록."

"그런데 당신과 후나야마 부장과는 어떤 사이죠? 함께 그런 계획을 세운 걸 보면 당신들."

"상상에 맡기겠어요."

마리에는 전화를 끊어 버렸다.

후나야마가 마리에 이야기를 꺼냈을 때 좀 더 경계했어야만 했다. 나는, 단순히 후나야마가 교코의 반응을 시험해 보려 했던 것인데 결국 후나야마가 쳐 놓은 덫에 걸리고 만 것이다.

"상관없어요. 우리 관계가 탄로 나면 당신은 나와 결혼하는 거야."

나는 언제나 그렇게 말하는 교코 부인의 대사를 떠올리며 공중전화를 바라보았다.

그 여자는 미인일 뿐더러 성격도 나쁘지 않다. 다만 유감스럽게도 나보다 10년 이상 연상이라는 것이다.

09

소년을 본 남자

"보디가드를 맡아 줄 거예요?" 놀랍게도 소년은 어엿한 성인처럼 흥정하고 있었다. "돈은 가지고 있어요. 그 여자를 내일 아침까지 지켜 주는데 얼마죠?"

하라 료 原尞

사가현 출생. 규슈대학 문학부 미학, 미술사과 졸업.

상경하여 CBS소니 레코드에 근무한 뒤 프리 재즈 피아니스트로 활약함.

30세 무렵부터 하드보일드를 중심으로 한 번역 미스터리에 심취함.

창작을 지망하여 귀향한 후 장편 하드보일드 「그리고 밤은 되살아난다」를 탈고,

원고를 하야카와 출판사에 보냄. 작품은 신주쿠에 사무실을 둔 사설탐정

사와자키를 주인공으로, 하드보일드를 일본에 이식하는 데 중점을 두는 한편,

도시 소설로서의 일면을 간직하고 있으며, 1988년도의 베스트 작품으로 절찬을 받았다.

「소년을 본 남자」는 사와자키가 활약하는 단편 제 1작.

「그리고 밤은 되살아난다」는 제2회 야마모토 주고로상 후보작이었으며,

이어지는 두 번째 장편 「내가 죽인 소녀」로 제102회 나오키상 수상.

오늘날 가장 주목받는 하드보일드 작가이다.

1

장마가 계속되는 금요일 오후 무렵이었다. 소년은 눈에 잘 띄는 노란 우산과 검은 체육복에서 빗방울을 뚝뚝 떨어뜨리며 사무실 문 쪽에 서 있었다. 근로기준법에 따르면 15세 미만 아이를 고용하는 것은 위법이었다. 예를 들어 수업 시간 이외라 해도 12세 미만 아이를 고용하는 것은 금지되어 있었다. 아니, 문제는 12세도 안 된 아이가 탐정을 고용하는 것을 정당하다고 볼 수 있는가……. 소년이 사무실 문을 열고 들어왔을 때 내가 처음 생각한 것은 바로 그것이었다.

"무슨 일이니?"

나는 당혹감을 억누르며 물었다.

"저……."

소년은 말도 제대로 못 하고 시선을 벌써 물웅덩이가 되어버린 사무실 바닥에 떨어뜨리고 있었다.

"장난하는 거라면 상대할 시간 없다. 용건이 있다면 문 밖 의자에 우산을 두고 오너라."

소년은 시키는 대로 하고 돌아왔다. 다시 돌아오지 못하도록 심하게 대하지 못한 것이 실수였다. 나는 막 읽기 시작한 오다케 히데오의「포석의 방향」중 흑번필승黑番必勝이라고 씌어진 페이지에 책갈피 대신 빈 담뱃갑을 얹어 놓았다.

"문 닫고 이쪽 의자에 앉아라."

나는 책상에서 일어나 캐비닛 쪽으로 갔다. 그리고 수건을 꺼내 손님용 의자에 앉으려고 하는 소년에게 던져 주었다.

"괜찮아요, 젖어도 상관없으니까."

소년은 수건을 되돌려 주려고 했다.

"보고 있는 내가 감기에 걸리겠다. 자, 닦아라."

소년은 시키는 대로 했다.

그는 검은 반바지에 흰색 양말, 그리고 검은 운동화를 신고 머리에는 '야쿠르트 스왈로즈'의 야구 모자를 쓰고 있었다. 아이들이 지난해 일본 제일의 팀 모자를 쓰는 건 당연하다고 생각했다. 그러나 나는 12년 전 파트너 와타베도 없이 처음으로 의뢰인을 맞을 때 이상으로 침착함을 잃고 있었다.

"그래, 무슨 용무지?"

나는 책상으로 되돌아와 새 담뱃갑에서 한 개비 뽑아 불을 붙였다.

소년은 몸을 닦던 손길을 멈추고 진지한 얼굴로 대답했다.

"보디가드를 해주셨으면 합니다."

"뭐라고? ……누가 널 괴롭히니? 그래서 괴롭히는 아이로부터 지켜 달라는 거야?"

"제가 아니에요. 어떤 여자를 지켜 달라는 겁니다."

"그래? 여자라…… 어떤 여잔데?"

소년은 잠시 생각하더니 신중하게 물었다.

"보디가드를 맡아 줄 거예요?"

놀랍게도 소년은 어엿한 성인처럼 흥정하고 있었다. 나이는 열 살 정도, 키는 대략 140센티, 햇볕에 그을린 얼굴에는 정직해 보이는 눈이 빛나고 있었다. 그는 생각났다는 듯이 말을 꺼냈다.

"돈은 가지고 있어요. 그 여자를 내일 아침까지 지켜 주는데 얼마지요? 여기 5만 엔이 있어요. 부족하시다면……."

"가만있어, 꼬마야. 두 번 다시 돈 얘기는 하지 말아라. 나는 너 같은 개구쟁이에게 고용될 생각은 없으니까. 또다시 돈 얘기를 꺼내면 당장 밖으로 쫓아버리겠어. 알겠니?"

소년은 깜짝 놀라 수건을 떨어뜨리고는 당황해하며 다시 주우면서 고개를 끄덕였다.

"이건, 어린아이인 네가 어른인 나에게 도움을 받고 싶은 일이 있고, 그것이 내가 할 수 있는 일이라면 기꺼이 도와준다는 이야기다. 단, 나보다도 너의 부모나 학교 선생님이나 혹은 경찰 쪽이 더 잘 도와줄 수 있는 경우라면 얘기를 그쪽으로 돌리겠어. 알겠지?"

나를 뚫어지게 바라보는 소년의 눈은 정직했다. 하지만 어른이라고 꼭 사악하다고 할 수는 없듯이 아이라고 해서 무조건 정직하다고는 볼 수 없었다.

"하지만 제 이야기는 막연한 데다 확실한 것이 아니라서 경찰에서는 틀림없이 들어 주지 않을 거예요. 그래서 이곳에 부탁하러 온 거예요."

나는 메모지를 끌어당기며 말했다.

"내 이름은 사와자키인데, 네 이름은 뭐니?"

소년은 조금 주저하더니 곧 대답했다.

"에노모토 다이스케입니다."

요즘 아이들은 무슨 이유에서인지 모두가 다이스케였다.

"몇 살이고 몇 학년이지?"

"열 살. 요도바시 제4초등학교 5학년입니다."

"주소는?"

"기타신주쿠 3-50, 신주쿠 제2공단 아파트 3동 205호."

"전화번호는?"

다이스케는 생각난다는 표정으로 기타신주쿠 방면의 국번이 붙은 번호를 불러 주었다. 나는 담배를 끄고 책상 전화의 수화기를 들어 그 번호를 돌렸다.

"저……."

다이스케는 항의를 했지만 곧 입을 다물었다.

호출음이 네댓 번 울리더니 상대가 나왔다.

"여보세요, 에노모토입니다."

소년의 엄마인지 가정부인지, 중년 여성의 목소리였다.

"다이스케 군 있습니까?"

내가 물었다. 앞에 앉아 있는 본인은 단념했다는 듯이 고개를 숙였다.

"다이스케는 친구 집에 간다고 나갔는데요."

"요도바시 제4초등학교의 에노모토 다이스케 군 집이 맞지요?"

"네, 그렇습니다만 누구십니까?"

나는 재빨리 전화를 끊고 물었다.

"보디가드가 되어 달라고 한 여자 이름은?"

다이스케는 안심하는 표정으로 얼굴을 들었다.

"니시다 사치코라는 사람입니다."

"어디선가 들은 이름인데."

소년은 멍청한 얼굴을 하고 있었다. 이 나이의 아이가 그런 유행가 가수 이름을 알 리는 없었다.

"그 여자는 너하고 어떤 관계지?"

"어떤 관계라뇨?"

"네 친척인지, 여자 친구인지, 아니면 학교 친구인지."

"아뇨, 저하고는 관계가 없습니다. 전혀 모르는 사람이에요."

"아니, 보디가드를 해주려면 그 사람이 어디에 있는지 정도는 알 필요가 있지 않을까?"

"아, 그건 알고 있어요. 그 사람은 부도심의 블랙 빌딩 2층에 있는 디베르티멘토 17이라는 보석상에서 일하고 있는 것 같아요."

"그래? 하지만 왜 그 여자 일을 내게 맡기는지 그 이유를 듣고 싶은데?"

다이스케는 머리를 끄덕이며 어린애다운 빠른 말씨로 이야기를 시작했다.

"어제는 교직원 회의가 있어서 오전 수업만 했어요. 그래서 학교에서 돌아오는 길에 친구들과 가부도 신사 경내에 들렀지요. 그런데 갑자기 비가 억수같이 쏟아져 다른 친구들은 모두 돌아갔아요. 저하고 마사시, 둘은 신사 마루 밑에 숨었어요. 우리 둘이 조금 놀았는데 비가 잠시 그치자 마사시도 돌아가 버렸어요. 저는 집에 돌아가면 곧장 바이올린 학원에 가야 하기 때문에 조금 더 놀았어요. 마사시에게 빌린 만화책을 보고 있었어요. 그런데 남자 두 명이 신사 정면에서 비를 피하며 이야기를 시작했어요. 처음에는 무슨 이야기를 하는지 듣지도 않았지요. 만화책을 다 읽고 돌아오려는데 한쪽 남자가 '부도심의 블랙 빌딩 2층에 있는 디베르티멘토17이라는 보석상에 근무하는 니시다 사치코라는 여자를 처리해 줘.'라고 말하는 거였어요."

"처리해 달라고 했다고?"

"네."

"처리하라는 게 어떤 의미지?"

"그건 죽여라, 그런 말 아닌가요?"

"그럴까? 상대방 남자는 뭐라고 대답을 했지?"

"'언제까지?'라고 물었어요. 그러자 '오늘 중으로 처리해 줘.' 하고 말했어요."

"그리고?"

나는 말을 재촉했다.

"'알았어.'라고 대답했어요."

"넌 그 두 남자를 보았니?"

"아뇨, 얘기를 듣고 무서운 생각이 들어서 신사 마루 밑바닥에 가만히 있었거든요. 두 사람 중 한 사람이 신사 밖으로 나가는 것은 언뜻 보았어요. 하지만 키가 크고 마른 남자라는 것 이외에는 모르겠는데요."

나는 잠시 골똘히 생각했다. 소년은 불안한 표정으로 내 모습을 살피고 있었다.

"왜 곧장 집으로 돌아가지 않았지?"

"집에 돌아갔더니 선생님께서 감기로 오늘은 쉬겠다는 연락을 해 와서…… 그래서 저금통을 깨서 곧장 이곳에 온 거예요."

"왜 이리로 왔지?"

"이 길로 자주 다녀서 여기에 탐정사무소가 있다는 것을 알고 있었어요. 다른 탐정사무소는 알지도 못하구요."

"너 만화나 텔레비전에서 나오는 탐정과 실제의 탐정이 다르다는 것은 알고 있겠지?"

"그건……"

소년은 난처해했다.

"하지만……."

"좋아, 지금의 질문은 잊어라. 그보다 너는 만난 적도 없는 여자의 보디가드 비용으로 네 용돈을 다 쓸 작정이니?"

"하지만…… 사람의 목숨은 무엇보다 소중하잖아요?"

"누구에게서 그런 엉터리 같은 소리를 들었지? 돈을 꺼내 봐."

다이스케는 반바지 주머니에서 접혀 있는 1만 엔짜리 지폐를 꺼내 보여 주었다. 그가 말한 대로 다섯 장쯤 되어 보였다.

"알았다, 넣어 둬."

소년은 내 마음이 변해 돈을 받지 않을까 하는 표정으로 일부러 꾸물꾸물 돈을 집어넣었다.

"그렇다고는 해도 단 한 번 들었는데 디베르티멘토17이라는 어려운 이름을 잘도 기억하고 있구나?"

"바이올린 학원에서 듣기훈련으로 언제나 클래식을 듣게 해요.

모차르트는 지루하지 않기 때문에 디베르티멘토17이라는 곡이 있다는 것을 알고 있어요.”

나는 담배를 입에 물었으나 불을 붙이지는 않았다. 이 소년의 이야기를 어떻게 받아들여야 할지 감을 잡을 수가 없었다.

“니시다 사치코라는 여자를 지켜 주시겠어요?”

다이스케가 물었다.

“생각 중이다.” 내가 대답했다. 가장 온당하고 적절한 처리는 소년을 데리고 가까운 경찰서로 가는 것일 것이다. 바보 취급 당할 것을 각오하고.

“저…….”

다이스케는 일어서며 말했다.

“저, 화장실에 가고 싶은데요.”

“문을 나가서 왼쪽 끝이다.”

소년은 수건을 의자 등받이에 걸고 사무실 밖으로 나갔다. 나는 책상에서 일어나 창으로 가서 비로 인해 뿌연 주차장 너머의 길을 내려다보았다. 유리창에는 파트너가 있던 시절과 마찬가지로 ‘와타베 탐정사무소’라고 씌어 있었다. 이제는 페인트가 벗겨지기 시작하고 있었다. 그것을 본 다이스케 같은 어린아이가 어떤 이미지를 갖게 될 것인가? 지금까지 그런 것은 생각해 본 적이 없었다. 소년이 돌아오지 않는 것을 깨달은 것은 2분 정도 지나 담배에 불을 붙였을 때였다. 나는 급히 사무실을 뛰어 나갔지만 화장실엔 소년의 모습이 보이지 않았으며, 복도 의자에 놓여 있어야 할 노란 우산도 없었다. 일단 사무실로 되돌아왔지만 문득 어떤 생각이 떠올라 빌딩 출구 쪽으로 가보았다. 잠겨 있지 않은 녹투성이 우편함을 열어보니 생각한 대로 그 안에는 눅눅한 1만 엔짜리 다섯 장이 접힌 채 들어 있었다. 나는 좋든 싫든 열 살짜리 개구쟁이에게 고용된 것이다.

2

부도심 고층 빌딩의 하나인 블랙 빌딩은 외관상의 명칭에 지나지 않았고 진짜는 동신 빌딩이라는 이름이었다. 지하에 동신 전철역이 있고, 빌딩은 동신 본사, 동신백화점, 공원 부지, 호텔, 그리고 블랙 하우스라 불리는 임대 부분으로 4등분 되어 있었다. 목표인 디베르티멘토17이라는 이름의 보석상은 블랙 하우스 2층 중앙에 있었다.

나는 그 반대편에 있는 커피숍 안에 있었다. 이미 디베르티멘토17을 방문해 니시다 사치코와의 면회를 요청해 놓았다. 동료 여점원이 니시다는 오전부터 거래처에 나가 자리에 없으나 늦어도 3시까지는 들어온다고 말해 주었다. 나는 계획을 바꾸어 나중에 전화하겠다고 말하고 가게를 나왔다. 그리고 그 여점원이 알아차리지 못하도록 이 커피숍으로 들어온 것이다. 나는 스미비 바이센이라는 이름의 곰팡내 나는 커피 한 모금을 마신 뒤 신주쿠 경찰서의 니시오리 경부에게 전화를 걸었으나 오늘은 비번이라 출근하지 않았다는 대답이었다.

2시 30분 정각에 산뜻한 비즈니스 가방을 든 40세 전후의 늘씬한 여성이 디베르티멘토17로 들어가는 것이 보였다. 그녀는 잠깐 가게 구석으로 가서 가방과 흰 레인코트를 내려놓고 가게 안으로 되돌아왔다. 하얀 실크 블라우스에 검은 타이, 그리고 검정색의 긴 스커트, 흔한 여점원 유니폼이었다. 내가 말을 걸었던 여점원이 그녀에게 무언가 말을 했다.

나는 커피숍 카운터에서 일어나 가게 구석에 있는 전화 부스로 들어가 미리 알아 놓았던 전화번호를 돌렸다. 밖에서 돌아온 여점원이 동료 곁을 떠나 전화 수화기를 드는 것이 보였다. 거리가 멀어서 그녀의 얼굴까지는 포착할 수 없었다.

"여보세요, 디베르티멘토17 보석상입니다."

나이에 비해 맑고 탄력 있는 목소리였다.

"니시다 사치코 씨 계십니까?"

"네, 접니다만……."

"저는 조금 전 그곳을 방문했던 사와자키라고 합니다."

"네, 지금 막 이야기를 들었어요. 그런데 무슨 일이신지요?

이런 때는 단도직입적으로 묻는 수밖에 없었다.

"실례입니다만 혹시 누군가에게 생명의 위협을 받고 있지는 않습니까?"

"뭐라고요? 도대체 무슨 말씀이신지요?"

그녀의 목소리에서 힘이 사라지고 있었다.

"두 남자의 대화에서 디베르티멘토17에 근무하는 니시다 사치코라는 여성을 오늘 중 처리하라고 하는 이야기를 들었답니다. 그런 말을 듣고도 짚이는 것이 없습니까?"

"아뇨, 두 남자라니, 도대체 어떤 사람들입니까?"

"그건 분명치 않습니다."

"일의 성격상 상당히 비싼 물건을 가지고 다니기 때문에 위험이 많다고 늘 상사에게 주의를 받고 있습니다만…… 그런 소설 같은 위험을 느낀 경우는 없습니다."

"그렇습니까?"

"사와자키 씨라고 하셨지요? 실례입니다만 경찰이십니까?"

"아뇨, 그렇지 않습니다. 그러나 당신의 신변 안전을 걱정하고 있는 사람이 있다는 것만은 믿어 주십시오. 혹시 에노모토 다이스케라는 소년을 알고 계십니까?"

"아니오."

그녀가 대답했다.

"소년이라면 몇 살 정도의 아이인가요?"

"열 살입니다. 요도바시 제4초등학교 5학년입니다만."

"그 아이가 좀전의 얘기를 들었다고 했습니까?"

"아마 그럴지도 모릅니다."

"니시다 씨, 당신은 자녀가 있나요?"

"네, 있어요. 중학생 여자아이가."

그녀의 맑았던 목소리가 조금 울먹이는 것 같은 느낌이 들었다. 전화상으로는 거짓말을 하는지 아닌지 알 수가 없었다.

"어쨌든 그 때문에 전화를 드린 겁니다. 만약이라는 것도 있으니 내일까지는 아무쪼록 조심해 주십시오."

그녀는 인사를 하고 전화를 끊었다. 나는 카운터 옆자리로 돌아오면서도 보석상의 그녀에게서 눈을 떼지 않았다. 그녀는 끊었던 수화기를 다시 들고 어딘가에 전화를 걸었다. 그러나 두세 마디 하더니 곧 수화기를 내려놓았다. 멀리서도 그녀의 태도가 불안하다는 것을 알 수 있었다. 그녀는 아까 말을 나누었던 동료에게로 가 잠시 말을 주고받았다. 상대가 고개를 끄덕이자 그녀는 서둘러 가게 구석으로 사라졌다. 나는 계산을 하기 위해 계산대로 갔다. 니시다 사치코가 하얀 레인코트를 손에 들고 가게 구석에서 모습을 나타내 디베르티멘토17을 뒤로 했을 때, 나도 커피숍을 나왔다.

그녀는 에스컬레이터로 지하에 내려가 연결 통로를 이용해 블랙 빌딩을 나갔다. 행선지는 신주쿠 역 니시구치 방면이었다. 지하 통로를 따라서 신주쿠 1번가의 은행과 생명보험회사가 밀집해 있는 구획까지 7, 8분을 걸어 그녀는 밖으로 나갔다. 비는 이슬비에 가까웠다. 그녀는 신주쿠 우체국 앞에서 오른쪽으로 돌아 빠른 걸음으로, 5, 6층 정도 되는 잿빛 빌딩 입구로 다가갔다. 올려다보니 빌딩 모서리에 제일홍업은행이라고 파란색으로 쓴 커다란 간판이 있었다. 손목시계를 보니 벌써 2시 55분을 지나고 있었다. 나는 그녀를 따라 입구로 들어갔다. 내가 비록 예금계좌도 없는 단지 미행중인 탐정이라 해도 그날 그 은행 최악의 손님은 아닌 듯했다. 먼저 와 있는 두 사람의 은행 강도가 있었으니까.

3

처음 눈에 들어온 것은 얼룩무늬의 니트 스키 마스크를 뒤집어 쓴 건장한 체격의 남자가 은행 카운터 중앙으로 뛰어오르는 것이었다. 검정 마스크를 쓰고 키가 큰 다른 남자는 내 왼쪽 뒤 벽에 등을 기대고 서 있었다. 이미 내가 이 장소를 탈출한다는 것은 무리한 상황이었다. 두 사람 손에는 콜트나 스미스 앤 웨슨 같은 자동 권총이 쥐어져 있었다. 그럼에도 불구하고 그 후의 10분 동안은 영화나 텔레비전의 은행 강도 장면과는 아주 다르게 모두가 냉정하게, 굳이 표현하자면 태평스레 흘러가고 있었다.

"조금 이르지만 문 닫을 시간이야."

카운터 위의 남자가 울려 퍼지는 목소리로 말했다.

내 바로 앞에서 어리둥절한 채 서 있던 니시다 사치코는 본능적으로 도망치려고 하다 나와 정면으로 부딪쳤다.

"움직이지 마!"

벽에 기대 있던 남자가 권총을 내밀며 말했다.

"아무도 해치고 싶지 않다."

카운터에 있던 남자가 소리쳤다.

"서 있는 사람은 즉시 가장 가까운 곳에 있는 의자에 앉아!"

두세 명의 은행원과 여러 명의 손님들은 시키는 대로 했다. 나도 니시다 사치코의 팔을 잡고 가까운 곳에 있는 직사각형 가죽의자에 앉았다. 은행원은 전부 열 명 정도이고 손님도 같은 수였다.

"좋아, 이제부터 함부로 일어나는 놈은 이 권총에 맞을 각오를 해라."

카운터 위에 있던 남자는 발밑에 있던 여행원에게 총구를 향하고 안전장치를 풀었다. 여행원은 공포감으로 몸을 움츠렸다.

"누구, 입구의 셔터를 내릴 수 있는 사람은 손을 들어!"

입구 가까운 구석에 있던 젊은 남자 은행원이 겁에 질려 손을 들었다.

"거기, 30초 안에 셔터를 내려라."

젊은 은행원은 서둘러 카운터에서 나오더니 입구 쪽으로 향했다. 검정 마스크를 한 남자가 그 은행원을 따라갔다.

"잠깐, 기다려."

카운터에 있던 남자가 은행원에게 말했다.

"엉뚱한 행동을 하면 이 아가씨뿐만 아니라 손님 몇 명도 죽는다."

젊은 행원은 침을 삼키며 고개를 끄덕였다. 그는 자동 유리문으로 나가 빌딩 입구 옆의 대리석 무늬 벽으로 다가갔다. 검정 마스크의 남자가 밖에서는 보이지 않는 위치에 서서 행원에게 자동 유리문 너머로 총을 겨누고 있었다. 은행원은 도망쳐 경찰에 알릴지도 모른다. 그는 그러한 훈련을 받았을 것이다. 그러나 사상자가 나는 것을 염려해 그런 행동을 단념할지도 모른다. 그는 벽에 달려 있는 금속판을 열고 셔터 스위치를 넣었다. 정면의 벽시계를 보니 분침이 거의 정각을 가리키고 있었다. 3시 정각에 은행은 밀실이 되었다.

제일흥업은행의 신주쿠 니시구치 지점은 자그마한 은행이었다. 신주쿠 역 동쪽 출구의 미쓰코시 옆에 있는 신주쿠 지점 쪽이 큰 규모였고 이곳은 그 출장소격인 규모였다. 게다가 손님 출입구가 하나이기 때문에 2인조 강도에게는 안성맞춤인 은행이었다.

셔터를 내린 은행원이 카운터 안으로 되돌아오자 강도들은 제각기, 잿빛 작업복 같은 점퍼의 지퍼를 내리고 천으로 만든 손가방을 꺼냈다.

"이곳 책임자는 손들어."

카운터에 있던 남자가 말했다. 은행원들 자리 가장 끝에 유달리 큰 책상에 앉아 있던 50세 안팎의 남자가 손을 들었다. 암청색 정장에 금테 안경은 분명히 은행원 같았으나 검고 진한 눈썹과 머리카락, 그리고 몸에 비해 크고 굵은 손마디는 구기 선수 아니면 아마추어 스포츠 코치 같다는 느낌이 들었다.

"당신은 누구지?"

카운터의 남자가 물었다.

"지점장 무토 에이지다."

"용기 있군. 손님을 응대할 때처럼 정중하게 말해 주시지. 현재 금고에는 얼마나 들어 있나? 잠깐. 조사해서 거짓인 것이 밝혀지면 여자 행원 한 사람의 무릎을 쏘아 줄 테니까 신중하게 대답하라고."

"1억 2천만 엔 정도일 거다. 오늘 일한 것까지는 정확히 알 수 없다."

카운터의 남자는 휘파람을 불었다.

"저놈 대단하군, 이런 작은 지점에 그렇게 큰돈을 두고 있다니. 그렇다고 듣기는 했지만 일본은 정말로 부자야. 그럼 무토 씨 이 가방을 가지러 오시지."

지점장은 은행원들의 책상 사이를 누비고 나와 카운터 쪽 남자에게 다가갔다. 3미터쯤 가까이 가자 남자는 '그만!' 하고 소리를 지르며 천 가방을 내던졌다.

"가방은 한 개 더 있다."

검정 마스크의 남자가 재빠르게 움직여 카운터 너머로 가방을 지점장에게 던져 주고 다시 곧장 원래의 위치로 되돌아갔다.

"뭘 멍청하게 서 있는 거야? 무토 씨, 다음에 할 일은 알고 있겠지? 다행히 금고실 문은 열려 있고……."

그는 지점장 가까이의 여자 은행원 두 사람을 손으로 가리켰다.

"너와 너, 지점장을 도와줘. 그리고 세 사람 중 누군가 이상한 짓을 하지 않도록 서로 지켜보도록. 예를 들어 돈을 속인다든지, 만약 그런 일이 있다면 세 사람이 연대 책임을 지는 거야."

지점장과 두 여직원이 금고실로 향했다.

"손님들에게 불유쾌한 시간이 1초라도 짧아질 수 있도록 솜씨 좋게 부탁해. 은행이라는 곳은 입금에 대해서는 일사천리지만 돈을 지불할 때는 시간이 하염없이 걸리지. 많이 개선할 필요가 있어."

세 사람이 금고실로 들어갔다.

"셔터를 내린 녀석……."

카운터의 남자가 불렀다. 젊은 은행원이 퉁기듯 일어섰다.

"네 손목시계엔 초침이 붙어 있겠지?"

은행원은 의아한 표정으로 그렇다고 대답하고는 몇 번이나 고개를 끄덕였다.

"미안하지만 금고실에서도 들을 수 있도록 큰소리로 1부터 초를 세어 줘."

은행원은 당황해하면서도 흥분한 목소리로 숫자를 세기 시작했다. 30초까지 세었을 때 지점장과 두 여직원의 모습이 보였다. 지점장이 가방 하나, 여직원 둘이 다른 하나의 가방을 무거운 듯이 카운터까지 옮겼다. 카운터에 있던 남자가 손끝으로 가리킨 조금 떨어진 위치에, 세 사람은 넘치도록 돈이 담겨 있는 두 개의 천 가방을 내려놓았다.

"수고했어."

카운터의 남자가 말했다.

"자리로 돌아가도 좋아. 이것으로 거래는 우호적인 가운데 무사히……."

굉음과 함께 카운터의 남자가 등을 돌린 채 허공을 날아 후두부부터 바닥에 내동댕이쳐졌다. 냉정하고 태평스럽던 분위기는 순식간에 두렵고 당황스러운 사태로 돌변했다. 지점장 무토가 천 가방 뒤에 숨겨 둔 회전식 권총으로 갑자기 남자 가슴을 향해 발사한 것이었다.

4

은행 안의 손님과 은행원 대부분은 놀람과 공포의 소리를 지르고 총격이 일어난 곳에서 잽싸게 멀리 물러섰다. 나는 검정 스키 마스크를 뒤집어쓴 남자의 반응을 보았다. 그는 바닥에 큰 대자가 된 동료와 카운터 쪽에서 권총을 들이대고 있는 지점장 무토를 교대로 바라보고 있었다. 마스크 안의 두 눈은 믿을 수 없다는 듯 휘둥그레져 있었다. 그 자신이 잡고 있던 권총은 가늘고 긴 몸 옆으로 축 늘어뜨려져 있었다.

"이젠 단념하시지."

무토가 침착한 소리로 말했다.

"금고 안에서 경보 스위치를 눌렀으니 지금쯤 은행 밖에는 경찰들이 포위하고 있을 거야."

검정 마스크의 남자는 괴성을 지르며 총을 쏠 자세를 취했다. 은행 안의 누군가가, 들려올 총소리를 예상하고 몸을 움츠렸지만 순간 약간의 공백이 있었다.

"당신 위험해요!"

내 옆에 앉아 있던 니시다 사치코가 갑자기 일어나 지점장 무토를 향해 소리 질렀다.

권총을 손에 든 두 사람은 동시에 소리 지른 여자를 돌아보았다. 지점장은 놀란 표정을 지었지만 검정 마스크의 남자는 반사적으로 권총의 총구 방향을 돌렸다. 나는 우두커니 서 있는 니시다 사치코의 무릎을 겨냥해 전력을 다해 빠르고 강한 태클을 했다. 둘이서 바닥에 심하게 넘어지면서 총소리와 함께 나의 등 바로 위를 스쳐가는 총탄을 느꼈다.

은행 안은 비명 소리로 가득차고, 그 비명을 가르는 총소리가 다시 한 번 울렸다. 나는 지점장이 검정 마스크를 쏘았을 것으로 기대하고 바닥에서 얼굴을 들었다. 그러나 기대한 것과는 달랐다. 검정 마스크의 남자는 카운터에 달려들어 천 가방 하나를 움켜쥐고 은행 출입구로 도망쳤다. 그는 자동문을 열면서 이쪽을 뒤돌아보며 천장을 향해 다시 한 발을 쏘았다.

"아무도 움직이지 마!"

그가 벽의 금속판에 달려들어 셔터 스위치를 조작하는 것이 보였다. 셔터가 올라가기 시작하자 스키 마스크를 벗어 점퍼 주머니에 쑤셔 넣었다. 셔터와 바닥의 간격이 50센티미터 정도 되자 기다릴 수 없다는 듯이 천 가방을 안고 밖으로 나갔다.

나는 상체를 일으켜 내 밑에 깔린 니시다 사치코를 일으켰다. 그녀는 작은 소리로 "고맙습니다." 하고 말하고는 레인코트의 먼지를 털었으나 지금 자신이 어떠한 상황에 있는지 잘 모르는 것 같았다.

나는 일어나 카운터 반대쪽을 살펴보았다. 지점장 무토가 오른쪽 가슴에 총을 맞아 셔츠가 피투성이가 된 채 쓰러져 있었다. 호흡을 할 때마다 입술에 핏방울이 떠올랐다 사라졌다.

출입구 쪽을 보고 있던 손님과 행원들이 일제히 후우 하고 환성을 질렀다. 그쪽을 보니 열린 셔터 저쪽에서 무장한 경찰들이 양손을 높이 든 도주범을 포위하고 있었다. 마르고 키가 큰 사내의 뒷모습은 도살장에 끌려가는 말을 연상시켰다. 또 다른 무장경찰관 한 부대가 입구에서 우르르 은행 안으로 밀려들어왔다.

맨 처음 신주쿠 경찰서 조사과 형사들이 들어왔다. 구급차가 도착하고 중상인 무토 지점장이 들것으로 운반되었다. 니시다 사치코가, 자신은 무토 에이지의 별거중인 아내로 병원에 동행하고 싶다고 자청하였고 그것은 받아들여졌다. 형사들은 은행 바닥에 쓰러진 얼룩무늬 스키 마스크 남자의 죽음을 확인하고 사진을 찍은 후 총 맞을 때의 상황을 조사한 뒤 검정 비닐 시체용 자루에 넣어 운반했다. 검정 마스크의 총구 각도가 10센티미터 정도만 낮았다면 내가 먼저 들어갔을지 모르는 시체용 자루였다.

경찰은 그 자리에 있던 손님과 은행원들에게서 사건 경위를 듣기 시작했다. 손님 대부분의 주소와 이름을 기록해 두고 간단한 진술을 받고 풀어 주었다. 특히 조심스럽게 듣는 것은 지점장 부재시 책임자로 있는 경리과장, 지점장과 함께 금고에 들어간 두 여직원, 사망한 범인이 총구를 겨냥했던 여자 은행원, 셔터를 내린 젊은 남자 은행원, 비교적 가까이서 세 번의 발포를 목격한 은행원과 손님 몇 사람, 그리고 나였다.

신주쿠 경찰서 형사들 중에는 두세 명 아는 얼굴이 있었다. 작년 가을 어떤 사건으로 몇 차례 접촉이 있었기 때문이다. 그는 틀림없이 나를 알아보았을 텐데 그런 내색을 하지 않았다. 수사의 지휘를 맡고 있는 조사과 과장으로, 벌레라도 씹은 듯한 얼굴에 상대를 불안하게 하는 것만이 삶의 보람인 양 말하는 50대 후반의 경감이었다. 경찰이 들이닥친 지 거의 한 시간이 경과한 4시 20분쯤 보고 싶지 않은 니시오리 경부가 뒷문으로 통하는 은행원 전용 문에서 예고 없이 들어왔다. 오늘은 비번이었기 때문에 다시마 형사가 연락을 한 것이 틀림없다.

내 진술이 끝난 것은 4시 반이 지나서였다. 그렇지만 담당 형사는 돌아가도 좋다는 말을 하지 않았다. 니시오리 경부는, 조사과장과 다시마 주임 두 명과 이야기를 주고받고 조서를 쭉 훑어본 뒤 천천히 나에게 다가왔다.

"이리 오시오."

그는 불쾌한 목소리로 말했다. 그렇지만 그 얼굴은, 원아웃에 만루의 위기를 맞은 투수를 상대로 타석에 들어가는 왕년의 강타자 도요다 아스미쓰, 바로 그대로였다.

5

은행 빌딩 뒷문 골목에 주차한 세드릭 안에서 니시오리 경부와 나는 담배를 피웠다. 밖은 벌써 어둑어둑해졌다. 장 피에르 멜빌 감독의 영화처럼 비가 다시 강하게 차 앞유리를 폭포같이 때리고 있었다.

"왜 그 은행에 있었소?"

니시오리가 물었다.

"세일즈, 많은 돈을 찾은 손님을 붙잡고 보디가드가 필요하지 않나 물어보려고."

"쓸데없는 말 하지 마시오. 용무도 없는데 당신이 그런 곳에서 헤매고 있을 이유가 없지."

"나도 은행은 갑니다."

"흥, 당신이 어느 은행과 거래하고 잔금이 얼마 있는지 모른다고 생각하시오? 아니면 5년 전에 와타베에게 할당받은 5천만 엔을 이

은행에 가명으로 맡겨 놓기라도 한 거요?"

와타베는 나의 예전 파트너로 옛날에는 니시오리의 상사였다. 6년 전에 경찰의 미끼작전에 협력한 후, 1억 엔의 현금과 그만큼의 각성제를 갖고 달아났던 알코올 중독자로 수배인물이기도 했다. 니시오리는 내가 그 사건에 가담하고 있지 않다는 것을 알면서도 짓궂은 말을 하고 있는 것이다.

"제 통장을 하나 만들려고요. 오늘도 하루에 5만 엔짜리 일이 들어왔고 일이 상당히 잘 되고 있거든요."

"3시 무렵에 은행에 왔소?"

나는 그의 질문에 대답하지 않고 담배를 창밖으로 던졌다.

"거리를 더럽히지 마시오."

니시오리가 가시 돋친 목소리로 말했다.

"내 담배는 잎사귀와 종이로 만들었기 때문에 언젠가는 땅으로 되돌아가지요. 그렇지만 이 필터라는 물건은 지구가 멸망할 때까지 필터 그대로일테지."

그는 운전석 계기판에 있는 재떨이를 꺼내 나에게 내밀었다.

"잔소리 마시오, 당신이 그런 생각이라면 강도 사건의 세 번째 용의자로 잠시 구류해도 좋겠지?"

"어디서 그런 혐의가 나온 거요?"

"유럽 어딘가에서 동료 하나가 보통 손님 모습으로 잠입해, 예측할 수 없는 사태가 일어났을 때, 손을 쓰는 경우가 많다고 하더군.

그걸 염두에 둘 때, 조서에 있는 당신의 행동은 동료의 무의미한 살인을 막아서 죄를 가볍게 하려 했다고도 해석되지 않겠소?"

"여전히 비뚤어진 머리군. 맘대로 하시오."

니시오리는 작년 가을처럼 검정넥타이를 쭉 풀었다.

"그보다도 이런 건 어떻소. 은행 밖에서 대기하고 있는 신문기자와 텔레비전 방송국 사람들에게 사람의 목숨을 구한 명탐정으로 화려하게 소개하는 것은? 큰 신문사에서까지 실어 줄지 어떨지는 모르겠지만 삼류 신문이나 스포츠 신문이라면 덤벼들겠지. 이 빌어먹을 장마로 야구 시합도 중지되었으니, 당신 사진을 싣고 〈인명 구조자인가 공범인가?〉 뭐 이런 헤드라인은 어떨까?"

나는 한숨을 쉬었다. 누구에게나 얼굴이 알려진 탐정은 들어 본 적이 없다. 니시오리는 그냥 위협적인 말만 하는 형사가 아니었다.

"미행하는 길이었소."

내가 말했다.

"누구를?"

"물어 보았자 소용없소. 대답할 수 없다는 것은 알고 있지 않소?"

"그 녀석이 이 은행 강도와 권총으로 인한 부상 사건과는 관계가 없다고 단정할 수 있소?"

"관계가 있다는 근거는 아무것도 없소. 단정할 수 있어요."

"그 미행을 부탁한 것은 누구요?"

나는 천천히 고개를 가로저었다.

"의뢰인은 미행한 사람 이상으로 은행 강도 같은 것과는 아무런 관계도 없는 인물이오."

"그 판단을 하는 것은 나요!"

니시오리가 말했다.

"아니, 틀려. 그건 나요."

나는 쓴 웃음을 지으며 말했다.

"당신 판단이 잘못되었을 경우 책임지는 것은 누군데?"

"나 자신이지."

"아냐, 틀려. 나야."

그는 웃지 않고 말했다.

나는 정말로 그렇게 생각하고 있는 듯한 옆자리의 공무원을 조롱할 마음은 없었다.

"그럴 필요가 있다면 빠른 시일 내에 반드시 연락하겠소."

"그 말 잊지 마시오. 뒷좌석에 있는 우산 가지고 가시오."

"유실물과에서 슬쩍 한 우산이겠지. 그것에 손을 대는 순간 절도 공범으로 체포되는 건 아니오?"

나는 조수석의 문을 열며 말했다.

세드릭에서 내려 신주쿠 역으로 통하는 지하 통로 쪽 출구에 도착했을 때 나는 이미 완전히 젖어 있었다.

6

다음날 조간에는 〈제일흥업은행〉 강도 미수 사건이 대대적으로 보도되었다. 은행 강도는 지금은 드문 일이 아니지만, 지점장이 무장한 범인과 총격전을 벌이고 그중 한 명을 사살한 것은 세상을 놀라게 하기에 충분했다.

물론 신문 논평은 무토 지점장의 행동을 부정적으로 보고 있다. 첫째, 총기소지는 위법이며 둘째, 주위에 있던 손님과 은행원을 굉장히 위험한 상황에 처하게 한 책임이 있으며 셋째, 범인을 사살한 것은 과잉 방어였다. 그렇게 쓰여 있었다. 그렇지만 전면적으로 부정하고 있지는 않았다.

어젯밤 텔레비전 보도 프로그램에서 다룬 것도 비슷했다. 〈격증하는 이런 종류의 범죄에 대해서 우리들은 비폭력이란 원칙으로 너무나도 무력하게 방관하고 있는 것은 아닐까?〉 이것이 저 깊은 곳에서 밝히고 싶은 본심 같았다.

〈그 지점장은 조금 지나쳤다고 생각해요.〉 인터뷰에 응한 샐러리맨의 대답이었다. 〈그렇다고 해도 다른 사람들의 재산을 맡고 있으면서 아무리 보험으로 보상은 된다고 하지만 너무나도 무책임하게 도둑맞은 것은 아닌가요?〉

제일흥업은행의 부은행장은 〈무엇보다도 고객에게 위험을 끼치게 한 데 대해 깊이 사죄하며 이제 두 번 다시 이러한 일이 없도록 엄중하게 주의하겠습니다.〉라고 말했다. 그는 사과의 말을 한 뒤 다음과 같은 소감을 덧붙여 물의를 일으켰다. 〈개인적으로는 무토 씨가 형기를 마치고 회사에 다시 복귀할 때에는 제 자신이 할 수 있는 최선을 다할 겁니다.〉

기사 중에 무토 지점장은 10여 년 전 과장 시절과 6, 7년 전 사이타마의 작은 지점의 지점장 시절에 두 번이나 은행 강도에 습격당한 경험이 있다고 보도하고 있었다. 동료 경리 과장은 〈그런 탓인지 무토 씨는 은행 강도 등의 뉴스를 들으면 분노를 느끼는 듯했습니다〉라고 동정적인 견해를 밝히고 있었다.

어느 대학의 사회학과 교수는 〈눈에는 눈, 이에는 이라는 발상은 절대로 용납할 수 없다〉고 말하였다.

조금 극단적이기는 하지만 이것을 〈자위대 문제〉에 연결시켜 부정하는 사람들도 있었고, 같은 이유로 긍정하는 사람도 있었다.

신주쿠 경찰병원에서 치료를 받고 있는 무토 지점장은 탄환을 빼내는 수술을 무사히 마쳤고 중상을 입었지만 생명에는 지장이 없다고 쓰여 있었다. 별거중인 아내에 대해서는 한 줄도 실려 있지 않았다.

범인의 신원은 사망한 남자가 도우카미 다타오라는 46살의 도산 직전의 부동산업자이고 살아남은 쪽은 아사다 세이야라는 33살의 실업자였다. 예상대로 아사다는 범행 일체를 도우카미 혼자서 계획했으며 자신은 그의 지시에 따랐을 뿐이라고 진술했다.

지점장 무토가 소지한 권총은 38구경 필리핀제 개조 권총이었다. 그는 올해 신년 휴가 때 동남아 여행을 했다고 씌어 있었다. 그것보다는 범인들 권총이 의외였다. 지점장을 쏘고 니시다 사치코를 겨냥해 발사된 아사다의 권총은 38구경 스미스 앤 웨슨 M52였으나, 도우카미가 가지고 있던 것은 콜트 모조 권총이었다. 무토 지점장은 번저 쏘아야 할 상대를 잘못 알았던 것이다.

신문을 본 뒤 11시까지 기다려 블루버드로 기타신주쿠 제2단지 아파트로 갔다. 하늘은 잔뜩 찌푸렸으나 비는 내리지 않았다. 3동 2층 5호실에 〈에노모토〉라는 문패가 걸린 아파트를 발견했다. 벨을 눌렀더니 10살가량의 소년이 나왔는데 어제 내 사무실을 방문했던 소년과는 조금도 닮지 않았다.

"에노모토 다이스케가……너니?"

나는 나쁜 예감이 적중하는 것을 느꼈다.

"네, 저예요."

소년이 대답했다.

그 개구쟁이는 거짓 이름으로 나를 놀린 것이었다. 배짱 좋군. 아니면 어지간히 피치 못할 사정이 있는 게 틀림없었다.

"집에는 누가 있지?"

"점심때는 엄마가 돌아오시지만 토요일은 에어로빅 모임이 있어요."

나는 손목시계를 보았다. 2, 3분 여유는 있었다.

"너에게 물어 보고 싶은 게 있는데 괜찮겠니?"

소년은 불안한 표정을 지으면서도 호기심 때문에 샌들을 끌고 문 앞까지 나왔다.

"친구 중에 너의 주소와 전화번호를 알고 있는 아이가 있니?"

"그럼요, 같은 교실 아이라면 전부 알고 있어요. 비상 연락망을 가지고 있으니까. 그것을 보면 모두의 주소와 전화번호가 써어 있어요."

어제의 소년은 처음부터 거짓 이름을 쓸 작정이었을까? 지금 생각해 보니 재빨리 에노모토 다이스케라는 이름을 사용한 것 같은 느낌이 들었다. 그렇지만 그 소년이 연락망을 이용하여 적당한 방패막을 준비했다는 데는 놀랄 수밖에 없었다.

"너희 반에는 남자아이가 몇 명 있지?"

"23명일 거예요."

적지 않은 숫자였다. 그리고 오늘은 토요일이었다. 게다가 초등학교 사무 창구는 탐정에게 상당히 귀찮은 방문처의 하나였다. 유괴사건이 여러 건 발생한 이후 수비가 견고했기 때문이다.

같은 반 학생 중에서 찾아낼 수 있다는 보증도 없었다. 그 소년을 찾아내는 것은 조금 시간이 걸릴 것 같았다.

"아니에요. 22명이에요."

소년은 가볍게 자신의 머리를 두드리며 정정했다.

"마사시는 작년 여름에 전학 가서 없으니까 한 명 줄었어요."

마사시라고? 들은 적이 있는 이름이었다.

"그 마사시는 네 주소와 전화번호를 기억하고 있겠지?"

"네, 친한 친구였으니까요. 우리들은 전철에서 사진 찍는 것을 좋아했어요. 미다카로 이사 갔지만 처음에는 편지를 쓰기도 하고 전화를 걸기도 했으니까……"

소년의 얼굴은 슬픈 표정으로 바뀌었다.

"그런데 3월에 할아버지가 사시는 메구로 집으로 이사 갈지도 모른다는 편지를 준 채 연락이 끊어져서…… 그때 아버지와 어머니가 이혼할지도 모른다고 말했어요."

"그래, 마사시의 성은?"

"무토예요. 무토 마사시…… 그러고 보니 어제 마사시 아버지가 은행에서……."

다이스케는 갑자기 말을 멈췄다.

그 앞에 서 있던 내가 갑자기 추악한 뭔가로 변신한 것 같은 표정이었다.

"아저씨 누구세요? 경찰이에요?"

"아니, 그렇지는 않아."

아이에게 거짓말을 해선 안 되겠기에 사실대로 말했다. 이 세상에 어린이와 거짓이 동시에 실존하고 있는 이상 그런 말이 통할 리 없지만, 이런 경우는 그런 말에 따르기로 했다.

"나는 마사시에게 부탁받고 어제부터 그 애 어머니를 지키는 일을 하고 있는 탐정이란다.”

“아저씨는 신주쿠에 있는 탐정 사무소에 있는 사람?”

“그래, 알고 있었니?”

“네, 작년 친구 하나가 가출했을 때 마사시가 아저씨 탐정 사무소에 찾아가 부탁하려고 그 입구까지 갔던 적이 있어요. 하지만 겁이 나서 그냥 돌아오고 말았어요. 가출했던 친구는 다음날 돌아왔기 때문에 부탁하지 않았던 것이 오히려 다행이었지만요.”

나는 소년이, 친구가 키웠던 행방불명된 강아지에 대한 이야기를 끌어내기 전에 말을 마치고 아파트를 나왔다.

5일이 지났다. 그 동안 무토 에이지와 니시다 사치코 부부 사이에 관해 조사해 보았다. 이혼을 요구하고 있는 것은 아내 쪽이었다. 그녀는 15살짜리 사에코라는 딸과 마사시라는 아들을 자신이 맡는 조건으로 위자료는 일절 요구하지 않았다. 남편은 이혼에 정면으로 반대했다. 그 이유는 아내를 사랑하기 때문이라고 말하는 사람도 있고, 두 아이를 넘겨주고 싶지 않기 때문이라는 이도 있고, 은행원으로서의 출세에 영향을 주기 때문이라고 말하는 사람도 있어, 확실한 것은 알 수 없었다. 두 사람의 심한 말다툼을 들은, 아는 지인들과 이웃 주민의 말도 들었다. 부부는 3월부터 별거 상태로 딸은 엄마와 같이 살고 아들은 아빠와 같이 살고 있었다. 어쨌든 주위 사람들은 꽤나 귀찮은 이혼 재판이 될 거라며 걱정하고 있는 것 같았다.

신주쿠 경찰서의 니시오리 경부에게 전화를 걸어 1년 동안 들을 정도의 욕을 한꺼번에 들은 후 사건 당일 정오 아사다 세이야의 알리바이를 조사해 보았다. 마사시 소년이 기부도 신사 안에서 마르고 큰 키의 남자와 또 다른 남자의 이야기를 엿들었던 시간이다. 그러나 다음날 들은 대답은 아사다에게는 완벽한 알리바이가 있다는 것이다. 긴시초의 호스티스가, 전날 밤부터 강도 사건 직전인 오후 1시 경까지 오쓰마바시 근처 호텔에서 함께 있었다고 증언했다. 이 세상 남자의 대부분은 마르고 키가 크다. 나의 억측은 멋지게 빗나갔다.

그 이외에도 두세 가지 조사해 보았지만 그래서 5일이나 걸렸던 것은 아니다. 나는 무토 지점장의 몸이 회복되기를 기다리고 있었다.

7

신주쿠 경찰병원은 신주쿠 경찰서와 〈도쿄의대병원〉 중간에 있는 3층 흰색 건물이었다. 1층 로비의 흡연실에서 담배를 피우고 있으려니 니시오리 경부가 양어깨가 비에 젖은 코트를 벗으며 현관으로 들어왔다. 그는 나를 확인했을 뿐, 로비와는 반대쪽으로 발걸음을 향했다. 그는 접수처의 제복 경관에게 경찰수첩을 제시하고 그 뒤에 있는 개찰구 같은 칸막이를 통해 〈사무국〉이라고 표시된 문 안으로 사라졌다. 얼마 안 있어 그 문에서 나온 니시오리는 이번에는 반대편의 〈경무국〉이라고 표시된 방으로 들어갔다. 그리고 제복을 입은 여자 경관과 같이 나오더니 나에게 이쪽으로 오라는 시늉을 했다. 손에 들고 있던 코트는 없었다.

나는 담배를 끄고 로비를 나와 접수처 뒤의 칸막이 쪽으로 향했다. 니시오리가 칸막이 너머로 핀이 붙은 통행증을 건네주었다.

"그것을 가슴에 달고 따라오시오."

나는 니시오리가 말하는 대로 했다.

우리 세 사람은 사무국과 경무국 사이의 복도를 통해 막다른 곳에 있는 엘리베이터에 올라탔다. 여경관이 3층 버튼을 눌렀다. 그녀와 니시오리의 가슴에도 나와 같은 통행증이 붙어 있었다. 엘리베이터가 3층에 도착하고 우리들은 여경관의 안내로 병원 복도로 나왔다. 일반 병원과 달라서인지 복도를 서성이는 환자나 병문안 온 손님의 모습은 보이지 않고 두 사람의 간호사가 스쳐 지나갔을 뿐이었다.

33호실 앞에는 두 명의 제복 경관이 막고 서 있었다. 우리들이 다가가니 마침 병실 문이 열리고 백발에 몸집이 작은 의사와 젊은 간호사가 나왔다.

"유치인에게 면회를 신청한 신주쿠 경찰서의 니시오리 경부입니다."

여경관이 의사에게 말했다.

의사는 자기 이름을 대더니 간호사가 내민 진료 카드를 흘끗 쳐다보았다.

"면회는 30분 이내로 해주십시오. 환자가 피곤하지 않도록 간호사가 곁에서 시중을 들기 때문에 그 점은 그녀의 지시를 따라 주십시오."

의사와 여경찰은 떠나고 간호사가 우리를 병실로 안내했다. 창에 쇠창살이 있는 것을 빼면 그곳은 보통 병실 같았다. 중앙 침대에, 오른쪽 어깨를 깁스한 무토 에이지가 상반신을 조금 일으킨 모습으로 누워 있었다. 의료 기구에 둘러싸여 있지 않은 것을 보니 무토의 회복은 예상보다 순조로운 듯했다. 침대 반대편 의자에 앉아 있던 무토의 아내 니시다 사치코와 60살 전후의 뚱뚱한 남자가 일어섰다.

"신주쿠 경찰서의 니시오리입니다. 이쪽은 전화로 이야기한 사건 참고인 사와자키라는 사람입니다."

60살 전후의 남자가 경계하는 듯한 표정으로 인사를 했다.

"무토 씨의 변호사 다이고라고 합니다. 알고 계시지요? 이 쪽은 부인 사치코입니다."

간호사가 방구석에서 접의자를 가져다 주어 우리들은 침대 쪽에 나란히 앉았다. 변호사와 니시다 사치코도 의자에 다시 앉았다.

다이고 변호사가 헛기침을 계속했다.

"무토 씨에게 이 회견은 당연히 거절해야 한다고 권유했습니다. 벌써 그는 불법 총기 소지와 그 이외의 용의 사실을 전적으로 인정하고 있고 검찰청 고소를 기다리고 있으니까. 이 이상은 법정에서

심의할 일로 이제 와서 경찰 심문에 응할 필요는 없습니다. 전화에서는 강도 사건에 관해 새로운 사실이 있다고 했습니다만, 무토 씨가 그 일이라면 응해도 상관없다고 말했기 때문에 이 자리가 마련된 것입니다. 그 점을 확실히 아셨으면 합니다, 그쪽 이야기 전에 저……사와자키 씨라고 했습니까? 사건 참관인이라고 했습니다만, 이분의 참관인 자격을 먼저 묻고 싶군요."

니시오리는 내가 강도 사건 당시 그 현장에 있었던 사람으로 지점장 부인이 범인의 권총에 맞을 뻔한 것을 막아 준 인물이라고 설명했다. 니시다 사치코는 곧 나의 얼굴을 기억해 냈다.

"제 남편이 그런 상황이었기 때문에 그때는 인사도 드리지 못하고 정말로 실례했습니다. 나중에 아이들에게 이야기했다가 엄마는 정말 멍청이라며 아들에게 혼났습니다."

침대에 있던 무토도 아내의 생명을 구해준 데 대해 정중히 인사했다.

"그럼 사와자키 씨는 그 사건의 증인이라도 됩니까?"

다이고 변호사의 태도가 조금은 부드러워졌다.

"사와자키 씨가 뭔가 새로운 사실을 증언하신다는 겁니까?"

나는 고개를 끄덕이며 니시오리의 허가를 받고 나서 이야기를 시작했다.

"강도 사건과는 조금 벗어난 이야기이지만 중요한 일이라 묻고 싶습니다. 내가 사건 현장에 있었던 것은 단지 우연이 아니라 무토 씨의 부인을 그녀의 직장에서부터 미행했었기 때문입니다."

무토 부부와 변호사는 의심스럽다는 표정을 지었다.

"그것은 누군가가 부인의 생명을 노리고 있을지도 모르니까 다음날까지 보디가드를 해달라는 의뢰가 있었기 때문입니다."

니시다 사치코가 웨이브 진 앞머리를 올리며 눈을 가늘게 뜨고 나를 바라보았다. 은행 강도 사건의 쇼크로 기억의 한 쪽 구석에 밀려나 있던, 그날 내가 건 전화를 생각하고 있는 표정이었다.

"아내의 보디가드라니, 도대체 누가 그런 의뢰를 했습니까?"

무토의 목소리는 깁스 탓인지 마음속의 동요 탓인지 조그맣게 우물거리는 느낌이었다.

"요도바시 제4초등학교 5학년으로 에노모토 다이스케라고 자기 이름을 댄 열 살짜리 소년입니다. 그러나 그것은 친구의 이름을 끌어다 사용한 것이고 무토 마사시가 진짜 이름입니다."

"아들이?"

무토는 외마디 소리를 지르더니 환부의 통증으로 얼굴을 찌푸렸다.

"괜찮습니까?"

간호사가 물었다.

무토는 간호사는 무시하고 물었다.

"아들이 당신에게 내 아내의 보디가드를 부탁했다는 이야깁니까?"

나는 고개를 끄덕였다. 아이가 한 말이 무토의 머릿속에서 정리되기를 기다려 나는 말했다.

"이 일을 알았으면, 새로운 사실은 무토 씨 당신이 말해주셔야 하는 거 아닙니까?"

무토는 잠시 내 얼굴을 응시했으나 급히 외면했다.

"그랬군요."

"이분은 강도 사건과는 관계없는, 연유를 알 수 없는 이야기로 무토 씨를 곤혹스럽게 하는……."

다이고가 입을 열었다.

"이제는 조금 알 수 있도록 해드리지요."

내가 말했다.

"사건 전날 밤, 무토 씨와 부인은 전화로 상당히 오랜 시간 격렬한 말다툼을 하고 있었습니다. 그것은 부인의 이혼 소송 변호사에게서 얻은 정보입니다만, 무토 씨는 그 직후에 화가 난 나머지 그 변호사에게도 협박 전화를 했습니다. 이번에는 그 변호사가 부인에게 전화를 걸어, 지금까지 가장 심한 말다툼을 했다는 것을 들었노라고 알려 주었습니다. 마사시 군은 그러한 부모님 사이를 전부 알고 있는 것 같았어요."

무토 부부는 나의 말을 부정하지 않고 그냥 머리를 숙였다.

"이것은 강도 사건에 관한 회견이 아니고 이 부부의 이혼 문제에 관한 회견인가요?"

다이고 변호사가 비꼬면서 말했다.

"그럼 강도에 관한 이야기를 하지요."

내가 말했다.

"바로 무토 씨가 11년 전과 6년 전에 만난 두 번의 강도 사건에 대한 일입니다. 이것은 신주쿠 경찰서가 벌써 자세하게 조사를 끝낸 일이기 때문에 니시오리 경부의 이야기를 듣는 것이 빠르겠습니다."

니시오리는 불쾌하다는 듯이 내 얼굴을 쳐다보더니 마지못해 입을 열었다.

"11년 전의 제일흥업은행 시부야 지점 사건은 2인조 강도 사건으로 자동차로 도주 중에 경찰과 총격전이 벌어져 주범 남자는 사살 당했습니다. 다른 범인과 9천 5백만 엔의 현금은 그 자동차에서는 발견되지 않았고 지금까지 행방이 묘연. 6년 전의 사이다마현 사건은 라이플총을 가진 남자의 단독범행으로 이것도 미해결, 빼앗긴 돈은 거의 6천만 엔."

"그리고요?"

나는 다음을 재촉했다.

니시오리는 나를 흘끗 노려보고 나서 계속했다.

"수사본부에서는 11년 전에 도주한 범인과 6년 전의 단독범이 이번 사건의 주범인 도카미 다타오와 동일 인물일 가능성이 있다는 의견도 있습니다. 확실한 나이와 체격에 대해서는 일부 들어맞지 않는 부분도 있습니다만, 두 사건이 서로 상당한 시간이 경과한 후에 이루어진 것이라서 조사가 순조롭지 못합니다. 무엇보다도 도카미가 죽은 것이 안타까운 일입니다."

"도카미라는 남자가 은행에서 보여 준, 초등학생 앞에 선 베테랑 교사 같은 행동은 도저히 초범이라고 생각할 수가 없었습니다. 만약 그 세 경우의 범인이 확실하게 도카미라고 입증된다면 그 세 지점에서 근무했던 무토 씨네 입장은 어떻게 되는 겁니까?"

"잠깐!"

다이고 변호사가 날카로운 목소리로 말했다.

"당신들은 지금 무토 씨를 은행 강도 공범으로 몰려는 겁니까? 무슨 증거로 그런 엉터리 추측을 하지요?"

변호사의 위세와는 정반대로 무토 부부는 피곤한 표정으로 서로를 쳐다보고 있었다.

"증거는 없지요."

내가 말했다.

"그러나 마사시 군은 양친의 이혼 이야기와 반복된 두 사람의 심한 말다툼에 고통 받고 있었습니다. 그러던 어느 날 아빠의 소지품 중에서 진짜인지 알 수 없는 권총을 발견했습니다.…… 경위, 무토 씨의 가택수사를 했을 텐데 권총에 관한 증거품을 압수한 것이 있습니까?"

"그렇소."

니시오리가 불쾌한 목소리로 말했다.

"그의 장롱 서랍 끝에 있던 JAL비행기 가방에서, 총탄 30발과 권총을 쌌던 것으로 보이는 기름종이가 발견되었소. 그 집에는 열쇠를 채워 숨겨 놓을 만한 장소나 금고 같은 것은 전혀 없었소."

"어린아이의 왕성한 상상력으로 그 권총은 아빠가 사이 나쁜 엄마에게 사용하는 게 아닌가 하는 불안에 사로잡힌 겁니다. 소년은 아빠가 집을 비웠을 때 권총이 같은 장소에 있는지 확인하는 것이 일과가 되어 버렸습니다. 그곳에 권총이 있는 한 그의 엄마는 안전하기 때문입니다. 강도 사건 당일 그는 권총이 없어진 것을 발견했습니다. 먼저 엄마에게 전화를 했으나 그녀는 밖으로 나가고 직장에 없었습니다. 아마 무서운 마음에 할 수 없었을 겁니다. 물론 경찰에는 가지 않았습니다. 아빠가 꼭 엄마를 쏠 것인지도 몰랐고 그럴 경우 아무 잘못도 없는 아빠를 경찰에 고발하는 것이 되므로."

나는 말을 멈추고 무토 부부의 모습을 살펴보았다. 두 사람은 자신들의 관계가 어린 아들에게 준 고뇌로 몸이 위축된 듯이 보였다.

"마사시 군은 신주쿠에 살고 있던 때에 보고 기억해 두었던 내 탐정 사무소를 생각해 냈습니다. '탐정'에 관한 그의 지식은 텔레비전이나 만화에 등장하는 탐정과 비슷했습니다. 엄마를 지켜 줄 사람은 저 유리창 안에 있는 사람밖에는 없다."

나는 잠시 사이를 두고 결론을 내렸다.

"무토 씨, 당신이 총을 가지고 직장에 온 그날 사건이 일어났다는 것은 초능력자가 아닌 이상 당신은 이미 알고 있었다는 이야기가 됩니다."

병실에는 침묵이 흐르고 있었다. 무토 에이지는 가슴 아래에서 팔짱끼고 있던 양손을 관절이 하얗게 될 정도로 꽉 쥐고 가만히 있었다. 긴장이라는 최후의 벽을 쓰러뜨리기 위해 다시 한 번 다짐할 필요가 있었다.

"증거는 아무것도 없습니다."

나는 반복했다.

"그러나 만일 당신이 강도와 공범이었다는 것을 부정한다면 아마 경찰은 마사시 군을 심문해야 할 겁니다. 마사시 군은 당신을 지켜주기 위해 많은 거짓말을 하겠지요. 하지만 경찰은 결국 필요한 답을 얻어낼 겁니다. 마사시 군은 자신이 당황해서 탐정 같은 것을 고용하는 바람에 엉망진창으로 만들어 버린 것을 깨닫게 될 것입니다. 아빠의 죄가 폭로된 것은 자신의 탓이라 생각하겠지요. 이제는 당신이 아들을 지켜 줄 때가 아닙니까?"

"여보."

니시다 사치코는 애원하는 목소리로 말했다. 무토는 아내에게 몇 번이나 고개를 끄덕여 보였다.

"해결될 거요. 마사시를 법정에 불러들이는 일은 하지 않아."

그는 니시오리를 뒤돌아보며 물었다.

"모든 걸 다 진술하기 전에 한 가지 약속해 주겠소?"

"뭡니까?"

"3시에 아들과 딸이 면회 올 겁니다. 제발 그것만은 취소되지 않게 해주십시오. 그 아이들을 만날 수만 있다면 뒷일은 미련이 없습니다. 안심하고 법의 심판을 받겠습니다."

니시오리는 잠시 생각에 잠겼다.

"진술을 하건 하지 않건 당신은 자녀들을 만날 수 있습니다. 누구라도 그 권리를 빼앗을 수는 없습니다."

무토는 안심한 얼굴로 고개를 끄덕였다.

"말씀하신 대로 나는 세 강도 사건의 공범자입니다. 그가 말한 것은 사실입니다."

"잠깐만요."

변호사가 재빠르게 말했다.

"무토 씨, 그 이상은 말하지 마십시오. 당신에게는 묵비권이 있고……."

"아니오, 다이고 씨, 나에게는 나 자신을 지키기 전에 내 아들을 지킬 의무가 있어요. 내가 하는 대로 내버려두십시오."

변호사는 입을 다물 수밖에 없었다.

"왜 도카미를 죽였습니까?"

내가 물었다.

"더 이상은 은행 강도짓을 되풀이하고 싶지 않았기 때문입니다. 그는 아무리 큰돈을 손에 넣어도 결국 그것을 다 써버리는 능력밖에는 없는 사람이었습니다. 난 그렇게라도 하지 않으면 그에게 강요당해 영원히 강도짓을 할 수밖에 없었을 겁니다. 처음에 그자는 단지 공범이었습니다. 경찰과의 총격전에서 죽은 오야부라는 남자가 주범으로 나는 그 사람에게 부당 융자라는 덜미를 잡혀 도리 없이 시부야 지점의 강도 계획에 끌려들어갔던 겁니다. 그것이 악몽의 시작이었습니다."

"왜 아사다를 죽이지 않았습니까? 도카미의 총이 진짜이고 아사다는 모조 권총을 가지고 있었다고 생각했습니까?"

"그렇습니다. 계획은 그랬습니다. 내가 공범인 것을 아사다는 몰랐기 때문에 처음부터 그에게는 총을 쏠 생각이 없었습니다. 그런데 그의 총을 맞고 너무나 놀랐습니다. 왜 그들이 총을 바꿔 잡았는지 모르겠습니다."

니시오리가 전문가로서의 의견을 많이 이야기했다.

"아마도 카운터 위에 있어 등 뒤가 보이지 않는 도카미보다는 전체를 내려다볼 수 있는 아사다 쪽이 진짜 총을 가져야 한다고 생각을 고쳐먹었을지도 모르지요."

나는 부부의 얼굴을 비교해 가며 물어 보았다.

"부인이 이혼을 요구한 것도 이번 사건과 관계가 있습니까?"

주저하고 있는 아내를 대신하여 남편이 이야기를 꺼냈다.

"도카미는 1년 전부터 수차례 은행 강도를 끈질기게 강요했습니다. 은행 내부에 협력자가 있다는 이점에 대해서는 경찰에게 말할 필요조차도 없겠지만요. 가장 큰 이익은 금고 내부를 알고 있는 상황에서 일을 결행한다는 것입니다. 내가 계속 거부하자 도카미는 아내에게 짓궂은 전화를 거는 방법으로 나에게 압력을 가해왔습니다. 나는 아내에게 두 번의 옛날 사건을 포함해 모든 사정을 털어놓았습니다. 둘이서 힘을 합쳐 2, 3개월 참고 견디었습니다만 도카미는 이번에는 중학생인 딸을 표적으로 삼았습니다. '네 아버지 재산은 불법으로 모은 것이란다.'라는 내용의 전화와 편지를 몇 번이나 보냈던 겁니다. 15살짜리 딸의 반응은 말할 필요도 없는 것이겠지요. 아내는 내가 자수해 과거를 청산할 것을 갈망했습니다. 사실 그렇게 해야 했습니다. 하지만 어리석게도 이번의 그 '계획'으로 이 악몽에서 도망칠 자신이 있었습니다. 계획의 내용까지는 아내에게 말하지 않았습니다. 도카미를 사살할 것이라는 소리를 들으면 아내는 반대할 것이 뻔하니 아내는 내가 이번에도 결국은 은행 강도에 가담할 수밖에 없으리라고 생각하고 먼저 별거를 하겠다며 딸과 함께 나에게서 떠나갔습니다. 그리고 이혼해 줄 것을, 아들을 맡겠다고 요구해 왔습니다. 위자료가 필요 없다는 것은 내 재산이 아이들을 키우는 데에는 부적합하다는 것이었어요. 제 아버님 말씀으로 마사시는, 자신이 제 곁에 남고 누나는 제 엄마 곁에 있으면 언젠가는 우리 두 사람이 합쳐질 것으로 생각했더랍니다. 나는 그 아이를 마지막 마음의 안식처로 삼고 이 몇 개월간 오로지 도카미를 향해 권총의 방아쇠를 당기는 순간만을 생각하고 살아왔습니다만……. 얄궂게도 그 아이가 나의 '계획'을 돌이킬 수 없는 실패로 만들었군요. 아니, 그 아이가 진정한 의미에서는 내 악몽을 끊게 해주었습니다. 그렇지요."

8

병실 밖에서 무토 사치코와 잠시 이야기를 주고받았다. 그녀는 내가 건 전화에서 10살짜리 소년이라는 말을 듣고 어쩌면 자기 아들이 아닐까 생각했던 모양이었다. 전화를 끊고 나서 요도바시 제4 초등학교 시절에 다이스케라는 아들 친구가 있었던 것도 기억해냈지만, 그 시점에는 뭐가 어떻게 되는 건지 알 수도 없었을 뿐더러 아들과 2개월 가까이 만나지 못했던 듯했다. 그녀는 곧바로 시아버지의 집인 메구로에 전화를 걸었으나 마사시와는 통화를 못했다는 것이다.

"그래서 어쨌든 한시라도 빨리 남편을 만나야겠다고 생각하고 그 은행으로 급히 달려간 겁니다."

나는 그녀와 헤어지기 전에 탐정 의뢰비 잔금이 들어 있는 봉투를 건네주었다. 30분 정도의 보디가드 요금으로는 1만 엔이면 충분하다는 이야기와 함께. 12살도 안 되는 아이 앞으로 영수증은 쓰지 않았다. 그녀는 돈 받기를 한사코 거절했다. 하지만 나는, 이제부터는 지금 지불한 1만 엔도 아깝게 느껴지는 생활이 시작될 거라고 말하며 반강제로 받도록 했다.

나는 빗속에서 신주쿠 역을 향해 걸었다. 어제 고질병인 천식이 발작을 한 블루버드를 찾으러 기치조시 자동차 수리 공장까지 가야만 했기 때문이다.

오다큐 하루쿠 앞의 횡단보도에서 신호가 바뀌기를 기다리고 있을 때 길을 사이에 둔 정면에 서 있는 마사시 소년을 보았다. 6일 전처럼 노란 우산을 쓰고 있었다. 소년 옆에 서 있는 것은 중학생인 누나 시에코이고 그 옆은 소년의 할아버지인 듯했다. 무토가 말했던 3시에 아버지와의 면회를 위해 할아버지가 데리고 오는 모양이었다.

신호가 파랗게 변하고 그들은 이쪽을 향해서 걷기 시작했다. 나는 몸을 숨길까 생각했으나 이미 늦어 버렸다. 마사시 소년은 똑바로 나를 쳐다보고 있었던 것이다. 나는 걷기 시작했다. 이 장소라면 마사시 소년도 내가 신주쿠 경찰 병원에서 나왔다고는 생각지 않으리라 판단했기 때문이다. 이것은 또한 내 사무실에서 신주쿠 역으로 가는 길이기도 했다.

우리들의 거리는 천천히 좁혀지고 있었다. 어느 쪽도 시선을 피하지 않았다. 아니, 피할 수가 없었다. 만약 시선을 피하기라도 한다면 상대가 소리를 질러 버릴 것 같은 느낌이 들었다. 스치듯 지나갈 때 소년의 우산이 내 왼쪽 팔에 닿아 빙그르르 돌아갔다. 소년이 뒤를 돌아보았는지 어쨌는지는 알 수 없었다.

10

단위의 정열

"만약 네가 끝까지 결백하다고 주장한다면 그 반지 낀 손가락을 잘라서 보여줘. 그럼 네 말을 믿어줄거 같은데. 어때?"

모리무라 세이이치 森村誠一

사이타마현 출생, 아오야마 학원대학 영문과를 졸업하고 10년 이상 호텔에서 근무했다. 그 후 쿨 오브 비즈니스 강사로 있으면서 「대도시」 등 사회성이 짙은 작품들을 발표했고, 1969년 「고층의 사각」으로 제15회 에도가와 람포상 수상. 「허구의 공로(空路)」 「신칸센 살인사건」 등 그의 초기 작품에서는 현대사회의 메커니즘에 대한 실상을 훌륭하게 묘사하였다. 「단위의 정열」(주간소설 1973년 1월 5일, 12일 합병호)은 호텔 근무의 경험을 살린 작품으로 조직 속의 인간성 부재를 호소한 작품이다. 제26회 추리작가협회상을 수상한 「부식(腐蝕)의 구조」 이후 「악몽의 설계자」 인간성 회복을 노래한 「인간의 증명」 등을 차례로 발표했다. 관동군 세균 부대의 전모를 파헤친 다큐멘트 「악마의 포식」은 베스트셀러가 되었으며 「주산구라(忠臣蔵)」 「신센구미(新選組)」 등 시대소설 분야에서도 활약했다.

1

“내일은 몇 사람 나오지?”

토요일 일찍 직원이 퇴근할 때 쯤, 식당과장 오노大野가 웨이터 장인 마쓰바라 이사무松原勇에게 물었다.

“오늘 밤부터 새벽에 세 명, 오전에 네 명씩 출근합니다.”

“내일은 일요일이지만 오늘밤 숙박 손님이 많을 텐데 그 정도의 인원으로 괜찮을지 모르겠군.”

오노는 다소 불안한 얼굴이 되었다. 투숙객 수에 비례해서 아침 식사를 하는 손님 수도 느는 것이 당연하기 때문이다.

“괜찮습니다. 요식협회에서 직원 몇 사람이 더 오기로 되어 있습니다.”

"음, 그래. 내일은 나도 쉬는 날이라 자네가 잘 알아서 해 줘야겠네."

오노는 그제야 안심이라는 듯 찌푸렸던 이맛살을 펴고 마쓰바라에게 몇 번이고 당부를 하였다.

그 두 사람의 대화를 무심코 듣고 있던 사람이 다음 대기조를 하기로 되어 있는 쓰네미 쇼오지常見이다. 그다지 대수롭지 않은 이야기였지만 마음 속 깊은 곳에서는 왠지 모를 쓸쓸함과 허무함이 밀려왔다.

과장은 어느 누가 출근하는지에 대해서는 결코 묻지 않는다. "몇 사람 나오지?"라고 물을 뿐이다. 회사에서 필요한 것은 종업원의 인원 수일 뿐 개개인은 아니다.

쓰네미를 비롯하여 식당종업원들은 특정 개인으로서 능력과 개성이 요구되는 것이 아니라, 어느 인간으로도 대체 가능한 '노동력의 단위'로서 세어지고 있는 것이다.

"나는 인간이다. 한 사람의 인간으로서 존중받고 싶다."라고 한마디 해 주고 싶었지만, 현실적으로 쓰네미가 그만둔다 하더라도 그를 대신해서 다른 사람을 한 명 더 채워 넣는다면 아무런 문제될 것이 없다. 실제 결근자와 비번이 많을 때는 그처럼 사람 수를 조정하고 있었다.

'쓰네미 쇼지가 없으면 안 되는 일, 내가 없으면 회사가 제대로 굴러가지도 못하고 모든 이들이 쩔쩔매는 그런 위치에 있고 싶다.'

라고 그는 언제나 생각하고 있었지만 현실에서 주어진 그의 역할이란 고작해야 기업의 톱니바퀴에 불과했다. 아니, 톱니바퀴라면 그래도 낫다. 하나나 둘쯤 빠졌다고 해도 전체적인 움직임에 조금의 지장도 초래하지 않는 나사나 핀 같은 존재였다.

하다못해 단순한 인원 수가 아닌, 이름으로라도 상사에게 불리고 싶다고 하는 것이 쓰네미의 작은 소망이자 꿈이었다.

쓰네미는 시부야에 새로 생긴 '시부야 프라자 호텔'의 식당 웨이터로 일하고 있다. 도쿄 서부에 노선망을 가지고 있는 민영철도노조연합회에서 자본을 투자하여 세운 이 빌딩은 지상 52층, 객실 2천 실의 초고층 호텔이다.

하루 일을 마치고 시부야 역의 언덕배기를 내려가고 있노라면 근무시간대와 계절에 따라 변동이 있기는 하지만, 석양이 바로 정면의 지평에 걸려 있는 모습을 심심찮게 볼 수 있다. 지평이라고는 해도 빌딩숲이 그려내는 기하학적 모양이다. 석양빛에 붉게 물든 채 죽 늘어선 빌딩이 연출해 내는 스카이라인은 대도시의 인공미와 자연미가 일치되어, 보는 이로 하여금 일종의 쓸쓸한 아름다움에 젖어들게 하였다.

그럴 때마다 쓰네미는 하루를 의미 없이 소요해 버린 허탈감을 느끼곤 했다. 하루 일을 끝내고 돌아갈 때의 뿌듯함 따위는 털끝만큼도 없었다.

오늘, 삶 속에서 결코 돌이킬 수 없는 그 귀중한 하루를 낭비한 사람들이 느끼는 출혈의 허탈감뿐이었다.

그는 종종 석양을 바라보면서 하루 일을 돌이켜보곤 했다. 수십 번의 전화를 받고, 수십 명의 손님에게 서비스를 제공했다. 그리고 종업원 식당에서 점심을 먹고, 서너 번 화장실에 다녀왔다.

단지 그것뿐이다. 출근해서 퇴근할 때까지 자기 자신을 형성해 나가기 위해서 하는 일은 아무것도 없었다.

“내가 하고 있는 일에 나를 발전시킬 만한 요소는 없구나.”

그것은 봉급이 박하다든지, 노동환경이 나쁘다든지 하는 문제가 아니었다. 인생의 좀 더 본질적인 문제였다. 쓰네미는 노동력의 일개 단위로써가 아니라 ‘본인이 꼭 있어야 할 수 있는 일’을 하고 싶었다. 그런 일이 있다면 급료는 문제도 아니었다.

그 일을 찾아 호텔업계를 오늘날까지 몇 년 동안 기웃거려 왔지만 결국 찾고자 하는 일은 구할 수 없었다.

구할 수 없었던 것만이 아니다. 그는 무기력해졌다. 이 업계에서 그가 보람을 느낄 만한 일이 없음을 알았을 때 다른 분야로 눈길을 돌려보려는 의욕조차 사라져 버린 것이다. 한 마디로 모든 게 귀찮아졌다. 그저 뼈저린 허무함만을 느꼈다. 인생을 출혈하고 있는 자의 허무함이다.

석양을 향하여 걷고 있을 때, 그 태양의 붉은 기가 마치 자신이 낭비해 버린 그날 하루의 출혈로 물들여져 있는 듯했다.

그러나 퇴근길의 석양에는 또 다른 의미가 내포되어 있었다. 그것은 지금의 이 현실에서 자신을 회복시킬 수 있는 자유를 향하여 걷고 있다는 사실이다. 야근을 하기 위해 석양을 등지고 걸을 때는 자신을 죽이러 가는 것처럼 생각되었다.

단 하나, 요즈음 그에게 소득이 있다면 얼마 전부터 사귀는 여자가 생겼다는 것이다. 하지만 그녀도 그의 허탈감을 근본적으로 치유해 주지는 못했다.

"내 마음 한구석을 도려내는 이 허탈감을 메워 줄 것은 어디에도 없는 것일까."

쓰네미는 지는 해를 향하여 혼잣말로 중얼거렸다.

2

"객실장한테 내 방으로 급히 오라 하세요."

사장의 셋째딸 와키무라 마스미로부터 히스테릭한 목소리의 내선전화가 걸려온 것은 오후 5시경이었다.

객실 청소를 끝내고 막 저녁식사를 하러 가려던 시쓰사키에게서 이 심상찮은 전화내용을 전해 듣고 객실장인 이마다 노부코는 무슨 일이 일어났음을 직감하고 마스미가 거처하는 1521호실로 황급히 내달았다.

마스미는 이 호텔의 창립자이며 명예회장인 와카무라 야스자에몬의 손녀딸이자, 사장인 와키무라 세이타로의 셋째 딸이다. 최근 사장의 자택이 수리 중이라 시끄럽다는 이유로 그녀만 이 호텔방을 임시 거처로 정하고 명문으로 소문난 모 사립 여자대학에 통학하고 있었다.

그녀는 이목구비가 또렷한 현대적 미모를 갖춘 여성이었지만, 주위 사람들이 늘 그녀를 상전 모시듯 하는 것이 몸에 밴 탓인지 교만하기 짝이 없었고 남을 대하는 태도가 경박스러웠다.

이 호텔에 와서도 종업원들을 자신의 하인 대하듯 할 때가 많았다. 집안에서 응석받이로 자라났기 때문에 어른이 되어서도 여전히 행동이 제멋대로였다.

종업원들도 그녀의 그런 태도가 아니꼽기는 했지만, 이 호텔에서 절대적 권력을 쥐고 있는 와키무라 집안의 딸인지라 조심스럽게 대했다. 그러나 이런 점들이 더욱 더 마스미를 기세등등하게 만들었다.

"무슨 일로 부르셨습니까?"

부랴부랴 도착한 이마다 노부코가 숨을 헐떡이며 물었다.

"무슨 일이냐고요? 도대체 이 방을 어떻게 한 거죠?"

마스미는 자신의 어머니뻘인 이마다 노부코에게 금방이라도 달려들 기세로 대들었다.

"예?"

"없어졌어요! 내 반지가. 도대체 당신들은 뭐하는 사람들이에요?"

마스미는 무척 신경질적으로 얘기했다. 자신이 그처럼 화가 나 있는데도 이마다 노부코가 어리둥절한 표정을 짓고 있는 것을 보고 애가 탄 것이다.

"저, 죄송합니다만, 반지가 언제 없어진 것입니까……?"

대강 상황을 파악한 이마다 노부코가 물었다. 베테랑급 서비스 종사자라면 손님으로부터 항의를 받으면 제일 먼저 "언제입니까?" 라고 묻는다. 잠자코 있으면 1년도 더 지난 문제를 들추어 낼 수도 있기 때문이다.

"학교에서 돌아와 보니 오늘 아침까지만 해도 있던 내 다이아몬드 반지가 없어졌단 말이에요. 아버지에게 생일선물로 받은 거예요. 2캐럿짜리 초록색 다이아몬드 반지라 백만 엔도 넘는 건데, 그게……."

이마다 노부코는 그 반지가 백만 엔도 넘는다는 얘기를 듣고는 자신도 모르게 흠칫 놀랐다. 그녀가 백만 엔을 모으려면 아마 10년도 더 걸릴 것이다.

마스미가 말한 대로 그런 거액의 반지가 방을 비운 사이 없어져 버렸다고 하면 정말 중대한 문제가 아닐 수 없다.

"저, 아가씨."

이마다 노부코는 목구멍에 생선가시라도 걸린 사람 모양으로 물었다.

"그 다이아몬드 반지를 어디에 놓아 두셨는데요?"

"테이블 위에요. 어젯밤 자기 전에 저 위에 놓아두었는데 아침에 반지 끼는 걸 깜박 잊어버리고 학교에 갔어요."

"학교에서 돌아오셨을 때 그 반지가 없어져 버렸단 말씀이세요?"

"그래요."

"저, 혹시 아가씨가 어디 다른 곳에 놓아두신 걸 잘못 생각 하신 게 아니세요?"

이마다 노부코는 머뭇거리며 조심스럽게 물었다. 그녀의 지금까지의 경험에 의하면 이런 문제는 대개가 손님의 착각에 의한 것이 많기 때문이다.

순식간에 마스미의 눈썹이 치켜 올라갔다.

"내가 거짓말을 하고 있다고 생각하는군요."

"아닙니다. 천만에요. 혹시 아가씨가 착각하시고……."

"나는 착각 같은 건 안 해요. 분명히 어젯밤 테이블 위에 놓았어요. 좋아요! 당신이 내 얘기를 믿지 않는다면 아버지나 할아버지께 얘기해서 철저하게 조사하도록 하겠어요."

마스미의 어조가 점점 더 격해졌다. 아버지나 할아버지에게 얘기하겠다는 말은 그녀의 입버릇이긴 하지만 어쨌든 이런 일은 그 전에 조용히 처리하는 것이 좋았다.

백만 엔이나 하는 반지가 없어졌다는 것은 상대가 마스미가 아니더라도 보통 문제가 아니다. 또한 객실장인 이마다 노부코의 직위에도 영향을 미치는 일이었다.

"아가씨, 어쨌든 저희들이 찾을 수 있는 만큼 찾아보겠습니다. 오늘 이 방을 정리한 사람이 50층 객실안내원 다나시 도키코이니 먼저 다나시를 불러 얘기를 들어 보는 게 좋겠습니다."

"빨리 찾도록 하세요. 이런 불유쾌한 사건에 길게 매달리고 싶지 않으니까."

마스미는 어깨를 한번 으쓱해 보였다.

퇴근시간이 되어 돌아갈 준비를 하던 중 느닷없이 마스미의 방으로 불려 들어간 다나시 도키코는 줄곧 쩔쩔매는 모습이었다. 1년 전 지방에서 고등학교를 졸업하고 이 호텔의 개업과 동시 입사한 이래 지금까지 마스미의 방이 있는 50층을 담당하고 있었다.

그녀가 지망했던 직종은 프런트 전화안내원이었지만, 그것은 영어를 꽤나 한다는 대졸 여사원들이 전부 차지해 버렸기 때문에 결국 그녀가 맡은 일은 객실안내원이었다.

객실 청소와 손님의 자질구레한 심부름 따위를 하는 단조로운 일이었지만, 1, 2년 정도 참고 하면 프런트로 갈 수 있다는 인사과장의 얘기를 위안으로 삼고 그녀는 열심히 일하고 있었다.

수수하면서도 온순하게 보이는 그녀의 얼굴은 분위기에 눌려 잔뜩 겁먹은 표정이었다. 그러나 그런 모습이 마스미의 의혹을 더욱 자극시켰다.

마스미는 처음부터 도키코를 범인처럼 취급했다.

"너야? 내 방을 청소한 게?"

"예? 예에."

도키코가 더듬더듬 대답했다.

"몇 시경이지?"

"11시경인데요."

"그때 저 테이블 위에 아무것도 없었단 말이지?"

"글쎄요."

도키코는 갑작스런 질문에 당황해 하며 슬그머니 얼굴을 들었다. 그 때 마쓰이와 이마다 노부코의 심각한 얼굴표정을 보고 테이블 위에 뭔가 귀중한 물건이 있었구나 라고는 생각했지만 그것이 자신과 어떤 연관이 있는지는 잘 알지 못했다.

"솔직히 얘기해. 나도 될 수 있는 한 간단히 이 문제를 해결하고 싶으니까."

"저, 테이블 위에 무엇이 있었는지 특별히 생각나는 게 없는데요."

도키코는 마스미가 간단하게 문제를 해결하고 싶다고 한 말의 의미를 잘 이해하지 못했다.

"잘 생각해봐. 지금 털어놓는 편이 너한텐 가장 좋을 거야."

마스미의 어조는 도키코를 거의 범인으로 단정한 듯이 매우 고압적이었다.

"다나시, 정말 아무것도 생각나지 않나?"

옆에서 조마조마하며 지켜보고 있던 이마다 노부코가 보다 못해

한 마디 했다. 그녀도 설마 도키코가 반지를 훔쳤으리라고는 생각지 않지만, 시가 백만 엔도 넘는 다이아몬드 반지가 자신의 눈앞에서 주인도 없이 뒹굴고 있는 것을 보았을 때 여자의 마음이란 장담하지 못할 것이었다.

이마다 노부코는, 마음이 여리고 온순하여 상사의 말이라면 불평 하나 없이 잘 따르는 도키코를 항상 가엾게 여겨 왔다. 손님의 물건에 손을 대는 일은 결코 용서받지 못할 일이지만 순간적인 감정으로 저지른 죄 때문에 젊은 인생을 망치게 하고 싶지는 않았다. 혹시 도키코는 생리 중일지도 모른다고 생각했다.

백만 엔도 넘는 다이아 반지를 테이블 위에 던져 놓은 사람도 잘못이 있다.

지금 물건만 찾게 되면 용서받을 가능성도 있다.

하지만 이마다 노부코가 도키코에게 그런 질문을 한 것은 이미 도키코를 의심한다는 증거였다. 마스미의 의혹이 어느 사이엔가 이마다 노부코에게로 전염된 것이다.

"전 몰라요. 여느 때처럼 침대를 정리하고 바닥 청소를 했을 뿐이에요."

도키코는 금방이라도 눈물을 쏟을 것만 같았다.

"정말 그것뿐이야?"

"정말이에요. 도대체 테이블 위에 뭐가 있었다는 말씀이신지."

"다이아몬드 반지, 백만 엔도 넘는."

"네?"

도키코는 눈을 휘둥그렇게 떴다.

"그걸 오늘 아침 응접 테이블 위에 놓은 채 학교에 갔다 왔더니 없어져 버렸단 말이야!"

"저……저는……"

"그 사이 방에 들어온 사람은 이 방을 청소한 너 뿐이야."

"저, 그런…… 몰라요, 저는. 방에 놓여 있는 물건에는 아무것도 손대지 않았어요."

자신이 커다란 의심을 받고 있다는 사실을 알아차린 도키코는 어쩔 줄 몰라 울먹이면서도 자신의 결백을 호소하기 위하여 필사적으로 반박했다.

"그럼 정말 이상하군, 이 방엔 너 이외엔 아무도 들어오지 않았는데 다이아몬드 반지가 사라져 버렸으니, 마치 반지에 날개라도 달린 듯이 말이야."

"하지만…… 하지만 저는 모르는 일이예요."

"네가 정말 모르는 일이라면 어째서 그렇게 겁에 질려 있지?"

"저…… 그런…… 너무하세요!"

"너무하다고? 너야말로 너무하다고 생각하지 않아? 백만 엔도 넘는 반지를 훔친 주제에, 뻔뻔스러운 건 오히려 너야."

"설마, 설마…… 아니에요!"

도키코는 그만 큰 소리로 울음을 터뜨렸다.

"아가씨, 다나시가 한 일인지 아닌지 아직 확실하지 않으니까."

보다 못한 이마다 노부코가 다시 한마디 거들었다.

"그럼 누구란 말이죠? 이 아이가 확실해요. 좋아요, 끝내 시치미를 뗀다면 경찰에 알리겠어요. 정말로 자기가 결백하다면…… 흥."

마스미는 야릇한 미소를 입가에 흘리며 도키코의 얼굴을 감싸고 있는 그녀의 손을 주시했다. 오른손 약지에 인조보석 같은 반지를 끼고 있었다. 접객업에 종사하는 사람은 근무 중에는 장신구를 하지 않도록 되어 있지만, 도키코가 그 반지를 매우 귀하게 여기고 있는데다 세공이 수수하여 별로 눈에 띄지 않았기 때문에 이마다 노부코가 특별히 관대하게 보아준 것이다. 의심하는 눈으로 본다면 없어진 마스미의 반지와 비슷했다.

'흥, 이미테이션 반지로군.'

마스미는 가소롭다는 듯이 도키코의 반지를 보면서, 항상 가짜만 하고 있으므로 진짜 다이아몬드를 보고 눈이 멀어 슬쩍해 버린 것이라고 생각했다.

마스미의 의혹은 그 반지를 보고 결정적으로 굳어졌다.

"만약 네가 끝까지 결백하다고 주장한다면 그 반지 낀 손가락을 잘라서 보여줘. 반지를 훔쳤어도 반지 낄 손가락이 없다는 걸 보여준다면 네 말을 믿어줄 수 있을 것 같은데, 어때?"

손가락을 잘라보라는 얘기를 대수롭지 않게 내뱉는 마스미는 지금 잃어버린 반지의 행방을 찾는 것보다 자신의 노리개를 희롱하며 노는 일에 야릇하고도 잔인한 쾌감을 맛보고 있는 것 같았다.

3

다나시 도키코가, 하숙하고 있는 아파트 방에서 시체로 발견된 것은 그로부터 1주일쯤 지난 밤 10시경이었다.

시체를 발견한 사람은 아파트 관리인이었다.

도키코의 방은 이 층의 제일 외진 곳에 있었다. 이 아파트에 사는 사람들은 서로 가까이 지내는 일이 없고 자기 자신 이외에는 전혀 관심이 없는 사람들이었는데 그 중에서도 특히 도키코는 자신 만의 울타리를 치고 방안에 콕 틀어박혀 있었기 때문에 이웃사람들은 그녀에 대해서 아무것도 알지 못했다.

단지, 외출하고 돌아오는 시간이 굉장히 불규칙해 처음에는 술집 여자일지도 모른다고 생각했다. 그러나 그에 비해 복장이나 태도가 얌전하고 때로는 보통 사람들보다 이른 시간에 외출하기도 하였다. 남자가 가끔 찾아오는 것도 같았지만 언제나 슬그머니 드나드는 까닭에 그 모습을 본 사람은 없었다.

게다가 그곳 사람들은 자기들의 생활에 바빠 다른 사람의 사생활에 관심을 가질 여유가 없었다. 아파트는 냉랭한 느낌은 있지만 좀처럼 성가신 일이 없었다. 그런 점이 마음에 들어 도키코는 그곳에서 살기로 한 것 같았다.

고등학교를 지방에서 졸업함과 동시에 상경해서 시부야 호텔에 입사한 그녀는 처음에는 호텔 독신자 기숙사에 있었지만 4인1실이라는, 사생활이란 전혀 없는 생활에 질려서 이 아파트로 이사했다.

관리인은 도키코가 없을 때 그녀에게 배달되는 소포를 대신 맡아 주었다. 도키코의 시체를 발견하던 날 관리인은 이삼 일 전에 배달되었지만 깜박 잊고 전해주지 못한 소포를 전해 주러 그녀의 방에 찾아갔었다.

문을 노크했지만 대답이 없었다. 몇 번이나 이름을 불러도 안에서 인기척이 없었다. 그렇다고 내용물도 모르는 소포를 더 이상 맡아두기도 꺼림칙했다.

관리인이 혹시나 해서 손잡이를 돌려보았더니 문이 잠겨 있지 않았다.

"젊은 여자가 꽤 부주의하군."

그래도 한 번 더 이름을 부르고 실내에 들어간 관리인은 침대에서 차갑게 식은 채 누워 있는 도키코의 시체를 발견했다.

관리인은 허겁지겁 방을 뛰쳐나갔다. 떨리는 손으로 전화 수화기를 들고 당황한 나머지 112번과 119번을 불러 경찰과 구급차가 동시에 도착했다.

물론 구급차는 시체를 싣지 않고 그대로 돌아갔고, 경찰에서는 약물중독증상을 나타내는 시체가 자살인지 타살인지를 확인하기 위하여 신중하게 검사를 시작했다.

검사 결과, 사후 경과시간은 약 20시간에서 25시간, 사인은 청산가리에 의한 중독사였다. 머리맡에는 독약을 넣어 마신 듯한 주스병과 유리컵이 뒹굴고 있었다. 검시관은 증거물들을 빠짐없이 채취해 갔다.

현장에는 사람이 왔다 간 흔적은 남아 있지 않았지만, 시체에서는 특기할 만한 징표가 발견되었다.

시체 오른손 약지가 손가락뼈가 붙는 뿌리에서 예리한 칼날 같은 것으로 절단되어 있었다. 무엇 때문에 손가락을 잘렸는지 알 수 없는 일이었다.

다만, 손가락을 잘린 것이 사후에 발생된 상황임을 나타내고 있다는 점에서 검시관 일행은 사건의 추적방향을 잡고자 하였다. 절단 부위에 다소 출혈이 있기는 하나 살아있을 때의 출혈로 보기에는 매우 적은 양이었다.

살아있는 동안 잘린 것이라면 반드시 그 부위의 혈관에서 피를 쏟는다. 또한 생체조직은 탄력이 있으므로 상처 부위가 크게 벌어진다. 그밖에 붉은색이 보이고 종창腫脹등의 증상이 나타난다.

손가락의 절단 부위에는 이와 같은 일상적인 반응이 나타나긴 했지만 그 정도가 약했다.

빈사상태, 혹은 죽은 직후 입은 상처에는 일상적인 반응이 약하게 나타난다.

그러면 누군가가 이 장소에서 시체(혹은 빈사상태의 몸)의 손가락을 잘라갔다는 사실을 추적해 볼 수 있다.

그 의혹을 결정적인 것으로 만든 것은 잘려나간 손가락이 현장이나 그 주변에서 발견되지 않았다는 점이다. 단지 그 흉기만이 곧바로 발견되었다. 부엌에 있던 식칼에 시체의 혈액이 묻어 있었던 것이다.

—누군가가 이 장소에 있었다. 그 자가 시체의 손가락을 절단한 후에 그것을 가지고 갔다.

—왜 그런 짓을 했을까?

—그 자가 누구일까?

자연히 시체의 사인은 타살이라는 가정 하에 살인사건으로 수사가 시작되었다.

즉, 해부 결과 타살을 뒷받침해줄 만한 증거가 나타난 것이다.

시체에는 죽기 전후 성교를 했다거나 폭행을 당한 흔적은 없었다. 수사관들은 피해자가 임신 3개월째라는 사실도 알아냈다.

그들은 시체가 임신 3개월째라는 것에 주목하고 피해자의 주변과 근무처였던 호텔로 수사를 계속해 나갔다. 피해자의 생활이 폐쇄적이었기 때문에 주변에 친분관계가 없어 아파트에는 살인의도를 형성할 만한 요소가 발견되지 않았다.

—근무처라면 어떤 형태로든 인간관계가 있을 것이다.

—거기에는 또한 임신 상대방도 틀림없이 있을 것이다.

수사관들은 다나시 도키코의 직장에 대해 집요하고도 세밀한 조사를 전개해 갔다.

그 결과, 그들은 매우 흥미로운 정보를 얻었다. 흥미로움과 동시에 수사에 혼란을 가져오는 정보였다.

4

"나나시 도키코는 죽기 1주일 전쯤 호텔 사장 딸인 와키무라 마스미에게 다이아몬드 반지를 훔쳤다는 의심을 받았고, 무죄를 증명하고 싶으면 손가락을 잘라보라고 추궁당한 사실이 확인되었어."

"그럼 역시 자살이었나?"

"어처구니없는 의심을 받고 죽음으로써 항의했다?"

"하지만 손가락은 죽은 후 잘린 것이었지 않나."

"누명을 씻기 위해서라면 죽기 전에 잘랐을 거야."

"그래도 죽을 것까지는 없지 않았을까. 손가락을 자른 것만으로도 충분한 항의가 되는데."

"게다가 누가 손가락을 현장에서 가져갔을까?"

"도키코를 임신시킨 남자는 뭘 하고 있는 거지? 자신이 결백하다면 스스로 나서서 수사에 협력해야 되지 않을까."

의견만 분분하고 결론이 나오지 않았다. 하여간 새롭게 얻은 정보로 자살여부도 부인할 수는 없게 되었다.

만약 자살이라고 가정한다면 누군가(대신 X라 하자)가 도키코가 죽은 후 혹은 빈사상태일 때 현장에 와서 손가락을 잘라갔다고밖에 볼 수 없다.

이 경우 손가락을 자른 이유로 다음 두 가지를 들 수 있다.

첫째는, 도키코가 자살하기 전에 X는 그녀에게서 자신의 손가락을 잘라달라는 부탁을 받았다. 도키코는 손가락을 자르고 싶었어도 도저히 스스로는 자를 수가 없었다. 자살이라는 것은 독약을 마시기만 하면 되므로 비교적 간단히 할 수 있다. 그러나 스스로 자신의 손가락을 싹둑 자르는 데에는 상당한 용기를 필요로 했다.

둘째로, X는 그녀의 자살 이유를 알고 있었다. 때마침 자살 현장에 온 X는 그녀를 죽음으로 몰고 간 와키무라 마스미에게 항의하기 위하여 그의 독자적인(다분히 동조적인) 의사로 손가락을 잘랐다.

이상의 몇 개의 가정에도 해당되지 않는다고 하면, 처음의 견해대로 역시 타살이다.

범인 X는 도키코를 독살한 후 살인을 가장하기 위하여 손가락을 잘랐다.

이때 X는 도키코가 와키무라 마스미에게 반지를 훔쳤다는 의심을 받고 있는 것을 알고 있는 사람이라는 논리가 성립된다.

그 사건은 호텔 전체는 아니지만 적어도 도키코가 소속된 50층의 종업원들에게는 이미 알려져 있었다.

만약 X가 도키코를 임신시킨 상대라면 가장 손쉽게 알았음에 틀림없다. 하지만 그 경우 손가락을 잘라 간 이유가 수수께끼이다. 손가락을 현장에 남겨두는 편이 와키무라 마스미에 대한 항의로 더욱 효과적이기 때문이다.

범인이 사전지식을 전혀 가지고 있지 않은 자라고 생각할 수도 있지만, 그렇다고 하면 더더욱 손가락을 현장에 두고 갔을 것이다.

자살설을 놓고 보아도 손가락을 가지고 갈 이유가 없다. 항의를 위한 목적이라는 점에서 생각하면 손가락이 현장에 있는 편이 아무래도 호소력이 있어 보였다.

아니면, 현장에서 손가락만 제거시켜 와카무라 마스미에게 심리적 압박감을 더해주려는 의도였을까?

"혹시 와키무라 마스미에게 그 손가락을 소포로 보낼 작정이 아니었을까?"

수사관 중에는 이런 견해를 가지는 자도 있었다. 하지만 그것은 너무나도 시대에 뒤떨어진 이론이었다.

손가락을 자른 것만으로 무죄에 대한 증명은 충분하다. 그 이상 손가락을 소포로 보낸다는 발상은 복수의 의도라 해도 현실감이 없어 보였다.

게다가 와키무라 가家에서는 마스미에게 오는 우편물(사건 직후 그녀는 호텔을 비우고 자택에 돌아가 있었다)은 모두 마스미의 양해 하에 사전체크를 시키고 수상한 물건은 아무것도 배달되지 못하게 하였다.

수사본부에서는 이렇다 할 수사방침을 세우지 못한 채 자살과 타살이라는 양면수사를 계속할 수밖에 없었다.

5

사건은 날이 갈수록 미궁 속으로 빠져들고 있었다. 1개월이 경과해도 도키코 주변에 수상한 인물이 떠오르지 않았다.

도키코가 사건 당시 임신 중이었기 때문에 그녀에게 남자가 있다는 것은 확실하다. 도키코가 하숙하고 있던 아파트 주인도 그녀의 방에 남자가 찾아오는 낌새가 있었다고 인정했다. 하지만 그것은 어디까지나 느낌에 불과했고 그 남자의 실체를 본 사람은 아무도 없었다.

도키코는 내향적인 성격으로 직장에서도 결코 자신의 마음을 열어 놓는 일이 없었다. 특별하게 사람이 싫었던 것은 아니었지만, 마음속에 스스로 선을 그어놓고 누구도 그 안에 들어올 수 없도록 했다.

또한 성격이 온순하여 동료들과 잘 지내기는 했지만 일정선 이상은 가까이 지내지 않아 동료들로부터 입에 오르내리는 일도, 그렇다고 친한 친구도 없었다.

"그 아이는 비밀주의였어요."

"쉬는 날 아파트에 놀러가고 싶다고 해도 방이 지저분하다는 이유로 늘 거절당했죠."

"겉보기엔 매우 좋아보였지만, 마음속에는 뭔가 응어리를 품고 있는 것 같았어요."

동료들의 도키코에 대한 평가에서도 알 수 있듯이 매사 폐쇄적 생활태도를 지니고 있어 그녀의 사생활을 아는 일은 무척 힘들었다.

또한 다른 사람들에게 도키코와 그녀의 상대 남자가 비밀리에 만나고 있었던 것처럼 보였다는 것은 둘의 관계가 외부에 알려지는 것을 두 사람 다 꺼려했던 모양이었다.

다나시 도키코의 사인이 자살인지 타살인지 결정되지 않은 채 사건은 계속 미궁 속으로 빠져들고 와키무라 마스미도 사건에서 받은 쇼크를 점점 잊어가고 있었다.

'도키코는 무죄를 증명하기 위해 죽었어. 내가 죽인 거야.'

'도키코가 죽지 않았더라면 얼마나 좋을까.'

'내가 그런 말을 하지 않았다면 죽지 않았을 거야.'

꿈속에서 도키코가 입술에 피를 흘리며 마스미를 노려보았다. 손가락이 없는 손으로 그녀를 손짓하며 불렀다. 겁에 질려 꿈에서 깨어보면 온몸이 땀에 흠뻑 젖어 있었다.

한번 잠에서 깨어나면 좀처럼 잠을 이룰 수 없었다. 식욕 부진과 불면증에 걸려 마스미는 눈에 띄게 여위였다.

하지만 그것도 1개월 정도 지나니 점차 회복되어갔다. 사건은 교착상태에 빠져 버렸다. 타살이라면 마스미로서는 한 시름 놓게 된다.

범인이 손가락을 잘라 간 이유는 모르지만 다른 사람에게 살해된 책임까지 마스미가 질 필요는 없기 때문이다.

'그래 다나시 도키코는 살해된 거야. 틀림없어'

'임신 3개월이라고? 겨우 스무 살 갓 넘은 어린 것이 임신을 하다니.'

'그런 음란한 계집이니까 살해되지.'

'도키코가 죽은 건 내 책임이 아니야. 자업자득일 뿐이야.'

마스미는 자신에게 유리한 쪽으로 해석했다. 본래 이기적인 성격이므로 일단 그런 느낌이 들면 틀림없이 그렇다고 빠르게 단정해 버렸다.

불면증과 식욕부진도 사라지고 체중도 제자리를 찾아갔다.

'만약 도키코가 살해되었다면 역시 반지를 훔친 건 그 여자였을지도 몰라'

'손가락이 잘린 건 우연의 일치야.'

마스미는 도키코의 죽음으로 인해 그동안 시달려 왔던 것이 억울하다고 생각했다.

'오히려 난 피해자야. 도키코가 죽었으니 이젠 백만 엔도 넘는 반지를 찾는 건 불가능하게 됐어.'

또한, 어쩌다가 반지 사건과 도키코의 죽음이 연달아 일어난 탓에 두 사건 사이에 인과관계가 있다고 보일 가능성이 있지만 원래는 별개의 사건이었다고 생각해 버렸다.

마스미는 원기를 회복했고 또 한 가지 그녀에게 즐거움을 주는 일이 생겼다. 반 년 전에 만나 남몰래 교제를 계속해 오던 애인과의 결혼을 드디어 부모가 허락해 준 것이다.

처음에는 집안의 격과 신분이 다르다는 이유로 반대하던 부모들도 마스미의 완강함과 조부인 야스자에몬의 "본인이 좋으면 되는 게지" 하는 절대적인 말 한마디로 결국 허가를 얻어냈다.

부모의 허가만 받아낸다면 뒷일은 일사천리였다. 도키코 사건도 애매모호하게 희석되어 버리고 그녀는 대학 졸업과 동시에 결혼식을 올리기로 하였다.

그 날이 곧 눈앞에 다가왔다. 이제 마스미의 행복을 방해할 만한 것은 없었다.

그 무렵 시부야 프라자 호텔 50층의 한 객실에서 작은 사건이 일어났다.

오후 6시경 막 도착한 객실 손님으로부터 호출전화가 걸려왔다.

먼저 이마다 노부코가 상황을 살피기 위하여 가보니 욕실 안에 설비된 세면대의 배수구에 뭔가 걸려 있는 듯 좀처럼 더러운 물이 빠지지 않았다.

옆에서 지켜보던 손님이 불평을 터뜨리자 이마다 노부코는 그 방과 같은 수준의 다른 객실로 손님을 안내하고 기술부의 수도 수리기사를 불렀다.

문제의 세면대는 조립식 욕실 안에 맞춘 것으로 배수파이프는 세면기 아래 싱크대 속에 내장되어 있다.

수리기사는 싱크대 속을 드라이버와 스패너로 짤그랑거리며 만지작거리다가 얼마 안 있어 말했다.

"이 상태로는 물 빠지기가 힘들겠는데."

그는 머리털과 정체불명의 오물이 질척질척한 볼을 끄집어냈다.

"처음에 뭔가 걸린 후로 계속해서 머리털과 오물이 붙어 볼이 이 지경까지 됐어요."

수리기사는 이마다 노부코가 준비해 놓은 비닐봉지 위에 그 오물 볼을 던져놓았다. 비닐 위에 떨어진 순간 볼은 퍽 소리를 내며 깨졌고 그 안에서 작은 금속 같은 것이 데굴데굴 굴러 나왔다.

그 금속은 순간적으로 번쩍하고 빛을 발했다.

"뭐지? 이게?"

"어라, 저게 뭐야?"

두 사람은 동시에 소리쳤고 수리공이 손을 내밀어 집어 들었다.

"반지예요. 상당히 비싼 것 같은데요."

수리기사는 그 금속을 이마다 노부코의 눈앞에 내보이며 말했다.

"반지!"

이마다 노부코는 숨을 크게 들이마셨다. 그 방은 사장 딸 와카무라 마스미가 약 1개월 전까지 묵었던 곳이라는 사실이 불현듯 떠올랐다.

“이런 것이 걸렸으니 배수관이 막힐 수밖에요.”

“이리 줘봐!”

이마다 노부코는 수리기사에게서 반지를 빼앗듯이 가져갔다. 반지 알은 아직 오물로 더럽혀져 있었지만 초록과 호박색을 섞은 듯한, 실로 우아한 빛을 발하고 있었고 링은 금처럼 보였다.

“이건 사장 딸의 반지다!”

“예? 이게 객실안내원이 훔쳤다고 의심받은 그 반지라고요?”

소문은 이미 기술부 수리기사의 귀에까지 들어가 있었다.

호텔 종업원 한 사람이 죽었으니, 사건을 완전히 은폐한다는 건 불가능했다. 매스컴에 사건의 전모가 새나가는 것을 막은 것만 해도 와카무라 가의 실력이었다.

이마다 노부코가 그 반지를 본 것은 지금이 처음이었다. 백만 엔도 넘는 반지를 손으로 만져보는 것도 눈으로 보는 것도 처음이었기 때문에 이것이 마스미의 반지인지 아닌지 모양만으로는 단정할 수 없었다.

하지만 확실히 마스미의 것임을 나타낼 만한 증거가 있었다. 금색 링에 “M.W”라고 머리글자가 새겨져 있었던 것이다.

그것은 와카무라 마스미의 이니셜이 틀림없었다. 다른 사람의 이니셜과 우연히 일치한 것이라고 할 수도 있겠지만 그럴 가능성은 희박했다.

마스미는 1개월 전까지 약 반 년 동안을 이 방에 거처하고 있었다.

"당신 절대로 아무에게도 이 이야길 해서는 안 돼."

이마다 노부코는 먼저 수리기사에게 입을 다물도록 일렀다. 다나시 도키코의 죽음이 자살과 다살의 어부를 떠나 반지를 훔친 것은 그녀가 아니었다.

마스미가 당시 목욕이나 아니면 세수라도 할 작정으로 반지를 세면대 위 화장대에 무심코 놓았던 것이 세면대 안으로 굴러 떨어져 배수파이프에 걸린 것이다.

그로 인해 만약 도키코가 누명을 억울하게 여기고 자살했다면 문제는 심각해진다. 신문기자에게라도 알려지는 날엔 와키무라 가의 위신이 엉망으로 되는 건 시간문제다. 이 사실은 또한 경찰에게 알려져서도 안 된다.

마스미에 대해서 평소에 별로 좋은 감정을 품고 있지 않은 이마다 노부코였지만 자신이 근무하는 직장 최고경영자의 명예를 더럽히고 싶지는 않았다.

"절대 비밀로 해야 돼. 사람들에게 알려지면 일이 심각해지니까."

"알아요. 나라고 애사정신이 없겠어요?"

이마다 노부코의 심각한 태도에 다소 주눅들은 수리기사가 고개를 끄덕였다.

이마다 노부코에게서 반지를 건네받은 와키무라 사장은 순간 어떻게 할지 몰라 당황했다. 하여간 마스미를 불러 반지를 보여주니 그녀는 자신의 반지가 틀림없다고 대답했다.

“너 참 잘했구나. 만약 이 일이 세상에 알려지면 보통 일이 아니란 걸 알고 있냐?”

“아버지, 어떻게 해요?”

부녀는 창백한 얼굴로 마주 보았다.

“다나시 도키코의 사인이 지금까지 확실히 밝혀지지 않았다는 건 자살 가능성이 다분하다는 얘긴데, 곤란하게 됐군.”

와키무라 세이타로도 곤란하다는 말만 연발할 뿐 좋은 생각이 떠오르지 않았다. 어쨌든 와키무라 집안의 우두머리, 시부야 프라자 호텔의 위대한 주인인 야스자에몬과 의논하기로 하였다.

그는 이야기를 듣자마자 얼굴색이 확 바뀌더니 큰 소리로 호통을 쳤다.

“바보 같은 놈!”

“너는 사장이면서 그 정도 분별도 할 줄 모르냐! 네놈은 어찌 그리 어리석냐! 너란 놈은…….”

늙은 나이에도 여전히 경영의 실권을 쥐고 있는 야스자에몬은 관자놀이에 핏대를 세우며 격노했다.

최근 들어 혈압이 높아져 화낼 일이 있어도 될 수 있는 한 감정을 자제하려고 애쓰던 그도 이번 일만은 참지 못하는 모양이었다.

그러나 세이타로는 아버지가 왜 화를 내는지 몰랐다. 문제가 큰 것임에는 틀림없지만 이제 와서 화를 내도 어쩔 수 없는 일이라고 생각했다.

한편 아들의 그 침착성이 아버지를 더욱 화나게 하는지도 몰랐다.

"반지를 바로 객실장에게 돌려주어라. 마스미의 것이 아니라고 해라."

겨우 흥분을 억제한 야스자에몬이 명령했다.

"그러니까 널 바보라고 하는 거다. 같은 이니셜 정도는 얼마든지 있다. 하여튼 넌 얼빠진 짓을 했어. 이 반지는 절대 마스미의 것이 아니야. 마스미 것이어서는 안 돼. 알겠나? 반지 따위는 얼마든지 대신 살 수 있지만 명성이란 한 번 떨어지면 좀처럼 회복할 수 없단 말이다."

"예."

세이타로는 그제야 아버지의 뜻을 알아차렸다.

"객실안내원이 죽었다. 경찰에서는 자살이라고 단정 짓기 어렵다고 하고 있다. 일부에서는 도키코의 죽음이 반지의 분실과 확실하게 연관되어 있진 않지만 마스미를 비난하고 있다. 여기서 반지가 나와 봐라. 객실안내원이 누명을 쓰고 죽었다는 것이 확실해진다. 그렇게 되면 인권문제로까지 확산될 것이다. 반지는 마스미 것이 아니다. 곧바로 발견한 자에게 돌려주어라."

"예, 즉시."

"우리 회사에 아직 노조가 생기지 않아 다행이지만, 이 일이 세상에 알려지면 이를 계기로 노조가 생길지도 모른다. 외부에서 과격한 지원단체라도 들어와 흔들어 봐라. 오픈한 지 2년도 채 지나지 않았는데 이 회사가 어떻게 되겠느냐. 그렇게 되면 잃는 것은 명성뿐만이 아니야."

부친의 이야기를 듣고 세이타로는 자신이 왜 그렇게 어리석었는지를 스스로 반문했다. 이 작은 반지는, 야스자에몬이 인생의 남은 정열을 모두 쏟아 부어 만들어낸 거대한 호텔의 부와 명성을 근본부터 위협하는 실로 막강한 힘을 지니고 있었다.

6

그로부터 한 달 후 길일에 맞추어 시부야 프라자 호텔의 대연회장 '구슬나무 사이'에서 성대한 결혼피로연이 베풀어졌다.

내빈은 정계, 재계의 요인들과 각 호텔의 수뇌부들이었다. 그도 그럴 것이 신부는 호텔의 창설자인 와키무라 야스자에몬의 손녀이자 현 호텔 사장의 셋째딸 마스미였다.

신부 측 내빈이 기라성 같은 거물급 인사들인 데 반해 신랑 측은 주로 서민층 사람들이었다. 신랑의 부모와 친척들은 이런 장소가 처음인 모양으로 쩔쩔매는 모습들이었고 모두 햇볕에 그을린 소박한 얼굴들이었다.

신랑은 호텔 식당에서 웨이터장을 맡고 있던 마쓰바라 이사무였다. 그는 자택이 공사 중인 까닭에 반 년 정도 호텔에서 살고 있던 마스미가 매일 식당에 와서 식사를 할 때마다 식사 시중을 맡아서 하던 중 그녀와 사랑에 빠지게 되었다.

그들의 약혼이 발표되자 호텔 전 종업원들은 '세기의 행운아' 라고 하나같이 놀랐으며 절대적으로 그를 부러워하였다.

마쓰바라는 호텔의 직위 중에서도 하위직에 속했다. 물론 야스자에몬과 세이타로는 그의 이름도 존재도 몰랐였다. 마쓰바라는 그들에게 개인으로서가 아닌 노동력의 단위로써 세어지고 있었다. 실로 주위 사람들이 어느 정도 놀랐는지 헤아릴 만했다.

특히 직속상관으로서 마쓰바라를 부려온 식당과장 오노와 같은 사람은 아연실색했다.

지금까지 부려먹은 대가로 그에게 어떤 대우를 받을지 몰라 자신의 신변안전에 급급해 하고 있던 오노는, 그들의 약혼이 발표되자 살맛이 나지 않았다.

빈정거리기 위해서였는지는 모르지만 마쓰바라는 오노를 내빈으로 초대했다. 내빈석 끝자리에 앉은 오노는 신랑—어제까지만 해도 자신의 부하였던 마쓰바라—의 신수가 훤해진 것을 보고 음식도 제대로 넘기지 못했다.

와키무라 사장은, 자기 딸과 결혼했다고 해서 특별히 차별대우를 하지는 않겠다. 지금까지처럼 대하겠다라고 말하고 있었지만, 그래도 마쓰바라가 한 집안 식구가 된 이상은 그에 어울리는 직책이 주어지리라는 건 누구나가 아는 사실이었다.

특히 회장 와키무라 야스자에몬은 마스미를 눈에 넣어도 아프지 않다고 말할 정도로 귀여워하고 있었다. 그런 손녀딸이 하는 말이라면 무엇이라도 들어 줄 것이다.

호화로운 식순에 의하여 피로연은 한창 절정을 향해가고 있었다. 피로연에 참석한 신랑 측 친구들은 대개가 호텔 종업원들이었기 때문에 사석이라 해도 간부들 앞에서는 신랑에 대한 이야기를 매우 조심스럽게 주고받았다.

그들은 험담을 하면서도 오히려 신랑에게 득이 되는 험담을 했다.

이제부터 마쓰바라는 와키무라 가의 식구가 된다. 함부로 지껄여댔다가는 찍히기 십상이다. 특히 그들은 무엇보다도 마스미에게 미움을 살까 그것이 제일 두려웠다.

월급쟁이들에게 이 같은 피로연은 그다지 유쾌하지 못한 것이었다. 상사에 대한 아첨과 자신들의 신변보호에 신경을 곤두세워야 하기 때문이다.

하지만 신랑신부에게는 모든 게 즐겁기만 했다. 여흥과 함께 만찬코스가 진행되었다. 음식을 나르고 있는 웨이터들은 어제까지만 해도 마쓰바라의 동료들이었다.

연회장에는 원래 전문웨이터가 따로 있지만 오늘은 손님이 많아서 식당웨이터들이 지원을 나온 것이다.

생선요리가 끝나고 네 번째 진행되는 코스에서는 고기와 육수,

그리고 그것들과 격식을 맞춘 소스가 날라졌다. 모두들 품위를 지키려고 애쓰며 만찬을 즐기고 있었다.

그때 느닷없이 어디선가 쨍그랑 하고 접시 깨지는 듯한 날카로운 소리가 들려왔다. 사람들은 일제히 소리 난 방향으로 시선을 돌렸다.

그 날카로운 소리의 방향은 메인테이블 쪽이었다. 신부가 고기 조각을 찍어든 포크를 테이블 위에 떨어뜨린 것이다. 접시 위에 떨어진 포크가 테이블 위로 튕겨져 나가면서 낸 소리였다. 그러나 지나치게 요란한 소리였고 신부의 태도가 심상치 않게 느껴졌다.

그녀의 눈은 접시를 주시하고 있었고 눈꺼풀에서는 경련이 일었다. 또한 자주색 립스틱을 짙게 바른 입술과 함께 포크가 빠져나간 손가락 끝이 파르르 떨리고 있었다.

"왜 저러지?"

"무슨 일이야?"

"신부가 왜 저래?"

사람들은 의아해 하고 있었고 연회장이 술렁거리기 시작했다.

"왜 그래요?"

마쓰바라가 신부의 얼굴을 들여다보며 부드럽게 물었다. 아직까지 사장 딸인 마스미가 자신의 아내로서 실감이 나지 않았는지 그의 말씨는 여전히 존댓말이었다.

"반지가……반지가."

마스미가 떨리는 목소리로 말했다.

"반지가 어쨌는데요?"

마쓰바라는 웨이터 근성이 남아 있었던 탓에 마스미가 떨어뜨린 포크를 새로운 것과 교환해 주기 위해 마스미 쪽 테이블에 손을 뻗었다. 순간 그는 포크에 찍힌 것이 고기조각이 아님을 알았다. 그것은 사람의 손가락이었다. 마쓰바라는 괴성을 지르며 포크를 냅다 던져 버렸다. 그 탄력으로 포크에서 손가락이 튕겨져 나가 마스미가 입고 있는 하얀 실크드레스 소매 위에 떨어졌다. 고기 육수로 범벅이 된 손가락이 마스미의 옷에 떨어지자 또르르 하고 시뻘건 육수물이 하얀 실크드레스를 타고 흘러 내렸다. 마치 손가락에서 핏방울이 떨어지는 것처럼 보였다. 마스미는 심하게 구역질을 했다.

술렁거리던 연회장은 아수라장이 되었다.

"이런 바보같이! 반지는 분명 빼 버렸는데!"

마쓰바라는 몸을 부들부들 떨며 도저히 믿기지 않는다는 듯이 혼잣말로 중얼거렸다.

그의 눈앞에 나뒹굴고 있는, 육수투성이의 손가락 끝마디 부분에는 반지가 끼워져 있었고 그것은 샹들리에 빛을 받아 찬연히 빛나고 있었다.

그때, 마쓰바라의 중얼거리는 소리를 들은 사람이 있었다. 소란스러워진 연회장을 냉정한 눈으로 방관자처럼 보고 있던 그는 마스미에게 음식을 나른 웨이터였다.

7

그 혼란의 도가니가 된 연회장에 다나시 도키코를 살해한 용의자로 마쓰바라 이사무를 연행해 가기 위해 경찰들이 그의 체포영장을 가지고 들어왔다.

마쓰바라는 쟁쟁한 인사들이 지켜보는 가운데 자신의 생애에서 가장 빛나는 자리를 뒤로 하고 살인용의자로 체포되었다.

수사본부로 인계된 마쓰바라는 처음에는 자신의 범행을 완강히 부인했다. 하지만 본부에서 끈질기게 추적해온 자료들과 웨이터 쓰네미 쇼지의 증언을 제시하자 마침내는 굴복하고 말았다.

마쓰바라의 자백은 다음과 같았다.

"다나시 도키코와는 입사 직후 회사 기숙사에서 열린 크리스마스 파티에서 만났습니다. 그 당시에는 결혼할 생각이 없었기 때문에 그냥 재미삼아 만나고 있었습니다. 회사에서도 종업원들끼리 사귀는 것을 별로 달가워하지 않았고 도키코도 사람들에게 알려지는 것을 꺼려했기 때문에 우리는 서로 은밀히 사귀기로 했습니다.

하지만 그러던 중 도키코의 태도가 점점 심각하게 되었고 결혼을 요구하기까지에 이르렀습니다. 저는 그녀와 결혼해도 괜찮다고 생각했습니다. 특별히 그녀가 싫었던 것도 아니었고 만나고 있는 동안 서로 정도 들었기 때문이었습니다. 얼마 안 있어 도키코가 임신을 했습니다. 그러나 그 무렵 저는 와키무라 마스미와 교제를 시작하고 있었고 마스미가 저에게 자꾸만 접근해 오던 때였습니다. 저에게도 야심이 있었습니다. 마스미와 결혼만 할 수 있다면 평생이 보장될 것 같았습니다.

도키코와는 하늘과 땅의 차이였습니다. 이제 사람의 머릿수만으로 취급받는 생활에는 진저리가 났습니다. 우리는 인간이지만 인간다운 대우를 받지 못합니다. 타인에게 봉사하기 위해 식당 안을 분주하게 맴도는 급식기계에 불과합니다. 그런 생활은 이제 딱 질색입니다. 저는 무엇인가가 되고 싶었습니다. 노동력의 단위가 아닌 마쓰바라 이사무로서 인정을 받으며, 인간다운 일을 하고 싶었습니다.

하지만 도키코는 임신한 후로 저에게 필사적으로 매달렸습니다. 아직 시기가 아니니 뱃속의 아이는 지우라고 해도 꼭 낳아야만 하겠다고 했습니다. 심지어는 자기와 결혼해 주지 않으면 호텔 옥상에서 뛰어내리겠다고 협박까지 했습니다.

저는 그런 그녀가 이가 갈리도록 싫어졌습니다.

모처럼 얻은 기회를 이런 하찮은 계집애로 인해 날려 보낼 수는 없어, 도키코와 결혼해서는 나에게 하나도 득이 될 게 없어.

나는 생각했습니다.

월급이 적으니까 결혼해도 맞벌이를 하지 않으면 안 되겠지. 노동력의 단위가 하나에서 둘로 되는 것일 뿐 그 외엔 아무 의미도 없어. 호텔에서 맞벌이부부 종업원들이 저녁 값을 아끼기 위해 종업원 식당에서 마주앉아 급식을 받아먹고 있는 모습을 자주 볼 수 있지. 도키코와 결혼하면 우리도 그렇게 될 게 뻔해.

여기까지 생각이 미치니 도저히 참을 수가 없었습니다.

그때 시쓰사키에게 와키무라 마스미의 다이아몬드 반지가 없어져 도키코가 의심을 받고 있으며, 마스미는 도키코에게 결백을 증명하고 싶으면 손가락을 자르라고 윽박질렀다는 얘기를 들었습니다.

저는 그것을 이용하려고 생각했습니다. 누명을 쓴 것을 억울하게 여기고 자살한 것처럼 한다면 어떨까. 젊은 여자가 백만 엔도 넘는 반지를 훔친 도둑으로 의심받았다? 그것은 자살하기에 충분한 이유였습니다.

그래서 저는 제가 알고 있던 금속도금공장에서 훔친 청산가리를 주스에 타서 도키코에게 주었습니다. 아파트의 출입만 조심한다면 그녀와의 관계는 아무에게도 알려져 있지 않았기 때문에 제가 한 짓인 줄은 누구도 모를 것이라고 생각했습니다.

그러나 계획대로 그녀를 독살하고 도망치려던 순간 곤란한 일이 생겼습니다. 그녀와 처음 만났을 때 저는 그녀에게 인조보석 반지를 사주었습니다. 그녀는 죽을 때까지도 그 반지를 애지중지하며 오른손 약지에 끼고 있었습니다. 싼 물건이었지만 단골가게에서 산 것이라 반지 사간 사람을 추적해서 찾는다면 쉽게 찾아낼 수도 있다는 생각이 들었습니다.

저는 그것을 빼버리는 편이 낫겠다고 생각했습니다. 아무리 하찮은 물건이라도 흔적을 남겨서는 안 될 것 같았습니다. 그런데 반지를 빼려고 하니 손가락 마디에 걸려 좀처럼 빠지지가 않았습니다.

사주었을 당시 도키코는 좀 작다고 말했지만, 그대로 끼고 있는 사이에 뺄 수 없게 된 것 같았습니다. 진땀을 흘리며 빼 보려고 애썼지만 도저히 뺄 수가 없었고 비눗물과 기름을 묻혀 봐도 소용이 없었습니다. 도키코는 이미 죽어 있었고 한 시라도 빨리 그 방에서 빠져 나가지 않으면 안 되었습니다.

다급해진 저는 손가락을 자르기로 마음먹었습니다. 손가락을 자른다면 그녀는 자살할 필요가 없게 되지만, 다른 방법이 없었습니다.

부엌에 있던 식칼로 손가락을 자르고 반지만 빼어 그 방에서 도망쳐 나왔습니다. 저는 바로 단위單位로부터 도망쳐 나온 겁니다."

벌겋게 충혈되어 눈물을 머금고 있는 마쓰바라의 눈은 현실 속의 자신으로부터 탈출하려던 자가 정열을 좌절당해 버린 그 눈이었다.

이것으로 도키코의 손가락이 잘린 의혹은 풀어졌다. 그러나 그의 자백에 의하면 그는 범행 직후 손가락을 현장에서 가져간 장본인은 아니었다. 그러면 누가, 왜 손가락을 현장에서 가져간 것일까라는 의혹이 남았다.

수사본부에서는 마쓰바라를 체포한 후 마스미의 음식에 손가락을 집어넣은 웨이터 쓰네미 쇼지를, 주거침입, 시체유기(시체의 일부라도 시체와 같이 취급한다), 기물훼손(식기를 사용할 수 없게 된 점) 죄로 체포했다.

쓰네미는 주저 없이 범행동기를 자백했다.

"저는 도키코가 살해되기 얼마 전부터 퇴근시간이 되면 그녀와 함께 퇴근하게 되었습니다. 퇴근길에 가끔 다방에 가서 가벼운 데이트를 하는 사이에 저도 모르게 그녀가 좋아지게 되었습니다. 그러나 그녀에게는 교제하고 있는 사람이 있는 눈치여서 마음속으로만 접어 두고 있었습니다. 그녀가 차갑게 대하면 대할수록 저는 그런 그녀가 점점 더 좋아졌습니다.

저는 어떻게든 진심을 그녀에게 알리고 싶어졌습니다. 그래서 종업원 명단에서 찾아낸 그녀의 집주소를 가지고 사건 당일 그녀를 찾아갔습니다. 그런데 문을 노크해도 대답이 없어 손잡이를 돌려보니 방문이 잠겨 있지 않았습니다. 수상히 여기고 실내에 들어갔을 때는 이미 그녀가 손가락을 잘린 채로 죽어 있는 상태였습니다.

몹시 놀라 도망치려던 저는 문득 종업원들 사이에서 떠돌고 있는 소문이 생각났습니다. 그녀가 사장 딸로부터 반지를 훔쳤다는 의심을 받으며 손가락을 잘라서 보여 달라는 말을 들었다는 것이었습니다.

어쩌면 도키코는 억울하게 누명을 뒤집어 쓴 것에 항의해서 자살한 것일지도 모른다고 생각했습니다. 저는 순간적인 판단으로 손가락을 집어 들고 그 방에서 도망쳐 나왔습니다. 언젠가 기회를 봐서 그 손가락을 도키코의 복수를 위해 사용하리라 마음먹었습니다.

그 동안 손가락은 포르말린에 담가서 보관해 두고 있었습니다.

얼마 후, 객실장인 이마다 노부코에게서 와키무라 마스미의 반지를 발견했다는 이야기를 들었습니다. 그녀는 발견된 반지를 마스미가 처음 보았을 때는 그 반지가 확실히 자신의 것이라고 인정해 놓고 나중에는 다시 그 사실을 부인했다며 의아해 했습니다.

그 반지는 프런트 유실물 센터에서 보관하기로 되었는데, 사장으로부터 경찰에게는 알리지 말고 회사에서 비밀리에 보관하라는 지시를 받았다고 합니다.

저는 그들의 의도를 알 것 같았습니다. 반지가 마스미의 것이라고 인정한다면 도키코를 무고하게 죽인 결과가 되기 때문이었습니다.

'좋아, 그렇다면 내가 거꾸로 그 반지를 이용해서 극적인 복수를 해 줄 테다.'

저는 그 반지를 도키코의 손가락에 끼워 피로연 만찬 때 마스미의 고기 요리 속에 넣고 그녀에게 가져다주었습니다. 반지는 프런트 유실물 센터에서 근무하고 있는 고등학교 동창에게 적당한 핑계를 둘러대고 빌렸습니다.

그 효과는 정말로 극적이었습니다. 그 상황에서 마쓰바라가 '반지는 분명히 빼버렸는데!' 하고 중얼거리는 소리를 들은 겁니다. 그 것이 무엇을 의미하는 것이었을까요?"

이렇게 해서 영영 미궁 속으로 빠진 줄로만 알았던 살인사건이 막을 내렸다. 쓰네미가 이상하게 생각했던 마쓰바라의 혼잣말은 도키코의 손가락에 끼워져 있던 마스미의 반지를, 자신이 사주었던 인조보석 반지로 착각해서 나온 말이었다.

그때 그 한 마디는 바로 마쓰바라의 유죄를 증명하는 것이었다.

훗날 이 사건의 수사를 담당한 수사관에게 한 잡지사 기자가 물었다.

"경찰은 어째서 마쓰바라가 범인이라고 단정했습니까? 마쓰바라가 중얼거린 얘기를 들은 쓰네미를 체포한 것은 그 후가 아니었던가요?"

"예, 그랬죠."

수사관은 차분한 어조로 대답하고 말을 이었다.

"도키코가 살해된 후, 꽤 시일이 지나서 마쓰바라가 도키코에게 이미테이션 반지를 사준 그 가게에서 도키코 앞으로 엽서를 보내왔습니다. 그 엽서에는, 전일 구입한 반지가 손가락에 맞지 않아 불편하다면 교환해 주겠으니 현품을 지참하고 가게로 와 달라는 내용의 짧은 통지문이 쓰여 있었습니다. 도키코는 마쓰바라에게 선물 받은 반지가 작아서 낄 수 없다며, 죽기 전에 그 가게로 찾아가 바꿀 수 있느냐고 물어 봤다고 하더군요. 그 액세서리 가게에서 얻은 정보로 마쓰바라를 추적해 찾는 것은 매우 간단한 일이었지요.”

8

“내일은 단체예약이 두 곳인데, 몇 사람 나오기로 되어 있지?”

시부야 프라자 호텔의 식당과장 오노는 일직직원이 퇴근할 때쯤 마쓰바라 이사무 대신 새로 웨이터장이 된 가쓰야마에게 물었다.

가쓰야마가 출근하기로 되어 있는 종업원 수를 얘기하자 오노가 말했다.

“두 명이 결원상태인데 그만큼 보충은 되어 있나?”

“예, 곧 될 겁니다. 요식협회에 종업원으로 두 사람만 더 보내달라고 얘기해 놓았습니다.”

“그래, 일단 한 번 사람이 빠져나가면 좀처럼 보충하기가 어려운 법이야.”

오노는 만족스럽다는 듯이 얼굴에 흐뭇한 미소를 지으며 말했다.

“별로 질은 좋지 않지만 임시고용직이라면 금방 구할 수 있습니다만.”

“임시 고용원들은 책임감이 없기 때문에 별로 사용하고 싶지 않은데 말이야.”

“그래도 일손이 부족하면 어쩔 수 없습니다.”

“그것도 그렇겠군, 하여간 사람 수는 항상 그 정도로 준비해 두라고.”

"예, 알겠습니다."

두 사람이 이렇게 이야기를 주고받는 동안, 드디어 일에서 해방된 피곤에 지친 웨이터들이 탈의실을 향해 그들 옆을 지나가고 있었다.

모두들 인간의 얼굴표정이 아니라 노동력의 단위로써의 무표정한 얼굴들뿐이었다.

그들의 머리 위에서는, 희미하게 불빛이 조정된 커다란 샹들리에가 허무한 빛을 발하고 있었다. 손님들의 모습은 이미 보이지 않고 하루 일을 마감한 호텔은 몇 명의 야근자만을 남기고 도시의 야경 속에서 거대한 형체를 내보이며 우뚝 서 있었다.

11

결혼식 손님

한 번도 본 적이 없는 얼굴이었다.
작은 코, 작은 눈, 작은 입……

고이케 마리코 小池真理子

1952년 10월 28일 도쿄 출생. 세이케이(成蹊)대학 문학부 졸업. 출판사 근무 후, 에세이스트를 거쳐 작가가 됨. 미스터리 데뷔작은 1985년에 간행된 「당신에게서 도망 갈 수 없어」 1989년 「아내의 여자 친구」로 일본추리작가협회상 수상. 1996년 제114회 나오키상 수상. 대표작 「쁘아종 냄새의 여자」 「무반주」 「밤마다 어둠 속에서」 「소문」 「욕망」 등

1

사람들은 곧잘 '의미 없이 불안해졌다'는 표현을 하고 싶어 한다. 하지만 실제로, 그 표현은 거짓일지도 모른다. 인간은 의미 없이 불안해지지는 않는다. 불안에는 반드시 어떤 근거가 있다. 과거의 사건에 관련된 부담, 잊고 싶었던 인간관계 등등, 그밖에도 여러 가지 본인만이 아는 작은 근거가…….

쓰무라 아키히로의 경우는 자신의 결혼 피로연 파티 석상에서 그 불안이 갑자기 머리를 쳐들기 시작했다. 기분 탓이라 생각하려고 노력했지만 허사였다. 게다가 파티가 끝나갈 즈음, 그는 너무나 불안한 나머지 속이 메슥거릴 정도였다.

파티는 시내에 있는 고급 호텔의 연회장에서 치러졌다. 수선스러운 테이블을 둘러싸고 별로 친하지도 않은 사람들이 젠체하며 프랑스 요리를 먹는 식의 피로연을 싫어한 것은 아내인 가즈미였다. 가즈미는 외국의 소박한 파티를 본떠 뷔페형식으로 해서, 밴드를 불러 춤추고 싶은 사람은 춤을 출 수 있는, 화기애애한 파티를 열고 싶다고 했다.

"딱딱한 축사도 전부 없애면 어떨까. 뭐든 말하고 싶은 사람에겐 마이크를 줘서 계속 떠들게 하면 되고, 먹고 싶은 사람은 계속 먹으면 되고……. 게다가 우리도 단상 위에서 가만히 앉아 있기 창피스럽잖아? 신랑 신부도 춤도 추고 여러 사람들과 떠들썩하게 얘기도 하고…… 그런 파티가 좋을 것 같은데."

시골 부모님과 친척들이 그런 형식의 피로연에 참석하여 눈을 희번덕거리는 모습이 눈에 선했지만, 그렇다고 반대할 이유는 하나도 없었다. 반한 여자가 하는 말은 전면적으로 따르고 싶은, 그런 마음도 있었다.

가즈미는 아키히로가 오랜 세월이 걸려 찾아낸, 이상적인 여자였다. 적당하게 예쁘고, 적당하게 교양 있고, 적당하게 교육받은, 온화하면서 얌전한 여자…… 그것이 가즈미였다. 이제까지 원 없을 만큼 여러 여자와 놀아났던 아키히로에게 있어 가즈미만큼 마지막 골을 장식하는데 걸맞는 여자도 없을 것이다.

관계를 가졌던 여자들 중에는 머리는 나빠도 누구나 뒤돌아 볼 만한 미인도 있었다. 머리도 좋고 얼굴도 웬만한데 가정환경이 아주 불우한 여자도 있었다. 이런 점이 괜찮으면 저런 점이 빠지고…… 이제까지의 수많은 여자 친구들은 모두 어딘가 결혼상대로는 어울리지 않았다.

그는 오랜 세월, 결혼상대로 '보통 여자'를 원해 왔다. 대부분의 남자들은 보통 여자와 사랑하고, 평범한 결혼을 해서 극히 평범한 생활을 하고 있는데, 그는 그것이 너무나 부러웠다. 왜 자신에게는 '보통 여자'가 접근해 오지 않는 것인지 이상하게 생각되었다.

아무리 열심히 설득해도 '보통 여자'는 항상 그에게서 도망치려 했다. 버림받지 않을까 하는 두려움이 결혼을 의식하기 시작한 '보통 여자'에게 어떤 류類의 경계심을 갖게 하는 것인지도 몰랐다. 그는 누가 봐도 화려한 바람둥이로 보였고, 그런 그의 유혹에 응해 오는 여자들은 데리고 걷기에는 충분한 매력이 있었지만, 반면 뭔가 큰 결점이 있어 결혼상대로는 내키지 않는 여자들뿐이었다.

그런 의미에서 가즈미는 '위대할 정도의 보통 여자'라고 할 수 있었다. 집안일을 하는 것을 좋아했고, 요리도 적당히 잘하고, 적당하게 경박하고, TV를 봐도 모두가 웃을 땐 웃고, 모두 울 땐 우는 그런 여자였다. 가끔 어디서 대충 듣고 온 재미없는 얘기를 해서 말문이 막히는 때도 있었지만, 그런 점까지 포함해 아키히로에게 가즈미는 귀엽고 순수한 '보통 여자'였다.

가즈미는 24살로 아직 어렸다. 반면 놀만큼 논 아키히로는 34살이 되려 했다. 이제 이쯤에서 평범한 생활을 하고 싶다고 생각하게 됐을 때, 가즈미 같은 여자가 나타난 것은 운이 좋았다고 밖에 할 수 없었다.

옛날에는 일요일 오후, 부인과 어깨를 나란히 하고 슈퍼에서 장을 보는 남자를 보면 너무 바보 같아 웃음이 나올 정도였지만, 지금은 달랐다. 그는 가즈미와 운동화를 신고 헐렁한 티셔츠에 청바지 차림으로 근처 슈퍼에 가고 싶었다. 슈퍼만이 아니다. 여름철 축제가 열리는 신사, 상점가 제비뽑기, 근처에 있는 공원 산책…… 모두 가즈미와 함께 하고 싶었다. 세상에는 그런 종류의 행복이 있다고 절실히 깨닫는, 그런 나이에 이르렀다는 것을 그는 충분히 자각했다.

그런 이유로 그는 피로연에 대해서는 전부 가즈미에게 맡기기로 했다. 가즈미는 열심히 계획을 세웠다. 연회장에서 가벼운 록과 지르박 등을 연주할 밴드는 가즈미의 대학 시절 친구들에게 부탁했다. 돈을 들이지 않으면서 모두가 좋아하는 평범한 요리를 선택한 것도 가즈미였다.

파티는 대성공이었다. 친구들도 많이 참석해 주었다 참석한 백 명에 가까운 축하객들은 남녀노소 할 것 없이 자유롭게 파티를 즐겼고, 그 자리에 있던 종업원들도 너무나 화기애애하여 미소를 그치지 않았다.

그런데…….

"안색이 안 좋아요, 아키히로 씨."

바로 2시간 전, 결혼반지를 교환한 부인 가즈미가 걱정스러운 듯 그의 귓가에 속삭였다. 가즈미는 다른 색의 진홍빛 미니 드레스로 갈아입고, 헐렁하게 틀어 올린 머리에 금색 보석을 빛내고 있었다.

기분만 이렇지 않다면, 하고 아키히로는 생각했다. 자신은 가즈미의 아름다움을 집요할 정도로 격찬했을 것이다.

"아까부터 왠지 이상해요."

가즈미는 자신들을 웃는 얼굴로 지켜보고 있는 축하객들에게 가볍게 손을 흔들어 보이며, 다시 아키히로에게 속삭였다.

"어디 아파요?"

"너무 많이 마셨나 봐."

아키히로는 억지웃음을 지어 보였다.

"아침부터 계속 긴장했으니까."

"하지만……."

가즈미가 살며시 눈썹을 찌푸렸다. 괜찮아, 하고 아키히로는 그녀의 이마를 가볍게 집게손가락으로 '톡' 하고 건드렸다.

"괜찮아, 이런 멋진 날 취하진 않을 테니까."

두 사람 주위로 아키히로의 학생 시절 친구들이 몰려왔다. K대 요트부 동창생들이다. 34세의 나이치고는 모두들 아키히로보다 늙어 보였고, 개중에는 머리가 반 이상 벗겨진 녀석도 있었다.

"드디어 좋은 시절도 끝이구나, 플레이보이."

취기가 돌아 얼굴이 빨개진 사람이 말했다.

"실컷 놀아먹고, 이렇게 어린 미인을 아내로 맞다니 용서할 수 없어."

"가즈미 씨, 이 녀석이 얼마나 화려하게 놀았는지 알아요? 그야, 뭐 여자들 또한 이 남자 저 남자 가리지 않긴 했지만."

"쓰무라는 인기가 많았으니까. 하지만 이제 그만두지 않으면, 가즈미 씨 같은 여잔 다시 나타나지 않아. 이제 얌전하게 살아."

무슨 말을 해도 가즈미는 생글생글 계속해서 미소만 짓고 있다. 가즈미에게 자신의 대단한 과거를 가르쳐 줬던 것이 다행이라고 아키히로는 생각했다. 마구 놀아본 남자에게 결혼 피로연이라는 것은 약간의 공포 체험이었다. 짓궂은 친구들이 신부를 앞에 놓고, 취한 김에 무슨 말을 할지 알 수 없기 때문이다.

"근데, 쓰무라 너, 오늘은 굉장히 점잖은데."

무리 중 한 명이 웃긴다는 듯 말했다.

"마치 이 파티에 옛날 여자가 와서 복수의 칼을 가는 거라도 본 얼굴을 하고 있잖아."

위胃가 쿡쿡 쑤셔왔다. 평정을 가장하는 것이 어려웠다.

"그만해."

아키히로는 내뱉듯 말했다.

"옛날 여자 따위 똥이나 처먹으라 그래. 내겐 가즈미밖에 없어."

호오, 하고 조롱하는 듯한 가벼운 술렁임이 일었다. 가즈미가 발갛게 뺨을 붉히며 수줍은 듯 미소 지었다. 친구들이 가즈미에게 무는 말을 했다. 순간 웃음이 터졌다.

아키히로는 앞에 있는 잔이 비었다는 이유로 그 자리를 살짝 빠져 나왔다. 가즈미가 이제 더 이상 마시지 마, 하고 말하고 싶어 하는 시선을 보내 왔지만, 눈치 채지 못한 척 했다.

2

바 카운터로 가서 보이에게 위스키 잔을 받으며, 피로연장을 둘러본다. 아까부터 그를 불안하게 한 그 노인의 모습은 금방 찾을 수 있었다.

어디에나 있을 법한 평범한, 소매 짧은 기모노를 입고, 백발의 머리를 옷깃 부근에서 조그만 끈으로 묶고 있었다. 아까는 전채 요리를 먹고 있었는데, 지금은 디저트 테이블 옆에 서서 작은 케이크가 놓인 접시를 한손에 들고 천천히 포크를 움직이고 있었다.

한 번도 본 적이 없는 얼굴이었다. 작은 눈, 작은 코, 작은 입……. 키를 포함해 모든 것이 작았다. 적어도 자신의 친척이 아니라는 것만은 확실했지만, 그렇다고 가즈미와 관계된 사람도 아닌 듯했다. 그것은 노파의 바로 옆에 가즈미의 부모와 친척들이 무리지어 서 있는데도 노파가 그들과 인사를 하거나 대화를 주고받는 모습은 전혀 없었기 때문이다. 무엇보다 가즈미의 친척은 한 명도 빠짐없이 소개받았다. 저런 노파가 있었던 기억은 없었다.

아키히로가 노파를 물끄러미 보고 있으니 노파도 그에게 시선을 보냈다. 곤혹스러운 것 같기도, 놀란 것 같기도 한, 뭔가 비밀스러운 표정이 노파의 뺨을 가로질렀다. 기억을 더듬어 보아도, 역시 그 얼굴은 한 번도 본 적이 없었다.

그는 위스키 잔을 든 채, 사촌 레이코에게 다가가 말을 걸었다. 올해 봄, 도쿄의 여자 대학을 갓 졸업한 레이코는 피로연의 카운터를 맡아 주고 있었다.

"레이코, 오늘 참석자들 이름 모두 장부에 적었니?"

"일단은."

레이코가 말했다.

"하지만 모두 기입했는지 어떤지는 몰라. 하여간에 접수를 시작하자마자 사람들이 몰려왔거든. 근데 왜? 확인하는 게 좋았나?"

"아냐, 상관없어."

아키히로는 환하게 웃어 보였다.

"기념으로 명단을 만들 생각이라, 잠깐 물어본 것뿐이야."

"봉투도 모아 놓지 그래."

레이코가 장난스럽게 말했다.

"결혼이란 좋은 거야. 돈도 엄청나게 벌 수 있잖아."

바보, 하고 말하고 아키히로는 가볍게 웃었다. 밴드가 고풍스런 왈츠를 연주하기 시작했다. 웃고 떠들던 사람들이 순간 일제히 단상 위의 밴드를 올려다보았다. 몇몇 커플은 홀에 나와 왈츠를 추기 시작했다. 그 중에는 아키히로의 형 부부, 그리고 가즈미의 부모님 모습도 보였다.

노파는 지금, 연회장 구석에 있는 의자에 앉아 춤추는 남녀들을 바라보고 있었다. 아무도 노파에게 말을 걸지 않았다. 또한 노파도 누군가에게 말을 걸려 하지 않았다.

멀리서 가즈미가 아키히로에게 눈길을 주었다. 그는 다가가 가즈미의 허리를 팔로 감았다. 주위에서 갈채가 쏟아졌다. 그들이 홀 중앙에서 춤을 추자, 누군가가 폭죽을 끊임없이 터뜨렸다. 같이 있던 사람들은 왈츠를 우아하게 추는 신랑 신부를 에워쌌다.

파티를 위해 레이코가 친구에게 부탁해서 고용한 사진 기사가 다가와 아키히로와 가즈미를 향해 쉬지 않고 셔터를 누르기 시작했다. 사진 기사는 마흔 쯤 된 중년 남자였다. 그는 싱글거리며 파인더 너머로 신랑 신부의 모습을 좇았다. 아키히로의 친구들도 카메라를 한 손에 들고 달려왔다.

박수가 터졌다. 벨벳 드레스를 입은 여자 아이가 환성을 질렀다. 그것에 이끌린 듯, 다른 아이들도 여기저기서 손을 맞부딪치기도 하고 춤 흉내를 내기도 했다. 어른들은 박장대소했다.

아키히로는 가즈미를 안고 스텝을 밟으며 그 노파를 찾았다. 노파는 혼자 의자에 앉은 채 있었다. 그곳만이 어두운 동굴 같았다. 그곳만이 검은 그림자로 뒤덮인 듯이 보였다.

"행복해, 아키히로 씨."

가즈미가 얼굴을 붉히며 속삭였다.

"이대로 죽어도 좋을 만큼."

아키히로는 고개를 끄덕였다. 하지만 가즈미의 목소리는 귀에 들어오지 않았다. 그는 관자놀이를 떨며 다시 한 번 노파 쪽을 쳐다보았다.

위胃의 밑바닥이 경련을 일으키는 것 같았다. 역시 그 여자다, 하고 그는 확신했다. 그 여자의 엄마가 틀림없다.

옛날에 들었던 말이 되살아났다.

"당신을 평생 원망할 겁니다. 생애를 걸어서라도 난 내 딸의 복수를 하겠어요."

그는 가즈미의 허리를 감싼 팔에 힘을 주었다. 가즈미가 부드러운 고양이처럼 몸을 기대어, 그의 목에 팔을 감아왔다. 그것을 본 친구들이 주위에서 휘파람을 불며 저마다 괴성을 질러댔다.

핏기를 잃은 얼굴을 누군가가 알아차리지 못하도록 아키히로는 가즈미의 보석 장식으로 빛나는 머리에 될 수 있는 한 강하게 뺨을 파묻었다.

3

쓰무라 아키히로가 다섯 살 연상인 오바 히로코와 알게 된 것은 5년 전 여름이었다. 히로코는 당시, 조그만 회계 사무실에서 일하며 처자妻子가 있는 회계사와의 불륜으로 고민하고 있었다.

만약 그때 히로코가 사랑 때문에 고민하지 않았더라면 일이 그렇게 되지는 않았을 것이다……. 나중에 아키히로는 수없이 그렇게 생각했다. 히로코가 행복한 연애를 하고 있었다면, 자신과도 단순한 놀이, 단순한 하룻밤의 정사로 끝났을 것이 틀림없기 때문이다.

하지만 히로코가 불륜의 사랑에 고민했기 때문에, 그 돌려 말하는 듯한 태도와 권태감 넘치는 행동으로 그를 자극한 것도 또한 사실이었다. 신주쿠의 작은 바Bar에서 구석 자리에 단정치 못하게 앉아 혼자서 텅 빈 마티니 글라스를 손으로 만지작거릴 때의 히로코는 꽤 매력적이었다. 영화를 보러가기로 약속한 여자 친구 중 하나가 갑자기 감기에 걸려 계획이 변경된 여름날의 밤이었다. 사랑이 그리웠던 아키히로는 망설이지 않고 히로코에게 말을 걸었다.

다섯 살이나 연상인 것을 알고 약간 놀란 건 사실이지만, 그렇다고 그것이 신경 쓰일 정도는 아니었다. 히로코는 나이보다 어려 보인데다, 키가 크고 날씬한 것도 그의 맘에 들었고, 또 어린 여자들처럼 무슨 일에나 시끄럽게 떠들어 대지 않는 것이 묘한 신선함을 느끼게 했다.

그날 밤, 두 사람은 늦게까지 술을 마셨지만, 호텔로 유혹하지는 않고 얌전하게 집까지 데려다 주었다. 히로코의 집은 나가노의 번화가에서 약간 떨어진 곳에 있었다. 아버지가 돌아가시고 엄마와 단 둘이 살았다고 히로코가 말했다. 어머니는 이웃 주부들을 상대로 꽃꽂이를 가르치고 있는 듯, 작고 낡은 연립 주택 풍의 집 현관에는 '오바마사에 꽃꽂이 교실'이라고 쓰인 커다란 간판이 걸려 있었다.

엄마와 외동딸, 이런 환경에서 자란 여자와 관계를 갖는 것은 처음이었다. 결혼하면 귀찮은 문제도 꽤나 생기겠다는 생각이 얼핏 들었지만, 처음부터 진지해질 마음은 털끝만큼도 없었다. 헤어질 때, 그는 가벼운 마음으로

"다음에는 어머니께 인사드리죠."

하고 말했다.

"당신과 데이트를 하기 위해서는 어머니의 허락을 받아둬야 할 테니까."

히로코는 길고 커다란 눈을 번뜩이며 그를 올려다보았다. 거기에는 성숙한 여인의 얼굴이 있었다. 그는 현관 앞에서 히로코의 턱을 휙 끌어당겨 가볍게 키스했다. 그런 갑작스런 행위에 히로코가 어떻게 반응할지 보고 싶었지만, 약간 몸을 경직시켰을 뿐이었다. 그는 다음 번 데이트 약속을 하고 신사적으로 작별 인사를 했다.

그 다음 만났을 때, 두 사람은 영화를 보고 식사를 했다. 돌아오는 길에 호텔로 유혹했지만 부드럽게 거절당했다. 세 번째는 하루 코스로 이즈로 드라이브를 갔다. 돌아오는 길에 모텔로 유혹했지만, 이때도 히로코는 부끄러운 듯 눈을 내리깔 뿐이었다. 네 번째는 신주쿠의 고층 호텔을 예약하고 아침까지 거기서 지내는 데 성공했다. 히로코는 처음으로 그 앞에서 옷을 벗었다. 히로코의 몸은 어딘지 선이 무너져 있어, 기대했던 정도는 아니었다.

다섯 번째 데이트에서 히비야 공원을 걸을 때, 아키히로는 하품

을 참느라 애를 먹었다. 그는 자신이 너무나도 빨리 히로코에게 질리기 시작했다는 것을 깨달았다. 육체관계를 가지면 대개 여자에게 질려버린다. 그런 자신을 어리석다고 생각했지만, 언제나 그랬기 때문에 그다지 깊게 생각하지 않았다. 히로코는 가정이 있는 남자와의 사랑에 지쳐 독신 남자를 만나 잠시 멈췄을 뿐인, 그저 연상의 따분한 여자에 지나지 않았다.

가을바람이 불어올 즈음, 이미 히로코는 그의 안에 존재하지 않았다. 오히려 히로코로부터 전화가 걸려 왔고, 편지도 왔다. 하지만 그는 그 어느 것에도 반응하려 하지 않았다.

자존심이 상당히 강한 것이 여자라고 그는 믿고 있었다. 그래서 어지간한 일이 없는 한, 자존심을 잃으면서까지 남자를 따라오는 여자는 없다. 세상에서 말하는 것처럼, 여자들은 약하지도 않고 또 무책임하지도 않았다. 여자는 자신을 지키기 위해서라면 뭐든지 한다. 자신을 지키고, 상처를 더하지 않기 위해서 아무리 사랑했던 남자라도 아무렇지 않게 포기해버린다.

실제로 그가 관계했던 여자들이 모두 그랬다. 그가 차갑게 대하는 걸 알면 즉각 상대도 차가워진다. 기쁘게도 마지막 통보까지 던져 준다. 그는 그냥, '채인 남자'의 역할을 연기하면 그것으로 됐다. 그것으로 모든 것이 순조롭게 끝났다.

히로코의 경우에도, 비슷한 경위가 있었다. 히로코에게 걸려오는 전화는 닷새에 한 번이 되고, 열흘에 한 번, 급기야는 끊겨 버렸다. 편지도 뜸해졌다. 뜸해졌을 뿐 아니라, 내용도 다른 사람의 일처럼 달라져 갔다. 원한은 느낄 수 없었다. 마지막 편지에는 글 끝에 '당신의 행복을 빕니다' 라고 쓰여 있었다. 좋은 여자구나, 하고 그는 생각했다. 확실하고 상식적이다. 히로코라면 나보다 훨씬 성실하고 자상한 남자를 만날 수 있을 것이다.

하지만 그해 말, 들어본 적도 없는 목소리의 초로의 여자로부터 전화가 왔다. 여자는 낮게 깔린 힘없는 목소리로

"난 오바 히로코의 에미되는 사람입니다."

하고 말했다. 웬일인지 그는 한 번밖에 간 적이 없는 히로코의 집 현관에 걸려 있던 간판을 바로 떠올렸다. '오바 마사에 꽃꽂이 교실'

"당신에게 연락이 갔을 것 같지 않아, 전화했습니다."

오바 마사에는 말했다. 싸늘하게 죽은 듯한 목소리였다. 네, 하고 아키히로가 대답했다. 이상한 예감이 들었다.

"히로코가……"

마사에가 말했다. 마른침을 삼키는 듯한 소리가 들렸다.

"히로코가 나흘 전, 죽었습니다."

그때, 그가 느낀 것은 왜 죽었는가 하는 의문이나 놀라움과 슬픔이 아니라, 발끝에서 기어오르는 것 같은 공포였다.

그는 수화기를 고쳐 쥐고 주위 동료에게 들리지 않도록 목소리를 낮췄다.

"병이었습니까?"

"아니요."

마사에가 말했다.

"자기 방에서 엄청난 양의 약을 먹었지요. 구급차를 불렀지만 내가 너무 늦게 알아차린 탓에 살릴 수 없었습니다. 장례식은 어제 치렀어요. 지금 그 애는 작은 상자 속에 잠들어 있습니다."

크게 한숨을 쉬는 소리가 울렸다. 그러나 전화의 상대는 울지 않았다. 아키히로는 할 말을 잃었다. 단 한 번 육체관계를 가진 것에 지나지 않은 헤어진 여자가 자살을 했다. 이런 경우 무슨 말을 하면 좋을지 도무지 감이 오지 않았다.

"그건……"

그는 말끝을 흐렸다.

"아니, 너무나 놀랍군요. 충격적입니다."

"편지가 있습니다. 당신에게 보내는."

마사에는 그렇게 말하고 다시 한 번 크게 한숨을 내뱉었다.

"직접 만나서 줘야겠지만, 우편으로 보내기로 했습니다. 난 당신의 얼굴은 보고 싶지 않아요. 아시겠지요."

아키히로는 영문을 몰라 콧구멍을 벌렁거렸다. 자살의 원인이 자신에게 있는 건가, 하고 생각했지만 그는 황급히 그 생각을 지워버렸다. 설마, 그런 일이 있을 리가 없다. 히로코는 자신에게 보낸 마지막 편지에 '행복을 빕니다.' 라고 쓰지 않았던가. 히로코가 자신을 원망하고 복수하려고 자살했다고는 생각할 수 없다. 게다가 헤어지고 두 달이나 지난 지금에 와서야, 잠자코 있던 아키히로에게 몰아치듯 마사에는 계속 말했다.

"그 애는 당신 때문에 죽었어요. 그 애가 당신에게 얼마만큼 자신의 인생을 걸었는지, 당신에게 말하지 않았다고는 생각되지 않아요. 그런데도 당신은 걸레 쪼가리라도 버리듯, 그 애를 내버렸죠. 내 평생 당신을 원망할 겁니다. 생애를 걸어서라도 난 딸의 복수를 할 거예요."

차가운 말투에는 변함이 없었다. 옆 책상에 앉아 컴퓨터를 조작하고 있던 남자 동료가 아무 말 않고 수화기를 쥐고 있는 아키히로를 이상하다는 표정으로 쳐다보았다. 아키히로는 남자에게 등을 돌려 몸을 구부렸다.

"저, 잠깐만요. 갑작스럽게 그런 말을 해도, 난……."

"연상의 가난한 여자 따위 당신에겐 볼 일이 없었겠지요."

마사에는 얼음처럼 차갑게 던지듯 말했다.

"적어도 고통을 당하게 할 겁니다. 내가 살아 있는 한, 딸을 대신해 당신을 저주할 테니까."

뭐라고 말하려는 순간, 전화는 딸깍 하는 소리를 내며 끊어졌다.

며칠 후, 그의 맨션으로 마사에가 보낸 히로코의 유서가 배달되었다. 고급스런 하얀 봉투에 쓴 유서는 매우 짧았는데, 서두에 '미안해요' 하고 쓰여 있었다. '난 어리석은 여자입니다. 당신에게 반해버리다니. 당신이 행복을 가져올 것으로 믿었습니다. 난 겁쟁이예

요. 이 이상은 견딜 수가 없어요. 저 세상에서 아키히로 씨의 행복을 기원하겠습니다. 안녕.'

유서가 들어 있는 봉투에는 마사에가 쓴 것 같은 글씨로 히로코가 고다이라에 있는 묘지에 묻혔으니 적어도 자상한 마음이 있다면 묘지에 가서 히로코에게 한 마디 사과는 해야 마땅하다는 내용의 편지가 동봉되어 있었다.

불안에 휩싸인 그는 묘지로 가서 히로코의 묘에 참배를 한 후, 나가노 역에서 마사에의 집으로 전화를 걸었다. 전화를 받은 마사에는 지금 만나고 싶다고 말하는 그를 차갑게 거절했다.

"잊었나요. 난 당신 얼굴 따위 보고 싶지 않습니다. 내가 얼마만큼 당신을 원망하고 있는지 알 텐데요. 딸은 당신의 행복을 기원한다고 쓴 것 같지만 난 달라요. 당신 같은 남자를 행복하게 내버려 둘 순 없어요. 히로코처럼 귀여운 내 딸을 죽음으로 몰아넣은 남자를…… 어떻게 행복하게 내버려 둘 수 있겠어요."

거기까지 말하고 마사에는 히스테리라고 생각될 정도로 큰 소리로 울기 시작했다. 아키히로는 공포에 휩싸여 수화기를 내려놓았다.

4

그 후 5년, 하고 아키히로는 생각했다. 지난 5년간, 오바 마사에의 일은 잊은 적이 없었지만, 그래도 불안은 날이 감에 따라 점차 엷어져 갔다.

잠이 오지 않는 밤에는 문득 아직 만난 적도 없는 마사에가 지푸라기 인형을 만들어 대못으로 찌르고 있는 괴기스런 모습을 상상하고 몸을 떨거나, 뭔가 일이 잘 풀리지 않을 때에도 이건 마사에가 숨어서 조종하고 있는 것이 아닐까 하는 망상을 하기도 했다. 하지만 그는 그런 자신을 질책했다. 그런 망상으로 신경증神經症에 걸리다니 바보스럽다. 그렇게 생각했다.

대체로 5년이나 되는 긴 시간동안 뭐 하나 구체적인 행동으로 옮기는 일 없이 지내는 복수자復讐者는 들어본 적도 없다. 지난 5년간, 마사에에게서 불길한 편지는 한 번도 오지 않았다. 원한 맺힌 전화가 걸려온 적도 없었다.

노인도 이제 딸의 일은 잊었는지도 모른다는 생각이 이따금씩 들었다. 5년 전, 히로코와 사귈 때, 오바 마사에는 65살이었다. 그렇다면 지금은 70살. 70살의 나이로 말할 것 같으면 상당한 노경이라 할 수 있다. 그런 나이가 돼서도 아직까지 딸의 복수를 꾀한다는 것은 대단한 집념이라고 할 수밖에 없다.

어쩌면 이미 죽었을지도 모른다고 생각한 적도 있다. 죽지 않았어도, 머리가 이상해져 어디 요양 시설로 보내졌을지도 모른다. 그런 가능성은 충분히 있었다.

그런데도 왜? 하고 아키히로는 머리를 부여안았다. 어째서 내 결혼식에 모습을 드러낸 것일까.

오바 마사에와는 한 번도 만난 적이 없다. 사진도 본 적이 없었다. 그래서 얼굴은 모른다. 피로연장에 나타난 모르는 노파가 오바 마사에라고 단언할 수는 없다.

하지만 그렇다면 저 노파는 누구냐는 것이다. 오바 마사에가 아니라면 마사에가 보낸 친구라고 생각할 수도 있다.

그는 파티가 끝나고 가즈미와 호텔 방으로 돌아온 후 명부名簿를 조사해 보았다. 적혀 있는 것은 92명. 참석자는 백 명을 넘었으니 10명 정도가 이름을 기입하지 않고 연회장으로 들어온 것이 된다.

한 사람 한 사람 이름을 확인해 본다. 모르는 이름은 하나도 없었다. 모두가 자신과 가즈미의 관계자였다. 더구나 오바 마사에라는 이름은 보이지도 않는다.

"뭘 그렇게 열심히 조사해요?"

홈드레스로 갈아입고 화장실에서 나온 가즈미가 살며시 그의 옆으로 다가왔다.

"신경 쓰이는 여자라도 온 거예요?"

설마, 하고 그는 웃으며 명부를 덮었다.

"당신은 내 친구들이 한 말이 진짜라고 믿는 거야?"

"믿는 건 아니지만 역시 신경이 쓰여요. 아키히로 씨는 너무나 멋진 사람이거든. 나와 결혼했으니 원망하는 여자들도 많을 거야."

"그런 일은 절대 없어."

아키히로는 아내의 몸을 끌어안았다.

"이제 옛날 일은 잊었어. 하나도 생각나지 않아. 정말이야."

그는 아내의 목덜미에 코를 들이대며 달콤한 냄새를 맡았다. 감은 눈 안으로 또 그 노파의 얼굴이 떠올랐다. 당신 누구야, 하고 그는 마음속으로 소리쳤다. 오바 마사에인가. 그렇다고 하면 대체 왜 우리들의 파티에 뻔뻔스럽게 찾아온 거지. 이제 무슨 짓을 할까. 결혼식에서 우리 부부의 얼굴을 확인하고 후에 칼로 찌르기라도 하겠다는 건가.

"아키히로 씨, 떨고 있어."

가즈미가 살며시 몸을 떼며 겁내듯 말했다.

"손이 이렇게 차가워지다니."

그는 그것을 무마하기 위해 가즈미를 있는 힘껏 끌어안았다. 가즈미의 몸은 곧 부드러워졌다. 쿡쿡 하는 웃음이 이어졌다. 그는 가즈미를 안고 침대로 갔다.

가즈미를 안으며 아키히로는 마사에가 가즈미를 찔러 죽이려고 하는 장면을 상상했다. 생애를 걸어서라도 딸의 복수를 꾀하는 여자라면 아마도 자신의 안전 따위 생각하지 않고 무서운 행동으로 옮길 것이 틀림없었다. 자살刺殺, 교살, 독살. 아키히로가 사랑하는 보석을 영원히 빼앗기 위해 교묘하게 짜인 계획.

"아키히로 씨."

베개 깊숙이 머리를 파묻은 가즈미가 신음했다.

"그렇게 꽉 껴안으면 아프잖아."

그래도 그는 팔의 힘을 빼지 않았다. 뺄 수가 없었다. 그는 그 정도로 겁먹고 있었다.

일주일 동안 하와이에서 허니문을 끝내고 귀국한 것은 3월 말이었다. 신접살림인 새로 빌린 맨션으로 돌아오니 곧 사촌 레이코가 사진이 든 봉투를 안고 두 사람을 찾아왔다.

"파티에서 사진 찍어준 카메라맨 있었잖아. 사카다라는 사람인데 그 사람이 사진 나왔다고 어제 일부러 전화까지 해주더라고. 그래서 오늘 가서 가져왔어. 그 아저씨 좋은 사람 같지? 일도 잘하고 인상도 좋고. 내 결혼식 때도 부탁할까 생각하고 있어."

"그 분은 레이코 씨가 아는 사람이세요?"

가즈미가 주방에서 서둘러 커피를 끓이며 물었다.

"내가 직접 아는 사람은 아니에요."

레이코가 말했다.

"내 친구가 아는 사람인데요. 본업으로 시타마치에서 사진관을 경영하고 있어요. 사카다 사진관이죠. 부탁만 하면 결혼식이나 피로연에 카메라 들고 나간대요. 이것 봐, 아키히로. 사진 잘 나왔다. 미남 미녀. 마치 영화의 한 장면 같아. 아이, 질투 나."

레이코는 봉투에서 다섯 권이나 되는 간이 앨범을 꺼내 그것을 아키히로에게 건넸다. 안에는 이미 깨끗하게 사진이 정리되어 있었다. 물론 자신과 가즈미를 찍은 것이 제일 많았지만, 참석자 전원이 빠짐없이 나뉘어 찍힌 것을 금방 알 수 있었다.

가즈미가 주방에서 돌아와 아키히로 옆에 앉아 그가 넘기는 페이지를 환성을 지르며 들여다보았다.

두 권 째 앨범, 3페이지에서 아키히로의 손이 멈췄다. 그 노파가 찍혀 있었다. 거기다 혼자서. 그 뿐 아니라, 카메라를 의식하고 시선을 이쪽으로 향하고 있었다. 뭔가를 한참 먹고 있는 중인 듯했다. 입안에 넣은 음식을 맛있는 듯 씹고 있었다.

보면 볼수록 그 얼굴이 죽은 히로코와 닮은 것 같은 느낌이 들었다. 히로코의 눈이 더 길었지만 얼굴형이나 입가의 느낌이 비슷한 것 같았다. 아키히로는 떨었다.

그때, 전화가 울렸다. 가즈미가 잽싸게 일어나 수화기를 들었다.

"아, 엄마."

가즈미는 그렇게 말하고 아키히로에게 윙크를 했다.

"네. 무사히 돌아왔어요. 바로 2시간 전에 맨션에 도착했어요. 나리타공항에서 전화했었는데 안 계시더라고요. 아아, 그랬구나. 지금 레이코 씨가 와서 사진을 보고 있었어요. 네? 아아. 그야 뭐, 즐겁죠. 최고예요."

아키히로는 기분 좋게 아내를 향해 미소를 던지고 옆에 앉아 있는 레이코의 무릎을 살그머니 찔렀다.

"레이코."

"응?"

"여기 찍힌 할머니, 누군지 아니?"

레이코는 그가 가리키는 사진을 찬찬히 들여다보았다. 글쎄, 하고 레이코는 고개를 갸웃거렸다.

"모르겠어. 우리 친척은 아닌데. 가즈미 씨 쪽 친척 아닐까?"

"아, 응. 그렇구나."

아키히로는 고개를 끄덕이며 담배를 물었다. 레이코가 그렇게 대답하리라는 것은 알고 있었다. 하지만 만일의 경우도 있을 수 있었다. 레이코가 "아, 이 사람은 쓰무라의 먼 친척이잖아. 잊었어?" 하고 말해 준다면 얼마나 좋을까.

전화를 끊고 돌아온 가즈미에게 레이코가 아무렇지 않게 물었다.

"가즈미 씨, 이 할머니, 가즈미 씨네 친척 분이에요?"

가즈미는 근시안인 눈을 오므리고 사진을 쳐다보았다. 잠시 침묵이 흘렀다.

"아뇨," 하고 가즈미는 기분 나쁜 듯 고개를 가로 저었다.

"몰라요, 이런 사람."

여자 둘이 번갈아 가며

"누구지."

"아, 몰래 들어온 사람인지도 몰라."

하는 말을 꺼내 아키히로는 당황하며 그것을 가로막았다.

"생각났다. 내 친구 엄마였어. 그래, 그랬구나. 학교 다닐 때 신세 많이 졌거든. 친구에게 어머니도 모셔오면 좋겠다고 했었어. 근데 어머니도 많이 늙으셨구나. 몰라보겠는걸."

"누구 어머니인데요?"

가즈미가 의미심장하게 느릿한 말투로 물었다. 아키히로는 친구 이름을 대충 둘러댔다. 가즈미는 두세 번 눈을 깜박이더니 고개를 끄덕이고는 그 이상 아무것도 묻지 않았다.

5

다음 날, 출근한 아키히로는 점심시간에 주위 사람들이 없는 것을 확인하고 수화기를 집었다. 히로코의 집 전화번호를 기억하고 있다는 것은 기적이었다. 뻔질나게 드나들던 여자의 아파트 호수조차 금방 잊어버리면서 웬일인지 히로코의 집 전화번호만큼은 잊어버리지 않았다. 이것도 그 할망구의 원한인지도 모른다고 그는 생각했다.

전화벨이 울리기 시작했다. 아키히로는 다시 한 번 주위를 둘러보았다. 동료들은 모두 식사하러 나갔고 휑한 사무실에는 아무도 보이지 않았다.

네 번째 전화벨이 울린 후, 상대가 수화기를 들었다.

"네, 오바입니다."

들어 본 적 있는 목소리. 그 약한 듯하면서도 차갑고 표독스런 목소리.

"히로코의 어머니이시죠."

그는 낮은 목소리로 말했다. 상대는 잠시 대답이 없었다. 그는 목소리가 떨리지 않도록 심호흡을 했다.

"무슨 일인지 가르쳐 주시지 않겠습니까?"

경계하는 작은 동물 같은 거친 숨이 새어 나왔다.

"당신은 누구시죠?"

"기억하실 텐데요. 따님을 자살하게 만든 남자를 당신이 잊을 리가 없을 테니까."

"쓰무라 씨?"

"그래요. 쓰무라입니다."

아아, 하고 마사에는 일부러 진정된 목소리로 말했다.

"오랜만이군요."

"시치미 떼지 말아요."

아키히로는 내뱉듯 말했다.

"일부러 내 결혼식에 와놓고선. 뭘 계획하는지 모르겠지만, 이쯤에서 확실하게 해주시죠."

"결혼했어요?"

마사에는 갑자기 비웃는 목소리로 물었다.

"저런, 저런. 축하해요. 그런데, 당신은 일부러 그 일을 내게 보고하기 위해 전화했나요?"

딱 잡아떼는군, 하고 아키히로는 생각했다. 웬만한 방법으로 될 것 같지가 않았다. 하긴 백 번 이해할 수 있는 일이었다. 으스스한 저주의 말을 남기고, 5년 동안 오직 침묵만을 지킨 여자가 할 만한 행동이니까.

"오늘 밤이라도 그쪽으로 만나러 가겠습니다."

그는 말했다.

"그리고 당신이 무슨 일을 몰래 저지르고 있는지 깨끗하게 가르쳐 주세요. 그것을 들을 때까지 난 당신 집에서 한걸음도 움직이지 않을 테니까."

"무슨 일이에요? 난 전혀."

"시치미 떼지 말아요. 그만 정신 차리지 않으면 당신 스스로 후회하게 될 겁니다."

"그만 끊어야겠어요."

마사에는 밉살스럽게 말했다. 목소리가 약간 떨리는 것을 알 수 있었다.

"난 어제부터 감기를 앓고 누워 있어요. 몸이 좋지 않아요. 더 이상 이상한 말을 하지 말아 주세요."

"기다려요, 아주머니."

아키히로는 위협적인 태도를 보였다.

"오늘 밤, 가겠습니다. 알겠습니까. 나도 각오를 했으니까."

"안돼요."

마사에는 작은 소리로 비통하게 고함을 질렀다.

"오지 말아요."

"왜죠. 가면 안 되는 일이라도 있습니까?"

"이상하잖아요. 무슨 용건이 있다는 거예요. 히로코도 이미 죽었는데 볼 이유 따위 전혀 없잖아요."

"뻔뻔스러운 거짓말 그만 두시죠. 당신이야말로 나를 만나 복수하려고 했으면서."

"복수? 무슨 그런 바보 같은 소리를. 당신은 폭력배 같은 사람이군요. 두 번 다시 전화 걸지 말아 주시죠. 만약 집으로 찾아오면, 경찰을 부르겠어요. 정말입니다. 그럼, 이만."

마사에는 황급하게 일방적으로 전화를 끊었다. 귓가에 김빠진 듯한 뚜—뚜—하는 소리가 반복됐다. 아키히로는 쥐고 있던 수화기를 내려놓고 흠뻑 젖은 손으로 땀에 젖은 목덜미를 닦았다.

경찰을 부른다는 말까지 들으니, 그날 밤 마사에의 집으로 들이닥칠 용기가 사라졌다. 그렇다고 가만히 다음 방문 기회를 염탐할 정도의 심적인 여유도 없었다.

그날 밤, 그는 거의 한 숨도 자지 않고 밤을 지샜다. 아침이 되자 가즈미가 뭔가 말하고 싶은 듯한 수상쩍은 눈초리로 그를 쳐다봤지만 이렇다 할 변명은 하지 않았다. 가즈미는 소중했지만 가즈미의 자신에 대한 불신감을 달래는 것은 나중으로 미뤄야 했다. 지금은 해야 할 일이 따로 있었다.

그는 다음 날, 또 다시 마사에의 집으로 전화를 걸었다. 마사에의 태도는 변함없었다.

"뭘 원하는 겁니까?"

그는 캐묻듯 물었다.

"돈입니까. 아니면 히로코가 다시 살아나길 바라는 겁니까. 돈이라면 얼마든지 준비하겠습니다. 하지만 히로코를 살리는 일은 불가능해요. 그 정도는 아이가 아니니까 알겠지요. 히로코는 죽었어요. 그것도 내 탓이 아닙니다. 히로코는 그때, 가정이 있는 사람과의 관계로 지쳐 있었어요. 그 탓에 우울증에 걸린 것인지도 모릅니다. 난 히로코에게 결혼 약속 따위 한 번도 한 적이 없어요. 왜 그런 내가 이런 식으로 원망을 받아야 하는 겁니까."

"그만해요."

마사에는 쉰 목소리로 말했다.

"머리가 지끈거려요."

"당신은 내가 불행해지면 좋겠다고 생각하고 있어요. 그러니까 피로연에 찾아와서 저주하는 눈으로 날 본 겁니다. 설마, 그 자리에서 나와 아내의 음식에 독을 넣으려 한 건 아니었겠지요. 그래, 그거였나요?"

"부탁이니, 그만해요"

"그만 하라니요. 당신이 죽는다고 해도 당신의 귓가에다 계속 말한 겁니다. 당신의 딸이 죽은 건 내 탓이 아니에요. 당신은 미쳤어요. 언제까지고 당신은 초등학생 딸을 끌어안은 머리가 이상한 엄마죠. 딸이 괴롭힘을 당하면 달려가서 괴롭힌 상대에게 복수를 하려 하는 바보 같은 엄마입니다."

비명과 비슷한 신음소리가 울려 퍼졌다. 마사에가 전화를 끊기 전에 아키히로는 자신이 먼저 수화기를 던져 버렸다.

혹시, 하고 그는 생각했다. 이 상태로 계속 나가면 그 할망구가 복수 같은 바보짓을 그만둘 지도 모른다. 어차피 마사에는 단순한 노파에 지나지 않는다. 아무리 서투른 머리를 짜내도, 34살의 경험 풍부한 남자의 지혜와 힘을 당해 낼 수는 없을 것이다.

좋아, 하고 그는 입술을 깨물며, 팔짱을 꼈다. 내일 당장, 노인의 집으로 쳐들어가자. 그리고 담판을 짓자. 노인이 가즈미에게 손을 쓰기 전에 빨리 혼을 내줘야 한다. 가즈미에게 무슨 일이 있고 나서는 너무 늦다.

다음 날 밤, 아키히로는 정각 6시에 회사를 나와 역에 있는 공중전화로 가즈미에게 전화를 걸었다.

"오늘 밤은 조금 늦을 거야. 졸리면 먼저 자도록 해."

가즈미의 뾰로통한 얼굴이 눈에 떠올랐다. 가즈미는 노골적으로 화가 났음을 표현했다.

"무슨 일 있어요? 일 때문이에요?"

"그래. 일이야."

"정말이죠?"

"의심하는 거야? 그만 해. 바보 같아."

"미안해요."

가즈미는 수화기 저편에서 지친 듯이 한숨을 내쉬었다.

"하지만 아키히로 씨. 신혼여행에서 돌아온 이후, 쭉 이상해요. 아니, 여행 전부터 그랬어요. 결혼식 때부터 뭔가 이상했어요. 평소의 당신과 전혀 달라요."

기즈미는 약간 훌쩍거리며

"오해였다면 사과할게요. 하지만 언제나 무슨 생각을 하고 있잖아요. 내가 얘기를 걸어도 허공만 쳐다보고. 요샌 잠도 못 자는 것 같아요. 뭔가 감추는 일이라도 있는 거예요? 중요한 일이라도. 그런 거예요?"

역 구내의 소란스러움이 가즈미의 한숨 섞인 목소리를 삼켜 버렸다. 아키히로는 냉정한 목소리로 말했다.

"그런 얘긴 돌아가서 하지. 아무튼 난 바빠. 그만 끊을게."

신경이 예민한 가즈미에게 이런 식으로 걱정을 끼치고 있다고 생각하니 괴로웠다. 한시 빨리 그 음침한 노인과 결판을 내야 했다. 그렇지 않으면 소중한 결혼 생활이 엉망이 될 것 같았다.

나가노 역에서 내려 번화가를 빠져 나갔다. 공포는 그다지 느껴지지 않았다. 상대는 70의, 거기다 감기를 앓고 누워 있는 노인이었다. 설마 맞아 죽는 일은 없을 것이다.

5년 전에 몇 번인가 히로코를 데려다 준 길은 기억이 가물가물했지만, 곧 떠올릴 수 있었다. 그는 이미 어두워지기 시작한 주택가를 빠른 걸음으로 걸어, 낡고 기울어져 가는 오두막같이 보이는 오바 마사에의 집 앞에 멈췄다.

여전히 현관에는 '오바 마사에 꽃꽂이 교실'의 간판이 흔들리고 있다. 모든 것이 5년 전 그대로, 그 손때로 시커멓게 된 현관 문 앞에서 지금이라도 히로코가 나타나 그를 향해 굿나잇 키스를 졸라 댈 것 같은 착각에 사로잡혔다.

어디를 찾아도 초인종 같은 것은 없었다. 그는 넥타이를 고쳐 매고 현관문을 밀어 보았다. 현관문은 잠겨 있지 않았다.

"오바 씨."

그는 문을 반쯤 열고 낮은 목소리로 외쳤다. 비좁고 옹색한 시멘트 바닥 위에 시커멓고 낡은 여자 샌들이 놓여 있는 것이 보였다. 시멘트 바닥을 올라가면 곧 다다미 세 장 정도의 방이 있었다. 그 안 옷장 건너편에서는 마사에가 텔레비전을 켜 놓았는지, 뉴스가 큰 소리로 흘러나오고 있었다.

"오바 씨?"

그는 반복했다.

안쪽에서 이불을 개고 있는지 버스럭거리는 소리가 났다. 텔레비전 소리가 사라졌다. 마른기침 소리가 두 번. 몸이 안 좋다는 건 진짜 같았다.

"미안합니다."

귀에 익은 그 가냘픈 목소리가 들렸다.

"거기 놓아두세요. 일부러 와줘서 고마워요."

뭔가 착각하고 있군, 하고 아키히로는 생각했다. 그는 큰 소리로 기침을 했다.

"좀 나오시죠, 오바 씨. 쓰무라입니다. 얘기할 것이 있습니다."

그때까지 들려오던 부스럭거리는 소리가 순간 멈췄다. 숨을 죽이고 있는 기척이 났다.

"들어가겠습니다."

아키히로는 말했다.

"얘기만 하면 됩니다. 힘은 안 들 거예요."

마사에는 아무 말도 하지 않았다. 그는 쳇, 하고 혀를 차며 시멘트 바닥에다 구두를 벗었다. 이렇게 된 이상 조금 놀라게 해도 될지 모르겠다고 생각했다. 혼을 내주면 노인도 어리석은 집념에서 해방되리라.

그는 일부러 쿵쿵하고 큰소리를 내며 방을 빠져 나가 빛이 새고 있는 문을 있는 힘껏 열어 제쳤다.

그곳은 다다미 8장을 깐 다다미방이었다. 광이 나는 검은 찬장과 탁자. 찬장 위에는 작은 불상이 있고 옆에 히로코의 사진이 장식되어 있었다. 구형 TV가 한 대. 기둥에는 오래된 시계와 달력. 문 맞은편에는 툇마루가 나 있었고, 그곳에는 살찐 고양이 두 마리가 방석 위에서 엉겨 붙듯 자고 있었다.

탁자 옆에 깔린 이불 위에서 한 노인이 겁먹은 듯 앉아 있다. 노파의 손에는 코드가 달린 방범 벨 같은, 무슨 장치가 꽉 쥐어져 있다.

아키히로는 그 노파의 얼굴을 보고 얼어붙은 듯 움직이지 못했다. 야위긴 했지만 보기 좋은 커다란 눈, 만화에 나오는 마법사 같은 매우 커다란 매부리코, 고무처럼 좌우로 뻗은 커다란 입술, 꽤 살이 쪄 건강해 보이는 덩치 큰 몸, 이런 분위기의 가난한 집에서는 상상도 할 수 없을 정도로 화려하게 갈색으로 물들여 단발로 자른 머리…….

노파는 파티에 나타난 정체불명의 여자와는 하나도 닮지 않은, 한 번도 본 적이 없는 여자였다.

노파의 입에서 비명인지 울음소리인지 모를 기묘한, 그러나 무서울 정도로 큰 소리가 쏟아져 나왔다. 아키히로는 움츠러들었다. 어떡해야 할지, 무슨 말을 해야 좋을지 몰랐다.

그는 아무 말도 하지 않고 방에서 뛰어나와 현관으로 달렸다. 너무 힘을 준 나머지 시멘트 위로 공중제비를 하듯 쓰러져 허리를 삐끗했다. 고통이 허리를 관통해 왔다. 숨이 끊어질 것 같았다. 구두를 신으려고 했지만 좌우가 뒤바뀌어 있어 제대로 신겨지지 않았다.

그러는 사이, 현관 반대쪽에서 사람 발자국 소리가 나며 문이 활짝 열렸다. 머리가 반 이상 벗겨진 뚱뚱한 남자가 아키히로의 팔을 휙 낚아챘다. 뿌리치려고 해도 허사였다. 남자의 힘은 믿을 수 없을 정도로 강했다. 뚱뚱한 남자 뒤로 젊은 남자가 나타났다. 젊은 남자는 살찐 남자와 박자를 맞추듯 아키히로의 팔을 비틀었다.

"이 자식"

살찐 남자가 소리 쳤다.

"오바 선생에게 무슨 짓이야."

"아니, 난 그냥……."

아키히로는 입 안에서 변명을 반복해 보았지만 말로 나오진 않았다.

따각따각 하고 샌들 소리가 울리며 중년 여자가 달려왔다.

"선생님. 오바 선생님. 괜찮으세요? 다친 덴 없으세요?"

"예예, 괜찮아요."

안에서 마사에가 잠옷 매무새를 가다듬으며 뒤척뒤척 걸어 나왔다.

"아아, 다행이야. 여러분이 없었다면 어떻게 됐을지."

"경찰을 부를까요, 아버지."

젊은 남자가 콧김을 거칠게 내쉬며 말했다. 그래, 하고 살찐 남자가 말했다. 젊은 남자는 "좋았어." 하고 말하며 달려 나갔다.

중년 여자가 마사에의 팔을 잡고 아키히로를 매섭게 노려보았다.

"이 놈이 그 사람이죠? 이상한 전화를 몇 번이나 걸어왔다는……."

"예예, 그래요. 무서웠어요. 내가 댁의 남편에게 물건 좀 사달라고 부탁했잖아요. 남편 분 들어오라고 현관문을 열어 둔 채 있었던 게 잘못이에요. 제 맘대로 들어온 거죠. 죽이는 줄 알았어요."

"이제 괜찮아요. 이 사람 이래봬도 옛날에 유도를 한 적이 있으니까 맡겨도 안심이에요."

살찐 남자가 힘을 주어 아키히로를 뒤에서 끌어안아 목덜미를 죄었다.

"이 동네는 이웃끼리 결속이 잘 돼 있지. 어느 집에나 이웃집으로 울리는 방범 벨이 있어. 유감이야, 형 씨."

아키히로가 이유를 설명하려고 하자, 남자는 다시 목을 죄던 팔에 힘을 주었다. 너무나 아파 그는 말을 잃었다.

"이 사람, 옛날에 히로코 애인이었던 사람이에요."

마사에가 차분하게 말했다.

"그때는 나도 이 사람을 원망했지만, 하지만 벌써 옛날에 잊어버렸어요. 언제까지고 딸의 죽음에 얽매여 있을 수는 없잖아요. 불쌍하게도 젊어서 정신이 이상해지는 사람이 는다고 하는데 이 사람도 그렇게 돼버린 거예요, 분명."

"가버린 히로코 씨를 생각하는 동안 미쳐버렸는지도 모르겠군요."

중년 여자가 흥미진진하게 아키히로를 내려다보며 말했다.

"대체 오바 선생님 댁에 영문 모를 협박 전화를 걸다니. 무서워라."

"형씨. 선생님은 말이야."

살찐 남자가 납득시키듯 말했다.

"이 동네에선 이름 있는 분이셔. 나이도 많으신데 자원봉사 활동도 열심히 하시고, 그러니까 지역 주민을 위해서 많은 활동을 하고 계신다고. 당신 대단한 일을 하셨군. 머리가 이상한 놈이 아니고서야 할 수 없는 짓이야."

"난 미치지 않았어!"

아키히로는 소리쳤다. 하지만 아무도 듣고 있지 않았다.

멀리서 경찰차 사이렌 소리가 나기 시작했다. 아키히로는 울면서 시멘트 바닥 위로 고꾸라졌다.

★☆★

5년 전에 새로 설립된, 〈노인 홈 실버 하우스〉의 라운지에서 노파 세 명이 크고 두꺼운 과자를 먹으며 마을 신문을 보고 있었다.

"아, 이 작은 기사 좀 읽어봐."

사카다 요네코가 말했다.

"혼자 사는 노부인의 집에 침입한 미친 남자를 폭행 미수로 체포. 체포된 자는 쓰무라 아키히로, 34세. 회사원 쓰무라 용의자는 옛날에 사귀던 오바 마사에 씨의 장녀 히로코 씨가 자살한 후부터 마사에 씨가 원한을 갖고 있다고 믿고 거꾸로 마사에 씨를 협박했다. 쓰무라 용의자는 흥분 상태로, 범행을 부인하고 있으나 경찰에서는 본인이 진정하기를 기다려 조사를 진행하기로…… 정말 무서운 세상이야."

"그 할머니 혼자 산댔지?"

차를 끓이던 미요가 주전자를 한 손으로 들고 말했다.

"에구 무서워. 범인이 잡혔으니까 다행이지만, 하마터면 맞아 죽을 뻔 했어."

"그러니까 나이를 먹으면, 우리 같은 노인네들은 얌전하게 이런 곳에서 사는 게 제일 좋은 거야."

세 사람 중 가장 늙어 보이는 도요코가 노안경老眼鏡을 벗어, 입고 있던 회색 스웨터 끝으로 슥슥 닦으며 말했다.

"여긴 안전하니까."

미요가 말하며 차를 다른 두 사람에게 나눠줬다. 요네코는 그것을 받으며

"재미도 있고."

하고 말했다. 두 사람은 제각각 얼굴을 마주보며 큭 하고 소녀처럼 웃었다.

"사카다 씨?"

라운지 입구에서 노인 홈의 젊은 여자 종업원이 요네코를 불렀다.

"아드님이 오셨어요."

요네코는 두 사람에게 과장되게 떨떠름한 표정을 지어 보이며

"또 왔어"

하고 작은 소리로 말했다.

"지저분한 아들놈 얼굴, 봐도 하나도 안 좋아."

미요와 도요코는 우스운지 몸을 흔들며 웃었다.

"시게오가 우릴 얼마나 챙겨 주는데. 친절하고 착한 아들이야."

"그래, 그래. 우리들도 시게오 덕에 재미보고 있잖아. 조금은 엄마답게 감사해요, 요네코 씨."

요네코는 감사, 하고 말하며 목 언저리를 긁적거렸다.

"하긴 시게오가 없었다면 우리도 즐길 수 없을 테니까."

그때 사카다 요네코의 장남, 사카다 시게오가

"여어"

하고 소리치며 들어왔다.

"할머님들 다 모이셨군요. 화창한 봄이에요. 햇살도 따뜻한 것이, 걷기만 해도 땀이 나요. 어때요, 할머님들. 건강하세요?"

"그야 물론 건강하지."

미요가 말했다. 도요코가 시게오에게 과자를 권했다. 시게오는 사람 좋아 보이는 웃음을 지으며 부드럽게 그것을 거절하고 어머니 옆에 앉아 담배를 입에 물었다.

"일전의 결혼식 참 좋더구나."

요네코는 엽차를 홀짝이며 아들에게 말했다.

"왠지 영화를 보는 것처럼 화려했어. 그런 식으로 사람들 앞에서 왈츠를 추다니 옛날 같으면 생각지도 못하는 일인데. 요즘 사람들은 달라. 게다가 요리도 아주 좋았어. 케이크가 맛있어서 난

세 개나 먹었다구."

"신랑이 아주 남자답더구먼."

도요코가 재미있다는 듯이 말했다.

"요네코는 돌아와서 계속 그 얘기야. 그런 남자랑 다시 한 번 결혼하고 싶다고."

시게오가 얼굴을 과장되게 찌푸려 보이자 모두 소리 맞춰 웃었다.

"그건 그렇고 시게오. 다음 결혼식은 언제냐?"

요네코가 물었다.

시게오는 가볍게 어깨를 들썩였다.

"또 가려고요? 어머니, 이제 그만하지 않으면 들켜서 창피만 당해요."

"들키지 않아. 그 때문에 사진 기사인 너한테 서서 먹는 피로연이 언제인지 가르쳐 달라는 거잖니. 서서 먹는 형식이면 절대 들키지 않으니까."

"지금은 서서 먹는다고 하지 않아, 요네코"

미요가 목 안으로 웃으며 말했다.

"뷔페라나 뭐라나 그렇게 말한다구."

"아무렴 어때. 어쨌거나 몰래 예쁜 옷 입고 가서, 혼자 아무한테도 신경 쓰지 않고 맛있는 음식이나 실컷 먹고 오면 되니까, 이렇게 싸게 먹히는 놀이도 없어."

"하지만 어머니, 일전에도 어머니가 찍힌 사진을 모르고 손님한테 주었어요. 나중에 알고 얼마나 조마조마하던지."

"그런 건 아무 문제없어."

요네코는 아들의 담배를 하나 꺼내 백 엔짜리 라이터로 서투르게 불을 붙였다.

"여러 사람들이 모인 것이 결혼식이니까. 일일이 확인하지도 않을 테고. 어디 먼 친척 할머니가 왔거니 할 거야."

"저기, 시게오. 다음엔 피로연 사진 언제 맡기로 했어?"

미요가 끼어들었다.

"다음엔 내 차례야. 이미 입고 갈 옷도 정해놓았으니까. 아 참, 나 일전에 딸내미한테 멋진 브로치도 받았어. 그것도 차고 가야지."

"아, 자네는 기모노가 더 어울려."

도요코가 말했다. 그런가, 하고 미요가 말했다. 그래, 절대 그래, 하고 도요코가 반복했다.

"5월 연휴가 끝나고 바로 돌아오는 일요일 하나 부탁 받긴 했지만."

시게오가 말했다.

"식장은 아카사카 호텔인데요. 하지만 그게 뷔페 스타일인지 어떤지는 아직 몰라요."

"언제 알게 되는데?"

하고 묻는 미요.

"글쎄요. 그럼 내일이라도 먼저 물어 볼까요?"

"부탁이야, 시게오. 그렇게 해줘. 난 너무 기다려져서 몸이 근질근질해."

"저런저런"

하고 도요코가 말했다.

"내 차례는 다음이구먼. 그때까지 살아 있다면 좋을 텐데."

"무슨 그런 바보 같은 소릴."

요네코가 놀려 댔다.

"당신은 지난번 건강진단 때, 의사가 그랬잖아. 잊었어? 혈압 정상, 체중 정상, 모두 정상이라고. 이대로라면 너무 오래 살아서 자식들에게 폐 끼치겠다나 뭐라나, 그래서 화를 버럭버럭 냈으면서."

"그랬나."

도요코가 말했다. 모두 웃었다.

라운지는 따스한 4월의 햇살로 충만했다. 졸리는 그 빛 속에서 요네코는 텅 빈 과자 봉지를 치우고, 땅콩이 든 봉투를 모두의 앞에다 펼쳤다. 그리고 네 명은 잡담을 주고받으며 땅콩을 쉬지 않고 먹어, 쓰무라 아키히로의 기사가 실린 신문지 위에는 어느새 땅콩 껍질이 수북이 쌓였다.

12

예절의 문제

최근 이 부근에도 환영할 수 없는 침입자가 많아졌다. 며칠 전 심야에 아파트 위층에서 뜻밖의 괴성이 들려왔다……

야마다 마사키山田正紀

1950년 나고야 출생. 1973년 메이지 대학 경제학과 졸업. 1974년 〈SF매거진〉에 「귀신잡기」로 데뷔. 1983년 「최후의 적」으로 일본SF대상 수상. SF, 모험소설, 환상소설, 시대소설과 다채로운 작품들 중에 추리소설도 있다. 「교활한 신기루·13의 살인」 회고적 분위기의 「사람 먹는 시대」 심리서스펜스 「사랑해도 짐승」을 발표했다. 대표작으로 「보석도둑」「모살의 체스게임」「요조(妖鳥)」「나선」「아미타」 「우편배달은 두 번 하지 않는다」가 있다. 2002년「미스터리오페라」로 제55회 일본추리작가협회상 장편과 연작 단편집 부문 수상.

★☆★ 문단속을 잘 합시다

도쿄시, 히사다 게이코 · 주부(42세)

한여름에는 밤이 돼도 창을 열어 놓은 집이 적지 않다. 나는 아파트 3층에 살고 있지만 남편이 출장이 잦아 창문을 열어 놓은 채 잠을 자는 것은 생각도 못한다. 3층이든 4층이든 도둑은 베란다로 침입해 온다. 그런 이야기를 들으면 더욱더 문은 물론 창문도 잠그지 않고서는 견딜 수 없다.

쓸데없는 참견은 삼가 해야 하지만 우리 집 근처 아파트의 4, 5층 정도 높이의 집에서는 베란다는 물론 창문까지 열어 놓은 채 방심하기 일쑤여서 나는 '참, 조심성이 없구나.' 하고 생각하곤 한다.

금요일이나 토요일 밤이 되면 폭주족이 오토바이 소리를 내며 쉬지 않고 이 도로를 질주한다. 그들은 어리고 절제할 수 없는 나이여서, 창문을 열고 자는 것은 공연히 범죄를 조장하는 일이 되는 것이 아닐까. 요즈음은 밤에 문단속을 잘 하도록 경찰은 방범 캠페인을 철저히 해야 한다.

도둑과 폭주족은 물론이지만 그 이외에도 문제가 있다. 청소년을 겨냥한 심야 영업 레스토랑이 늘고 있는 탓인지, 최근 이 부근에도 환영할 수 없는 침입자가 많아졌다.

심야에도 괴성을 지르고 주택가를 배회해서 너워서 잠 못 이루는 밤에 정말로 안절부절 못하게 한다. 그중에는 쌍쌍이 타인의 정원에 몰래 숨어 들어가 못된 짓을 저지르는 일도 있는 듯하다. 이것은 이미 공해라고 말할 수 있는 것이 아닐까.

나도 웃으려 해도 웃을 수 없는 피해를 입은 적이 있다. 며칠 전 심야에 아파트 위층에서 뜻밖의 괴성이 들려왔다. 목을 비트는 듯한 비명이라고 할 수 있는 소리였다. 그리고 덜컹하는 큰소리가 들려왔다. 그 소리는 4층에 있는 입주자를 위한 라커룸에서 들려온 것 같았다.

나는 라커가 쓰러진 것은 아닌지 걱정되었다. 그래서 확인하기 위해 라커룸으로 가보았다. 문을 열고 안을 들여다보았지만 이미 거기에는 아무도 없었다. 창문이 조금 열려져 있는 것을 보니 아무래도 괴성의 주인은 그 창문을 통해서 도망쳐 버린 듯했다. 그 후 덕분에 나는 잠을 잘 수 없었다. 이 일도 누군가가 문단속을 게을리

했기 때문에 일어난 소동일 것이다.

특히 여름에는 문단속에 주의해야 한다.

[8월 18일 화요일]

★☆★ 우선 마음 단속을

도쿄시, 나가시마 지로(자영업 45세)

일전의 히사다 게이코 씨의 투서를 읽고 생각난 것이 있어 펜을 들었습니다.

히사다 씨가 쓰신 대로 여름밤에 문단속을 허술하게 하는 것은 묵과할 수 없는 일이며, 아무리 물질이 풍요한 시대라고는 하지만 좀 더 범죄 예방에 유의해야 하는 것은 아닌지, 하고 돈에 인연이 없는 저는 일찍부터 그렇게 생각했습니다. 찌는 듯이 더운 일본의 날씨를 생각하면 창문을 열고 자는 것도 어쩔 수 없는 행위일지 모르지만 설령 그런 경우에도 맨 나중에 자는 사람은 반드시 문단속을 확실히 하는 마음을 게을리 하지 않도록 하자는 뜻입니다. 단지 저로서는 문단속에 유의하는 것은 물론이지만 그에 덧붙여 마음 단속에도 주의해야 한다고 생각합니다.

마음 단속이란 왠지 어려운 말처럼 들립니다만 요컨대 언제나 마음을 다잡고 방범에 게을리 해서는 안 된다는 뜻입니다. 저도 10

년쯤 전에 도둑맞은 적이 있어 그때의 괴로운 경험을 통해 도둑이 빈집을 노렸다는 것은 도둑뿐만 아니라 노리게 한 쪽에도 책임이 있다는 것을 뼈저리게 느꼈습니다. 문단속을 게을리 하는 행위는 이 세상에서 저질러서는 안 될 범죄를 자초하는 짓이라고 스스로 일깨워야 합니다.

여름이 되면 청소년들은 무의식중에 해방감을 느끼기 쉽습니다. 청소년들이 범죄의 유혹에 빠지지 않게 하기 위해서도 언제나 집단속, 마음 단속을 잊지 않도록 해야 합니다.

[8월 24일 월요일]

★☆★ 가정교육은 부모의 의무

도쿄시, 엔도 히코노부(집필업 65세)

히사다 게이코 씨, 나가시마 지로 씨의 투고를 읽고 나 나름대로 느낀 점이 있어 그것을 말하고 싶다.

히사다 씨는 집단속의 필요성을 역설했고, 또 나가시마 씨는 언제나 마음 단속에 유의할 것을 주장하였다. 물론 어느 쪽이나 중요한 일인 것은 말할 필요도 없지만 나는 히사다 씨가 말한 '환영할 수 없는 침입자' 에 대해서 그 이외에도 더 근본적인 대책이 필요한 것은 아닌지 생각했다. 어느새 도쿄는 세계에서도 손꼽을 경제 도시로 급성장해 그 활동은 24시간 정지하는 법이 없다. 도쿄 교외의 베드타운화가 진행됨에 따라 심야 영업하는 오락실, 24시간 편의점이 우후죽순으로 늘어나 달리 갈 곳이 없는 청소년들이 그런 장소에 모여들게 되었다.

지금은 자동판매기에서 담배나 술도 살 수 있는 편리한 시대다. 호기심이 강한 나이인 중학생, 고등학생이 그런 것을 시험해 보고 싶은 유혹에 사로잡히는 것은 너무나 당연한 일이고, 또 실제로 편의점 따위에서 삼삼오오 무리지어 친구끼리 담배를 돌려가며 피우는 중학생의 모습을 본적도 있다. 담배와 술에서 시작해 그것이 시너와 환각제의 비행으로 이어지지 않기를 걱정하는 것은 비단 나 혼자만의 생각은 아닐 것이다. 나는 이런 행위에서도 주입식, 성적 위주의 학교 교육의 비뚤어진 모습이 나타난다고 생각한다.

히사다 씨의 투고에 따르면 '환영할 수 없는 침입자' 가 늘어나는 것은 심야 영업하는 청소년을 겨냥한 레스토랑이 개업했기 때문이라고 한다. 나도 밤늦게까지 영업하는 레스토랑에 청소년들이 모여 있는 것을 보고, 이대로 방치해 두는 것이 좋은 것일까, 하고 줄곧 그런 식으로 걱정한 적이 있다. 여름이 되면 아이들은 무심결에 해방감을 느껴 방자한 생활에 젖어들기 쉬워, 다른 사람 집의 정원에 잠입해 혹은 아파트의 열린 방을 통해 들어가 해서는 안 될 행동을 저지르는 일도 있을 것이다.

그것이 청소년들을 어긋난 길로 빠지게 해서 그만 돌이킬 수 없는 비행으로 나아가게 할 수 있다. 그런 경우를 생각하면 그저 단순히 집단속, 혹은 마음 단속의 문제만으로 끝나게 해서는 안 될 것이다.

아이들이 비행으로 치닫는 것은 우리, 어른에게 책임이 있다고 볼 수 있다. 24시간 편의점, 레스토랑, 오락실 따위에 아이들이 빠져드는 것은 가정에 문제가 있기 때문은 아닐까. 학교에 맡겨 놓아서만은 안 된다. 부모가 조금 더 주의해서 살피면, 지금 아이들이 무엇을 생각하고 있는지, 비행의 길로 발을 들여 놓은 것은 아닌지를 알 수 있을 터이다. 어른, 특히 부모의 무관심이 아이를 비행의 길로 치닫게 한다고 해도 과언이 아니다.

내 이야기를 해서 미안하지만, 나는 회사에 근무했을 때 아무리 바쁜 일이 있어도 일요일 저녁만은 반드시 아이들과 함께 식사를 하도록 했다. 밥을 먹으면서 학교에서 있었던 일, 좋아하는 텔레비전 프로그램 따위를 아이들과 이야기했다. 지금 돌이켜 생각하면 그것이 커다란 의미에서의 가정교육이 되었는지 모른다.

일요일이 되면 으레 골프 치러 나가는 아버지도 적지 않은 듯 하지만 적어도 일주일에 한 번 정도는 아이들과 이야기하는 시간을 가졌으면 좋겠다. 아이들이 비행으로 치닫는 다음에는 이미 늦다. 아무리 바빠도 언제나 부모는 아이를 생각하고 있다. 그것을 지금의 아이들에게 알리는 것이 비행으로 가지 못하게 하는 무엇보다 좋은 가정교육이 아닐까.

[8월 25일 화요일]

K신문 투고란 편집부 귀중

요전 8월 18일 히사다 게이코 씨의 투고에 대해, 마음에 걸리는 점이 있어 알고 싶어 글을 띄웠습니다.

마음에 걸리는 점이란 히사다 씨의 위층에서 들려왔다고 하는 비명과 같은 소리입니다. 히사다 씨의 방은 3층에 있다고 했으니 라커룸은 4층에 있을 테지요. 4층에서 비명이 들려와서 히사다 씨는 라커룸으로 올라갔다고 했고요. 히사다 씨는 열쇠로 열고 라커룸으로 들어갔다고 쓰여 있었습니다. 입주자를 위한 라커룸이므로 필경 아파트 주민 모두에게 열쇠를 주었겠지요. 글에서 보면 라커룸에는 늘 열쇠가 채워져 있는 게 분명합니다.

심야 영업하는 레스토랑이 있어, 그 때문에 밤중까지 괴성을 지르고 주택가를 배회하는 청소년이 늘었다. 그런 청소년들이 이따금 아파트로 침입해 라커룸 안으로 잠입한다. 만약 그렇다면 어떻게 그 청소년은 문의 자물쇠를 열 수가 있었을까요? 히사다 씨 자신이 열쇠로 열고 들어갔다고 썼으므로 라커룸에는 달리 들어갈 문이 없다고 보여집니다.

그런데도 누군가가 라커룸으로 들어간 것입니다. 우선 그것이 첫 번째 의문점이고, 의아한 점은 그것뿐만이 아닙니다. 글에서 보니 비명이 들려와서 곧장 히사다 씨는 라커룸으로 올라갔다고 이해했는데 그렇다면 그 청소년은 어떻게 자취를 감출 수 있었을까요?

창문으로 몰래 들어와 또 창문으로 도망친 듯하다, 고 적혀 있는 걸 보면 필경 히사타 씨는 계단에서라도 청소년들과 만나지 않았고, 엘리베이터도

작동되지 않았던 듯합니다. 창문으로 도망친 듯 합니다만 아파트 4층 창문에서 어떻게 도망칠 수 있는지, 저는 그것이 이상합니다. 방의 창문을 통해서라면 어쨌든 라커룸의 창문으로 베란다와 비상계단 따위가 이어져 있다고도 생각할 수 없습니다. 아파트 외벽에는 흔히 돌기가 붙어 있습니다만 청소년들이 그 돌기를 따라 1층으로 내려가기라도 했다는 것입니까? 아무리 청소년들이 엉뚱하다고 해도 한밤중에 아파트 4층에서 외벽을 따라 지면으로 내려갈 위험을 자처 했겠습니까?

비명 소리, 라커룸의 문이 잠겨 있었다, 또 4층의 창문이 열려 있었다, 어쩌면 이 현상에는 어떤 범죄와 같은 사건이 관련되어 있는 것은 아닐까요?

그런 식으로 생각하는 것이 제 지나친 생각이라면 좋겠습니다만, 히사다 씨의 투고를 읽은 이후, 그런 점이 마음에 걸려 참을 수 없었습니다.

바쁘신 와중에 이런 일을 부탁드리는 것은 죄송합니다만 신문사에서도 다시 한 번 그 투고의 내용을 조사해 보시지 않겠습니까. 그런 일이 아니라면 다행입니다만, 어쩌면 어떤 범죄와 관련되어 있는 것은 아닌지, 저는 그런 생각이 들어 견딜 수 없습니다.

편집부 앞

오바타 레이코

(이것은 신문사로 보내온 편지이며, 독자 투고란에 실리지는 않았다.

단지 이 시점에서 간신히 K신문사에서 히사다 게이코 씨의 편지에 의심스런 점이 많다는 것을 깨닫고, 조사를 시작했다. 오바타 레이코는 스물한 살 된 학생이며, 신문사로 그 일에 대해 어쩌면 이것은 살인 사건이 아닌가, 라고 까지 말했다. 이 시점에 신문사는 은밀히 조사를 할 작정이었지만 아래와 같은 투고가 계속 들어와 투고란에서 문제로 삼게 되었다.)

★☆★ 이웃에게 무관심한 도시인이야 말로 문제

가마쿠라시, 이케나미 기미코(요식업 31세)

8월 18일의 히사다 게이코 씨의 투고를 읽고, 누군가가 반론을 제기하지 않을까하고 기다렸지만 그 후, 투고란에 반론이 게재되지 않아 감히 펜을 들었습니다.

저는 현재 가마쿠라에서 음식점을 경영하는 사람입니다만, 가게의 뒷정리를 마치면 아무리 빨라도 집으로 돌아가는 시간이 자정을 넘습니다. 그렇게 먼 거리는 아니지만 여자 혼자서 어두운 밤길을 걷는 것은 아무래도 여러 가지로 뒤숭숭한 세상에 무서운 일이므로 되도록 택시를 이용하려고 합니다. 그래도 택시가 끊기는 날도 있어 그런 경우에는 어쩔 수 없이 걸어서 집으로 돌아 갈 수밖에 없습니다.

작년의 일입니다만, 가게에서 집으로 돌아가는 도중 모르는 남자가 뒤따라와 굉장히 무서웠습니다. 도움을 구하려고 해도 밤길에 통행인이 없어 어떻게 해서든 뿌리치려고 발걸음을 재촉했습니다만 상대방도 마찬가지로 잰걸음으로 따라와 그야말로 제정신이 아니였습니다. 드디어 어깨를 잡히는 듯해 큰소리를 질렀습니다. 하지만 주택가 길인데도 누구 한 사람 도움을 주러 나오지 않았습니다. 다행히 소리에 놀라 그 남자는 사라져 별일 없었습니다만 그때 저는 과연 도시인의 무관심이 대단하다고 생각했습니다.

제 보잘것없는 체험을 적은 것은 히사다 씨의 체험과도 연관성이 있다고 생각했기 때문입니다. 히사다씨는 불량스런 청소년이 아파트에 침입한 사건으로 적었습니다만 혹시 누군가가 라커룸으로 끌려 들어가 폭행을 당할 뻔한 사건은 아니었을까요. 그 소리가 '목을 비트는 듯한 비명이라고도 말할 수 있는' 소리였다, 라는 점이 저는 마음에 걸립니다.

이것은 결코 히사다 씨를 책망하려는 것은 아닙니다만, 만약 그때 단순히 폐해라고 생각하지 않고 누군가가 범죄에 말려든 것은 아닐까, 하고 배려 깊은 생각을 했더라면 상당히 사정이 달라지진 않았을까요?

그렇다고 해도 비명을 지른 사람이 어디로 사라졌는지, 그 점이 마음에 걸립니다. 무사하기만을 바랍니다.

[8월 27일 목요일]

★☆★시민의 힘으로 범죄 예방을

도쿄시, 이노우에 아키라(무직 72세)

며칠 전 시청에 갈 일이 있어 버스에 탄 적이 있었다. 공교롭게 비가 올 것 같은 탓에 버스 운행이 늦어진 듯, 정거장은 사람들로 장사진을 이루고 있었다. 나는 줄 맨 뒤에 서서 버스가 오기를 기다리고 있었는데 그 사이에 귀가 중인 고등학생 한 무리가 정거장으로 다가왔다. 고등학생들은 주위 사람들에 아랑곳없이 큰소리로 이야기하는데, 그래도 그런 행위는 어리니까 눈감아 줄 수 있지만, 그 이야기란 동급생 여자에 관한 추잡한 내용으로 조금도 걸르지 않고 말해서 나는 귀를 막고 싶은 심정이었다. 줄을 선 사람들 중에는 젊은 여성도 섞여 있어서 고등학생들의 이야기에 얼굴을 찡그리기도 했다.

그 뿐이라면 그런대로 봐주겠는데, 그런 사이에 고등학생은 이야기에 정신이 팔려 손에 든 우산을 머리 위로 돌리기 시작했다. 비가 내리고 있어 우산을 돌리는 것은 주위의 사람에게 불편을 끼치는 것은 말할 것도 없다. 빗방울이 사방으로 튀고 무엇보다 위험하므로 마침내 나는 참을 수가 없게 되었다. 아시다시피 요즈음 고등학생들은 체격이 좋아 솔직히 무서운 생각이 없는 것도 아니었지만 나는 과감히 "우산을 돌리지 마라. 다른 사람이 불편하잖아." 하고 고등학생들에게 주의시켰다. 그러자 뜻밖에 고등학생들은 순순히 내 말을 듣고 그대로 아무 일없이 끝났다. 그 고등학생들이 버스에서 내릴 때에는 모두가 내게 머리를 숙여, 나는 과감히 주의를 시킨 게 잘했다고 뿌듯한 마음에 사로잡혔었다.

사람은 누구나 귀찮은 일에 말려들기 싫어한다. 되도록 귀찮은 일에는 눈을 감아버리길 원하는 게 인지상정일 것이다. 그런데도 과감히 사람을 돕는 행동으로 나가면 저절로 길은 열리는 법이다. 요즈음 일련의 투고를 읽고 역시 누군가의 도움을 구하는 소리가 들려오면 무슨 일이 있어도 그 사람을 반드시 도와야 한다고 생각했다. 라커룸에서 비명을 지른 사람이 사라진 것을 알고 그 사람이 무사하기만을 바라서는 안 된다는 마음으로 감히 펜을 들었을 따름이다.

[8월 28일 금요일]

K신문 투고란 편집부 귀중

요코하마시, 요시무라 마모루(번역가 27세)

요사이 투고란의 화제가 된 사건에 대해 아무래도 가만히 지켜 볼 수 없어, 한마디 덧붙이고 싶어 글을 띄웠습니다. 이 사건이 독자의 관심을 이 정도로 불러일으킨 것은 어쩌면 심각한 범죄 사건이 아니었을까 하는 두려움이 있기 때문입니다.

누군가가 소리를 질렀는데도 라커룸은 잠겨 있었고 그 비명을 지른 사람도 자취를 감췄다.

창문은 열려져 있었지만 거기는 4층 창문이라 필경 거기에서 사람이 탈출할 수는 없는 상황이지요. '살인'이란 단어는 사용하고 싶지 않지만 정황만을 생각해 보면 이것은 밀실 살인 사건이 됩니다.

조금 더 사건의 자세한 정보를 가지고 싶습니다. 이 정도로 독자의 관심을 불러 일으켰으므로 신문사에서는 히사다 씨란 여성의 투고에 대해 추적조사를 해야 하는 의무가 있는 것은 아닐까요. 어쩌면 히사다 게이코란 이름이 가명이 아닐까, 하는 기분이 듭니다. 가명을 사용해 신문사에 투고해서 어떻게 해서든 감춰진 범죄 사건을 속속들이 벗기고 싶은, 그 글에서 그런 긴박감과 같은 것을 느낄 수 있었습니다. 만약 그렇다면 이것은 신문사가 솔선해서 파헤쳐야 할 범죄 사건이라고 생각합니다. 살해된 사람이 누구이며 어떻게 살해되었는지, 범인은 누구인지, 그것을 밝혀내는 것은 신문사의 의무가 아닐까요.

(이 요시 무라 마모루 씨의 투고도 신문에 나오지 않았다. 요시무라 마모루 씨는 주로 미스터리를 번역하고 있고 미스터리 마니아라고 할 수 있는 인물이었기 때문이다. 지금까지도 무언가 색다른 사건이 일어날 적마다 요시무라 마모루 씨는 자신의 추리를 투고해 왔고, 편집부를 여지없이 혼란에 빠뜨렸던 것이다. 단지 요시무라 마모루 씨의 투고는 투고로서, 이 정도까지 히사다 게이코 씨의 투고가 독자의 관심을 일으켰기 때문에 신문사도 그것에 대해서 사정 설명을 해야 했다.)

편집부로부터

8월 18일의 히사다 게이코 씨의 투고가 다양한 반향을 일으키며 2주간이나 지난 지금에 와서도 독자로부터 성원이 꾸준히 늘고 있다. 처음에는 청소년 비행화의 걱정, 혹은 그에 대한 어른들의 대책 등, 일반적인 의견이 많았지만 히사다 게이코라고 칭한 여성이 보낸 투고의 내용에 의문점이 주목되면서 이것은 어떤 사건이 아닌가 하는 것을 염려하는 투고가 많아졌다.

히사다 게이코라고 칭한 여성, 이라고 적은 것은 그 후 본사의 조사에 따라 투서에 적힌 해당 여성이 발견되지 않았기 때문이다. 가명, 혹은 주소를 바꿔 투고 했다고도 볼 수 있지만, 우선은 사전에 그 점을 체크하지 못했던 점을 독자 여러분에게 사과드린다.

이제부터 당사가 진지하게 토의해야 할 것은 이 투고가 진실을 적은 것인지, 혹은 허위의 내용에 지나지 않은 것인지, 그 점을 가리는 작업이다.

사람이 가명, 혹은 익명으로 투고하는 경우에는 크게 나눠서 두 가지의 경우가 있다.

하나는 그 투고 내용이 허위인 경우이고, 다른 하나는 투고의 내용이 진실이지만 어떠한 이유로 자신의 이름을 밝히고 싶지 않은 경우, 이것이 전자라면 우리의 반성은 반성으로서 끝나, 우선 문제는 아니지만 우려해야 할 것은 후자인 경우일 것이다.

독자들이 지적하기 전까지 그 점을 깨닫지 못한 것은 우리의 불찰이지만 확실히 이 투고의 내용에는 의문점이 많이 발견된다. 그 중 첫 번째는 무엇보다 비명을 지른 사람이 잠긴 라커룸에서 어떻게 모습을 감출 수 있었을까 하는 점이다.

투고의 내용을 점검하면 아마도 이 라커룸의 열쇠는 아파트 입주자 모두에게 준 듯하다. 비명을 지른 사람이 이 아파트의 주민이라면 열쇠를 가지고 있었다고 해도 아무런 의문점이 없을지 모른다. 그러나 투고의 내용을 보면 비명을 지른 사람은 아파트 외부인으로밖에 생각할 수 없다.

우선 아파트 주민이 왜 심야에 라커룸에서 비명을 지르는 소동을 일으킨 것일까? 만약 이 아파트에 그와 같은 소동이 종종 일어나는 일이라면 이 히사다 게이코라는 여성이 굳이 그 일을 신문에 투고할 리가 없다. 이것은 역시 아파트 외부인이 일으킨 소동이라고 생각하는 것이 자연스럽지 않은가.

심야에 잠긴 라커룸에서 비명 소리가 들려 이내 제삼자가 달려갔는데도 이미 거기에는 사람의 모습이 없었다. 창문은 열려 있는 듯했지만 라커룸의 창문에는 베란다나 비상계단 따위의 시설이 연결되어 있지도 않고, 4층에서 지상으로 내려갔다고도 볼 수 없다. 아파트 외벽에는 홈이나 돌기는 있겠지만 심야에 그런 것을 따라 지상으로 내려갔다면 여기에서도 우리는 역시 얼마간의 범죄의 그림자를 예측할 수 있다.

밀실 미스터리라고 치부한다면 독자로부터 불성실한 태도라고 질책을 받겠지만 이것이 대단히 의심스러운 사건인 것을 새삼스럽게 부정할 수도 없을 것이다. 우리로서는 투고의 내용에 있던 '목을 비트는 듯한' 이란 문장에 주목해야 한다. 우리는 앞으로도 이 사건을 계속 추적하는 것은 진실을 추구하는 신문사의 의무라고 생각하고 있다.

마지막으로 이 투고로 사회부의 편집국장이 경찰 관계자에게 상황을 설명하러 간 일을 독자 여러분에게 보고해 두고 싶다.

K신문 투고란 편집부 귀중

요코하마시, 요시무라 마모루(번역가 27세)

'편집부로부터' 내용을 잘 보았습니다. 드디어 K신문사가 사건의 해명을 시작해, 이 사건에 흥미를 가지고 있는 한 사람으로서 저도 가슴이 두근두근거립니다.

실은 그전부터 저도 독자로서 이 사건을 조사했었습니다. 미스터리 번역을 직업으로 가지고 있긴 해도 현실의 사건을 조사하는 것은 이번이 처음이라 여러 가지 고생을 거듭하였습니다. 우선 최초로 제가 손을 댄 것은 어느 아파트 밀실 살인 사건에 해당하는 사건이 도심에서 일어났는지 여부를 조사해 보는 것이었습니다.

히사다 게이코라는 여성이 신문에 투고한 것은 8월 18일 이전, 투고에서는 사건이 일어난 것은 며칠 전, 이라고 적혀 있었으므로 그 날은 7월 20일 이후, 필경 8일에 일어난 일임에 틀림없습니다.

저는 도서관으로 가서 그 기간의 신문철을 세밀히 검토해 보았습니다. 그 결과 8월 2일자에 이런 사건이 작게 보도된 것을 발견했습니다.

어느 젊은 여성이 메구로구 아파트에서 자살한 사건이었습니다. 아파트 뒤뜰에서 나뭇가지에 로프를 걸어 목을 매달아 자살을 했다고 합니다. 자살 동기에 대해서는 경찰 조사 중이라고만 기록되어 있고 자세한 보도는 없었습니다. 제가 이 자살에 흥미를 가진 것은 그것이 지유 언덕에서 가까운 아파트에서 일어난 사건이었기 때문입니다. 최근 지유 언덕은 젊은 사람들의 패션 거리로서 인기를 모으고 있고, 심야까지 영업하는 레스토랑도 적지 않습니다. 히사다 게이코라는 여성(정말로 여성이 투고를 쓴 것인지 그것도 의문입니다.)은 그 투고에 주위에 청소년들을 겨냥한 레스토랑이 늘고 있고 게다가 아파트는 주택가에 있다고 기록하였습니다. 지유 언덕 부근에 있는, 그 아파트는 투고의 내용과 정확히 일치하고 있지 않습니까.

요전에 저는 그 아파트를 방문해 보았습니다. 그러자 놀랍게도 그 아파트에는 5층에 창고가 있고(이것을 4층의 라커룸으로 한 것은 신문사에 아파트를 특정 시키는 것을 꺼려했기 때문임에 틀림없습니다.), 게다가 우체통에서 확인한 바로는 3층에 히사마쓰 게이지라는 남자가 살고 있는 것이 아닙니까. 물론 히사다 게이코가 히사마쓰 게이지의 가명인 것은 변론의 여지가 없겠지요.

필경 자살한 여성은 실제로 누군가에게 피살된 것이지요. 히사마쓰는 그 사건을 알고 그것을 어떻게 해서든 세상에 알리고 싶었는지, 아니면 완전 범죄를 저지른 인간에게는 흔히 있는 일입니다만, 자신이 실행해서 성공한 범죄를 세상에 과시하고 싶었는지도 모릅니다.

어째서 그 여성이 살해되었는지, 저는 그 동기를 알 수 없습니다만, 범죄의 방법은 추측할 수 있습니다.

여기에서 힌트만을 말하면 그때 여성은 5층 창문에서 목을 내밀고 있었음에 틀림없습니다. 필경 범인은 그때 옥상에 있었겠지요. 더 이상의 추리는 하지 않겠습니다만, 단지 이것이 체스터턴의「브라운 신부」시리즈에 나오는 수법인 것만은 말씀드리겠습니다. 연락을 기다리고 있겠습니다.

(편집부는 그 후 히사다 게이코의 투서에 관한 의견을 일체 지면에 게재하지 않도록 했다. 요시무라 마모루 씨의 추리에 경의를 표했기 때문이 아니고 당 사건의 본인인 히사다 게이코 씨로부터 다음과 같은 편지를 받았기 때문이다.)

K신문 투고란 편집부 귀중

도쿄시, 히사다 게이코(주부 42세)

가족과 해외 여행에서 돌아와 집을 비운 사이의 신문을 정리하는 도중에 제 투고가 매우 큰 파장을 일으킨 사실을 알았습니다. 무엇보다 어처구니없는 것은 단순히 해외여행을 했는데 편지의 주소에 해당자가 없다고 단정 지은 사실이었습니다.

제 편지는 확실히 오해를 일으킬 내용이었는지 모릅니다. 도둑과 폭주족의 이야기를 도입부에 적은 것이 잘못이었지요. 그저 저는 그런 내용을 적은 기억은 없고 필경 편집부에서 교정하는 사이에 단어를 생략한 것은 아닐까요.

'환영할 수 없는 침입자'란 물론 짝짓기 중인 고양이를 말합니다. 심야 레스토랑이 늘었기 때문에 먹을 것을 구하러 다니는 고양이가 몰려다니며 나쁜 짓을 저지릅니다. 고양이를 기르려면 버릇을 단단히 고쳤으면 좋겠습니다. 저는 단순히 그 점을 호소하고 싶었던 것입니다만.

[8월 31일 월요일]

13

살의의 축제

어머니는 노인이면서도 그렇게 잠귀가 어두운 것일까? 바로 눈 앞에서 두 번씩이나 범행이 일어났는데도 아무것도 모르다니……

야마무라 미사 山村美紗

교토 출생, 자신이 살고 있는 교토의 명소나 대찰을 살인무대로 사용하며

여성작가로서는 드문 정통파, 트릭의 해명에 중점을 두고 있다.

1974년에 발표한 「마라카 바다에 사라지다」가 첫 장편이며

마쓰모토 세이초가 트릭 메이커라는 별명을 붙여주었다.

1983년 「사라진 상속인」으로 제3회 일본문예대상 수상. 1996년 사망.

빠른 전개와 새로운 소재를 사용한 트릭의 창조, 밝은 문체가 현대 감각에 맞아 많은 독자를 갖고 있다.

1

194X년 8월 19일, 규슈에서 살인사건이 일어났다.

그해 여름은 특히 더 무더웠지만 그래도 밤 11시가 지나면 다소 서늘한 바람이 불어서 견딜 만했다.

○제강의 젊은 간부 도야마 에이조는 이날 밤도 회식으로 인해 늦게 귀가하게 되었다. 낡은 대문은 이미 잠겨 있었고 쥐죽은 듯 고요한 밤의 정적이 주위를 감싸고 있었다. 늦어질 때면 하는 습관대로 뒷문으로 돌아가기로 했다.

달라붙는 모기떼를 손으로 떨쳐내면서 여닫이문을 열고 뜰 안에 들어선 에이조는 무언가 여느 때와 다름을 느꼈다. 툇마루의 덧문이 5, 6센티미터쯤 열려 있어 희미한 빛이 정원으로 흘러나오고 있었다.

에이조는 작은 소리로 아내의 이름을 불렀다.

"어이, 도시코."

그러나 대답이 없다. 어쩐지 섬뜩함을 느낀 에이조는 거칠게 구두를 벗고 덧문을 밀어젖히고는 침실로 사용하는 가운뎃방으로 뛰어 올라갔다.

모기장 안에 누워 있는 아내의 얼굴은 등불 빛에 기분 나쁘도록 창백해 보였다.

"어이, 돌아왔어."

모기장 밖에서 흔들어 깨우려고 뻗은 손에 뭔가 딱딱한 것이 닿아 깜짝 놀랐다. 생선용 식칼이 왼쪽 가슴에 꽂혀 있고 잠옷에 피가 번져 있었다.

장지문을 활짝 열어놓은 옆방의 모기장 안에서는 노모와 다섯 살 된 큰딸 아사코가 이러한 상황이 벌어져 있는지도 모른 채 고른 숨소리를 내고 있었다.

구급차가 즉시 도착했지만 이미 숨이 끊어져 있는 피해자를 보고 구급대원은 병원으로 수송하는 대신 변사 사건으로 경찰의 출동을 요청했다. 에이조는 아내의 시신을 발견하기까지의 상황을 설명했다.

경찰은 조사 끝에 에이조의 진술 사실을 인정했다.

엄중한 조사가 시작되었다. 도둑맞은 물건이 없는 것으로 보아

원한설과 치정설이 유력해졌고 용의자로 리스트에 오른 몇몇 사람 중 마지막까지 남은 인물이 있었다.

그는 사건 당일 오후 선풍기용 콘센트를 설치하러 온 근처의 전기기사 이즈마 미쓰구로 본인은 시종 결백을 주장했지만, 그날 저녁 집에서 라디오를 수리하고 있었다고 하는 것만으로는 알리바이가 성립되지 않았다.

또한 밤늦게 목욕할 때 세탁한 바지를 다음 날 아침 실내에서 말리고 있었다는 점도 의심할 여지가 있었다. 그는 에이조의 집 방 배치나 가족 구성도 잘 알고 있었다. 게다가 피해자를 좋아하여 따라다녔다는 사실까지 밝혀져 범행이 유력하다는 결론이 내려졌다.

이즈마 미쓰구의 가택 수색 결과, 가슴 부근에 팥알 크기 정도의 핏자국이 묻은 셔츠가 발견되었다. 이즈마는 자신의 피라고 주장했지만 법의학의 권위자인 오노 마나부 교수의 감정 결과 피해자의 혈액형과 일치한다는 것이 밝혀져 그것을 유일한 증거품으로 공판이 열리게 되었다.

1심에서는 증거 불충분으로 무죄가 되었지만, 검찰 측 항소에 의해 고등재판소에서 2심이 열리게 되었고, 그 결과 징역 15년의 판결이 내려졌다. 이즈마 미쓰구는 최고재판소에 상고했지만 기각되어 2심의 형이 확정되었다.

2

젊은 나에기 변호사는 20년 전 살인 사건의 낡은 공판 기록 사본에서 눈을 떼고 다소 지친 얼굴로 담배에 불을 붙였다. 창밖의 낯익은 건물들에 벌써 땅거미가 내리고 있었다.

그가 20년 전의 이 사건에 흥미를 갖게 된 것은 이틀 전의 일 때문이다. 그날 나에기가 사무실에 출근하여 사무원이 타온 차를 마시고 있는데 어떤 남자가 뛰어 들어왔다.

"찾아온 용건은 제가 듣고서 선생님께 전하게 되어 있어서……"

젊은 비서가 이렇게 말하며 제지하는 모양이었다.

"아니, 사건을 부탁하러 온 게 아닙니다. 잠시 선생님을 뵙고자……"

그는 이렇게 말하면서 성큼성큼 들어왔다. 체격이 좋고 불그스레한 얼굴이었다. 비서실을 마구 돌파하고 왔음에도 불구하고, 나에기 앞에 이르자 그 커다란 몸으로 안절부절못하면서 공손하게 말했다.

"정말 죄송합니다, 바쁘실 텐데. 또 저번엔 큰 신세를 져서……."

땀을 흘리면서 연신 고개를 숙이는 것을 바라보면서 나에기는 이 사내를 생각해 냈다. 이전에 사기로 검거되었을 때 국선 변호사로서 자신이 담당했던 사람이었다.

이와모토 오사무라는 사람이 틀림없었다. 그때도 어수룩한 오사카 말투와 동안의 얼굴 탓에 왠지 모르게 미워할 수 없는 사람이라고 느꼈었고, 그 사기의 내용 또한 어린애 같은 내용이었다.

"또 무슨 일을 저질렀소? 그렇지 않으면……"

"네에, 저 그게 좀 묘한 이야기라서……"

머뭇거리면서 송구해하며 서 있는 이와모토에게 나에기는 앉으라고 말하고 비서를 눈짓으로 나가게 했다. 그러자 이와모토는 주위를 꺼리는 듯 작은 목소리로 겨우 이야기를 꺼냈다.

"선생님, 20년 전 오이타에서 있었던 기업체 간부 부인 살인사건을 알고 계십니까?"

나에기는 잠시 생각했다.

"아, 범인은 아마 인근의 전기기사로 15년형이었지. 벌써 오래전에 일어난 일일 텐데. 그게 왜?"

"네, 그것이 저……따로 진범이 있다면 어떻게 될까요?"

"뭐라고?"

"선생님, 살인의 시효는 확실히 15년이지요? 그런데 그건 살인한 날로부터 15년입니까. 아니면 재판을 마친 후부터 15년입니까?"

"시효라 하더라도 형량의 시효와 공소시효가 있어서 복잡하기 때문에 이야기를 잘 듣지 않으면 알 수 없지만, 어느 쪽으로 하든지 간에 20년이 지나야 될 거야. 그보다도, 범인이 따로 있다니, 어디 한번 자세히 얘기해 보게."

나에기 변호사는 말하면서 자연히 몸에 힘이 들어가는 것을 느겼다.

"자네, 범인을 알고 있지? 범인은 누군가? 설마 자네가……."

"농담하지 마십시오. 제가 왜 살인을 하겠습니까, 선생님?"

이와모토는 과장된 몸짓으로 부정한 뒤 이야기를 이어 나갔다.

"지난번 감옥에 들어갔을 때 한 녀석과 친구가 되었습니다. 어느 날 그와 시효에 관한 이야기를 한 적이 있는데 나중에 그 녀석이 남몰래 제게 말을 걸어 왔습니다. '살인의 시효는 확실히 15년이지?'라고. 그럴 거라고 했더니 '실은 내가 저지른 사건 중에서……'라고 하면서 털어놓았습니다."

"그 사람이 20년 전 그 부인 살해범이라고 하던가?"

"저도 처음에는 지어낸 이야기라 생각하고 들었습니다만…… 감옥에서는 관록을 붙이기 위해서 허풍을 떠는 놈들도 많으니까요."

"그래, 그 정도의 이야기라면 그 친구가 진범이라는 단정을 내릴 수 없지 않은가?"

"그게……제가 출옥하고 얼마 지나 그 녀석이 찾아와서 진지한 얼굴로 말하더군요. '죄 없이 들어가 있는 녀석이 가엾어서 몇 번이나 자수하려고 했어. 하지만 전과도 있고 남은 죄도 있는 처지이고 보니 사형이 될지도 몰라 무서워서 결국 지금까지 자수하지 않았어. 그러나 시효가 지났다면 반드시 자수하고 싶어. 요즘은 나이를 먹어 간다는 생각만 해도 잠을 잘 수 없어. 나와 함께 있어줘.' 하길래 쳐다보니 정말 수척해져 있었습니다."

"으흠, 그것만으로는 객관적인 증거가 부족한데."

"그래서 여러 가지로 물어 보았더니 정말로 그 사건을 자세히 알고 있었습니다. 범인이 아니면 도저히 거기까지 알고 있을 리가 없다고 생각되는 것도 많이 있었습니다."

"예를 들면?"

"그날 피해자가 자고 있던 모기장 밖 책상 위에 달맞이꽃이 꽂혀 있었다든가, 방으로 들어갈 때에는 덧문 아래쪽을 잡고 열었는데 작업용 장갑을 끼고 있었기 때문에 지문이 묻지 않았다고 생각한다든가."

헛소리가 아닐까 생각하면서 듣고 있던 나에게도 마침내 이야기에 흥미를 느끼기 시작했다.

"그래, 본인은 시효가 지나 죄가 되지 않는다면 자수하겠다고 하던가?"

"네, 자수하고 싶다고는 하고 있습니다만, 만일 시효가 안되었다면 큰일이라서 제가 신세를 진 변호사 선생님께 조사를 부탁한 다음에, 그러고 나서……."

"음, 만일 그 사람이 진범이라면 반드시 자수해야만 해. 시효가 끝났는지 그렇지 않은지는 내가 책임지고 조사해 보지."

마지막으로 범인이 어떤 사람인지 물어 봤지만 이와모토는 그 이름만은 세차게 머리를 저으며 말하지 않았다.

"조사한 후 시효가 지났는지 확실해지면 본인을 데리고 오겠습니다. 그때까지는 참아주십시오."

그는 몇 번이나 고개를 숙이고는 돌아갔다.

이와모토가 돌아간 뒤 나에기는 흥미를 느끼며 이 사건에 관한 자료를 가능한 한 많이 모으기 시작했다.

이와모토가 말한 내용을 전부 믿은 것도 아니고 오히려 반신반의했지만, 이야기 가운데 몇 가지 묘하게도 구체적인 부분이 있었다. 조사해 봐서 거짓이라는 것이 확실해지면 그 점을 이와모토에게 지적해 주면 되고, 자신도 마음이 개운해질 거라고 생각했다.

나에기는 정의감이 강한 만큼, 일찍부터 오심 문제에 남다른 흥미를 가지고 있었다.

일주일간 여러 가지 자료를 훑어보는 동안, 나에기의 머릿속에는 사건의 전모가 점점 명확하게 잡혀 갔다. 그렇지만 어쨌든 20년 전의 일이고 당시의 담당 변호사, 검사, 판사들도 모두 죽었기 때문에 그들로부터 직접 이야기를 듣지는 못하고 단지 당시의 신문기사와 재판기록 등을 읽고 조사해야만 했다.

그러나 사건을 최초로 맡았던 오이타 지서에 근무하던 경찰이 지금까지도 살아 있다는 소식을 듣고, 범인이라 칭하는 남자와 만나는 것만큼이나 확실한 일일 거라 오이타에 가보는 것도 괜찮을 거라고 생각했다.

3

시효에 관해서는 걱정 말라고 말해 주자 이와모토는 기뻐하면서 그 사람을 데리고 왔다. 마음이 변한 건 아닐까 하고 생각하고 있던 나에기는 안심했다.

이와모토를 따라 약간 긴장한 표정으로 사무실에 나타난 사람은 하야시 싱이치라고 하는 몸집이 조그맣고 얌전해 보이는 사내였다. 나이는 마흔 두셋 정도일까? 묘하게 어두운 그늘이 느껴지는 남자였다. 그러한 점이 오히려 여차하면 태연하게 살인할 수 있는 유형이라는 것을 나에기는 경험으로 알고 있었다. 과묵한 느낌만큼 이와모토와는 달리 진실성이 느껴졌다.

"……그런데, 시효 문제는 괜찮습니까?"

최초로 물어 본 것은 역시 하야시에게 최대 관심사인 시효문제에 관해서였다. 나에기는 그 점에 관해서 충분히 이해가 가도록 설명한 다음 부드럽게 눈을 응시하면서 물었다.

"물론이오, 내가 책임지지. 안심하고 사실을 이야기해 보시오."

그러자 하야시는 조심스럽게 이야기를 꺼냈다.

물건을 훔치러 들어갔다가 들켰기 때문에 살인을 하게 됐다는 것, 달맞이꽃 이야기, 덧문을 연 모양, 게다가 살인의 수법 등 전문가인 나에기가 듣기에도 세부까지 치밀하게 알고 있었다.

도서관에서 조사해 보았지만 당시의 신문들도 달맞이꽃이나 지문, 시체의 상세한 모습에 관해서는 전혀 실려 있지 않았다. 유일한 증거품인 셔츠의 혈액형도 피해자나 이즈마나 모두 B형이었고, 또한 MN식으로 해보아도 모두 M형이었다. 그 후에 Qq식이라든가 Ee식의 혈액 감정 결과, 셔츠의 피가 이즈마 것이 아니고 피해자의 피로 판정되었지만, 어쩌면 그것은 피해자와 이즈마의 혈액형이 비슷한 데서 기인한 불행한 실수가 아닐까? 그 점에 있어서 하야시는 A형이라고 했다.

살인 전 피해자가 왼쪽으로 누워 있었다는 하야시의 말을 듣고 나에기는 오이타 행을 결심했다. 오심의 가능성이 크다고 느껴졌기 때문이다.

조사한 자료에 따르면, 범인이라고 지목된 이즈마가 1심 전에 자백한 내용은 대체로 사실과 일치했으나 단지 한 부분 맞지 않는 곳이 있었다. 그것은 먼 곳에서 살고 있던 피해자의 어머니가 사건 후 증언한 부분에는, 딸인 피해자는 어릴 때부터 심장이 약하여 항상 왼쪽을 밑으로 하고 누워 심장을 감싸는 모습으로 자는 버릇이 있다고 되어 있었는데, 이즈마의 자백에서는 피해자가 오른쪽을 아래로 하고 자고 있었다고 되어 있었다.

경찰은, 가슴의 상처가 왼쪽이었기 때문에 단순히 오른쪽을 밑으로 하고 잤을 거라 추측하고는 강제 자백을 유도했던 것이다. 그 점에 관해서는 당시의 변호사도 맨 처음부터 알려주지 않았던가. 따라서 그는 법정에서 자백을 취소하고 무죄를 주장했고, 변호사도 무죄라고 하는 외로운 변호를 계속했던 것이다.

하야시는 피해자가 왼쪽을 밑으로 하여 자고 있었지만, 찌를 때 눈을 뜨고 몸을 비틀어 왼쪽이 위로 향하게 되었기 때문에 왼쪽을 찔렀다고 말했는데 그쪽이 훨씬 자연스러웠다.

두 사람이 돌아간 후 나에기는 탁자 위의 일정표를 끌어당겨 검토해 보았다. 공판이나 법률 상담으로 꽉 차 있는 일정이 이상하게도 내일 오후부터 모레까지 비어 있었다.

'좋다, 가보자.'

나에기는 결심하고 비서에게 곧바로 비행기를 예약하도록 지시했다.

돈 한 푼 되지 않는 일로 굳이 규슈까지 가는 것은, 무죄인데도 15년이나 형을 복역한 사람의 명예를 지켜 주고 범인의 부담을 덜어 준다고 하는 대의명분도 있었지만, 또 다른 개인적이고 은밀한 이유가 있었다.

사법연수생 시절, 같은 클래스에 홍일점 여자 연수생이 있었다. 검고 커다란 총명한 눈을 가진 미인으로 지적인 매력이 넘쳐흐르는, 말하자면 클래스의 스타였다. 어느 샌가 이 가이쓰가 미키코에게는 클래스의 누구도 손을 대서는 안 된다고 하는 불문율이 생겨 딱딱한 연수 생활에 화려하고 밝은 홍취를 더해 주었지만, 임용 전까지의 연애는 유보 상태로 지나갔다.

그리고 막상 임용이 되자 연수생들은 홋카이도에서 규슈까지 각지로 발령을 받아 뿔뿔이 흩어졌다.

남자들끼리는 출장이나 연구회 등으로 만날 기회가 많았으나 가이쓰가 미키코와는 만날 기회가 없는 채, 지금까지도 일종의 동경하는 마음이 지워지지 않고 있었다.

마침 그녀가 오이타의 가정재판소 판사로 근무하고 있었다. 이와모토로부터 오이타라는 지명을 듣는 순간 그녀의 옛 모습을 떠올렸던 것이다.

나에기는 사법회 명부를 꺼내어 펼쳐 보았다. 가이쓰가 미키코라는 이름이 옛날 그대로였다.

그로부터 10년, 대학 재학 중에 사법고시에 패스하여 당시 스물한 둘이었던 그녀도 이제는 서른 한 두 살이 되었을 것이다. 성이 바뀌지 않은 것은 아직 독신이기 때문일까?

4

도쿄에서 1시간 40분 동안 비행했지만, 멀리 규슈까지 자신의 기분만으로 날아가고 있는 듯한 생각이 들어 나에기는 평상시 이성과 의무만으로 살아왔던 자신이 인간성을 회복해 가는 것 같아 즐거웠다.

빠른 걸음으로 트랩에서 내린 그는 공항 로비로 서둘러 갔다. 사전에 전화를 해두었기 때문에 미키코가 마중 나와 줄지도 모른다고 기대했기 때문이다.

로비는 예상외로 혼잡해서 그녀와 닮은 모습은 좀처럼 눈에 띄지 않았다. 포기하고 나가려는 참인데 비스듬히 뒤에서 누군가가 말을 걸었다.

"나에기 씨?"

약간 어리광이 섞인 듯한 아름다운 목소리는 틀림없이 미키코의 목소리였다. 돌아본 나에기는 상대가 예상외로 젊고 아름다운 데 한편 놀라기도 하고 다른 한편으로는 만족스럽기도 했다.

인사를 나눈 후 두 사람은 차에 올랐다. 그녀가 운전하는 레몬 색 스포츠카의 좌석에서 창밖의 바람을 기분 좋게 느끼면서 나에기는 잠깐 연인과 드라이브하고 있는 듯한 달콤한 감상에 빠져들었다.

안내받아 간 도경에서 그는 미키코의 삼촌뻘 되는 경찰본부장을 만날 수 있었다. 본부장은 아직 해결되지 않은 사건들을 여러 개 떠맡아 몹시 바쁜 와중이었으나, 미키코의 주선도 있고 또 멀리서 변호사가 정의감 때문에 자비로 조사하러 왔다는 말을 듣고 특별히 만나 주었던 것이다.

미키코가 소개하자 그는 다소 당혹스런 얼굴로 말했다.

"그런데 나에기 씨, 일부러 여기까지 와주셨지만 당시의 관계자는 대부분 고인이 되어서 성과가 별로 없을 것 같군요. 이미 20년이나 지난 일이니까요."

자신이 관계된 사건은 아니라고 하더라도 관할 지역에서 범인을 잡아 재판도 끝났고 범인의 복역도 이미 끝난 지금, 멀리서 온 일개 변호사에 의해 다시 사건이 들추어지는 것은 그다지 유쾌하지 않을 것이다. 당황해하는 표정에서 그러한 기분을 읽을 수 있었다.

"무엇보다도 확정적인 근거가 된 것은 오노 교수가 감정한 이즈마의 셔츠에 묻은 핏자국의 혈액형 판정이었습니다. 진범이 따로 있다고 한다면 오노 교수의 감정이 틀렸다는 얘기가 되지요. 오노 교수와 만나보시겠습니까?"

"오노 교수는 아직 만나보지 않았습니다. 좀 더 조사한 후 확신이 생기면 그때 찾아뵈려고 생각하고 있습니다."

이렇게 대답하고 나에기는 당시의 기록을 보여 달라고 부탁했다.

기록에 의하면, 덧문에 이즈마의 지문이 없는 것은 이즈마가 정원에 몰래 숨어 들어갔을 때에는 이미 덧문이 사람 하나 들어갈 정도로 열려 있어서 힘들여 열 필요가 없었기 때문이라고 하였다. 이 점 또한, 덧문에 이즈마의 지문이 없어서 곤란해진 경찰이 궁여지책으로 생각해 낸 변명에 지나지 않았다. 동기는 치정설로 되어 있었다.

범인이라 자백한 하야시는 이 점에 관해서, 남편이 귀가하기 전이라 덧문에 열쇠가 채워져 있지 않아 약간 열려 있었기 때문에 덧문 아래쪽의 손잡이 가까운 곳을 잡고 사람 한 명 들어갈 만큼 열었고, 손에는 작업용 장갑을 끼고 있었다고 말하고 있는데, 이 편이 훨씬 신빙성이 있었다.

기록에 새로운 것은 없었지만, 당시 현장에 제일 먼저 출동한 경찰의 주소를 알아낼 수 있었던 것은 큰 수확이었다.

그 아제쓰 순경은 정년퇴직 후 농사를 짓고 있다고 했다. 본부장이 부하를 시켜 알아 온 주소를 가지고 나에기는 미키코의 차를 타고 찾아갔다. 태양은 서산 너머로 지고 있었지만 아직 빨갛고 볕이 쨍쨍 내리쬐었다.

"역시 규슈로군, 태양의 색깔마저 다른걸."

나에기가 감탄하자 미키코는 즐거운 듯 소리 내어 웃었다. 이런 발랄한 여성이 가정재판소에서 인생의 미묘하고 복잡한 문제를 재판하고 있다고 생각하니 이상한 기분이 들었다.

거리에 늘어선 상점들이 없어지고 전원 풍경이 나타났다. 차창에 농사도 짓고 장사도 하는 집들이 다가왔다가 사라져 갔다.

"이 근처일 텐데."

미키코의 말에 나에기도 쳐다보았다.

"아, 저기 술집이 있군요. 기다려 주십시오. 제가 가서 물어 보고 오겠습니다."

다음 삼거리를 돌아 막다른 곳에 아제쓰 순경의 집이 있었다. 밭일을 하고 돌아와서 발을 씻고 있던 아제쓰 순경은 판사와 변호사의 방문을 받고 경의를 표하며 다다미방으로 들어가기를 권했다.

나에기는 방문의 목적을 말하고 바로 질문에 들어갔다.

"그 사건을 기억하고 계십니까?"

"잘 기억하고 있습니다. 내가 파출소에 근무하는 동안 우리 관할 구역에서 발생한 살인 사건은 셀 수 있을 정도로 적었으니까요."

노인은 자신 있게 대답했다. 50대 중반에 정년퇴직을 한 그는 아직 10년 정도는 더 일할 수 있을 만큼 건강해 보였다.

"그 집 주인인 도야마 에이조의 전화를 받은 것은 밤 11시가 지나서였을 겁니다. 즉시 전속력으로 자전거 페달을 밟아 달려갔습니다. 집 주위에 수상한 사람의 그림자가 없나 살펴본 뒤 안으로 들어갔던 것을 기억하고 있습니다."

아제쓰 순경은 나에기에게 질문을 받고 당시를 회상하며 천천히 말했다.

"어디로 들어갔습니까?"

나에기는 수시로 질문을 던지며 요점을 메모했다.

"네, 뒤쪽으로 돌아갔더니 툇마루의 덧문 하나가 반쯤 열려 있어서 그리로 들어갔습니다."

"범인도 그쪽으로 출입했다고 생각하십니까?"

"네, 다른 곳은 모두 닫혀 있었으니까 아마 틀림없을 겁니다."

차분히 하나하나 생각하면서 대답하는 전직 순경에게 나에기는 핵심적인 질문을 던졌다.

"방 안에 들어가니 어떤 것들이 눈에 띄었습니까?"

"먼저 모기장, 그 안의 피해자. 나는 흉기 이외에 뭔가 증거품이 없을까 하고 주위를 둘러보았습니다. 아무것도 발견하지 못했지만…….”

“단순 강도 사건이라고는 생각지 않았습니까?”

“그렇게도 생각해 보았습니다만, 없어진 돈이나 물건이 없었으니까요.”

“혹시 범인이 갑자기 부인에게 묘한 기분을 느꼈지만 시끄러워질 것 같으니까 당황해서 부인을 찌르고 물건들은 다 그냥 놔둔 채 도망갔다고도 생각할 수 있지 않습니까?”

“그럴 수도 있겠지만, 이즈마라는 유력한 용의자가 즉시 떠올랐으니까요.”

“방 안에는 어떤 것들이 있었습니까?”

“침실로 사용했기 때문에 별다른 것은 없었습니다. 장롱 하나하고…… 하하, 맞아요. 책상이 있었습니다.”

나에기는 무심결에 무릎을 탁 쳤다.

“책상, 책상이 있었습니까? 어떤……?”

“글쎄요. 자그마한 책상으로 그 위에 꽃병이 놓여 있었습니다. 꽃이 꽂혀 있었고 말입니다.”

“어떤 꽃이었는지 기억하고 계십니까?”

“그러니까……달맞이꽃이었던 것 같습니다. 그래요, 달맞이꽃이었습니다. 그 꽃은 하루면 시들어 버리는데 그때는 아직 싱싱해 보였으니까. 아이들이 밤에 근처 강가에 가서 꺾어 온 것 같아서 안타깝게 생각했었기 때문에 잘 기억합니다. 그런데 그건 사건과 별로 관계가 없을 것 같은데요…….”

나에기는 자신이 진범이라고 나타난 사내가 진짜일 가능성이 있다고 생각했지만 다시 한 번 신중을 기했다.

“뭐 구경꾼이라고나 할까, 그런 사람이 와서 현장을 엿보고 간 일은 없습니까?”

“없습니다. 가족 이외에는 현장에 들여보내지 않았습니다. 제가 자전거로 달려와서 현장을 보존하고 있는 사이에, 경찰차로 본서의 경관 다섯 명이 도착해서 현장 부근을 통제했기 때문에 미닫이문으로 엿보는 것도 불가능했습니다.”

“그럼 달맞이꽃에 대해서 알고 있는 사람은 피해자의 가족과 경찰뿐입니까?”

“그렇긴 하지만……아침이 되어서는 검시의와 신문기자들이 왔고, 시체를 해부하기 위해 운반해 나간 다음에는 근처의 사람들과 친척들도 와 있었습니다만, 그때까지는……그런데 달맞이꽃에 무슨 중요한 의미라도 있습니까?”

“그것이 하나의 포인트입니다. 달맞이꽃이 머리맡에 있었다는 사실은 당시의 신문기사에도 실려 있지 않았고 경찰 조서에도 없었습니다. 또한 낮에는 시들어 버리는 꽃이기 때문에 그날 낮까지 피어 있었다고는 생각할 수 없습니다. 또한 시체를 운반해 나간 후로는 발밑에 있었는지 머리맡에 있었는지 당연히 알 수 없었을 것입니다. 그런데 진범이라고 칭하는 사람이 나타나서 범행 시 머리맡에 달맞이꽃이 있었다고 말했습니다."

"그렇다면 중요한 일이군요. 좀 더 자세히 생각해 보겠습니다."

아제쓰 순경은 진지한 눈빛이 되어 열심히 생각해 내려고 애쓰는 모습이었다.

나에기는 그렇게 침묵이 흐르는 중에도 곰곰이 생각하고 있었다.

'진범이라고 말하는 그 남자가 근처 풀숲에서 달맞이꽃을 꺾고 있는 피해자를 보았기 때문에 그것이 꽂혀 있었다고 짐작으로 말한 건 아닐까? 하지만 그건 너무 위험한 도박이다. 도중에 버렸을지도 모르고, 바로 그 장소에 있었다고 확신할 수도 없다. 그렇지 않으면 신문기자가 무심히 현장에 대해 이야기한 것을 엿들은 것은 아닐까?'

순경이 입을 열었다.

"아침이 되어서 시체를 내가기 전에 방 안을 치우기 위해 유족……유족이라고 해봤자 남편과 할머니이지만, 그 사람들이 방 안을 치우는 동안에 이미 시들어 버린 달맞이꽃도 버렸을 것입니다. 따라서 경찰 관계자들만 보았을 것입니다. 이렇게 되면 그 사람이 진범일 것 같군요. 또한 만일 그렇게 된다면, 신중하게 조사를 해야만 하는 경찰에게도 책임이 있습니다. 아직 믿을 수는 없지만 말입니다."

전직 순경은 입술을 깨물었다.

"아, 그리고 피해자인 도야마 씨의 집엔 가보셨습니까? 여기서 가까운 곳입니다. 지금은 도야마 씨가 아니라 다른 사람이 살고 있습니다만."

"도야마 씨는 어떻게 되었습니까?"

"도야마 씨는 오사카로 떠났습니다. ○제강에서는 장차 사장이 될 만한 사람이라는 소문도 있었지만, 그 직장을 버리고 오사카에서 자그마한 공장을 하겠다고 하며 이사가 버렸습니다. 지금은 성공해서 꽤 커다란 회사가 되었다고 합니다. ……아, 그리고 할머니는 오사카로 이시 간 지 5, 6년 뒤에 죽었다고 합니다. 저희 집에도 부고를 알려 왔었지요. 정말 교양 있는 분이었습니다."

아제쓰의 안내를 받고 가보니 예전 건물은 헐리고 근대적이지만 약간 허름한 집으로 변해 있었다.

"이 근처에서 달맞이꽃을 꺾었다면 어디쯤일까요?"

함께 따라온 미키코가 아제쓰 순경에게 물었다.

"글쎄요. 옛날에는 오이타 강 근처도 온통 달맞이꽃이었고 선로 옆 제방에도 상당히 피어 있었지요. 최근에는 콘크리트로 메워 버렸는지 어쨌는지 잘 모르겠습니다만."

그렇게 말하면서 건물 뒤편으로 돌아가 보니 강물 소리가 들려왔다. 순경의 말대로 훌륭한 제방이 생긴 대신에 잡초가 필 공간은 줄어들어 있었다. 그렇다 하더라도 여기저기에 조금씩 피어 있는 달맞이꽃 무리가 노란색 봉오리를 활짝 펴고 땅거미가 짙어지기를 기다리고 있었다.

나에기 변호사는 문득, 도시의 소음으로부터 멀리 떨어져 이렇게 달맞이꽃이 피어 있는 강가에서 언제까지나 미키코와 함께 있고 싶다는 로맨틱한 기분에 사로잡혔다.

5

다음날 나에기는 비행기로 오사카로 가서 피해자의 남편인 도야마 에이조를 방문했다. 주소는 오사카 시 다이쇼 구 공장가 부근에 회사와 이웃해 있었다. 일에 몰두하는 중소기업 사장다운 집이었다.

집 안에 방문을 알리자 젊은 여자가 나와서 말했다.

"아버지는 회사에 계시니까 그곳에서 만나 보세요."

아름답지만 차갑고 침울한 느낌을 주는 여자였다. 아버지라고 말하는 것으로 보아 아마 사건 당시 다섯 살이었던 큰 딸인 듯 싶었다.

아니면 후처가 낳은 딸일까? 어쨌든 이 정도나 되는 회사의 사장 집에서 고용인도 두지 않은 검소함은 약간 의외였다.

회사 사장실 옆에 있는 응접실에서 몇 분 기다리자 도야마가 나타났다. 나에기가 찾아온 이유를 말하자 그는 얼굴을 붉히며 말했다.

"뭐라고? 범인이 따로 있다고요? 그런 바보 같은! 간신히 잊을 만해졌는데 이런 말을 들으니 오히려 혼란스러워지는군요. 그건 이미 끝난 사건입니다. 저희 가족도 그 일은 깨끗이 잊어버리고 새 출발을 했습니다. 회사 일만 하더라도 상장회사 간부라는 직위마저 버리고 오사카로 나왔으니까요. 이제 제법 살 만해졌고 다시는 어두운 기억 속에서 살고 싶지 않습니다. 진범이 나타났다고 하면 죽은 아내도 오히려 혼란스러워할 것입니다. 딸에게도 동요를 주고 싶지 않으니 제발 가만히 내버려두십시오."

도야마는 상당히 충격을 받은 듯했다. 안락의자 손걸이에 놓인 손이 덜덜 떨렸다. 진범이 나타났다고 하면 기뻐해 줄 거라고만 생각하고 있던 나에기로서는 뜻밖이었다.

그러나 생각해 보니 피해자 가족으로서는 당연한 반응이라고 생각되었고, 그 나이가 되도록 결혼도 하지 않은 피해자의 마음을 헤아리지 못한 자신의 얕은 인생 경험을 반성하지 않을 수 없었다.

아무튼 도야마는 재혼도 하지 않고 딸과 둘이서 조용히 살며 일에만 매달리는 것이 일상의 모습인 것 같았다.

사장실에서 나와 일단 오사카의 호텔로 돌아왔다. 도쿄의 사무실에 연락을 취한 다음 호텔에 비치된 석간을 펼쳐 든 나에기는 깜짝 놀랐다.

<진범은 나, 20년 전 기업체 간부 부인 살해>

이러한 제목이 씌어 있었기 때문이다.

관계자의 의사를 존중하여 나에기도 외부에 노출시키지 않으려고 매우 주의하고 있던 터였다.

오이타 지서에서 새어나온 것일까? 그렇다면 이쪽에 인터뷰 요청이 있었을 법한데 그런 것도 없었던 것이다. 그는 이상하게 생각하면서 계속 읽어 나갔다.

〈이 사건의 용의자 이즈마 이쓰구(당시 25세)는 죄를 부인한 채 15년의 실형 판결을 받았으며 복역 중에도 무죄를 주장했기 때문에 반성의 기미가 없다고 하여 특전이나 가석방 따위의 혜택도 받지 못하고……〉와 같은 이즈마에 대한 동정할 만한 사실을 적은 후,

〈최근 이 사건의 진범은 자신이라고 오사카의 하야시 싱이치 씨(40세)가 자청하며 나타났다. 하야시 씨는 처음에는 이즈마 씨가 죄 없이 투옥됨으로써 범인인 자신이 당당하게 다닐 수 있게 된 것을 매우 기뻐했지만, 시간이 지남에 따라 죄 없이 투옥된 사람이나 그 가족의 고통을 생각하니 양심의 가책 때문에 견딜 수 없어 친구와 함께 도쿄의 신주쿠 경찰서로 자수하러 온 것이다. 하야시 싱이치 씨는 본서로 연행되어 조사를 받았지만, 설령 범인이라는 판결이 나더라도 시효가 만료되었기 때문에 기소되지는 않을 것으로 보인다.〉

다른 신문들도 비슷한 내용을 싣고 있었다.

앞질러 기사화되어 버렸기 때문에 나에기는 불쾌했다.

그 사내들에게 시효의 성립만 확인시켜 주는 도구로 이용당했기 때문이다. 그런 것도 모르고 일부러 규슈까지 날아온 것이다.

무죄로 괴로워하는 사람을 도와줘야겠다고 하는 정의감에서 출

발하여 이 사건에 관여하는 동안, 무죄의 구조를 연구하는 것도 변호사로서 업적이 될 거라고 생각하고 열의를 보였던 것이다.

직원으로 있는 변호사와 비서에게 바쁜 와중이라도 시간을 쪼개어 공판 기록이나 보도 내용을 모으도록 하였고 자신도 조사를 계속하여 이미 상당량의 기록을 작성해 두었던 것이다.

그런데 자신도 모르게 공표되어 언론에 의해 파헤쳐진다는 것은 실로 난처한 일이 아닌가. 화가 나서 '이 사건은 이제 그만두자. 여행 중에 모아 놓은 서류들을 정리해 두는 편이 좋겠다.'라고 생각하고 있는데 도쿄에서 이와모토로부터 전화가 걸려 왔다.

"선생님, 신문 보셨습니까?"

나에기는 이와모토의 밝고 태평스런 목소리에 더욱 화가 났다.

"읽었다는 것이 중요한 게 아니야. 어째서 내겐 한마디 상의도 없이 그런 일을 저질렀지? 나를 이용할 대로 이용해 먹고 나서 제멋대로 하고 싶은 일을 해버리다니, 너무하지 않은가!"

나에기는 전화기에 대고 화를 퍼부었다.

그러자 이와모토는 태평스럽게 대답했다.

"아니, 그런 게 아닙니다. 선생님과 상담하고 나서 자수하려고 생각하고 두세 번 전화해 보았습니다만 출장중이시라서……. 또한 하야시도 마음이 변할지도 모르니 이왕 자수를 할 거라면 서두르고 싶다고 하기에……. 오늘에야 겨우 사무실로부터 그쪽 호텔에 계시다는 말을 들었습니다. 정식으로 자수하는 것은 선생님이 돌아오신 후에 하는 것으로 하고 일단 경찰에 말해 둘까 해서…….”

“바보같이! 자수를 몇 번씩 한단 말인가? 이미 세상에 알려진 일이 아닌가?”

“정말 죄송합니다. 저, 이쪽도 몹시 지쳐 있습니다. 신문사에서도 찾아오고 텔레비전 방송국에서도 찾아오고. 드디어 오늘 밤 심야프로 〈화제의 초점〉에 출연하게 되었습니다. 전 텔레비전에 나가는 것은 처음이라서 떨립니다.”

공손하게 사과하는 듯싶더니 어느새 천연덕스럽게 말하고 있는 그에게 이끌려, 나에기도 화를 내는 자신이 바보같이 느껴졌다.

텔레비전 심야프로 따위를 볼 기분이 아니었지만 역시 마음에 걸려서 침대에 앉아 반나체 무용을 보고 있으려니까 곧 장면이 바뀌고 〈화제의 초점〉이 시작되었다.

남자 사회자가 유창하게 이야기를 진행하면서 화면이 클로즈업되거나 사건 관계자가 스튜디오에 나와 대담하는 형식의 프로였다.

형사소송법을 형법이라고 잘못 말하거나, 시효의 중단을 시효의 중절이라고 말하는 등, 법률 전문가가 보고 있자니 우스운 일도 때때로 일어났지만 어쨌든 누구에게나 알기 쉽게 사건의 진행을 이끌어 나가고 있었다.

“그럼 진범이라고 주장하는 하야시 싱이치 씨가 나오시겠습니다.”

아나운서의 말이 끝나자 팡파르 조의 트럼펫이 울리고 나타난 사내 뒤에 이와모토 오사무가 붙어 있었다. 아나운서 둘이 번갈아

가며 질문을 하자 하야시는 고개를 숙인 채 천천히 말했다.

"아, 소개가 늦었습니다만, 이쪽은 하야시 씨에게 자수를 권유한 분입니다. 이름과 관계를 말씀해 주십시오."

아나운서가 마이크를 넘겨주자 이와모토는 기쁜 듯이 둥근 얼굴 가득 무게를 잡고 말했다.

"이와모토 오사무입니다. 이 녀석과는 감옥에서 친구가 되었지요. 사실은 변호사이신 나에기 선생님의 권유를 받고 자수하게 된 겁니다만……."

아까 전화로 몹시 화를 냈는데도 여전히 아부를 하며 선생님, 선생님 하고 있었다.

그의 이런 성품이 그를 미워할 수 없는 이유였다.

어느새 텔레비전에 빠져 들어가 여자 모델이 브래지어를 벗고 화면이 어두워지기 시작하면서 THE END라는 문자가 나오는 프로그램의 맨 끝까지 보았지만 자신이 모르는 새로운 자료는 얻을 수 없었다. 그만 자려고 하는데 전화가 걸려왔다. 막 텔레비전을 본 신문사 기자였다. 이 호텔은 이와모토가 알려 주었을 것이다.

변호사라는 이름을 공개했기 때문에 즉시 전화가 걸려온 것이었다.

어떠한 경위로 그들을 후원하게 되었는가 하는 흥미 본위에서부터 살인범의 시효는 몇 년인가 하는, 육법전서를 조사하면 쉽게 알 수 있는 초보적인 질문에 이르기까지 장황하게 인터뷰를 하고 나니 내심 화가 났지만, 상대가 신문기자라서 정중하게 대답해 주었다.

수화기를 놓자마자 또 다른 신문사의 전화가 걸려와 평상시 건강함을 뽐내던 나에기도 전화 응답만으로 완전히 지쳐 버렸다.

다음 날 도쿄의 사무실로 돌아가 보니 주간지 기자, 방송국 취재반들이 밀어닥쳐 일주일 동안 법률사무소 일은 손도 대지 못하고 진범 소동에 휘말렸다.

범인 자백 사건으로 인하여 조용히 사색하거나 본업인 법률 활동을 할 시간을 대부분 빼앗긴 나에기는 답답한 기분이었다.

그러나 인터뷰에 응해 자신이 말한 내용이 충실히 지면에 옮겨진다는 점만은 기분 좋았다. 기자들로부터 심경을 질문 받으면 나에기는 다음과 같이 대답했다.

"시효에 관해서는 염려 없으니까 정말 범인이라면 자수해야만 한다. 그러나 이는 중대한 문제이므로 내가 신중히 조사한 후에 일을 진행시키고 싶었다. 그때까지 기다려 달라고 말해 두었는데, 내가 사건을 조사하기 위해 오이타로 간 사이에 이렇게 되어 버려서 당황했다. 내가 조사한 바로는, 진범이 아니면 알 수 없는 사실 몇 가지를 하야시 씨가 얘기하는 점으로 보아, 현재로서는 그가 진범일지도 모른다고 생각하고 있다. 만일 사실이라면 하야시 씨는 용기 있는 훌륭한 행동을 한 것이고, 또한 죄 없이 복역한 이즈마 씨로서도 기뻐할 일이라고 생각한다."

텔레비전 출연 의뢰도 수없이 들어왔지만 모두 거절했다. 출연을 거절했다는 사실이 신문과 텔레비전에 보도되자 지금까지의 발언과 함께 나에기 변호사의 겸허한 인품에 호의를 표하는 사람이 많아졌다.

놀라운 것은 그 후 변호나 법률 상담 등의 의뢰가 한꺼번에 쇄도하여 평상시의 열 배가 넘는 수에 이르게 되었다는 점이다. 듣기만 하던 매스컴의 위력에 나에기는 다시 한 번 놀랐다.

매스컴의 위력은 이와모토에게도 발휘되어 그는 일약 유명인이 되었다. 낙천적이고 경박한 태도가 사람들의 빈축을 사면서도 타고난 명랑함, 상대방을 편하게 해주는 성격은 인기의 원인이기도 했다. 그가 현재 하고 있는 식료품점은 이와모토를 직접 보고 가능하면 한두 마디라도 이야기해 보려는 손님들로 붐볐다. 아마 평상시의 몇 갑절 되는 매상을 올리고 있을 것이다.

6

나에기는 그날 아침 언짢은 얼굴로 신문을 노려보고 있었다. 조간신문에 이 사건의 특집 기사가 실려 있었고, 마지막 부분은 오노 교수의 담화 내용으로 채워져 있었다.

"내 감정에 자신 있다. 따라서 이즈마 씨 이외의 범인은 없다고 생각한다."

이러한 취지의 내용으로 단지 석 줄에 지나지 않았지만 권위 있는 오노 교수의 담화이니만큼 짧은 편이 오히려 의심의 여지를 없애고 단호하게 보여 눈길을 끌었다.

만일 하야시가 진범이라면, 유일한 증거가 되었던 혈액형 판정이 잘못된 것일 거라고 나에기는 생각해 왔었다. 20년이나 지난 지금에 와서도 교수가 그렇게 단언할 만한 근거가 있는 걸까?

나에기는 즉시 교수에게 전화를 걸어 면회를 청했다.

오노 교수는, 지금 대학에 가려는 참이라고 하며 간단히 설명해 주었다. 그에 의하면, 용의자 이즈마의 자택에서 압수한 셔츠의 핏자국과 피해자 이불에 묻어 있던 혈액을 ABO형으로 감정해 보니 모두 B형으로 피해자의 것과 일치하고, 또한 Mn식으로 조사해 보아도 모두 M, Qq식의 조사도 Q, 게다가 Ee식에 의한 혈액 판정도 모두 E로 일치했다. 따라서 이를 근거로 계산해 보면 셔츠의 혈액형이 피해자의 것일 확률은 98.5%나 되는 높은 확률이라는 것이었다.

나에기는 감탄하며 말했다.

"20년 전 일인데도 수치까지 정확하게 기억하고 계시는군요."

"아니, 어제 신문기자가 취재하러 왔을 때 살펴 두었으니까요."

오노 박사는 이렇게 말하며 웃었다. 어색함이 풀리고 서로 친근감을 가지게 될 무렵 나에기는 날카로운 질문을 던졌다.

"감정 결과에 대해 자신 있다고 하셨는데, 증거물이 셔츠에 묻은 조그마한 핏자국이라 비전문가인 제게는 감정하는데 곤란했다고 생각됩니다만 그 점에 대해서는 어떻게 생각하십니까?"

"검출된 자료가 소량이었기 때문에 사전에 충분히 검토하여 정확한 결과가 나오도록 했습니다. 시료도 없고 세월이 흘러서 지금 재감정하는 것은 불가능하지만, 전 이 감정에 자신을 가지고 있습니다. 그런데 지금은 나가 봐야 하니까 용무가 있으시면 학교로 연락해 주십시오."

교수는 전화를 끊었다.

나에기는 이 점에 관해서는 범인으로 15년형을 복역한 이즈마 미쓰구와 만나서 한번 이야기해 봐야겠다고 생각했다.

그때 <주간사건>의 기자가 찾아왔다.

진범이라고 말하는 하야시 싱이치와 죄 없이 복역간 이즈마 미쓰구를 본지의 중개로 만나게 하고 싶으니 선생님께서 참석해 주셨으면 좋겠다는 요청이었다.

"내가 참석해서 법률 해석이라도 하라는 말씀입니까?"

"아니, 그건 아무래도 상관없습니다. 실은 범인이라고 말하는 하야시 씨가 무죄로 복역한 이즈마 씨에게 사과하고 싶으니 한번 만나게 해달라고 하고 있어요. 그래서 이즈마씨에게 청했더니 이성적으로는 범인이라고 밝히고 나와 줘서 오명을 벗게 되어 기쁘게 생각하지만, 어쨌든 그로 인해 살인의 누명을 쓰고 15년이나 숨 막히는 고통을 겪었다고 생각하니 도저히 만날 기분이 나지 않는다고 합니다. 그래서 억지로 부탁했더니, 이 사건을 상세히 알고 계시는 나에기 변호사께서 함께 나와 주신다면 참석하겠다고 합니다. 제발 선생님, 부탁드립니다."

이쪽은 아무것도 아닌, 그저 이즈마를 끌어내기 위한 보조품이라고 느끼며 나에기는 쓴웃음을 지었다. 그러나 이즈마라는 사내와 한번 만나고 싶다고 생각하고 있었고 또한 관계자 전원이 모이면 결론을 내릴 수 있을 거라 생각되어 승낙을 했다.

장소는 이즈마 미쓰구의 집으로 정하고 정각 이전에 주간지 기자, 사진기자, 속기사, 편집자 등이 몰려 있는 가운데 '진범' 하야시 싱이치와 중개자 이와모토, 나에기 변호사가 함께 나타나는 순서로 하기로 했다.

이즈마는 도쿄에서 교도소 출신 갱생자로서는 눈부실 정도로 성공하여 지금은 사업 영역이 넓은 자동차 용품점을 경영하고 있었다.

그는 출소 후 좀처럼 일자리를 얻지 못하여 중고 충전기 한 대로 자동차 배터리 충전업을 시작했다. 그러던 것이 자동차 붐이 일어 자동차용 스테레오니 에어컨 등 차에 전기용품을 다는 일이 점점 쇄도하여 운 좋게도 겨우 5년 만에 지금에 이르게 되었던 것이다.

또한 이즈마의 과묵하고 무뚝뚝한 점이 기술을 우선으로 하는 업소로서 신용을 얻어 단골손님을 확보한 것이 성공의 비결이라고 보는 사람도 있었다.

일벌레인 이즈마도 오늘은 휴업하고 약속 장소인 다다미방에 책상을 꺼내 놓고 딸에게 차 준비를 시키는 등 신경을 쓰고 있었다. 그러나 본디 사교적인 편이 아닌지 그다지 기분은 좋아 보이지 않았다.

정각에 하야시 일행이 도착했다.

플래시가 터지고 테이프가 돌아갔다.

사회자가 "자, 이쪽으로 들어오세요." 하고 말하자마자 하야시는 다다미방 입구 문지방에 주저앉아 다다미 바닥에 머리를 조아렸다.

"이즈마 씨! 죄송합니다. 정말 죄송합니다. 제가 살인을 하고 나서 경찰의 눈을 피해 달아나서 그런 커다란 폐를 끼치게 되었습니다. 뭐라고 사죄해야 좋을지 모르겠습니다."

하야시는 엎드려 울고 있었다.

나에기도 설마 방에 들어가기 전부터 사죄하리라고는 생각지 못했기 때문에 하야시 뒤쪽에 그저 가만히 서 있을 뿐이었다. 카메라맨이 뛰어나와 계속해서 몇 번 셔터를 누르고 나서 이즈마 쪽으로 카메라를 들이댔다. 음향을 맡은 사람도 서둘러 테이블 위에 준비해 놓은 마이크를 잡고 문지방 옆으로 달려갔다.

5초, 10초 시간이 지나가도 이즈마는 입술을 깨물고 있을 뿐 아무 말도 하지 않았다. 그 침묵이 이즈마의 불행과 괴로움을 그 무엇보다도 강하게 대변해 주고 있는 것처럼 보였다.

기자들은 그 광경을 기록하기에 여념이 없었다.

여기서 이즈마가 "지나간 일은 괜찮습니다. 당신이 자백해 주셔서 오명을 벗었습니다."라든가 또는 무슨 말이라도 해준다면 잡지사 측에서는 기사화하기 쉬울 텐데 이즈마는 완고하게 입을 열지 않았다.

딸이 다과를 담은 쟁반을 가지고 나왔지만 이 광경을 보고는 방

입구에서 멈춰 서 버렸다.

사회자격인 기자가 엉거주춤한 자세로 나아가서 말했다.

"어쨌든 이쪽으로 들어와 앉으십시오."

그는 하야시의 손을 끌어 이즈마의 바로 앞자리에 앉혔다.

딸이 사람들에게 차를 따르기 시작했다. 또 플래시가 터졌다. 스타일도 좋고 산뜻한 눈을 가진 현대적인 느낌을 주는 아가씨였다. 상당한 미인인데도 아직 결혼하지 않았다고 한다.

이즈마가 범인으로 체포되었을 당시 내연의 처의 뱃속에 있었다고 하는 그 딸은 아버지가 복역하는 동안 세상의 차가운 시선을 받으며 경제적으로도 혜택을 받지 못한 소녀 시절을 보냈을 것이다. 그리고 아버지가 출소하여 겨우 경제적으로는 안정되어 갔다 하더라도 범죄자의 딸이라고 하는 오명 때문에 혼담조차 없는 듯했다. 아니, 혼담이 들어와도 약혼할 때쯤이 되면 신원조회로 인해 파혼이 되는 잔인한 일이 반복되었다고 한다.

나에게는 이 딸이야말로 가장 큰 피해자일지도 모른다고 생각했다. 아울러 이전에 만났던 살해된 부인의 딸 도야마 마사코를 떠올렸다. 유복한 가정에서 교육받았다고는 하지만 그 딸의 어두운 표정은 정신적인 상처에서 비롯된 것이리라.

어색한 침묵이 계속되는 것을 깨뜨리려고 이와모토가 일부러 쾌활하게 말했다.

"하야시, 자네 이즈마 씨에게 사과하려고 왔잖아. 그렇다면 다시 한 번 해봐."

이즈마는 듣지 못한 척 차를 마셨다.

하야시는 방석을 밀쳐내고 다다미 위에 손을 놓았다.

"이즈마 씨, 정말 죄송합니다. 용서해 주십시오. 아니, 용서할 수 없다고 말씀하셔도 상관없습니다. 용서할 수 없으시겠지요?"

눈물 때문에 목이 메었고, 말도 긴장한 탓인지 표준말에 가까웠다.

진심으로 사죄하는 분위기에 휩싸여, 듣고 있는 사람도 마음이 움직여 눈물이 고이는 듯한 느낌이었다.

그렇지만 이즈마는 입을 다물고 있었다.

사회자가 나에기 변호사에게 중재를 요청했다.

"이즈마 씨, 아무리 시효가 지났다 하더라도 범인이라고 나서는 데는 상당한 용기가 필요한 겁니다. 하야시 씨를 용서해 주십시오. 저도 미흡하나마 당신이 떳떳한 신분이 될 수 있도록 재심 청구나 국가에 대한 배상금 요구 등, 괜찮으시다면 책임지고 해드리겠습니다. 제발 하야시 씨에게 뭐라고 대답을 해주십시오."

나에기는 그 장소의 성격상 이렇게 말했다.

그런데도 이즈마는 하야시에게 아무 말도 하지 않았고, 그 대신 나에기 변호사를 향해 낮은 목소리로 말했다.

"애써 주셔서 감사합니다."

그리고 다시 침묵을 지켰다.

사회자와 이와모토가 교대로 이즈마에게 말을 걸어 무거운 입을 열게 하려고 애썼다.

"당신……덕분에……"

말이 끊어진 것을 이와모토가 거들었다.

"네? 뭐라고요? '당신 덕분에 살았다'고 말씀하신 겁니까?"

그러자 이즈마는 고개를 끄덕이며 말을 덧붙였다.

"……살았습니다."

기자들은 이 말 한마디를 기사화하기 위해 일제히 뛰어왔다.

사실은 '당신 때문에 얼마나 엄청난 일을 겪었는지……'라고 원망하고 싶었는지도 모른다. 그것을 억지로 '살았다'고 말하고 있었다. 현장에 모여 있던 사람들은 모두 그를 자제력 있는 사람이라고 느꼈다.

나에기도 이젠 역할을 다했다고 생각하고 당사자 세 명을 남겨두고 나왔다. 그는 자신의 차 운전석 시트에 깊숙이 앉았다.

이제 이즈마도, 가족도, 차를 날라 온 아름다운 딸도 눈물을 흘리고 있었다.

재판소에서 무죄가 확정되는 것은 시간문제이고 매스컴에서 다루게 되면 반드시 저 아름다운 딸에 대해 언급할 것이므로 반드시 좋은 혼담이 들어올 것이다.

이와모토는 중개자로 텔레비전에 나온 덕택에 명예욕도 충족시키고 가게 선전도 되어 원래 방글거리던 얼굴이 더욱 더 느긋해졌다.

하야시 또한 범인이라 자수한 것이 결코 마이너스가 되진 않았다. 오히려 남자다운 행동이라 받아들여져서 미담처럼 취급되고 있었다. 시효가 만료된 것도 확실하기 때문에 어떤 법적 제제도 받지 않을 것이다.

본인은 양심의 가책이라고 하는 무거운 짐을 벗고 편안하게 되었고, 지금까지 독신이었기 때문에 가족에 대한 배려도 필요치 않았다.

여러 면에서 순조롭게 풀려 갔다. 나에기는 문득 가이쓰가 미키코의 웃는 모습이 떠올랐다.

변호사와 보도차가 떠나간 후 이즈마의 집에는 당사자 세 명만이 남아 있었다. 딸도 저녁 준비를 위해 장을 보러 나갔다.

이즈마는 문을 걸어 잠그고 에어컨 스위치를 켰다.

세 사람은 책상다리를 하고 편안히 앉아 마음을 터놓고 이야기했다.

"아아, 대단했어. 기대 이상으로 잡지사에서 많이 왔고, 현관에 들어서자마자 카메라맨이 번쩍번쩍 하고 찍어대는 통에 완전히 얼어 버렸어."

하야시는 이렇게 말하면서 그때를 다시 생각하니 땀이 흐르는지 주머니에서 손수건을 꺼내 이마를 닦았다.

이와모토가 그것을 웃는 얼굴로 바라보면서 말했다.

"아니, 아니 잘했어. 자네 상당한 연기파더군. 두 번째로 사과할 때에는 정말로 눈물을 흘렸잖아. 나도 덩달아 울어 버렸지. 게다가 이즈마도 명배우야. 말도 없이 내면 연기를 하고 있었으니까. 이거,

우리 세 사람이 극단이라도 만들면 좋겠는 걸"

자신이 내뱉은 말에 흥이 나 있던 이와모토는 갑자기 정색을 하며 말했다.

"그건 그렇고, 배당에 관한 문제이네, 나도 상점을 방치해 놔서. 이번 일은 성공을 노리고 뛰어다닌 것이니까."

게다가 하야시도 하고 싶은 말을 덧붙였다.

"이즈마는 진짜 저지른 살인을 없던 것으로 만들고 일본 전체의 신용을 얻고 딸도 바로 결혼시킬 수 있게 된데다 상점 선전도 되었는데…… 이거 5백만 엔은 너무 싸지 않아?"

"하지만 내가 무죄라는 것이 재심에서 확정될 수 있을까? 그렇다면 국가도 배상금을 내줘야 하고 여러 가지로 큰일이니까 필사적으로 내 죄를 입증하려고 할 거야. 아무래도 걱정이 돼."

이즈마가 속삭이는 어조로 이렇게 말했다.

"괜찮아! 걱정 마! 범인인 자네가 가르쳐 줬으니까 이 이상 확실한 것은 없어. 달맞이꽃 얘기를 하면서 울면 돼. 경찰의 조사를 받고 재판에도 나가 봤을 뿐 아니라 20년간 이 사건만을 생각하며 지냈으니까 자네만큼 이 사건을 자세히 아는 사람은 없을 거야. 반드시 무죄가 될 거야. 그렇다면 배상금은 전부 우리 둘에게 나눠 줘야 해."

"그렇다고 하더라도 평소에는 왼쪽을 밑으로 하고 자고 있었다고 하던데, 어째서 그때에는 오른쪽을 밑으로 하고 드러누워 있었을까? 감옥에서 조사받을 때, 왼쪽이었지 하고 자꾸 질문 받았지만 형사의 태도가 기분 나빠서……아니, 확실히 오른쪽이라고 주장하며 버틴 것이 이번에 도움이 되었어. 이번에 하야시가 왼쪽을 밑으로 하고 있었다고 말하니까 말이 들어맞는다고 생각하고 모두들 그대로 믿어 버렸잖아.

8

며칠 후 신문에 '기업체 간부 부인 살인 사건, 재심 청구. 국가에 배상 청구'라는 제목으로 이 사건이 사회면 톱기사로 실렸다.

같은 신문의 하단 책 광고란에는 <주간사건>이 '본지독점, 진범과 무죄의 범인과의 세기의 대담'이라는 광고로 선전하고 있었다. 우연이었는지 아니면 재심 청구한 날을 판매일로 노린 것인지 어쨌든 타이밍이 잘 맞아떨어졌다.

이때 오사카에서는 신문을 읽으면서 피해자의 남편 도야마 에이조가 20년 전의 일을 회상하고 있었다.

-그날 저녁. 늦게 귀가하여 방에 들어오자 아내는 모기장 안에서 가슴에 칼이 꽂힌 채 괴로워하고 있었다.

"아……당신……괴로워요……뽑아 주세요. ……의사를 불러……괴, 괴로워……."

그는 칼을 뽑아서 다시 힘껏 찔렀다.

아내의 몸은 크게 경련을 일으키더니 그대로 쭉 뻗어 버렸다. 다시 찔렀기 때문에 커진 상처에서 피가 줄줄 흘러 이불을 물들였지만 이내 그것도 멈추고 얼굴과 손톱이 순식간에 보라색으로 변해갔다.

옆방에서는 노모와 다섯 살 된 큰딸이 편안한 숨소리를 내며 자고 있었다.

아들이 한 일은 물론, 먼저 일어난 사건에 대해서도 눈치 채지 못했던 어머니는 경찰이 조사할 때 단지 눈물을 흘리면서 "깊이 잠들어 있었기 때문에 아무것도 모릅니다. 미안합니다."라고 되풀이해서 말했었다.

도야마는 전무의 소개를 받아 억지로 결혼한 그녀가 마음에 들지 않았던 터에, 한때의 바람기가 진심이 되어 버린 여자와 열렬히 연애 중이었다. 늦바람이 무섭다고 했던가. 학생 시절부터 입사하여 엘리트로서의 길을 걷기에 바빴던 그는 그때까지 여자에 대한 면역이 부족했던 것이다.

뭔가 아내와 헤어질 방도가 없을까 궁리하고 있던 터에 사건이 일어났다. 하지만 이 사건 후 내연녀에게 남편과 아이가 있다는 것을 알게 되어 그녀에 대한 정열이 급속도로 식어 버렸지만…….

딸 마사코는 겨우 다섯 살이고 밤도 깊어 알아채지 못한 것이 당연하다 해도 어머니는 노인이면서도 그렇게 잠귀가 어두운 것일까? 바로 눈앞에서 두 번씩이나 범행이 일어났는데도 아무것도 모르다니……아무것도 모른 채 어머니는 저 세상으로 가셨다. 흘낏 불단 쪽으로 눈을 돌린 도야마는 다시 신문으로 시선을 돌려 자칭 범인에 관한 기사를 피해자 남편의 자세로 읽어 나갔다.

만일 그때 불단의 위패가 진실을 이야기했다면 도아먀도 깜짝 놀랐을 것이다.

나는 며느리 도시코가 처음부터 싫었어. 마음이 맞지 않은 탓인지, 벌레가 싫다고 말해서인지 며느리랑 같이 하루 종일 얼굴을 마주 대하고 있으면 답답해서 견딜 수가 없었지.

그런데 근처의 이즈미라는 전기기사가 며느리를 따라다니며 늘 집 주위를 서성댔는데, 그날도 낮에 집안 공사를 하러 왔을 때 며느리에게 다가가 밤에 몰래 가겠다고 말하는 것을 엿들었지.

그래서 내가 덧문을 열어 둔 거야.

며느리가 자고 있는 모기장 안에서 벌어지는 현장을 붙잡아 부정한 짓을 했다고 꾸짖어 이혼시키려고 했던 거지. 뜻밖의 일이 생겨 버렸지만, 뭐 할 수 없지. 네가 돌아올 때까지 며느리는 살려 달라고 애걸했지만 듣지 못한 척했지.

너도 며느리를 좋아하지 않는다는 것을 짐작으로 알고 있었어. 그날 아침에도 너하고 싸우고 나서 돌아다니다 오더니 팔 근육이 아프다고 했지. 나야 기분이 좋았지만. 그래, 그래서 항상 왼쪽을 밑으로 하고 잤는데 그날만큼은 팔의 통증 때문에 오른쪽으로 누워 잤던 거야.

네가 한 짓도 알고 있다.

뭐든지 알고 있었던 사람은 바로 나뿐이야.

9

피해자의 딸 마사코는 늦은 아침을 먹으면서 텔레비전 채널을 돌려 뉴스를 보았다.

아직까지도 진범이 어떻고 무죄가 어떻고 하는 이야기를 하고 있었다. 게다가 무죄인 복역자의 딸이 진정한 피해자라는 점이 크게 부각되어 보도되고 있었다.

-그 사건 당시 나는 다섯 살이었지만 성장한 후 여러 가지를 알게 되었지. 그날 밤 할머니가 덧문을 열어 놓았을 때에도 깨어 있었고, 언제인가 할머니가 병으로 헛소리를 했을 때 "그래, 에이조가 죽인거야."라는 소리를 들었는데, 그건 바로 할머니의 본심에서 나온 소리였을 거야.

사람들에게 미움 받고 소외되었던 가엾은 어머니, 그렇지만 내게는 소중한 어머니였어.

그래서 나는 할머니가 심장발작을 일으켰을 때 약도 드리지 않고 의사에게 알리지도 않았어. 그래서 할머니는 죽은 거야.

아무도 알지 못하지만.

히가시노 게이고 외

기묘한 신혼여행

1판 1쇄 발행 · 2019년 04월 03일

1판 8쇄 발행 · 2021년 10월 25일

지은이 · 히가시노 게이고 외

옮긴이 · 정태원

펴낸이 · 홍행숙

펴낸곳 · 문학의문학

디자인 · 김경일

등록 · 105 91 90635

주소 · 서울시 마포구 토정로 222 한국출판콘텐츠센터 4층 422호

대표전화 · (02) 722-3588

팩스 · (02) 722-3587

ISBN · 979 -11- 87433- 14- 9 (03830)